Sou louco por você

Federico Moccia

Sou louco por você

Tradução
Sandra Martha Dolinsky

Planeta

Título original: *Ho voglia di te*

TRADUÇÃO Sandra Martha Dolinsky
PREPARAÇÃO Gisélia Costa
REVISÃO Marta Almeida de Sá e Flávio Lembo
DIAGRAMAÇÃO Triall
DESIGN DE CAPA mot_studio
FOTO DE CAPA © Paul Edmondson / Getty Images

Dados Internacionais de Catalogação na Publicação (CIP)
(Câmara Brasileira do Livro, SP, Brasil)

Moccia, Federico
Sou louco por você / Federeico Moccia; tradução Sandra Martha Dolinsky. – São Paulo: Editora Planeta do Brasil, 2011.

Título original: Ho voglia di te.
ISBN 978-85-7665-614-2

1. Romance italiano I. Título

11-02924 CDD853

Índice para catálogo sistemático:
1. Romances: Literatura italiana 853

Grafia atualizada segundo o Acordo Ortográfico da Língua Portuguesa de 1990, que entrou em vigor no Brasil em 2009.

2011

EDITORA PLANETA DO BRASIL
Avenida Francisco Matarazzo, 1500 | 3º. Andar | conj. 32 B
Edifício New York | 05001-100 | São Paulo-SP
www.editoraplaneta.com.br
vendas@editoraplaneta.com.br

À Gin.
Seu sorriso me contou esta história.

À vovó Elisa e à tia Maria, que cozinhavam bem e com amor.
E que, naquele dia, foram me ver.

Um

“Quero morrer.” Foi o que pensei quando fui embora. Quando peguei o avião, há apenas dois anos. Queria acabar com tudo. Sim, um simples acidente era o melhor. Para que ninguém tivesse culpa, eu não tivesse do que me envergonhar e ninguém procurasse um porquê. Lembro-me que o avião ficou agitado durante toda a viagem. Havia uma tempestade, todos estavam tensos e assustados. Eu não, era o único que sorria. Quando você está mal, quando vê tudo negro, quando não tem futuro, quando não tem nada a perder, quando... cada instante é um peso enorme, insustentável. Você suspira o tempo todo. E gostaria de se libertar de qualquer jeito. De qualquer forma. Mesmo da maneira mais simples, a mais covarde, para que amanhã não surja de novo o mesmo pensamento: “Ela não está mais aqui.” Não está mais. Simplesmente, gostaria também de não estar. Desaparecer — puf! Sem muitos problemas, sem incomodar. Sem que ninguém tenha que dizer: “Oh, você soube? Sim, justo ele... Sabe como foi...” Então essa pessoa contará como foi o seu final, aparentando saber todos os detalhes, inventará algo absurdo, como se o conhecesse desde sempre, como se só ela soubesse realmente quais eram seus problemas. É estranho... talvez nem você tenha tido tempo de entendê-los. E já não poderá fazer nada contra esse gigantesco boca a boca. Que saco! Sua memória será vítima de um imbecil qualquer e você não poderá fazer nada.

Naquele dia você ficaria feliz se tivesse encontrado um desses mágicos que colocam um lenço em cima de uma pomba que acabou de surgir e puf, de repente não está mais. Desaparece e pronto. E você sai satisfeito do espetáculo. Talvez tenha visto bailarinas um pouco mais gordas que o devido, tenha se sentado em uma cadeira antiga, um tanto dura, em uma sala situada, na melhor das hipóteses, em um porão qualquer, cheirando a mofo e umidade. Mas uma coisa é certa: você nunca se perguntará onde foi parar a pomba. Nós, porém, não podemos desaparecer tão facilmente. O tempo passou. Dois anos. E agora saboreio uma cerveja. Quando lembro de quanto teria gostado de ser essa pomba, sorrio e me sinto um pouco envergonhado.

— Deseja outra?

Um comissário de bordo em pé junto ao carrinho de bebidas sorri para mim.

— Não, obrigado.

Olho pela janela. Nuvens tingidas de rosa se deixam atravessar, macias, leves, infinitas. Um pôr do sol distante. O sol dá uma última piscada. Não posso acreditar. Estou voltando. A-27, essa é minha poltrona no avião. Fila da direita, imediatamente atrás das asas, corredor central. Estou voltando. Uma bela comissária de bordo sorri para mim de novo enquanto passa perto. Perto demais.

Parece enviada pelo Nirvana: *"If she comes down now, oh, she looks so good..." (se ela descer agora, oh, ela é tão bonita...).* Usa um perfume leve, um uniforme perfeito, uma camisa meio transparente a ponto de deixar ver o sutiã de renda. Caminha para cima e para baixo pelo avião, sem problemas, sem preocupações, sorrindo. *"If she comes down now..."*

— Eva é um nome lindo.

— Obrigada.

— Você é um pouco como a primeira Eva. Você me tenta.

Ela fica um momento em silêncio, olhando para mim. Acalmo-a.

— Mas é uma tentação lícita. Pode me dar outra cerveja?

— É a terceira...

— Mas, claro, você continua passando assim ao meu lado... Bebo para esquecê-la.

Sorri. Parece sinceramente divertida.

— Você sempre conta quanto os passageiros bebem, ou apenas eu fiquei gravado em sua memória?

— O senhor decide. Saiba que foi o único a pedir cerveja.

Vai embora, mas, antes, sorri de novo. Rebola alegremente enquanto se afasta. Ponho a cabeça no corredor. Pernas perfeitas, meias grossas de compressão, escuras, e sapatos sérios de uniforme, como as outras. O cabelo preso em um rabo de cavalo duplo com um ou outro adereço a mais, de um louro levemente mesclado. Para. Vejo-a falar com um homem da mesma fila que eu, um pouco mais adiante. Ouve seus pedidos. Simplesmente assente, sem falar. Diz algo rindo e o tranquiliza. Volta-se uma última vez antes de ir embora e olha para mim. Olhos verdes com um risco leve de delineador. Uma sombra alta cor de ébano e um pouco de curiosidade. Estico os braços. Dessa vez sou eu quem sorri. O homem diz mais alguma coisa. Ela responde com profissionalismo e se afasta.

— Muito bonita essa comissária de bordo.

A mulher ao meu lado se imiscui em meus pensamentos. Atenta e sorridente, olhos vivos por trás de óculos grossos. Aparenta estar muito bem para seus prováveis cinquenta anos, exceto pelos dois brincos, grandes demais, exatamente como o azul pesado que usa nas pálpebras.

— Sim, uma *gnocca*.

— O quê?

— É uma *gnocca*. É o que dizemos em Roma de uma comissária de bordo como essa. Na verdade, dizemos muito mais, mas não me parece apropriado comentar.

— G*nocca*... — balança a cabeça. — Nunca ouvi essa.

— G*nocca*... Às vezes, "linda *gnocca*". É uma expressão simpática roubada da culinária. Conhece os nhoques, não é?

— Sim, claro. Já ouvi falar e já os comi um monte de vezes.

Ri, divertida.

— Perfeito. E gostou?

— Muito.

— Vê? Então é fácil. Quando se diz que uma garota é uma *gnocca*, significa que é "gostosa", como os nhoques que a senhora comeu.

— Sim, mas é estranho pensar nela como um nhoque. Parece... como se diz isso? Grosseiro!

—Não! Tem que pensar naqueles nhoques que levam molho quente por cima, com tomate adocicado, desmancham na boca e quase grudam, até que a língua tem que descolá-los do céu da boca.

— Sim, já entendi. Parece que você gosta muito de nhoque.

— Bastante.

— Come com frequência?

— Em Roma, com muita frequência. Em Nova York, não provei comida italiana... Sei lá, por princípios, suponho.

— Que estranho. Dizem que há um monte de restaurantes italianos muito bons lá. Oh, veja, a *gnocca* está voltando.

A mulher ri divertida e aponta para a comissária de bordo, que chega sorridente com o copo de cerveja. É tão bonita que parece quase saída de um anúncio publicitário.

— Diga-lhe que é uma *gnocca*, vai ver como ela gosta.

— Está debochando de mim.

— Não, garanto que é um elogio.

— Então, devo dizer a ela?

— Diga.

A comissária de bordo chega e me oferece uma pequena bandeja com o copo em cima de um descanso de papel.

— Aqui está sua cerveja. Não posso lhe servir mais nada porque já vamos aterrissar.

— Eu não teria pedido. Estou começando a esquecê-la, mas não é fácil.

— Ah, sim... Bem, obrigada.

Experimento a cerveja.

— Está muito boa, obrigado! Perfeita, gelada, no ponto. Além disso, trazida por você, parece a cerveja da propaganda.

— Só uma curiosidade: qual é a primeira coisa da qual vai se esquecer?

— Talvez sua roupa.

— Não gosta do nosso uniforme?

— Gosto muito. É que a imaginarei de uma maneira diferente.

Olha para mim um tanto perplexa, mas não lhe dou tempo de responder.

— Ficará muito tempo em Roma?

— Alguns dias. Setembro em Roma é uma maravilha. Quero passear e fazer compras; talvez encontre algo para que não me esqueçam.

— Oh, tenho certeza. Encontrará a roupa perfeita para você. Porque você é... como dizer? Como se diz?

Volto-me para a mulher sentada ao meu lado.

— Por favor, ajude-me.

A mulher parece um pouco surpresa, mas depois embarca:

— Você é uma... *gnocca*!

A comissária de bordo olha para ela perplexa por um instante e depois para mim. Levanta a sobrancelha e, de repente, explode em uma gargalhada. Ainda bem, deu certo. Até eu rio.

— Ah, muito bem, senhora, é exatamente o que eu teria dito!

Eva, a comissária de bordo, afasta-se balançando a cabeça.

— Apertem os cintos, por favor.

Seu bumbum alto se move perfeito, como todo o resto. Perfeita como as asas de uma borboleta, pronta para ser caçada. Havia uma estrofe de uma música que me fazia enlouquecer quando estava nos Estados Unidos, uma estrofe em inglês de alguns anos atrás... *"I'm gonna keep catching that butterfly..."* (eu vou continuar pegando aquela borboleta...), do The Verve. Tento recordá-la inteira, mas não consigo. Uma voz chega para me distrair. A mulher está lutando com algo, e não exatamente em silêncio.

— Ufa, nunca consigo encontrar o cinto nesses aviões.

Ajudo-a, mostrando que ela literalmente sentou em cima do cinto.

— Aqui está, senhora, aqui embaixo.

— Obrigada. Mas não consigo entender para que pode servir. Não nos mantém muito presos.

— Ah, isso não, com certeza.

— Sim, quero dizer... se cairmos, não é como estar de carro.

— Não, como estar de carro exatamente, não... Está nervosa?

— Morrendo.

Olha para mim e se arrepende de ter usado essa expressão.

— Mas, senhora, destino é destino.

— O que quer dizer?

— Exatamente o que disse.

— Sim, mas o que disse?

— A senhora entendeu muito bem.

— Sim, mas esperava não entender. Tenho pânico de avião.

— Não sabia.

Vejo que está muito preocupada enquanto sorri para mim com a boca pegajosa. Bebo minha cerveja e decido me divertir.

— Pense que a maioria dos acidentes aéreos acontece no momento da decolagem ou...

— Ou...

— Da aterrissagem. Ou seja, daqui a pouco.

— Mas o que você está dizendo?

— A verdade, senhora. Sempre se deve dizer a verdade.

Bebo um longo trago de cerveja e de rabo de olho vejo que me olha fixamente.

— Por favor, diga alguma coisa.

— O que quer que lhe diga, senhora?

— Distraia-me, não me deixe pensar no que poderia...

Aperta minha mão com força.

— Está me machucando!

— Ah, desculpe.

Afrouxa um pouco, mas não solta minha mão. Começo a lhe contar algo. Pedacinhos de minha vida um pouco confusos, tal como me ocorrem.

— Então, quer saber por que fui embora? — A mulher assente. Não consegue articular uma palavra. — Bem, é uma longa história. — Assente com mais vigor ainda; só quer ouvir, seja o que for, para se distrair.

Tenho a sensação de estar falando com um amigo, com meu amigo... — Chamava-se Pollo. Estranho nome, não é? — A mulher não sabe se deve dizer sim ou não; qualquer coisa para que eu continue falando. — Um amigo que perdi há mais de dois anos. Ele estava sempre com a namorada, Pallina. Uma pessoa encantadora, olhos vivos, sempre alegres, de caráter, de piada fácil e afiada. — Ouve em silêncio, com os olhos curiosos, meio encantados por minhas palavras. É estranho... Às vezes, você se sente mais à vontade com uma pessoa que não conhece, fala de si com mais liberdade. Abre-se. Talvez porque a opinião dela não lhe interessa. — Eu estava com Babi, a melhor amiga de Pallina.

Babi. Conto-lhe tudo. Como a conheci, como comecei a rir, como me apaixonei, como senti sua falta. Você só percebe a maravilha de um amor quando já o perdeu. Talvez seja assim que alguém que faz análise se sente; é algo que sempre me perguntei. Mas, desse jeito, com um terapeuta, é possível ser realmente sincero? Tenho que perguntar a alguém que já tenha experimentado. Penso enquanto falo. Faço pequenas pausas de vez em quando. A mulher, divertida e curiosa, logo se interessa; agora já está mais calma, até soltou minha mão. Esqueceu a tragédia do avião. Agora, interessa-lhe a minha.

— E voltou a falar com Babi?

— Não, falei com meu irmão algumas vezes. E algumas vezes com meu pai. Mas não com muita frequência, porque as ligações de Nova York são caríssimas.

— Sentiu-se sozinho?

Conto-lhe algo vago. Não consigo dizer. Sentia-me menos sozinho que em Roma. Depois, inevitavelmente, menciono minha mãe. Mergulho a fundo e quase me divirto ofendendo os princípios da mulher. — Minha mãe enganou meu pai. Eu a peguei com o sujeito que morava em frente. — Ela quase não acredita. A notícia a fez esquecer de tudo. O avião? Nem sequer se lembra de que está em um avião. Faz mil perguntas. Quase não me dá tempo de acompanhá-la. Como é possível que gostemos tanto de chafurdar nos assuntos dos outros? Temas picantes, detalhes proibidos, atos meio obscuros ou pecados veniais. Talvez porque, só ouvindo, não nos sujamos. A mulher parece gostar e, ao mesmo tempo, sofrer com meu relato. Não sei se é sincera; na verdade, não me interessa. Conto tudo sem problemas. A violência que usei com o amante de mamãe, meus silêncios em casa, nunca ter dito nada a meu pai nem a meu irmão. E depois a audiência. Minha mãe sentada ali, em frente a mim, em silêncio. Nunca teve a coragem de admitir o que havia feito; não pôde confessar sua traição para justificar minha violência. E eu ali, sereno, meio rindo do juiz, que me culpava de um ato para mim tão natural: acabar com um imbecil que havia violado o ventre da mulher que me gerou. A mulher me olha boquiaberta. Podemos dizer as coisas de mil maneiras, mas uma coisa é brincar como fez Benigni quando pulou em cima de Raffaella Carrà*. Aqui, porém, trata-se de minha mãe. A mulher percebe. Repentinamente torna a ficar séria. Silêncio. Tento aliviar o clima:

— Como diria Pollo, *Beautiful* me deixa com tesão. Adoro essa música!

Em vez de se escandalizar, ela ri; agora já é cúmplice.

— E depois? — pergunta com curiosidade sobre o próximo capítulo. Eu continuo falando sem problemas, sem receios. Meu relato não tem preço. Explico o porquê de partir para os Estados Unidos, de querer ir embora com a desculpa de fazer um curso de design gráfico.

É fácil encontrar-se em uma cidade grande. É melhor mudar a vida de forma radical. Novas realidades, pessoas novas e, principalmente, nenhuma lembrança. Um ano de conversas difíceis em inglês, ajudado pela presença de um ou outro italiano encontrado casualmente. Tudo muito divertido, uma realidade cheia de cores, música, sons, trânsito, festas e novidades. Um imenso ruído envolvido em silêncio. Nada do que as pessoas diziam tinha a ver com ela; eu podia evocá-la, dar-lhe vida de novo. Babi... Dias inúteis para deixar meu coração, meu estômago, minha cabeça descansarem. Babi. Impossibilidade total de retroceder, de estar de repente em frente a sua casa, de encontrá-la na rua. Babi. Em Nova York não há perigo. Em Nova York não há espaço para Battisti: "*E se ritorni nella*

---

*O autor se refere a um programa de televisão, *Fantastico 12*, transmitido pela tevê italiana RAI UNO, quando Roberto Benigni protagonizou um episódio cômico com Raffaella Carrà, a apresentadora, em 1991. (N. T.)

mente basta pensare che non ci sei che sto soffrendo inutilmente perché so, io lo so, io so che non tornerai" (E se você volta à minha mente basta pensar que não está mais, que estou sofrendo inutilmente porque sei, eu sei, eu sei que não voltará). Falsos acordes para tentar evitar todos os lugares que ela também conhece e frequenta. Babi.

A mulher sorri.

— Eu também conheço essa música.

Cantarola mais ou menos.

— Sim, essa mesmo.

Tento fazer minha pequena contribuição para essa interpretação de *Corrida*. Mas o avião me salva. *Sta-tu-p*. Um ruído seco, metálico. Um choque duro e uma pequena sacudida no aparelho.

— Minha nossa, o que é isso?

A mulher ataca minha mão direita, a única livre.

— É o trem de aterrissagem, não se preocupe.

— Como não vou me preocupar?! Isso faz tanto barulho! Parece que se soltou.

Não muito longe, a comissária de bordo e os outros membros da tripulação ocupam as poltronas livres e uns assentos laterais estranhos próximos às saídas. Busco Eva, encontro-a, mas ela não olha para meu lado. A mulher tenta distrair-se sozinha. Consegue. Solta minha mão em troca de uma última pergunta.

— Por que acabou?

— Porque Babi foi embora com outro.

— Como? Sua namorada? Com tudo que me contou?

Agora parece que ela se diverte mais pondo o dedo na ferida. O avião e sua aterrissagem passaram para segundo plano. Me sufoca de perguntas até não deixar nenhuma para trás. No arroubo, abandonou a formalidade e vai direto ao ponto, "Desde que a deixou, fez amor com outra mulher?" E ainda mais fundo: "Voltaria com ela?" "É possível que a perdoe? Falou com alguém?" Ou a cerveja subiu ou ela e suas perguntas estão fazendo minha cabeça girar. Ou é a dor desse amor ainda não esquecido. Não entendo mais nada. Só sinto o barulho do motor do avião e a turbina girando ao contrário no processo de aterrissagem. Pronto, tenho uma ideia, posso me salvar desse interrogatório.

— Veja as luzes da pista. Não vamos conseguir — digo rindo, de novo dono do jogo.

— Oh, é verdade, ali estão!

Olha assustada pela janela o avião e suas asas, que quase tocam o chão e ondulam indecisas. Com um brilho de velha pantera, agarra minha mão direita. Olha para fora outra vez. No último instante, joga a cabeça para trás na poltrona e empurra as pernas para a frente, como se quisesse frear com os pés. Crava as unhas em minha mão. Com um suave rebote, o avião toca a terra. A seguir, as turbinas dos motores começam a girar ao contrário e a enorme massa de aço vibra enlouquecida com todas as suas poltronas, mulher inclusive. Mas ela não se dá por vencida. Fecha os olhos com força e treme, espremendo minha mão.

— O comandante informa que chegamos a Roma Fiumicino. A temperatura externa é de...

Uma tentativa de aplauso se levanta do fundo do avião, apagando-se quase imediatamente. Isso não está mais na moda.

— Bem, conseguimos.

A mulher suspira:

— Graças a Deus!

— Talvez voltemos a nos encontrar.

— Oh, sim, gostei muito de falar com você. Mas é verdade tudo isso que me contou?

— Tão verdade quanto a senhora ter apertado minha mão.

Mostro-lhe a mão direita e a marca das unhas.

— Oh, sinto muito.

— Não importa.

— Me desculpe...

— Não, de verdade, não foi nada.

Alguns celulares começam a tocar. Sorrisos de tranquilidade após a aterrissagem. Quase todos abrem os compartimentos em cima das poltronas e tiram sacolas de presentes trazidos dos Estados Unidos, mais ou menos inúteis, prontos para entrar na fila e chegar à saída o quanto antes. Depois de horas imóveis no avião, quando você se vê obrigado a fazer um balanço dos anos passados até o momento, volta para a corrida do não pensar, dos falsos pensamentos, a corrida para o mais recente objetivo.

— Adeus.

— Obrigado, boa noite.

Comissárias de bordo mais ou menos bonitas cumprimentam à saída do avião. Eva, com porte profissional e um sorriso estampado no rosto, cumprimenta a todos, perfeita.

— Obrigado pelas cervejas.

— É meu trabalho.

Ela sorri, talvez com mais naturalidade.

— Se tiver algum problema... — deixo um cartão.

Olha para ele perplexa: é meu número de Roma.

— Esse cartão foi meu exame no curso de design gráfico.

— E foi bem?

— Ficaram todos muito satisfeitos. Acharam genial dividi-lo em branco e azul.

— É bonito.

Coloca-o no bolso. Não quis lhe dizer que sou do Lácio. Desço a escada.

Vento morno. Setembro. São apenas oito e meia e o sol se põe. Pontualidade britânica. É bonito caminhar outra vez depois de ter voado durante oito horas. Entramos no ônibus. Olho para os outros. Alguns chineses, um norte-americano robusto, um garoto que não parou de ouvir um desses Samsung YP-T7X de 512 MB que também vi em Nova York. Duas amigas de férias que já não conversam, talvez saturadas pela longa convivência. Um casal apaixonado. Riem, dizem sempre algo mais ou menos útil, brincam. Invejo-os, ou melhor, gosto de olhar para eles. Minha companheira de viagem, a mulher cheinha que agora sabe tudo de minha vida, se aproxima. Olha para mim e sorri, como quem diz: "Conseguimos, hein?". Assinto. Arrependo-me um pouco de ter lhe contado tanto, mas logo me acalmo: não a verei mais. Checagem de passaportes. Um pastor-alemão, vigilante, passeia nervosamente para cima e para baixo procurando drogas. Cães treinados nos olham com olhos bons, contentes por se manter em forma. Um policial abre distraidamente meu passaporte. Depois muda de ideia, por erro, pula uma página, recupera-a e olha com mais atenção. Meu coração acelera um pouco. Nada, não lhe interesso. Devolve-o; fecho-o e o coloco na mochila. Pego minha bagagem, saio livre, estou em Roma de novo. Fiquei dois anos em Nova York e tenho a sensação de que fui embora ontem. Caminho veloz rumo à saída. Cruzo com gente que arrasta malas, com um sujeito que corre arfante para um avião que talvez perderá. Atrás das grades de contenção, parentes esperam alguém que não chega. Garotas bonitas e ainda bronzeadas do verão aguardam seu amor ou observam de longe alguém que já se foi. Com os braços cruzados, passeando ou quietas, com os olhos inquietos ou tranquilos, seja como for, esperam.

— Táxi, precisa de um táxi? — Um falso taxista sai a meu encontro fingindo-se honesto. — Faço um bom preço.

Não respondo. Percebe que não sou um bom negócio e me deixa em paz. Olho em volta. Uma mulher bonita, elegante, com um vestido claro e corrente de ouro leve no pescoço, sustenta tranquila o olhar quando passo. É bonita. Sorrio para ela. Ela esboça uma resposta mínima que, ainda assim, diz tudo. Traição... gostaria, mas não posso... seu desejo de liberdade. Depois olha para outro lugar, renunciando. Continuo observando à minha volta. Nada. Que estúpido. O que esperava? O que estou buscando? "Foi para isso que voltou? Então, não entendeu nada, ainda não entendeu nada." Sentindo-me um cretino, tenho que rir.

— Já devia ter chegado.

Escondida atrás de uma coluna, em silêncio, mas com o coração a mil por hora, fala em voz baixa para si mesma. Talvez para encobrir o barulho de seu coração, que está batendo descontroladamente. Arma-se de coragem. Respira fundo e lentamente olha de trás da coluna.

— Lá está ele. Eu sabia, eu sabia!

Quase pula de alegria.

— Não acredito! Step. Eu sabia, eu sabia, tinha certeza de que voltaria hoje. Não posso acreditar. Mãe do céu, é verdade que emagreceu muito. Está sorrindo. Sim, parece que está bem. Será que está feliz? Talvez tenha ficado bem lá fora. Bem demais... Mas que imbecil! Agora estou com ciúme. Por acaso tenho algum direito? Nenhum. Então? Mãe do céu, como estou mal. Sério, estou mal, mal demais. Quer dizer, estou contente demais. Demais. Ele voltou. Não acredito. Oh, não! Está olhando para cá! — Esconde-se outra vez atrás da coluna. Um suspiro. Fecha os olhos, apertando-os com força. Permanece com a cabeça apoiada no frio mármore branco, com as mãos abertas na coluna. Silêncio. Respira fundo. Inspira. Expira. Abre os olhos de novo. Exatamente nesse momento passa um turista que a olha perplexo. Ela esboça um sorriso para fazê-lo acreditar que está tudo normal. Mas não há dúvida de que não está.

— Droga, ele me viu, eu sei. Minha nossa, Step me viu, eu sei.

Olha de novo. Nada. Step passou reto como se nada estivesse acontecendo.

— Mas, claro, que imbecil. Além disso, se tivesse me visto, e daí?

Aqui estou, voltei. Roma. Fiumicino, para ser exato. Caminho para a saída. Atravesso as portas de vidro e saio para a rua, em frente aos táxis. Exatamente nesse momento tenho uma estranha sensação. Parece que alguém está me observando. Volto-me de repente. Nada. Não há nada pior do que esperar algo... e não encontrar nada.

Dois

O pôr do sol tinge de laranja algumas nuvens espalhadas aqui e ali. Uma lua já pálida no céu se esconde entre os galhos mais altos de uma árvore frondosa. Ruídos estranhamente distantes de um trânsito um pouco nervoso. De uma janela chegam algumas notas de uma música lenta e agradável, o som de um piano que melhora com o tempo. Esse mesmo garoto, que treina durante anos, agora mais velho, se prepara para os próximos exames de especialização. Um pouco mais abaixo, as linhas brancas do campo de tênis resplandecem sob a palidez da lua, e o fundo da piscina vazia espera triste, como todos os anos, o próximo verão. Também dessa vez foi esvaziada cedo demais por um síndico com zelo exagerado. No primeiro andar do edifício, entre plantas bem cuidadas e fronteiras delimitadas por uma cerca de madeira, uma garota ri.

— Daniela, já acabou com o telefone? Vocês têm celular, papai os recarrega quase diariamente! Por que sempre usam o fixo?

— Mamãe, você não sabe que aqui não tem sinal? Só na sala, e lá vocês ficam ouvindo!

— É que nós também moramos nesta casa.

— O.k., mamãe. Estou falando com Giuli. Vou acabar de lhe contar uma coisa e desligo.

— Mas você a viu hoje de manhã, no colégio! O que pode ter acontecido desde então, hein? O que você tem que lhe contar?

Daniela cobre o fone com a mão.

— Mesmo que seja a coisa mais estúpida do mundo, eu gostaria de decidir se quero contar para todo mundo ou não, o.k.?

Daniela se volta e dá as costas a Raffaella pensando que, assim, de alguma maneira, fica com a razão. A mãe dá de ombros e se afasta. Daniela comprova pelo rabo do olho que ficou sozinha.

— Giuli, você ouviu? Tenho que desligar.

— Então, como ficamos?

— A gente se vê lá.

— Não... Não estava falando disso!

— Ouça, está decidido — Daniela olha em volta, preocupada. — Este não é um bom momento para falar, com todos andando pela casa.

— Mas, Dani, é uma coisa muito importante! Você não pode decidir assim... a frio!

— Ouça, não podemos conversar diretamente na festa?

— Bem, como quiser. Então, a gente se vê lá daqui a 45 minutos. O que acha?

— Não, preciso de pelo menos uma hora e quinze!

— O.k., tchau.

Dani desliga o telefone. Às vezes, Giuli é impossível. Não entende que ela precisa dessa meia hora a mais. Tem que estar perfeita, lindíssima. Na vida, poucas vezes acontece de a gente ter que se preparar para uma noite como essa. Aliás — ri para si mesma —, não acontece nunca. Em geral, "isso" acontece exatamente quando menos se espera. Vai para seu quarto, indecisa pela primeira vez sobre que roupa íntima vestir. Sente-se diferente, estranhamente insegura. Logo se acalma. É normal sentir-se assim, não dá para ter certeza de como será a primeira vez que se faz amor. Respira fundo. "É verdade. A única coisa de que tenho certeza é de que farei esta noite, e com ele." Raffaella cruza com ela pelo corredor exatamente nesse momento.

— Daniela, posso saber em que está pensando?

— Em nada, mamãe... bobagens.

— Pois então, se são bobagens, pense em algo mais importante!

Por um instante, Daniela gostaria de lhe contar tudo. Sua decisão é importante e, acima de tudo, irrevogável. Depois, pensa melhor e entende que acabariam mal.

— Certo, mamãe, você tem razão.

Afinal de contas, não vale a pena discutir com ela. Sorriem. Raffaella olha o relógio de pêndulo da sala.

— Ah, não tem jeito. Eu havia pedido a seu pai que voltasse mais cedo. Temos que ir à casa dos Pentesi, que moram em Olgiata. Mas não tem uma única vez que ele faz o que lhe peço.

Três

— Stefano!

Em pé na minha frente, no meio da rua, está meu irmão. Sorrio.

— Olá, Pa.

Fico feliz em vê-lo. Fico um pouco emocionado, mas consigo fazer que não se repare muito.

— Como está? Não sabe quanto senti sua falta.

Abraça-me com força. Aperta-me em seus braços. Gosto dele. Por um instante, lembro-me do último Natal que passamos juntos, antes de eu ir embora. E daquela massa que ele havia preparado da qual pensou que eu não gostaria.

— E então? Divertiu-se lá embaixo, nos Estados Unidos?

Tira uma mala de minha mão. Naturalmente, a menos pesada.

— Sim, fiquei bem lá embaixo, nos Estados Unidos. Mas por que diz "lá embaixo"?

— Ah, é um jeito de falar.

Meu irmão, que agora conhece diferentes jeitos de falar; é verdade, as coisas mudaram. Olha para mim feliz, sorri. Está sereno. Gosta de mim de verdade. Mas não se parece em nada comigo. Ele me faz lembrar do ator Johnny Palillo.

— Do que está rindo?

— Não, de nada.

Olho melhor para ele. Todo passado, camisa nova, perfeita, calças marrom-escuras, leves, com barra italiana, paletó xadrez, e finalmente...

— Perdeu a gravata, Paolo?

— Bem, no verão, não uso. Por quê? Estou mal?

Nem sequer espera resposta.

— Pronto, chegamos. Veja o que eu comprei — estica o braço para mostrá-lo em todo seu esplendor. — Um Audi A4 último modelo. Gosta?

Como dizer não a tanto entusiasmo?

— É bonito, sim, nada mal.

Aperta um botão do controle que está em sua mão. Depois de dois bipes, o alarme e os pisca-piscas se apagam. Paolo abre o porta-malas.

— Ande, coloque as malas aqui.

Coloco atrás as duas malas norte-americanas mais a mochila pequena, que ele ajeita ordenadamente:

— Ei, devagar.

Então, tenho uma ideia:

— Posso experimentar?

Olha para mim. Seu rosto muda de expressão. Seu coração dá um pulo. Mas o amor por seu irmão é maior.

— Claro, pode.

Sorri fazendo um pequeno esforço e me joga as chaves com o controle remoto. Que maluco! Eu jamais gostaria de ter um irmão como eu. Principalmente se me pedisse emprestado um Audi A4 como esse, novinho. Sento-me ao volante. Tem cheiro de novo, um carro impecável, só um pouco estreito. Ligo o motor.

— É bom de dirigir.

— E ainda não está amaciado.

Olha para mim preocupado e põe o cinto. E eu, talvez porque voltei a Roma, porque gostaria de gritar, sei lá, porque quero de alguma maneira me livrar desses dois anos de silêncio, de minha raiva vivida longe, saio de repente acelerando. O Audi A4 derrapa, rabeia, rebela-se, grita, suas rodas rugem no asfalto quente. Paolo segura com as duas mãos a alça junto à janela.

— Eu sabia, eu sabia! Por que será que com você é sempre assim?

— O que está dizendo? Acabei de sentar ao volante!

— Quero dizer que com você nunca se pode estar tranquilo!

— O.k...

Acelero, pego a curva e brinco um pouco com o volante até quase acariciar o *guard rail*.

— Está bom assim?

Paolo se acomoda de novo no banco, ajeitando o paletó.

— Não há o que fazer, com você nunca se tem um segundo de sossego.

— Ei, você sabe muito bem que estava brincando. Não se preocupe, eu mudei.

— Mais ainda? Quanto mudou?

— Isso eu não sei; voltei a Roma para ver.

Ficamos em silêncio.

— Posso fumar aqui dentro?

— Prefiro que não.

Ponho um cigarro na boca e aperto o isqueiro.

— O que está fazendo? Vai acender mesmo assim?

— Foi o "prefiro" que estragou tudo.

— Está vendo? Mudou, mas para pior.

Sorrio e olho para ele. Gosto muito dele. Talvez ele, sim, tenha mudado de verdade; parece mais maduro, mais homem. Dou uma tragada e lhe ofereço o cigarro.

— Não, obrigado.

Como resposta, abre um pouco a janela. Logo se anima de novo:

— Sabe de uma coisa? Estou saindo com uma garota.

Meu irmão é sete anos mais velho que eu. É incrível, às vezes, parece uma criança; é um prazer ver a vontade que ele tem de me contar as coisas. Decido agradá-lo.

— E como ela é? Bonita?

— Bonita? Muito bonita! Alta, cabelo louro-claro... Você precisa conhecê-la. Chama-se Fabiola, trabalha com decoração, só gosta de ir a determinados lugares, tem muito bom gosto.

— Claro, claro...

— Não acredita? Você é um incrédulo. Pior, você é inacreditável. Bom, seja como for, sintonizamos bem.

Sintonizar... O que quer dizer? Sintonia é coisa que tem a ver com música. Ou, pior ainda, com circuitos. O amor, porém, é quando você não respira, quando é absurdo, quando sente falta, quando é bonito mesmo que esteja desafinado, quando é loucura... Quando só de pensar em vê-la com outro você atravessaria o oceano a nado.

— Se vocês se dão bem, isso é o que importa. Aliás — tento acabar da melhor maneira possível —, Fabiola é um belo nome.

Arremate banal, mas não encontrei outro. Basicamente, nada me importa, mas se lhe dissesse que o nome é terrível, ia ficar chateado. Paolo sempre precisa da opinião de todo mundo. A maior idiotice que se pode cometer. Além disso, quem é todo mundo? Mesmo os nossos não foram o que esperávamos que fossem.

Parece que lê meu pensamento.

— Papai também está saindo com alguém, sabia?

— Como vou saber, se ninguém me conta?

— Mónica, uma mulher bonita. Cinquenta anos, está muito bem. Revolucionou a casa dele. Pegou algumas antiguidades, desempoeirou-as...

— Desempoeirou o papai também?

Paolo ri feito louco:

— Muito boa essa!

Meu irmão e seu entusiasmo idiota. Antes já era assim? Quando você volta de viagem, tudo parece um pouco diferente.

— Moram juntos, você precisa conhecê-la.

Você precisa... O que quer dizer "você precisa"? Dou um golpe seco no volante para me esquivar de um sujeito que não quer sair do caminho. Saia daí! Dou sinal de luz... nada. Acelero, mudo de marcha. Colo o carro à direita para ultrapassá-lo.

Paolo empurra as pernas para a frente e se agarra ao descanso de braço que fica entre o banco dele e o meu. Volto para a esquerda e o tranquilizo.

— Tudo bem. Nos Estados Unidos, não podia fazer isso. Eles controlam tudo milimetricamente.

— E voltou para liberar tudo com meu carro, não é?

— Como está a mamãe?

— Bem.

— O que quer dizer "bem"?

— E o que quer dizer "como está"?

— Você dificulta as coisas. Está calma? Sai com alguém? Você fala com ela? Ela vê o papai ou fala com ele?

Não consigo fazer esta última pergunta: ela perguntou por mim?

— Com frequência, me pergunta por você — é a única à qual responde. — Queria saber se você ligava de Nova York, como estava o curso, etc.

— E você?

— Eu disse o pouco que sabia. Que o curso ia bem, que estranhamente ainda não havia quebrado a cara de ninguém, e depois inventei algumas coisas.

— Tipo?

— Que fazia dois meses que você estava saindo com uma italiana. Se houvesse dito norte-americana, ela saberia que estava mentindo, não teria entendido.

— Ha, ha! Diga quando for a hora de rir. Isso é uma piada?

— Depois disse que você estava se divertindo, que saía bastante à noite, nada de drogas, mas um monte de amigos. Enfim, que não tinha intenção de voltar, mas, de qualquer maneira, estava bem. Acertei?

— Mais ou menos.

— Como?

— Saí com duas norte-americanas e nos entendemos muito bem.

Ele não teve tempo de rir, acelero e saio cortando pela direita. Longe da tangencial, na curva, acelero novamente, e os pneus cantam. Um carro velho buzina atrás de mim. Sigo a curva como se nada tivesse acontecido e pego a saída. Paolo se ajeita no banco e puxa o paletó para baixo. Tem que dizer alguma coisa.

— Você não deu seta.

— O.k.

Dirijo um tempo em silêncio. Paolo olha com frequência para fora; depois, de novo para mim, tentando atrair minha atenção.

— O que foi?

— Como acabou a história da audiência?

— Fui perdoado.

— Como assim? — olha para mim com curiosidade.

Viro e sustento seu olhar por uns instantes. Ele fica em silêncio enquanto me olha tranquilo, sereno. Não acho que minta, ou talvez seja um ator formidável. Paolo é um bom irmão, mas entre seus hipotéticos méritos não se encontra "formidável". Torno a olhar para a frente.

— Nada, fui indultado e pronto.

— Explique melhor.

— Você não entende dessas coisas? Sabe aquelas anistias fiscais em época de eleição? Então, esse é um desses casos: delitos como o meu são esquecidos.

Sorri.

— Sabe? Faz tempo que me pergunto por que você deu uma surra no sujeito que morava em frente a nossa casa.

— E conseguiu sobreviver a essa incrível dúvida?

— Sim, também tive outras coisas para fazer.

— Nos Estados Unidos, você não duraria nem um dia. Lá, você não tem tempo para fazer perguntas.

— Mas como estava em Roma, pensei nisso entre um *capuccino* e um aperitivo. E até cheguei a uma conclusão.

— Não me diga! E...?

— Que nosso vizinho molestava, de alguma maneira, a mamãe. Cantadas pesadas e alguma brincadeirinha além dos limites. Você, não sei como, soube e... bum! Mandou-o para o hospital.

Fico em silêncio. Paolo me olha. Gostaria de evitar seu olhar.

— Mas há uma coisa que não entendo, que me escapa. Mamãe estava na audiência e não disse nada, não contou o que havia acontecido, o que o sujeito disse ou, enfim, por que você havia reagido assim. Se tivesse falado, talvez o juiz pudesse ter entendido.

Paolo. O que sabe realmente? Olho para ele por um instante e volto a olhar para a rua. Linhas brancas no chão, uma atrás da outra, tranquilas sob o Audi A4, às vezes, levemente apagadas. O barulho da rua, batum, batum, o Audi A4, suave, sobe e torna a descer a cada pequeno desnível. Sentem-se todas as emendas da rua, mas não incomodam. É justo dizer a verdade? Mostrar uma pessoa a outra sob uma luz diferente? Paolo gosta da mamãe tal como ela é. Ele a ama como acha que é. Ou como quer acreditar que é.

— Por que me pergunta isso, Paolo?

— Para saber.

— Não se convence, não é?

— Bem, na verdade...

— E para um assessor financeiro como você, isso é um pesadelo.

Giovanni Ambrosini era o nome de nosso vizinho, só descobri no dia da audiência. Ou melhor, soube o sobrenome antes. Quando bati na sua porta, estava escrito na campainha. Saiu para abrir de cueca. Quando me viu, fechou a porta de repente. Eu havia ido lá só para conversar, para lhe pedir educadamente que abaixasse a música. Senti meu coração dar um salto. Na fresta da porta, emoldurado no batente, o rosto dela. Esse olhar que nos uniu e nos separou para sempre. Não o esquecerei jamais. Nua como nunca a havia visto, linda como sempre. Minha mãe. Entre os lençóis de outro. Não me lembro mais que cigarro tinha na boca. E seu olhar, com o desejo de consumar alguma outra coisa, o cigarro e finalmente... Eu. Veja, meu filho... esta é a realidade, esta é a vida. Meu coração ainda queima. E depois, Giovanni Ambrosini. Tirei-o para fora de casa pelos cabelos. Acabou no chão. Quebrei os dois pômulos do seu rosto com um pontapé na nuca. Enfiou-se por entre a grade da escada e continuei batendo com o salto na orelha direita, no rosto, nas costelas, nas mãos, até esfolá-las. Essas mãos que a haviam tocado. E... Chega. Chega. Chega, por favor. Não aguento mais. Essas lembranças nunca nos abandonam, nunca. Olho para Paolo. Respiro fundo. Calma. Mais fundo. Calma e mentiras.

— Lamento, Paolo, mas às vezes as coisas não se encaixam. Esse sujeito me dava no saco, isso é tudo. Mamãe não tem nada a ver com isso, o.k.?

Parece satisfeito. Gosta de ouvir essa versão. Olha pela janela.

— Ah, eu não lhe contei uma coisa.

Olho para ele preocupado.

— O quê?

— Mudei de casa. Continuo na Farnesina, mas aluguei uma cobertura.

Finalmente, uma notícia tranquilizadora.

— Bonita?

— Demais. Você precisa ver. Esta noite, vai dormir em meu apartamento, não é? O número do telefone continua o mesmo. Consegui graças a um amigo que trabalha na Telecom.

Sorri satisfeito desse seu pequeno poder. Caramba, ainda bem que manteve o mesmo número! É o que coloquei em meu cartão, o que dei à comissária de bordo, Eva, a *gnocca*. Sorrio com meus botões. Corso Francia, Vigna Stelluti, subindo para piazza Giochi Delfici. Passo pela frente da via Colajanni, o atalho que leva à piazza Jacini. Uma motocicleta para repentinamente no semáforo. Uma garota. Oh, não! É ela. Cabelo louro acinzentado, longo, por baixo do capacete. Usa um boné também. O iPod azul e uma jaqueta azul-celeste, como seus olhos. Sim, parece ela. Reduzo. Balança a cabeça ao ritmo da música e sorri. Paro. Ela arranca. Deixo-a passar. Entra alegre em frente ao nosso carro. Agradece só com os lábios. Agora meu coração se desacelera. Não, não era ela. Mas uma lembrança me assalta. Como quando você está na água, no mar, de manhã cedo e faz frio. Alguém chama, você se volta e cumprimenta e então chega uma onda imprevista. E ali estou eu, sem querer, náufrago em qualquer lugar, em qualquer dia de apenas dois anos atrás.

É noite. Seus pais estão fora. Ela me ligou. Pediu para que eu fosse vê-la. Subo a escada. A porta está aberta, deixou-a encostada. Abro lentamente.

— Babi... Você está aí? Babi...

Não ouço nada. Fecho a porta. Caminho pelo corredor. Passo na ponta dos pés em frente aos dormitórios. Uma música suave sai do quarto de seus pais. Que estranho! Havia dito que estavam no Circeo. Pela porta entreaberta escapa uma luz fraca. Eu me aproximo e abro. Junto à janela, repentinamente, surge ela, Babi. Está usando uma roupa de sua mãe, uma blusa de seda leve cor de areia, transparente e desabotoada. Embaixo se vê um sutiã creme. Uma saia longa de caxemira com desenhos. O cabelo preso em uma trança. Parece mais velha, pretende ser mais velha. Sorri. Na mão, uma taça cheia de champanhe. Agora está servindo um pouco para mim. Deixa a garrafa em um balde de gelo que está em cima da cômoda. Em volta, há velas e um perfume de rosas silvestres que pouco a pouco nos envolve. Apoia um pé em uma cadeira. A saia se abre na fenda, cai para um lado, descobrindo uma bota e sua perna, coberta com uma meia fina de redinha cor de mel, com ligas. Babi me espera com duas taças na mão, e seus olhos repentinamente mudam. Como se houvesse crescido de repente.

— Pegue-me como se fosse ela... Ela, que não gosta de você; ela, que diariamente me deixa louca tentando nos separar.

Entrega-me a taça. Bebo-a inteira de um gole só. O champanhe está gelado, está bom, perfeito. Dou-lhe um beijo intenso como o desejo que sinto. As línguas têm gosto de champanhe, adormecidas, perdidas, bêbadas, anestesiadas... Repentinamente despertam. Passo a mão por seus cabelos e fico prisioneiro de mechas compactas, de cabelos trabalhados. Seguro sua cabeça assim, perdida em minhas mãos, perdidamente minha, enquanto seu beijo se torna mais ávido. Totalmente dona da minha boca, é como se quisesse entrar em mim, devorar-me, chegar ao meu coração. O que está fazendo? Pare, já é seu. Babi se afasta e me olha. Na realidade, ela se parece muito com sua mãe. E a intensidade que percebo me dá medo; nunca a tinha visto desse jeito. Então, ela pega minha mão, levanta um pouco a saia e a coloca embaixo. Guia-a para cima, mais acima... Abandona a cabeça para trás, com os olhos fechados. Seu sorriso, escondido. Um suspiro forte e claro. Leva minha mão ainda mais para cima. Sem pressa, por cima da calcinha. Aqui. Afasta-a um pouco e me perco com os dedos em seu prazer. Babi suspira agora com mais força. Desabotoa minha calça e a abaixa veloz, ávida também, como nunca. E docemente o encontra. Para. Olha em meus olhos e sorri. Lambe minha boca, me morde, está com fome. Fome de mim. Apoia-se, me empurra, sua testa contra a minha, sorri, suspira, começa a mover a mão para cima e para baixo, perdendo-se faminta, nossos olhos fixos um no outro... Abaixa a calcinha, me dá um último beijo suave e me acaricia embaixo do queixo. Fica em cima da cama e se descobre levantando a saia, e se volta para mim.

— Step, por favor, me pegue com força, como se eu fosse minha mãe... Por favor, eu quero, juro.

Parece incrível, mas o faço. Obedeço, e ela começa a gemer como nunca havia feito, e quase desmaio de prazer, de desejo, do absurdo da situação, do amor, daquilo que não julgava possível. Ainda me lembro vividamente do prazer por todo o corpo e quase fico sem ar.

— Ei, Step!

— Sim?

De repente, volto a mim. É Paolo.

— O que foi? Parou no meio da rua.

— O quê?

— Estou surpreso com tanta gentileza de sua parte. Nunca o vi fazer algo parecido: dar passagem a uma garota que nem sequer está certa! Incrível. Os Estados Unidos lhe fizeram realmente bem, você mudou mesmo. Ou será...

— Será o quê?

— Que essa garota se parecia com outra.

Volta-se para mim e me olha.

— Ei... Não se esqueça de que somos irmãos.

— Exatamente, isso é o que me preocupa. É uma "brincadeira", caso não tenha entendido.

Paolo ri. Volto a dirigir buscando de novo o controle. Encontro-o. Respiro fundo. Mais fundo. A dor de saber que as ondas dessa maré alta não me abandonarão nunca.

Quatro

— O Z4 é um carro incrível. Daria qualquer coisa para ter um.

Claudio Gervasi está em Porta Pinciana, parado em frente à vitrine de uma concessionária BMW. Olha para o carro como se fosse uma criança, extasiado, desejoso, desgostoso porque não pode ter um. Se Raffaella soubesse o que ele deseja, teria problemas. E se soubesse de todo o resto, ela o mataria. Prefere não pensar. Ela nunca saberá. A essa altura, como chegou até ali, vale a pena entrar.

— Não há nada de errado em ter um desejo. Ou isso também está incluído na lista de pecados sociais? — Claudio tenta se convencer.

— Também não me comprometo de jeito nenhum. Só quero saber quanto me dariam em uma hipotética troca. Quem sabe se não pagariam bem por meu Mercedes 200? Tem seus quilômetros, mas está em bom estado.

Dá uma volta ao redor do carro, examinando-o.

— Está ótimo, exceto por esse pequeno arranhão, culpa de Babi e Daniela, e principalmente do modo como estacionam a Vespa. Vamos ver o que me dizem. — Entra na loja. Logo se aproxima um jovem vendedor, impecável, com uma bela gravata grande, azul, terno de paletó justo e calças estreitas perfeitas, com barra italiana acompanhando mocassins escuros, simples, mas perfeitamente engraxados. Exatamente como o carro. Visto de perto, parece ainda mais bonito. É azul-celeste pálido, e o interior, um pouco mais escuro, com o acabamento de couro nas cores bege-claro e preto, que com suavidade forra cada peça, do volante ao câmbio. Irresistível.

— Boa tarde, posso ajudar?

— Sim, gostaria de saber o preço desse BMW. É o Z4, não é?

— Isso mesmo. Então... *full optional*, chaves na mão com ABS e rodas, naturalmente, de liga leve... Vejamos, você é um homem de sorte, estamos com uma promoção. Seriam 42 mil euros. Um euro a mais, um euro a menos, depende.

— Com certeza, a mais. Ainda bem que sou um homem de sorte e estão com essa promoção.

Então, o vendedor, um pouco desiludido, sorri:

— Este era o carro de James Bond.

Claudio não acredita no que ouve.

— Exatamente este?

— Não, não, este não! — O vendedor olha para ele tentando descobrir se está debochando. — Dentre outras coisas, porque acho que o que usaram nos filmes foi o Z3, o BMW da série anterior, e devem tê-lo destruído ou leiloado. Mas este especificamente foi usado em *Ocean's Twelve*, ou era *Eleven*? Agora não me lembro bem. De qualquer maneira, George Clooney, Matt Damon, Andy García e Brad Pitt o dirigiram... e agora... você!

Claudio esboça um sorriso.

— Talvez.

O vendedor percebe que está diante de um indeciso crônico. Não conhece a verdade. Está diante de uma sombra enorme, um holograma terrível, uma projeção a laser. Claudio está envolvido pelo pensamento de sua mulher: o que ela faria se soubesse? O rapaz decide incitar o cliente em potencial com algumas informações. Contorna o carro fornecendo dados: velocidade, consumo, opcionais de todo tipo e, naturalmente, possibilidade de *leasing*.

— A propósito — diante desse último dado, Claudio recupera a esperança —, se for o caso, vocês compram meu carro antigo, não é?

— Claro, sem dúvida! Mas, neste momento, o comércio de automóveis não está muito bom.

Claudio não tinha dúvidas a esse respeito.

— Pode dar uma olhada? Está aqui fora.

— Claro, vamos vê-lo.

Sai da loja acompanhado pelo vendedor.

— Aqui está, é este.

Mostra orgulhoso seu Mercedes 200 cinza chumbo metálico. O garoto está atento agora, sério, minucioso. Olha para o carro tocando-o de vez em quando, verificando eventuais trabalhos de reparação enganosamente disfarçados. Claudio tenta acalmá-lo.

— Sempre passou por todas as revisões, e, há pouco tempo, também troquei os pneus.

O vendedor dá uma volta ao redor do veículo e vê o outro lado, batido pela Vespa. Então, Claudio tenta distraí-lo.

— E justamente na semana passada fiz uma revisão completa.

Mas um vendedor como esse não deixa escapar nada.

— Sim... mas tem uma bela batida, hein?!

— Bom, minhas filhas... Já pedi mil vezes para que encostem a Vespa na parede, mas não estão nem aí!

O vendedor dá de ombros, como quem diz "E eu com isso?".

— Bom, de qualquer maneira, vão mandar arrumar. E vão ter que dar uma revisada no motor. O técnico verá isso. Bem, não havendo mais problemas, acho que o valor ficaria por volta de 4 mil, 4 mil e 500 euros.

— Ah... — Claudio fica sem palavras. Esperava pelo menos o dobro. — Mas é 99.

— Na verdade, achei que era 2000. De qualquer maneira, confirmo o preço que já lhe dei, acha que está bom?

"Se acho que está bom? Você acha que está bom. Teria que pagar ainda 37.500, um euro a mais, um euro a menos." Mas Claudio decide não pensar mais.

— Sim, está bom, claro.

— Então, estamos acertados. Se precisar de nós, sabe onde nos encontrar.

O jovem vendedor aperta sua mão com força, certo de que mais ou menos o convenceu. Entrega-lhe um cartão que tem seu nome e o logo da BMW. Claudio o observa enquanto se afasta. Quando o vendedor já está perto da loja e não pode mais vê-lo, Claudio rasga o cartão e joga em uma lixeira próxima. Só faltava Raffaella encontrar a prova do delito. Entra em sua Mercedes e apoia as mãos no volante. "Querida, você sabe que nunca vou traí-la!" Pega o celular, olha em volta e escreve um torpedo. Envia-a e, naturalmente, um segundo depois a apaga. Finalmente, como último gesto de grande liberdade, acende um Marlboro.

Cinco

— Chegamos, Step, é o 237. Espere, vou abrir o portão. Estacione aqui. A vaga número 6 é minha. — Paolo está orgulhoso. Pegamos as malas. — O elevador sobe diretamente da garagem.

Também está orgulhoso disso. Chegamos ao quinto andar. Abre a porta como se fosse uma caixa-forte. Alarme, duas fechaduras, porta blindada... O nome dele: Paolo Mancini, um cartão impresso em uma pequena placa emoldurada dourada. É horrível, mas não digo nada.

— Viu? Coloquei um cartão meu na placa. O número de telefone também. Boa ideia, não? Mas, por que está rindo? Não gosta, não é?

— Claro que sim. Por que sempre acha que estou mentindo? Gosto de verdade, acredite.

Sorri um pouco mais relaxado e me faz entrar.

— O.k., vamos. Veja, aqui está.

Por dentro, a casa não está nada mal: piso novo, cores claras, paredes brancas.

— Falta um pouco de decoração, mas o reformei inteiro. Veja, coloquei reguladores nos interruptores? — ele demonstra aumentando e diminuindo uma luz. — Demais, não?

— Demais.

Fico na entrada com as duas malas na mão. Paolo sorri, feliz com sua ideia.

— Vou lhe mostrar onde pode dormir — abre a porta de um quarto que fica no fundo do corredor. — *Tchanãn*!

Paolo fica na porta, sorridente. Deve haver alguma surpresa dentro. Entro.

— Peguei toda a sua roupa e trouxe para cá. Algumas camisas, as camisetas, os moletons... E veja isso — mostra um quadro pendurado na parede. — Restou uma ilustração de Andrea Pazienza. Essa você não queimou.

Faz-me lembrar, sem querer, daquele Natal de dois anos e meio atrás. Talvez ele entenda e lamente um pouco.

— Bem, vou para o meu quarto. Fique à vontade.

Deixo a mala em cima da cama, abro-a e começo a tirar a roupa de dentro dela. Blusas de lã, jaquetas. Uma jaqueta esportiva Abercrombie. Jeans desbotados Junya. Um moletom cor de areia Vintage 55. Camisas bem dobradas Brooks Brothers. Coloco tudo dentro de um armário branco com várias gavetas. Abro também a outra mochila e encho todos os espaços vazios. No fundo, há um pacote embrulhado. Pego-o e saio do meu quarto. Paolo está em seu quarto, deitado na cama com os pés para fora.

— Tome — jogo o pacote em sua barriga.

Ele o pega como se estivesse dando um soco no ar e se dobra ao meio fazendo o pacote cair na cama.

— Obrigado. Por que isso?

Sempre procura uma explicação.

— É a última moda nos Estados Unidos.

Desembrulha-o e desdobra. Está um pouco perplexo.

— É uma jaqueta de bombeiro. Todos os recém-chegados usam uma dessas.

Depois que lhe digo isso, ele gosta mais.

— Vou provar!

Coloca-a por cima do paletó e se olha no espelho. Tento não rir.

— Nossa, que legal!

Essa expressão não é própria dele; gostou de verdade.

— Acertou até o número.

— Cuide bem dela. Vale um pedacinho da sua casa.

— Sério? É tão cara?

— Ei, seu quarto é mais bonito que o meu, é maior.

— Sim, eu sei, Step, mas...

— Paolo, eu estava brincando.

Ele suspira aliviado.

— Não, sério, de qualquer modo, a reforma ficou boa.

— Você não imagina quanto gastei.

Já surge de novo o assessor financeiro. Volto ao meu quarto e começo a me despir. Estou com vontade de tomar um banho. Paolo entra no quarto, ainda está com a jaqueta, com a etiqueta pendurada na gola e um pacote na mão.

— Eu também tenho uma surpresa para você — ameaça jogar o pacote, mas muda de ideia e o entrega devagar. — Não dá para jogar, é delicado.

Abro com curiosidade.

— É de aniversário — ele consegue me sensibilizar. — Na realidade, é do aniversário que passou nos Estados Unidos. Só pudemos ligar.

— Sim, ouvi a mensagem na secretária eletrônica.

Continuo desembrulhando o presente. Tento não pensar naquele dia, mas não consigo. 21 de julho... Ficar fora de propósito o dia todo para não esperar inutilmente do lado do telefone. Depois, voltar para casa e ver a secretária eletrônica piscando. Uma mensagem, duas, três, quatro. Quatro mensagens, quatro possibilidades. Quatro esperanças. Vamos à primeira: "Olá, Stefano, é papai. Parabéns! Achou que eu havia esquecido, hein?"

Meu pai. Sempre tem que acrescentar um toque de humor em tudo que faz. Aperto a tecla e avanço. "Parabéns a você, nesta data querida..." Meu irmão, que até me canta parabéns por telefone. Bobo! Faltam duas. Outra mensagem, a penúltima. "Olá, Stefano..." Não, é minha mãe. Ouço em silêncio. Sua voz desliza suave, lenta, amorosa, talvez um pouco cansada. Então, fecho os olhos e os punhos e tento conter as lágrimas. E consigo. Hoje é meu aniversário, mamãe.

Quero ficar contente, quero rir, quero ficar bem, mamãe. Sim, eu também sinto saudades. Sinto saudades de tanta coisa... Mas hoje não tenho vontade de pensar. Por favor. "Muitas felicidades, Stefano, e, por favor, ligue quando puder. Um beijo." Resta, então, uma mensagem. A luz verde pisca silenciosa. Olho para ela em silêncio. Acende e apaga lentamente. Essa luz verde poderia ser o melhor presente de minha vida. A voz dela. A esperança de que também sinta saudade de mim. De que seja possível voltar atrás um instante e, então, recomeçar. Sonho ainda por um segundo, depois, aperto a tecla. "Ora, o lendário! Como vai? Ah, que prazer absurdo ouvir sua voz, mesmo que só na secretária eletrônica. Você não imagina quanta saudade... Demais. Roma está vazia sem você. Reconheceu minha voz, não é? É Pallina. Claro que agora tenho mais voz de mulher. Tenho que lhe contar um monte de coisas. Por onde começamos? Vejamos... Posso ficar à vontade, meus pais saíram. Estou ligando de casa e gasto que é uma maravilha, porque me irritaram. Assim os castigo um pouco, não é?"

Ela me faz rir, me alegra. Ouço-a com um sorriso. Mas não posso mentir, não a mim mesmo. Não era essa a ligação que eu esperava. Não é um aniversário sem a voz dela. Não me parece nem sequer que eu tenha nascido. Porém, agora, depois de mais de dois anos, estou aqui outra vez.

— Então, o que me diz? Gosta?

Termino de desembrulhar o pacote e olho a caixa.

— É o modelo mais novo: um Nokia fantástico.

— Um celular?

— Demais, hein? Tem sinal em todo lugar. Arranjei esse graças a um amigo, porque ainda não está nas lojas. É um N-70, tem de tudo e é pequeno. Cabe no bolso do paletó.

Guarda-o para mostrar que o que diz é verdade.

— Dá pra ver que você tem amigos importantes, não é?

— *Et voilà*, viu? Abre assim, e dá para tirar o som e deixar só para vibrar. Tome.

Nem sequer ouviu minha brincadeira. Só espera minha reação.

— Obrigado — é a única coisa que consigo dizer. — Estava precisando de um celular.

— Já tem número: 335. Fácil, não? Também é coisa do meu amigo da Telecom.

Está ainda mais satisfeito. Meu irmão e seus amigos. Agora tenho um número. Estou fichado, identificado. Localizável, talvez.

— É muito bonito, mas agora preciso tomar um banho.

Deixo o celular em cima da cama. Paolo sai meneando a cabeça:

— Jogando assim, esse celular vai durar pouco.

Meu irmão não tem jeito. Como é chato! Porém, nós dois nascemos do mesmo sêmen, o de meu pai, ou pelo menos é o que espero. Ligo o rádio que está no criado-mudo e sintonizo. Enquanto tiro a roupa, rio sozinho. Minha mãe deve ter gerado Paolo com outro. Só pode ser. Pelo menos, seria uma explicação. Mas descarto a ideia. Eram outros tempos. Tempos de amor. Gosto dessa época. Cantarolo qualquer coisa.

Estou embaixo do prédio, vi as luzes se acendendo. Sei que essa é a casa nova de Paolo. Ali está, eu o vejo. Step passa em frente à janela. Esse deve ser seu quarto. Está se despindo... E está cantando. Ponho os fones. Ligo o rádio do meu celular. Troco de emissora até que julgo encontrar o que Step está cantarolando. Olho para o dial: Ram Power 102.7. "Recordar é viver", diz a vinheta. Quem sabe o que Step prefere... Olho a hora. É tarde, tenho que voltar para casa. Com certeza, meus pais estão me esperando.

— Paolo, você tem uma toalha?

— Deixei umas no banheiro. Arrumadas por ordem de cor, o azul mais claro, para o rosto, o mais escuro, para a ducha higiênica, e, por fim, um roupão azul atrás da porta.

É verdade, meu irmão é obcecado por ordem.

— Ei, Step, deixe-me olhar para você.

Paro em frente à porta.

— Caramba, você está muito bem. Emagreceu?

— Sim. Nos Estados Unidos, se treina de outro jeito, na academia. Muito boxe. Logo que comecei, vi como somos lentos, aqui em Roma.

— Está todo sarado.

— Quando você aprendeu essas expressões?

— Fiz matrícula em uma academia.

— Não acredito. Já era hora! Mas como, depois de todo aquele discurso: "academia é perda de tempo", o "físico não importa". E por fim...

— Fabiola me convenceu.

— Ah, que bom! Estou começando a gostar de Fabiola.

— Ela disse que eu ficava tempo demais sentado e que um homem deve decidir quem é fisicamente aos 33 anos.

— Aos 33 anos?

— Isso mesmo.

— Então, você ainda tinha dois anos de liberdade.

— Preferi não me ater tanto à regra.

— Bom para Fabiola — vou para o banheiro. — E onde está fazendo?

— No Roman Sport Center.

Silêncio. Apareço na porta de novo.

— Isso também foi Fabiola quem decidiu?

— Não — sorri orgulhoso, segundo ele, de sua escolha. — Eu... Bem, na verdade, ela já fazia lá.

— Ah, entendi.

Volto ao banheiro e fecho a porta. Não posso acreditar. Não há nada pior do que ir à academia com a namorada. Ficar pensando nela embaixo dos halteres, vigiando quem se aproxima, pensando no que dizem, naquele sujeito que finge lhe ensinar o movimento certo, vendo o que ela faz e como responde. Terrível. De vez em quando, vejo esses casais. Um beijo no final de cada série. E depois, após o treino, a pergunta obrigatória: "O que vamos fazer hoje à noite?"

Porque um casal deve ter seu programa. Senão, que tipo de casal é esse? Mas quando se está "livre", então, a academia é perfeita. Automaticamente, o músculo trabalha em dobro, ele mesmo deve se pôr em evidência para a caça. As máquinas e os pesos parecem que fingem trabalhar, silenciosos espectadores de quem sabe quantos amores calculados. É assim que funciona: depois de acabada cada série, as pessoas se olham, seguem o rastro, um sorriso e, após isso, vem o papo-furado. Como se chama, o que fez ontem, que lugar novo abriram hoje, quais seus planos para hoje à noite, o que vai fazer amanhã, quanto dinheiro tem. Enfim, se você vale ou não vale a pena.

Abro o chuveiro e entro embaixo do jato. Água fria. Apoio o braço na parede e forço, criando resistência à queda d'água. Meus ombros incham e a água continua a cair, agora mais morna. Inclino a cabeça para trás, a boca meio aberta, e a água muda repentinamente de percurso. Um pequeno rio impetuoso que encontra fendas e esconderijos entre meus olhos, entre o nariz e a boca, os dentes e a língua. Cuspo-a, respirando. Meu irmão. Meu irmão, que vai ao Roman Sport Center. Meu irmão com seu Audi A4 novo. Meu irmão com sua namorada, que treina com ele e entre um sorriso e outro decide o que fazer à noite. Agora está tudo claro. Ele é como papai, sem sombra de dúvida. Quanto mais velho fica, mais se define a fotocópia. Eu, porém, permaneço desvanecido em um canto. Gostaria de saber quem ferrou meu *toner*. Saio do chuveiro. Ponho o roupão e seco o cabelo com a toalha azul, exatamente como ele quer. Esfrego com força o cabelo recém-cortado, e em um instante está seco. Deixo a toalha na cabeça e vou para o quarto. Paolo me vê.

— É impressionante como você se parece com a mamãe. Ligue para ela, vai ficar contente.

— Sim, mais tarde.

Hoje não estou a fim de alegrar o dia de ninguém.

Seis

Do fundo do corredor ouve-se o barulho da chave que gira na fechadura da porta. Raffaella se volta.

— Ah... Claudio chegou!

A porta do fundo do corredor se abre lentamente. Porém, com todo seu novo esplendor, entra Babi. Raffaella vai a seu encontro.

— O que você fez?!

— O que fiz?

— Sim, chegou tarde e, ainda por cima, cortou o cabelo!

— Nossa, mamãe, você me deu um susto! Não sabia do que estava falando! Sim, cortei o cabelo hoje de manhã. Ficou bom? Arturo, o cara que cortou, disse que assim me favorece mais.

— Sim... mas é que havíamos planejado tudo para seu cabelo comprido!

— Mamãe, mas só fiz umas camadas... — Babi sorri. — Eu sabia que você diria isso. Veja — abre uma pequena sacola e tira três fotos de Polaroid. — Veja, fiz o teste. Não fica melhor assim?

Raffaella olha para ela. Sorri contente e satisfeita com sua filha e seu novo corte de cabelo junto com todo o resto que está nas fotos. Mas não quer se dar por vencida. Não, não quer ser excluída de nenhuma decisão, principalmente sobre algo tão importante.

— Sim, fica bem, mas a escolha que havíamos feito me parecia mais adequada... com o cabelo comprido.

— Vamos, não se faça de durona, mamãe! Você vai ver que até lá já vai ter crescido. Voltei mais cedo porque esta noite temos o jantar no Mangili, não é?

— Não, adiei para a próxima semana.

— Mas, mamãe, podia ter me avisado! Voltei cedo só porque tínhamos que ir lá! Custa ligar? Estou sempre com o celular! Você me liga para as coisas mais idiotas, mas não me avisa disso!

— Nunca ligo para coisas idiotas.

— Sim, eu sei, mas eu tinha muito interesse em resolver esse problema.

Babi suspira e põe as mãos na cintura. Quando perde a calma, é como uma criança. Só falta dar chilique.

— Babi, não seja assim. Vamos ao Mangili na semana que vem.

— Sim, mas logo! Quero ter certeza de que esse Mangili... Nunca experimentamos, e ninguém conhece.

— Ele até organiza jantares para o Vaticano.

— Sim, eu sei, mas esse pessoal não sai nunca, eles não estão acostumados a comer! Como vão saber se é bom ou não se só podem comparar com o que servem no convento?

— Babi, fique calma. Tudo vai dar certo! — Raffaella tenta acalmá-la. — É só um jantar.

— Sim, mas é meu jantar, e para mim é importante! Não espero que seja o último jantar, mas, nesse caso, que seja o único!

E, dizendo isso, Babi sai e se tranca no quarto, batendo a porta. Raffaella dá de ombros. É normal que fique nervosa nessa situação. Exatamente nesse momento, abre-se a porta de casa e entra Claudio.

— Amor, cheguei!

— Ainda bem. Onde você estava até agora?

Claudio a beija apressadamente na boca.

— Desculpe, tive que verificar uns arquivos no escritório.

Não pode lhe dizer que esteve verificando cada acessório, o consumo e os fantásticos opcionais do Z4. E não só isso. Também pediu uma avaliação praticamente irrisória de seu Mercedes.

— Troque de camisa e ponha outra gravata também. Rápido. Está tudo preparado em cima da cama.

— Não vamos experimentar o *catering** do meu amigo Mangili? Para que preciso me trocar?

— Claudio, onde você está com a cabeça? Eu liguei para você hoje cedo, para o escritório. Havia esquecido completamente de que esta noite tínhamos de ir à casa dos Pentesti. Adiei o Mangili para a próxima semana! Vamos, vista-se, que já estamos atrasados.

— Ah, sim, é verdade.

Claudio vai para o quarto e tenta recuperar o tempo perdido. Tira o paletó e se despe rapidamente. Exatamente nesse momento, o celular toca com insistência. Claudio pega-o no bolso do paletó e constata que é a resposta de sua mensagem. Lê, sorri e mal tem tempo de apagá-la antes de Raffaella entrar.

— Depressa, e não perca tempo no celular. Quem era?

— Certo, desculpe. Era Filippo Accado, que me mandou uma mensagem.

— Filippo? E desde quando vocês trocam mensagens?

— É que assim se perde menos tempo.

Claudio tira a camisa e põe outra limpa, desabotoando só a gola para ir mais depressa, mas também para esconder o rosto.

— Disse que na segunda-feira não vai ter *bridge*, não sei o que aconteceu.

— Melhor. Então, vamos marcar para segunda-feira a prova do *catering* no Mangili. Ande, depressa, espero na sala.

Claudio acaba de colocar a camisa e se joga na cama. Nunca havia passado tanto sufoco. Muito bem, o *bridge* também dançou. "Bem, foi a primeira coisa que me ocorreu, tenho que abrir mão de alguma coisa." Coloca a gravata, levanta a gola da camisa e prepara o nó. E se os Accado também estiverem na casa dos Pentesti? Caramba, não havia pensado nisso. E se Filippo, que é um tonto,

---

* Catering: prestação de serviços alimentares em eventos, geralmente efetuados por empresas especializadas, incluindo cardápio, decoração, pessoal exclusivo para servir, etc. (N.E.)

não entender de primeira? Já está até ouvindo: "O que está dizendo, Claudio? Eu não lhe mandei mensagem nenhuma." Nesse momento, gostaria de não ir à festa. Amarra em volta do pescoço a elegante gravata azul escolhida por Raffaella. Olha-se no espelho, e por um momento a gravata lhe parece uma terrível corda de enforcado.

Sete

Paolo está assistindo televisão enquanto fala ao telefone, deitado na cama com as pernas um pouco para fora e o polegar brincando no controle remoto em busca de algo que lhe interesse mais do que quem está do outro lado da linha.

— Tchau, vou sair.

— Aonde vai?

Dessa vez, olho para ele sem sorrir.

— Vou dar uma volta.

Arrepende-se de ter me perguntado e logo tenta ajeitar as coisas.

— A cópia das chaves está na cozinha, no armário da esquerda, antes da porta, em um pote de cerâmica. — Sua precisão de costume. Depois, esclarece a quem está do outro lado da linha o que está fazendo, para quem e por quê. Explica que sou o irmão que voltou dos Estados Unidos. Grita de longe: — Achou?

Guardo as chaves no bolso e passo de novo na frente dele.

— Já peguei.

Sorri. Vai prosseguir sua conversa quando de repente cobre o fone com a mão esquerda e, tenso como uma corda, diz:

— Ei, quer o carro emprestado?

Está preocupadíssimo por ter que dizer isso, arrependido por ter oferecido, desesperado com a ideia de ouvir um sim. Deixo passar de propósito alguns segundos, deleitando-me. Eu nem havia pedido.

— Não, não precisa.

— Ah, o.k. — Suspira. Agora está mais relaxado. De qualquer maneira, tenta resolver minha vida. —Step, mandei trazer sua moto, está na garagem.

— Sim, já vi, obrigado.

Mas minha vida não se resolve assim tão facilmente. Pego o elevador e desço até a garagem. Embaixo de uma capa cinza, ao fundo, vejo uma roda. Eu a reconheço. Levemente gasta, mas ainda inteira, um pouco de pó e muitos quilômetros rodados. Com um movimento próprio de um toureiro, retiro a capa. Ali está, a Honda Custom VF-750 azul metálica. Acaricio o tanque. Minha mão desenha uma leve marca no pó que dorme sobre esse azul. Levanto o banco, ligo os cabos da bateria e abaixo de novo. Monto nela. Tiro a chave do casaco e a coloco embaixo, perto do motor. O chaveiro desliza com suavidade, oscila, tocando de vez em quando o frio motor. Mais acima, uma luz fraca tinge de verde e vermelho o painel. A bateria está descarregada. Tento com o pedal, mas é impossível fazê-la pegar. Aperto o botão vermelho com a mão direita. Vãs esperanças agora frustradas: nada a fazer. Tenho que empurrar. Saio da garagem com a moto inclinada, apoiada no corpo, do lado direito, nas pernas. Meus quadríceps incham. Um após outro, passos ágeis, cada vez mais velozes. O pulsar dos passos se alterna com o barulho das pedrinhas, um, dois, três, cada vez mais rápido. Saio do pátio e continuo empurrando pela rua, agora mais depressa. Mais alguns passos. A segunda já está engatada. Seguro a embreagem com a mão esquerda. Chegou a hora. Solto a embreagem, e a moto freia de repente, mas eu continuo empurrando, e a máquina reage. Aperto a embreagem e solto outra vez. E ela tosse. Agora um pouco mais, com força. Estou transpirando. Um último empurrão, posso sentir. E, de fato, liga de repente. Dá um pulo para a frente. Aperto a embreagem e acelero com a direita. O motor ganha vida e ruge na noite, na frente das casas, na rua vazia. Mais gás. Sai fumaça velha dos tubos de escapamento, grandes nuvens que tossem por conta do passado, do longo repouso. Mais gás. Monto e acendo os faróis. Solto a embreagem e avanço no vento noturno. Suado, seco-me correndo veloz pela Farnesina. Passo embaixo da ponte. Pego a curva, mudando de marcha, sem frear. Reduzo um pouco para tornar a acelerar no meio da curva, e a moto rabeia. Acelero de novo e, como um cão obediente, ela corre comigo, rumo à ponte Milvio, depois a igreja, o Pallotta, as mil pizzas comidas ali, o Gianfornaio à esquerda e uma floricultura próxima. Quantas flores enviadas dessa floricultura, a que dá mais desconto. Tantas flores, sempre diferentes, sempre para a mesma garota. Não penso, não quero pensar nisso. Pistola, o vendedor de melancias, está ali fora, testando um celular. Duas buzinadas, e olha para mim. Cumprimento, mas não me reconhece. Irei vê-lo mais tarde para lhe relembrar quem sou. Não importa, acelero e me perco na noite. Caramba, como Roma é bonita. Senti saudade. Acelero e desço pela margem do Tibre. Driblo os carros. Direita, esquerda. Finalmente diminuo e me aproximo da calçada. Roço os pinheiros do Fórum Itálico. Uma ou outra prostituta está pegando lugar junto a seu fogo ainda apagado. Pernas grossas circulam detidas só por algum cano de bota apertado demais. Uma falsa ou verdadeira culta lê um jornal e ri com uma boca desconjuntada por qualquer idiotice encontrada em suas páginas. Talvez seja uma notícia triste e ela não tenha entendido. Outra já está sentada em uma pequena cadeira dobrável, palavras cruzadas na mão e, com uma caneta, preenchendo velozmente. Ou escreve ao acaso ou realmente sabe as respostas. Acelero outra vez e, ao mesmo tempo, diminuo as marchas. Quinta, quarta, terceira, curva fechada à direita. Freio um pouco mais em frente ao Cineporto, um cinema ao ar livre. Ponho o cavalete e desço da moto. Grupos de garotas riem divertidas fumando um cigarro sem que nenhum pai inocente as veja. Uma loura de cabelo curto e maquiagem exagerada olha para mim e dá uma cotovelada na amiga. Morena, olhos de avelã, cabelo meio tijelinha, sentada com as pernas cruzadas em uma SH-50 cinza petróleo. Ela olha para mim espantada e fica de boca aberta. Toco meu cabelo curto na nuca. Estou bronzeado, magro, sorrio e me sinto bem. Estou tranquilo. Estou a fim de uma cerveja gelada e de ver um filme. Para ser sincero, tenho vontade de outra coisa, mas deixe isso pra lá.

— Step, não acredito!

A morena desce da SH-50 e corre a meu encontro gritando feito louca. Olho para ela tentando identificá-la. De repente, reconheço-a: é Pallina. Não acredito... Pallina, a namorada de meu amigo, de meu melhor amigo. Pollo, o companheiro das primeiras bebedeiras, das primeiras garotas, de mil idiotices, de risos e socos e brigas pelo chão, na chuva, na lama, à noite, no frio, no calor, nas férias da vida. Cigarros divididos e centenas de litros de cerveja. Sim, Pollo, o das mil corridas de moto e daquela última...

— Pallina. — Pula em meu pescoço me abraçando com força, com essa força que me faz recordar exatamente ele, meu amigo que não está mais aqui. Tento não pensar nisso. Abraço-a forte, mais forte, e respiro em seu cabelo, tentando recuperar o fôlego, voltar ao presente, à vida. — Pallina. — Afasta-se e fica olhando para mim com os olhos brilhantes. Tenho vontade de rir.

— Caralho, você se tornou uma superfêmea!

— Ah, claro que você percebeu!

Ri divertida, ri e chora, como sempre, louca, mais bonita do que nunca.

Seca o nariz com a mão e funga.

— Não havia reconhecido você!

Dá uma volta diante de mim sorrindo, com amor nos olhos, e me faz uma espécie de desfile.

— Então, como estou? Emagreci, não é? Gostou do cabelo curto? O que me diz? Já viu um penteado como o meu?

— Não, nunca.

— Ora, é a última moda! Como pode não saber, justo você, que esteve nos Estados Unidos! — Ri como uma louca. — É *fashion*! Copiei da *Cosmopolitan* e da *Vogue*. Sabe a Angelina Jolie e a Cameron Diaz? Então, mesclei as duas e as superei!

O momento difícil passou. Ela me dá um soco.

— Senti tanta saudade, Step — e me abraça outra vez.

— Eu também.

— Ei, você também está maravilhoso. Deixe-me olhar... Emagreceu. Ainda estão definidos?

Toca minha camiseta e passa a mão em meu abdome.

— Caramba, como estão! E mais que nunca!

Faz cócegas em mim.

— Ei, sossegue.

Ri.

— Caramba, você está demais. Venha, vou lhe apresentar, esta é minha amiga Giada.

— Olá.

— Este é Giorgio e esta é Simona.

Trocamos cumprimentos. Paro um instante a mais no rosto de Giada, que cora, dando esse último toque de *rouge* a suas faces, já maquiadas demais. Pallina percebe.

— Ora... Acabou de chegar e já está fazendo estragos.

Giada se volta, deixando o cabelo cair no rosto. Esconde-se, sorri enquanto se afasta, os olhos verdes aparecendo entre mechas claras de um cabelo divertido, estilo Bambi. Pallina balança a cabeça.

— Mas... ah, foi embora. Nós também vamos. Vamos entrar e tomar uma cerveja. Temos que falar dos velhos tempos.

Nem me dá tempo de me despedir. Pallina me arrasta:

— Caramba, tenho que lhe contar mil coisas. Você podia ter escrito duas linhas, ter ligado, mandado um cartão-postal... Pelo menos, se lembra do meu número?

Digo-o de cor. A seguir, confesso:

— É onde sempre achava Pollo.

Merda, gostaria de não ter dito isso. Por sorte, estamos na porta. Pallina me salva. Ou não me ouviu ou finge. Cumprimenta um segurança magro:

— Olá, André. Podemos entrar?

— Claro, Pallina. Está sozinha com seu amigo?

— Sim. Não sabe quem é ele?

André não responde.

— É Step. Lembra? Eu falei dele...

— Como não? — Sorri. — São verdades todas as coisas que ouvi sobre você?

— Tirando uns 60 por cento.

Pallina balança a cabeça, joga-me um beijo e entra.

— Ele é modesto — Pallina dá um tapinha no ombro do segurança. — Obrigada, André.

Sigo-a animado.

— É... os tempos mudaram mesmo.

— Por quê?

— É assim que os leões de chácara agem agora?

Pallina olha para André, que nos acompanha com olhar incerto. Talvez não esteja totalmente convencido de que esse seja o Step de que tanto ouviu falar.

— É que esse é um leão de chácara meticuloso, Step.

— Sim, meticuloso. O que quer dizer meticuloso? Nos bons tempos, antes de trabalhar como segurança, você tinha que passar um aperto para provar que sabia se virar. Uma vez, no Green Time, me mandaram deixar o dinheiro em um quarto no fundo. Entrei, e de repente três sujeitos caíram em cima de mim.

Começo a lhe contar a história. Nesse dia, Pollo estava comigo, mas dessa vez consigo deixá-lo de fora, que fique tranquilo, em seu lugar, seja onde for. Só espero que esteja ouvindo e se divirta com essa lembrança.

— Em resumo, roubaram o dinheiro, porra. Então, em um segundo, tirei o cinto e, pá!, na cara dos três. Acertei um com a fivela, bem na cara e quebrei o seu pômulo. Os outros dois, pouca coisa, mas acabaram com alguns ferimentos no rosto. A partir desse dia, fiquei quatro meses trabalhando na porta do Green Time. Cem por noite. Um sonho, e eu pegava todas.

— Pollo tinha uma cicatriz no rosto, embaixo do pômulo esquerdo. Disse que havia sido uma cintada.

Não lhe escapa nada.

— Talvez tenha sido o pai dele.

Olha para mim e sorri.

— Mentiroso, estou vendo que não mudou.

Sentamos a uma mesa de plástico com cadeiras brancas e ficamos em silêncio. Olho em volta. Atrás de nós há uma espécie de armação de borracha gigante que faz as vezes de piscina. Pessoas de todo tipo e condição vociferam ali dentro. Na beira, um garoto grita feito louco, encolhe as pernas e pula bem no meio, espirrando água em todo mundo. Uma mulher gorda com um maiô azul protege o cabelo como pode. "Virgem santíssima!", pragueja, levantando as mãos para o garoto, que ri com seus amigos. A mulher fala mais alguma coisa e retoma seu banho na piscina de água quente e espumosa. O marido, na borda oposta, meio calvo e obeso, ri olhando para ela. Balança a cabeça e fuma um cigarro. Começa a tossir. Seu cigarro cai na água e se apaga. O homem lhe dá um pequeno empurrão com a mão afastando-o para longe de uma criança que nada tentando um desajeitado estilo livre.

— Então, como você está?

— Muito bem, e você?

— Bem, bem.

Permanecemos um tempo em silêncio, coibidos por esse tempo que já não existe. Por sorte, dos alto-falantes distribuídos por todos os lados chegam as notas de uma canção, *The lion sleeps tonight*. Quem sabe qual de nós é o leão agora, e, principalmente, se realmente está dormindo? Um garçom se aproxima e pergunta o que queremos beber.

— Espere, deixe eu adivinhar. Uma Corona com uma rodela de limão.

Sorrio.

— Não, agora bebo Bud.

— Bom, eu também adoro. Duas Bud, por favor.

Quem sabe se está falando sério...

— Sabe, pensei em você com frequência enquanto estava lá... em Nova York, não é?

— Sim. — Ela me faz rir, não mudou nada, fala em rajadas, às vezes só por falar. Lembrou tanto de mim que nem sequer tinha certeza de onde eu estava. Caralho, Step, é Pallina. Deixe-a em paz. É a namorada de seu amigo Pollo. Não a julgue também, não analise suas palavras o tempo todo. Ande, deixe para lá; esbofeteio meu cérebro. — Sim, em Nova York. E me diverti muito.

— Imagino. Fez bem em ir embora. Aqui tudo foi muito difícil.

Chegam as Bud. Erguemos as garrafas. Sabemos a quê estamos brindando.

— A ele — digo em voz baixa. E ela assente. Seus olhos estão embaçados de amor, de lembranças, de passado. Mas agora estamos no presente. As Bud se chocam com violência. Bebo. Está gelada e desce maravilhosamente bem. Gostaria de não parar, mas na metade paro e respiro. Apoio a garrafa na mesa. — Boa.

Vasculho na jaqueta. Pallina é mais rápida, pega um maço de Marlboro light da camisa verde-clara com divisas militares e bolsos com zíper. Tira um e me passa o maço. A melancolia me ataca. Fecho o maço e o devolvo. Coloco o cigarro na boca. Ela não me passa o isqueiro, mas insiste em acender meu cigarro. Suas mãos estão frias, ela sorri.

— Sabia que desde então não fiquei com nenhum outro homem?

Dou uma tragada carregada, pesada.

— Homem? Garoto! — tento banalizar.

— Bom, isso, o que for. — Talvez a Bud, o cigarro, a bagunça, tudo que há de sujo a nossa volta nos faça rir. E tudo fica como era tempos atrás, sem problemas. Falamos de tudo: lembranças, novidades nossas, dos outros... Idiotices, as idiotices de sempre, mas estamos bem. Ela me informa de assuntos romanos. — Lembra daquela ali, não? Sabe o que ela virou?

— Uma gostosa?

— Um barril.

Risos.

— Frullino está em cana outra vez.

— Está brincando!

— Sim, acabou aos tapas com Papero porque estava pegando a namorada dele e ele deu queixa.

— Não posso acreditar... Ninguém respeita mais nada.
— Juro.
Rimos.
— Os irmãos Bostini abriram uma pizzaria.
— Onde?
— Em Flaminio.
— E como é?
— Boa. Você encontra todo mundo que conhece, mas também vai um monte de gente nova. Além do mais, não é muito cara. Ah, e Giovanni Smanella não passou no vestibular.
— Não acredito... O que ele tem no cérebro?
— Sei lá... No inverno passado, estava atrás de mim.
— É um merda!
Voltam os velhos tempos. Pallina olha para mim preocupada.
— Não, era uma coisa simpática. Ficamos amigos, ele me fazia companhia. Falava sempre de Pollo.
— Ainda por cima isso!
Fico em silêncio.
— Cacete, Step — Pallina dá um longo gole de cerveja —, você não mudou nada!
Estou tenso, mas depois deixo para lá. Ela tem razão, o que eu tenho com isso? Não fez nada de errado. No fundo, a vida continua.
— Mudei — digo sorrindo.
— Ainda bem. Então, podemos falar de outra coisa? — Sorri e faz cara de esperta, inesquecível. — Ah... — Viu que mudei de expressão. — Eis aqui a nota doída. Você provocou. — Bebe um último gole de cerveja e depois volta à carga feito mulher. — Então... soube dela? Quanto tempo faz que não se falam? Tentou ligar para ela desde então?
É uma maquininha, parece que não consegue parar nunca.
— Ei, calma, caramba. Parece interrogatório policial! — Tento não parecer afetado demais pelo assunto, mas não sei se consigo. — Não, não soube mais dela.
— Nunca mais?
— Nunca.
— Jura?
— Juro.
— Não acredito.
— Que diabos. Acha que estou mentindo? Então, falei com ela.
— Não, não, o.k., acredito. Eu a encontrei um dia.
Faz uma pausa longa longa demais. Não diz nada. Faz de propósito. Olha para mim e sorri. Quer que eu diga alguma coisa. Espera um pouco, muito. Mas por quê? Que inferno. Que boba. Não resisto.

— Ande, Pallina, desembuche de uma vez.

— Como sempre, muito gentil, mas...

— Mas?

— Diferente. Não sei como dizer. Ela mudou.

— Bom, sobre isso eu não tinha dúvidas, todos mudamos.

— Sim, eu sei. Mas ela... Ela mudou de um jeito... Sei lá, de um jeito diferente.

— Você já disse isso! O que quer dizer de um jeito diferente?

— Não sei. Diferente e pronto. É assim, não sei como dizer. Ou entende assim, ou vai ter que ver para entender.

— Obrigado.

Depois, não sei como, mas faço a pergunta. Sai naturalmente. Não quero falar, porém, escapa. Sai assim, sem querer. Parece até que não sou eu quem fala.

— E... estava sozinha?

— Sim. Sabe aonde estava indo? Fazer compras.

Tenho vontade de rir. Lembro-me dela, imagino-a e de repente a vejo. Babi. Naufrago novamente no mar de lembranças.

— Espere aqui um pouquinho. Não saia daí, viu, Step. Não desapareça como de costume. Sério, não vá embora, quero um conselho — deixa-me em frente à vitrine. Entra, olha, escolhe e me chama. — Veja, decidi que vou ficar com este. Gosta? — Mas não me dá tempo de responder. Pensa de novo e troca de modelo. Experimenta outro, cai bem. Agora parece de novo decidida. Faz uma espécie de desfile e olha para mim. — E então? Que me diz?

— Acho que fica muito bem em você.

Torna a olhar-se no espelho. Mas vê algo de que não gosta, que só ela sabe.

— Desculpe, mas tenho que pensar.

Então, sai da loja e me abraça.

— Não, não, decidi que não. É muito caro.

E se sente feliz porque de qualquer maneira tomou a melhor decisão. No fim, eu lhe dei a roupa de presente alguns dias depois. Ela ria, havia se tornado uma brincadeira, mais uma brincadeira. Por que decidiu parar de brincar, Babi? Mas não tenho tempo de encontrar a resposta.

— Já sabe que ela não está mais com aquele sujeito?

— Não, não sei. Como quer que eu saiba? Já disse que não falei mais com ela. O que você acha, que tenho informantes secretos?

— Acho que agora não está saindo com ninguém.

Fala de propósito, sorridente, pensando que me alegra. Não sei o que pensa e nem quero saber.

— Bom, de qualquer maneira, Babi não me interessa.

Diante de minha resposta, faz cara de incredulidade.

— O quê?

— Não me interessa. Sério. Alguém disse que se você sobrevive a Nova York, pode sobreviver a tudo, e eu acho que consegui.

— O.k. Mas não foi alguém que disse: é uma frase do filme *Melhor... Impossível*. O.k., eu acredito.

Sorri e ergue as sobrancelhas. Bebo outro gole de cerveja.

— Sério, não me interessa.

— Então, por que está repetindo?

Começa a tocar um celular. Não é uma campainha normal. Parece uma musiquinha polifônica, mas baixa, distorcida, feia. Um garoto sentado à mesa ao lado tira o aparelho do bolso e leva-o à orelha. Não é o dele que está tocando. Continua falando com a garota sentada na sua frente, levemente corado. Quem sabe que ligação pode ter recebido? A garota o tranquiliza. O celular continua tocando. A musiquinha insiste e aumenta de volume. Um homem gordo tira um celular pequenino da camisa e olha. Não vê bem e o leva à orelha. Não, não é o dele.

— Que saco de celular.

— Eu deixei o meu em casa — diz Pallina —, não pode ser o meu. Às vezes, quando me dá na telha, desligo, mas esta noite esqueci.

A campainha insiste.

— Parece que é o seu...

Acabo o último gole de cerveja e quase engasgo. Caramba, é verdade, não lembrava. Tiro o aparelho do bolso. É o meu. Agora toca mais forte. Paolo deve ter escolhido a musiquinha. As pessoas me olham, Pallina também. Tento me justificar.

— Paolo me deu de presente hoje à tarde. — Pallina assente. — Alô? — É o meu.

— Finalmente... Achei que estava em uma danceteria. Não estava ouvindo? — É uma bela voz de mulher que no final começa a rir. — Você deve estar se perguntando quem pode ter seu número de celular. Seu irmão me explicou. Espero ter sido a primeira a ligar. É Eva.

Por um momento fico em silêncio. Eva? Claro... Eva, a comissária de bordo que me trazia as cervejas, que andava para cima e para baixo no avião. Eva, a *gnocca*. É para isso que serve um irmão... E um celular.

— Alô... Você está aí?

— Claro!

— Sabe quem sou ou realmente conseguiu me esquecer?

— Como poderia esquecer da... — gostaria de dizer da *gnocca*, mas percebo que não é o momento. — Eva, é que achei que este celular não estava funcionando. Ainda ninguém me ligou.

— A quantas pessoas já deu seu número?

Parece enciumada. Dou risada:

— A ninguém.

— Onde você está?

— Estou com uma amiga.

Silêncio do outro lado.

— Onde?

— Por aí.

O estranho do celular é que você está em todo lugar e em lugar nenhum.

— E como é essa sua amiga?

— Uma amiga.

— E o que sua amiga diz quando você fica tanto tempo no telefone?

Pallina olha em volta e cumprimenta os amigos que acabam de entrar.

— Não diz nada. Já disse: é uma amiga.

Parece aliviada.

— Ouça, se quiser, podemos nos encontrar em algum lugar. Podemos dar uma volta.

— Só tem um problema...

— Sua amiga?

— Não, minha moto. Estou de moto.

— Ah, então é mesmo um problema.

— Você tem medo?

— Não, não tenho medo, deveria ter?

— Não.

Gosto dessa garota.

— O problema é que não posso andar de moto. O seguro do voo proíbe.

Não sei se devo acreditar, mas não importa.

— É verdade, se cair de moto, não pagam.

— Por que não vem me ver? Estou no hotel Villa Borghese.

Pallina olha para mim e faz um gesto com a mão, como quem diz: "Que demora!"

— E depois pegamos um táxi? Ou o seguro também não cobre isso?

Eva ri:

— Depois decidimos.

Encerro a ligação.

— Ainda bem. Uma discussão com uma garota?

— Curiosa, hein?

Levanto-me e pego a comanda.

— O que está fazendo? Vai embora?

— Sim, mas vou pagar.

Pallina parece desiludida.

— Vamos nos ver um dia desses ou você vai partir logo?

— Não, vou ficar.

— Dê-me seu número, assim eu ligo.

— Não sei de cor.

Olha para mim com sua cara engraçada. Inclina a cabeça e olha para mim fixamente. Está mais bonita, mais mulher. Tenho muito carinho por ela. Mas não há nada a fazer, ela não acredita em mim.

— Eu ligo. Senão, pode ligar em casa. Estou na casa de meu irmão, o número dele é o mesmo.

Acalma-se. Levanta-se e me dá um beijo.

— Tchau, Step. Bem-vindo.

A seguir, vai se juntar a seus amigos.

Oito

A moto arranca de primeira. A bateria se recuperou sem problemas. Primeira, segunda, terceira. Em um instante estou embaixo do viaduto da Corso Francia. Penso uma coisa e volto atrás. Uma garota como Eva talvez goste. E, principalmente, eu gosto. Cinco minutos depois, Corso Francia, Piazza Euclide, Viale Parioli.

Uma multidão de restaurantes e carros em fila dupla. Falsos manobristas elegantes, provavelmente poloneses de parco italiano. Uma mulher mais ou menos inepta tenta uma manobra para estacionar direito. Na opinião dela, claro. Na realidade, bloqueou uma curva. Rapazes e garotas às portas do Duck atrapalham o trânsito. Escapo veloz por entre os carros, evito uma tentativa de mudança de sentido e chego à piazza Ungheria. À direita e depois reto até o Zoo. Ao fundo, à esquerda, e depois de novo à direita. Hotel Villa Borghese. Estaciono a moto e desço com a sacola.

— Boa noite. — Problema: não havia pensado nisso, não sei o sobrenome dela. — Boa noite. — Tento de novo. Quem sabe de onde pode chegar a inspiração? O porteiro, um homem de uns 60 anos com aspecto bonachão e simpático, decide me salvar.

— A senhorita o espera. Quarto 202, segundo andar.

Gostaria de lhe perguntar por que acha que vou ver exatamente essa pessoa. E se eu quisesse um quarto ou qualquer outra coisa? Uma simples informação, por exemplo. Mas percebo que é melhor ficar calado.

— Obrigado.

Observa-me enquanto saio. Esboça um meio sorriso e suspira. Assente com a cabeça. Sente inveja por Eva ou por esses anos já passados, mais bonitos até para ele. Subo a escada. 202. Paro e bato à porta.

— É o champanhe? — pergunta divertida, indo para a porta.

— Não, a cerveja.

Abre.

— Olá, entre.

Beija-me no rosto. Caminha tranquila, levemente altiva, mas mais delicada que no avião. É outra coisa. Está com o cabelo solto.

— Brincadeiras à parte, quer beber alguma coisa? Ligo para o serviço de quarto e...

— Sim, claro, cerveja.

— Na geladeira.

Aponta um frigobar no canto oposto. Vou e pego uma. Quando eu volto, ela já está sentada no sofá. Os braços abertos, um apoiado no braço do sofá e o outro em cima de uma almofada. As pernas meio esticadas, com os joelhos juntos.

— Estou exausta. Dei uma volta para fazer umas compras, como me sugeriu.

— E como foi?

— Bem. Comprei uma camisola e um terninho muito bonito de um azul especial; "azul perdido", chamei-o assim. Gosta do nome?

— Muito.

Sorri e se senta mais ereta.

— Quer ver como fica?

Sorri vivaz, solícita, divertida. Olha para mim de um modo mais intenso, com uma estranha malícia. Para provar algo, sua hipotética elegância, ou quem sabe o quê. É um desafio? Aceito.

— Claro.

Pega uma sacola. Olha para mim, levanta as sobrancelhas e se afasta divertida. Mas sei que quer que lhe pergunte.

— Aonde vai?

— Ao banheiro. O que acha?

Fecha a porta atrás de si com um último sorriso que significa "Já volto."

Acabo a cerveja na hora. Aqui está Eva.

— Como estou?

Veste a camisola transparente escorregando sobre seu corpo como uma onda suave, tão suave que me parece quase ouvir esse mar. É azul antigo. Azul perdido, como ela disse. Também ajeitou o cabelo. E o sorriso; não sei, mudou.

— Bonita. Muito. Se essa é a camisola... agora gostaria de ver o terninho.

Ri. Logo muda de expressão e se aproxima com porte profissional. Voltou a ser comissária de bordo.

— O senhor me chamou? O que deseja?

Não me ocorre nenhuma piadinha. Finalmente, penso em dizer: "Como diria aquela mulher: Desejo você, *gnocca*!". Mas acho ruim demais e descarto a ideia. E faço bem. Ela insiste. Está muito perto de meu rosto, e me volta à memória por um momento aquela canção do Nirvana: "*If she ever comes down now...*"

— Então, o que deseja?

— Perder-me em seu azul perdido.

Dessa ela gosta. Eva ri. Acha boa a brincadeira e decide que sim, que me perca logo. Beija-me. Maravilhosamente bem, tranquila, doce, muito tempo. Brinca com meu lábio inferior chupando-o, estica-o levemente para si, para sua boca. De repente, solta. Aproveito.

— Trouxe uma coisa para você.

Não há pressa. A aterrissagem não está prevista, não agora. Afasto-me dela e pego a sacola. Fica surpresa, olhando para mim. Seus mamilos aparecem por entre as dobras leves da camisola. Mas não quero me perder agora nessas ondulações. Abro a sacola diante de seus olhos.

— Não acredito, maravilhoso. Duas fatias de melancia!

— Peguei com um amigo na ponte Milvio. Fazia muito tempo que não o via e ele me deu de presente.

Dou-lhe uma.

— Ele tem as melhores melancias de Roma.

"Depois das suas", gostaria de acrescentar, mas esse comentário seria pior que o outro. Morde a fatia e imediatamente, com um dedo, recolhe um pouco de suco que escorre de seus lábios e suga tentando não perder uma gota sequer. Rio. Sim, não há pressa. Mordo a minha. É fresca, doce, boa, compacta, não farinhosa. Eva continua comendo. Gosta. Devoramos a melancia nos olhando, sorrindo. Aquilo se transforma meio que em uma competição. As meias-luas rosadas, no final, ficam na mão, enquanto continuamos mastigando. O caldo escorre até o queixo. Ela deixa sua fatia acabada em cima da mesa e, sem secar a boca, me beija outra vez.

— Agora você é minha melancia.

Morde meu queixo e lambe em volta de minha boca, detida tão somente por minha barba ainda suave. Decidida, faminta, divertida. Ainda mais mulher.

— Sabe? Desejei você no avião e desejo agora.

Não sei o que responder. É estranho ouvi-la falar. Fico em silêncio enquanto ela sorri.

— É a primeira vez que fico com um passageiro.

Tranquilo, tiro o celular do bolso. Penso na musiquinha e o desligo. Na verdade, do jeito que as coisas estão indo, é o melhor presente que Paolo poderia ter me dado.

— Porém, você era a única comissária de bordo que me faltava.

Tenta me dar um tapa. Detenho sua mão e a beijo docemente. Finge que se irrita e bufa.

— Mas também é a melhor melancia que já provei.

Balança a cabeça divertida e se liberta. Senta-se na minha frente com as pernas cruzadas. Decidida, descarada, vaidosa. Coloca a mão em mim lentamente, com doçura. Onde ela sabe, onde eu sei. Olha em meus olhos, desafiadora, sem pudor. E olho para ela, sem ceder, sorrindo. Então me atrai para si, com desejo, ávida, quase me agarrando pelos ombros. E me deixo ir, assim. Perco-me nesse antigo azul perdido, agradavelmente arrebatado pela doçura de tudo isso, melancia inclusive.

Nove

Longe. Pela Aurelia, antes de Fregene, em Castel di Guido. Um velho castelo abandonado, reformado. Cinquenta grafiteiros passaram cinco dias cobrindo-o de grafite. Cinco projetores com focos de todo tipo para poder, em um instante, iluminá-lo como se fosse dia. Dentro, três consoles com duzentos alto-falantes de 100 kw distribuídos ao longo dos salões, em cima, nas rochas, nos quartos com os afrescos antigos agora desbotados pelo tempo, e até nos porões. Cinco mil velas distribuídas ao acaso entre o jardim e o interior. E, como se não bastasse, dois caminhões com mais de duzentos colchões ainda embrulhados em celofane. Sim, porque nunca se sabe... E esse nunca se sabe, Alehandro Barberini não vai deixar escapar. Esta é sua noite. Para seu vigésimo aniversário, seu pai lhe deu um cartão preto Diners. E que melhor ocasião para inaugurá-lo senão essa? Duzentos mil euros, um suspiro, *et voilà*, pronto. E Gianni Mengoni não deixou escapar a oportunidade de um acontecimento como esse. Foi ele quem tomou as rédeas da situação. Encomendou mais de mil garrafas de bebidas alcoólicas e trezentas de champanhe, 45 vasilhas infláveis cheias de gelo e vinte garçons... Por que economizar? Só pela organização ele cobrou trinta mil euros, já recebidos. "Bem, com esses nobres meio decadentes, nunca se sabe!", disse ao pobre Ernesto, que teve que cuidar seriamente de toda a organização.

Para Ernesto, porém, 1800 euros e uma trabalheira que já dura mais de um mês. Claro que, para ele, esses 1800 são um maná dos céus. Quer chegar ao coração da bela Madda. Faz um mês que estão naquela, mas ela ainda não se entregou.

Essa noite, ele acha que vai conseguir. Comprou-lhe o casaco de que ela tanto gostara, mil euros à vista por um casaco de couro rosa, antiquado e arranhado. Mas se ela está contente... ele também. Escondeu o pacote no carro e quando voltarem, no fim da festa, ao alvorecer, ou quando... quando... Já lhe parece ver seu sorriso, esse sorriso que o impressionou tanto, que o convenceu a contratá-la como ajudante também para essa noite. E por *apenas* quinhentos euros. Enfim, se tudo der certo, no fim da noite Ernesto embolsará trezentos euros, mas terá em troca algo que não tem preço. Certas alegrias não entendem de zeros.

— Dani, onde você se meteu? Estou há uma hora esperando aqui fora.

— Eu sei, mas tivemos que deixar o carro nos fundos. Ele sempre tem medo de que o risquem.

— Por quê? Com quem você veio?

— Como com quem? Já disse, com Chicco Brandelli!

— Não acredito!

— Pois quando eu digo uma coisa, é verdade.

— Está durando! Mas ele só reparou em você para se vingar de sua irmã.

— Como você é cruel. Comigo ele é encantador. Além disso, que lhe importa? Giovanni Franceschini, que sempre vivia atrás daquela do 3º A, como se chama?

— Cristina Gianetti.

— Isso. Não saiu depois com a irmã mais nova quando a conheceu?

— Sim, porque a primeira é uma freira e a outra dizem que faz uns números que, comparada a ela, a estrela pornô Eva Henger é sem graça!

— Bom, pois eu gosto muito de Brandelli, e, além do mais, já disse, daqui a quatro dias é meu aniversário e já está decidido.

— Ainda com essa história? Não vence a validade com dezoito anos! Você está obcecada. Qual será o problema se sua primeira vez for daqui a dois anos?

— Dois anos? Está maluca? E quando vou recuperar o tempo perdido? Não pode ser, agora que tomei coragem, você me desanima desse jeito? Além disso, e você, quando fez?

— Aos dezesseis.

— Viu? E ainda fica falando.

— O que tem a ver? Eu estava com Luigi fazia dois anos.

— Ora, não me pressione. Gosto muito de Chicco Brandelli e esta noite decidi fazer amor com ele. Seja minha amiga uma vez!

— É exatamente por isso que digo, porque sou sua amiga.

Dani se volta e o vê de longe.

— O.k., chega. Vamos entrar e não se fala mais nisso.

— Olá, Giuli.

Chicco Brandelli a cumprimenta com um beijo no rosto.

— Você está ótima, faz muito tempo que não nos encontrávamos. Está muito bonita... Então, foi boa ideia arranjar ingressos para esta noite? Estão contentes, bonecas? Vamos entrar.

Chicco Brandelli pega a mão de Daniela e vai para a entrada. Atrás deles, Giulia cruza o olhar com Daniela e debocha de Brandelli, imitando-o: "Bonecas..." Faz uma careta de nojo, como quem diz: "Que horror, ele é terrível". Daniela, sem que Chicco perceba, tenta dar um pontapé nele. Giulia se afasta rindo. Chicco atrai Dani para si de novo.

— Que estão fazendo? Vamos, comportem-se, estão sempre brincando. Vamos entrar.

Aproxima-se dos quatro seguranças, uns sujeitos enormes, negros, de cabelo raspado e rigorosamente vestidos de preto. Um deles checa os ingressos. Assente ao ver que está tudo em ordem. Afasta um cordão dourado para deixá-los passar. A pequena comitiva entra, seguida de outros jovens que acabam de chegar.

Dez

Um pouco mais tarde, ou talvez muito mais tarde. Quando se dorme em uma cama, não se sabe que horas são. Acordo, ela está ao meu lado. Seu cabelo solto se derrama nas dobras do travesseiro, onde sua boca espremida busca a respiração. Começo a me vestir em silêncio. E, enquanto ponho a camisa, Eva acorda. Estica a mão para o lado e vê que não estou. Vira-se e sorri ao me ver ainda ali.

— Vai embora?

— Sim, tenho que ir para casa.

— Gostei muito da melancia.

— Eu também.

— Sabe do que mais gostei?

Lembro do que fizemos e tudo me parece maravilhoso. Por que estragar?

— Não, do quê?

— De não ter me perguntado se gostei.

Fico calado.

— Sabe? Todos me perguntam isso sempre, e eu acho... Idiota, não sei como dizer.

"Todos? Todos, quem?", gostaria de dizer. Mas não é tão importante. Quando você só quer sexo, não procura explicações. Só quando não faz só sexo é que procura todo o resto.

— Não perguntei porque sei que gostou.

— Bobo!

Diz isso com amor demais. Fico preocupado. Aproxima-se e abraça minhas pernas, beijando minhas costas.

— Por quê? Gostou?

— Muito.

— Viu?

Ela insiste:

— Demais.

— Eu sei — dou-lhe um beijo rápido na boca e me dirijo à porta.

— Queria lhe dizer que ainda fico mais uns dias.

Uma mulher um pouco contrariada.

— Para fazer compras?

— Sim — sorri ainda um pouco tonta por conta do prazer. — Também.

Não lhe dou tempo de acrescentar mais nada.

— Ligue, você tem meu número — e saio depressa.

Diminuo o passo na escada. Outra vez sozinho. Ponho o casaco e tiro um cigarro do bolso. Avalio a situação. São três e meia. No vestíbulo, o porteiro mudou. É um mais novo. Cochila apoiado na cadeira. Saio para a rua e ligo a moto. Ainda estou com o perfume da melancia e de todo o resto. Pena. Queria agradecer ao porteiro que estava antes. Sei lá, dar-lhe uma caixinha ou rir com ele, fumar um cigarro. Talvez lhe houvesse contado algo, as bobagens que se contam sempre sobre o que se fez. Quem sabe, talvez no passado ele tenha feito o mesmo com um amigo. Não há nada mais divertido do que contar os detalhes a um amigo. Principalmente quando ela não roubou seu coração. Não como antes.

Ela. Dela nunca contei nada a ninguém, nem mesmo a Pollo. Mas é um instante. Nada, não há nada a fazer. Quando você faz só sexo, o amor de outrora vem lhe buscar. E encontra logo. Não bate à porta. Entra assim, de repente, mal-educado e lindo como só ele pode ser. E, de fato, em um instante estou outra vez perdido nessa cor, no azul dos seus olhos. Babi. Aquele dia.

— Ande, mexa-se. Está demorando.

Sabaudia, passeio marítimo. A moto está estacionada embaixo de um pinheiro, perto das dunas.

— Não entendi, Step. Quer ou não o sorvete?

Estou agachado, colocando o cadeado na moto.

— Como não entendeu? Você é mesmo boba. Eu disse que não, Babi, obrigado, mas não quero.

— Quer, sim, eu sei.

Babi, doce cabeça-dura.

— Então, por que me pergunta? Além do mais, não acha que se eu quisesse, compraria? Não custa nada.

— Ah, viu como você é? Só pensa no dinheiro, você é materialista.

— Quis dizer que o picolé é barato. Qual é o problema, Babi? Compramos do mesmo jeito e, se não comermos, jogamos fora.

Babi se aproxima com dois picolés na mão.

— Comprei dois. Tome, um para mim, de laranja, e outro para você, de menta.

— Eu não gosto de menta.

— Um minuto atrás, não queria o picolé por nada deste mundo, e agora reclama do sabor! Você é muito bobo. Experimente, vai ver como gosta.

— Eu sei do que gosto ou não!

— Diz isso só para teimar. Ande, eu conheço você.

Primeiro tira o papel do meu e começa a lambê-lo. Depois de experimentar, entrega-o a mim.

— Hummm... O seu está uma delícia.

— Então tome o meu!

— Não, agora quero o de laranja.

E lambe seu picolé olhando para mim e rindo. Se apressa, porque o sorvete derrete logo, e o coloca inteiro na boca. E ri. Depois quer experimentar outra vez o meu.

— Ande, me dê um pouco do seu — diz rindo e se esfrega. Estamos apoiados na moto, eu estico as pernas, ela se encaixa e nos beijamos.

Os sorvetes começam a desmanchar e a escorrer pelo braço. De vez em quando, recolhemos com a língua um pouco de laranja, um pouco de menta. Nas mãos, no meio dos dedos, nos punhos, no antebraço... Suave. Doce. Parece uma menina. Usa uma canga longa, azul-clara, com desenhos de um azul mais escuro, amarrada na cintura. Suas sandálias são azuis, seu biquíni, também azul, e um colar comprido de conchas brancas, arredondadas, algumas menores, outras maiores. Perdem-se e dançam entre seus seios quentes. Beija meu pescoço.

— Ai!

Encostou de propósito o sorvete em minha barriga.

— Meu pequeno... ai... — imita-me. — O que foi? Machucou? Está com frio?

Enrijeço os músculos e ela se diverte ainda mais. Faz o picolé deslizar por meu abdome, até que sinto um arrepio.

— Ai.

— Você está com um pouco de menta na cintura.

E continuamos assim, pintando-nos de laranja e menta nas costas, na nuca, na perna, e depois entre os seios dela. O picolé se quebra. Um pedaço entra no biquíni.

— Ah, bobo, está gelado!

— Claro que está gelado, é um sorvete!

E rimos. Perdidos em um beijo frio sob o sol quente. E em nossa boca, a laranja e a menta se encontram enquanto nós naufragamos.

— Vamos, Babi, venha comigo.

— Aonde?

— Venha.

Olho para a direita e para a esquerda, atravesso a rua velozmente arrastando-a comigo e ela corre, quase tropeça, pisando com as sandálias no asfalto quente. Deixamos para trás o mar, a rua, para ir lá em cima, nas dunas. E correr ainda mais para dentro. Paramos perto de um camping de turistas estrangeiros. Ali, escondidos no meio do mato baixo, no verde seco, em cima da areia, sob um sol xereta, deito-me sobre sua canga. Agora estamos no chão. Ela fica em cima de mim, sem o biquíni, minha. E com o calor, gotas de suor escorrem levadas por trilhas de seu cabelo louro acinzentado, perdendo-se na barriga já bronzeada, mais embaixo, entre seus cachos mais escuros, e ainda mais embaixo, entre os meus. Esse doce prazer, o nosso. Babi se move sobre mim, para cima e para baixo, lentamente, feliz por ser amada. Linda com toda essa luz. Menta. Laranja. Menta. Laranja. Menta... Laraaaanja...

Chega. Estou fora das lembranças. Do passado. Mas também estou perdido. Cedo ou tarde, o que deixamos para trás nos alcança. E as coisas mais estúpidas, quando você está apaixonado, relembra como as mais bonitas. Porque sua simplicidade não tem comparação. E me dá vontade de gritar. Neste silêncio que machuca. Chega. Deixe-me. Ponha tudo de novo no lugar. Assim, feche, duas voltas de chave. No fundo do coração, ali, naquele canto. Naquele jardim. Algumas flores, um pouco de sombra e depois dor. Ponha-os ali, bem escondidos, por favor, onde não doam, onde ninguém os possa ver. Onde você não os possa ver. Isso. Enterrados de novo. Agora está melhor. Muito melhor.

Afasto-me do hotel. E piloto devagar. Via Pinciana, Via Paisiello, reto para a Piazza Euclide. Não há ninguém na rua. Um carro da polícia está parado em frente à embaixada. Um dorme; o outro lê, quem sabe o quê? Acelero. Passo o semáforo e desço pela Via Antonelli. Sinto o vento fresco me acariciar. Fecho os olhos um instante e parece que estou voando. Respiro fundo. Bonito. Além disso, o serviço da comissária de bordo foi impecável. Eva, perdida naquele "azul perdido". Bonita, um corpo perfeito. Além do mais, gosto de mulheres que não se envergonham de seu desejo. Doce. Doce como uma melancia. Mais, ainda mais. Pego a Corso Francia. É noite fechada. Chego à ponte. Agora faz um pouco de frio. Algumas gaivotas levantam voo do Tibre. Vão para a ponte. É como se cumprimentassem com timidez. Depois, vão de novo para o rio. Articulam umas vozes suaves, um chamado, um pedido. Pequenos gritos abafados, como se temessem acordar alguém. Troco de marcha e viro na Vigna Stelluti. Rio sozinho. Eva... Que estranho, nem sequer sei seu sobrenome.

Onze

Em Castel di Guido a festa está bombando. Lá dentro, a música é ensurdecedora. Luzes vermelhas, violeta, azuis. Algumas bailarinas dançam sobre fardos de feno, completamente nuas. Um fisiculturista acorrentado, com um capuz na cabeça, com o corpo oleoso coberto só com uma tanga greco-romana, grunhe e finge que arranca as correntes da parede para tentar pegá-las. Dani e Giuli gritam animadas. Um cavalheiro e sua dama nua cruzam o salão a cavalo. Em um sofá, relaxados, rapazes e garotas bebem, riem, beijam-se entrincheirados na penumbra, iluminados de vez em quando por uma pequena luz verde que atravessa os aposentos ao ritmo da música. Garçons com paletó impecavelmente branco passam com bandejas servindo as melhores bebidas, do rum John Bally ao gim Sequoia. Chicco pega dois e bebe. Dança sem sair do lugar levantando os dois braços para o céu.

— Este lugar é maravilhoso! É o inferno só para ricos, ou seja, só para nós. Demais!

Pega Daniela e a faz girar ao ritmo da música. Ri com ela, abraça-a e a beija delicadamente na boca. Depois a solta assim, com uma pequena volta de dança mais ou menos bem-sucedida.

— Esperem aqui, bonecas, vou buscar algo para beber!

Giuli o observa ir e olha para Daniela em silêncio por um momento.

— Dani... está mesmo decidida?

— Pare, não aguento mais!

— Nossa!

— Não, é que gosto muito dele, só que tenho que me soltar, e você torna tudo ainda mais difícil.

— Eu?

— Quem mais? Tenho que ficar ligada. Acontece que, quando bebo, fico mal.

— Dani, veja, não é o André Palombi?

— Sim, é ele. Mãe do céu, fazia muito tempo que não o via!

— Parece outro. O que fizeram com ele? Apanhou?

— Não. Quando terminamos, ficou deprimido.

— Merda! Sua primeira vez devia ser com ele, alguém que pelo menos gosta de você de verdade. Quanto tempo ficaram juntos?

— Seis meses.

— E em seis meses não houve oportunidade?

— Suponho que sim, mas se estou assim quer dizer que no final não houve! Ou seja... Além disso, não são coisas que se pode decidir a frio!

— Ah é?! Esta noite está fazendo tudo a frio!

— Chega, você está me confundindo. Nunca vou conseguir. Tenho que tomar um *ecstasy*! Isso, é disso que eu preciso.

— Eu tomei um na festa de Giada, ajuda mesmo.

— O que aconteceu?

— Nada, eu me sentia maravilhosamente bem. Giovanni estava lá também e fizemos amor. Foi maravilhoso.

— Acredito, estava sob o efeito do *ecstasy*...

— E o que tem a ver? Com Giovanni, estou sempre muito bem! Sempre fiquei bem com ele desse ponto de vista, nos entendemos muito bem na cama, o que está pensando?

— Claro, na cama ele se entende bem com qualquer uma que respire!

— Nossa, como você é cruel, hein? Então você poderia ir para a cama com Giovanni, em vez de complicar tanto sua vida, não é?

— Chega, não vamos discutir. Onde posso encontrar?

— O quê?

— Giovanni... Não, boba, um *ecstasy*! Amarelou?

— Veja, tem uma ali.

— Uma o quê?

— Uma mula. Você está por fora mesmo. Mula é aquela que passa as coisas. Está vendo? É aquela com o cabelo de trancinhas. Ande, boba! Aquela que está perto dos equipamentos. Ela tem de tudo. Eu a vi na entrada. Sabe de quem estou falando? Aquela ali, viu?

— Sim, a que está do lado de Madda.

— De quem?

— De Madda Federici. A que acabou no tapa com minha irmã há dois anos.

— E daí? O que você tem a ver com isso? Além disso, elas trabalham juntas. Vá lá dar oi e verá que não tem problemas.

— Certeza?

— Ande.

Daniela toma coragem e atravessa o salão. De longe, Madda a vê chegar e a reconhece. Nunca se esqueceu dela, de nenhuma das duas. Dirige-se à mula.

— Sophie, o que você tem aí?

— Um *ecstasy* e um *scoop*.

— Esta vendo essa que vem aí?

A mula olha para Daniela.

— Sim, e daí?

— Se lhe pedir algo, dê-lhe o *scoop*.

— E quanto peço?

— Isso é com você.

Daniela chega e para em frente às duas. A mula levanta o queixo como quem diz: "Quer alguma coisa?". Daniela cumprimenta primeiro Madda.

— Olá, tudo bem?

Madda não responde. Daniela continua.

— Desculpe, queria saber se você tem *ecstasy*.

— E eu quero saber se você tem dinheiro — diz a mula.

— Quanto é?

— Cinquenta euros.

— O.k., tome.

Daniela tira uma nota do bolso da calça e a entrega. A mula a faz desaparecer rapidamente em um dos bolsos dianteiros. Tira da munhequeira um comprimido branco. Daniela o pega e já vai indo embora.

— Ei, quieta aí — Madda a detém. — Não pode levar isso por aí. Tome aqui e agora. Tome... — e lhe entrega a meia garrafa de cerveja que estava bebendo.

Daniela a olha preocupada.

— Mas não vai fazer mal com cerveja?

— Se veio até aqui, só pode lhe fazer bem!

Daniela coloca o comprimido na boca e dá um longo trago. Abaixa a cabeça e toma fôlego. Engole e sorri.

— Pronto.

Madda a detém de novo.

— Deixe-me ver. Levante a língua.

Daniela obedece. Madda a olha bem. Sim, tomou o comprimido.

— Bem, tchau, e divirta-se.

Daniela se afasta exatamente ao mesmo tempo em que Chicco Brandelli se junta a Giuli com duas garrafas de champanhe. Madda e Sophie ficam olhando para ela.

— Essa menina vai pirar, você vai ver. Se nunca tomou nada, um *scoop* afunda. Não vai se lembrar nem do que fez.

— É bem merecido. Assim, manda lembranças minhas à irmã!

— Que perigo enfrentar você, hein!

— Bom, é só questão de tempo.

— Ouça, Madda, vou nessa.

— E o que vai fazer com o último *ecstasy*?

— Tomo em casa. Damian vai estar lá, à noite, volta cedo. Pelo menos, assim faremos um pouco de sexo.

— Bem, aproveite, menina. Pode me fazer um último favor? Lembra do carro de Ernesto?

— Sim, o azul amassado.

— Isso, vamos, vou lhe explicar o que você tem que fazer.

A música parece ter aumentado. O *scoop* está fazendo efeito. Dani dança desenfreada em frente a Giuli.

— Como você está?

— Maravilhosa.

— Qual é o efeito?

— Sei lá! Não sei. Já não entendo mais nada, só sei que quero transar! Quero transar!

Daniela pula feito louca, gritando, às vezes, abafada pelo som da música, às vezes, não. Exatamente como quando vai parar na frente de André Palombi.

— Quero transar! — grita Daniela.

André sorri.

— Finalmente! Eu também!

— Sim, mas não com você!

E Daniela continua correndo e gritando, pulando de alegria, bagunçando, perdida entre os braços que a tocam, bebendo copos que passam pela frente, dançando com desconhecidos, até encontrar essas mãos, esses lábios, esse rosto, esse sorriso... Isso. Estava procurando você. Gosto de você. Você é muito gato. E o vê louro, e depois moreno, e depois não o vê mais. Depois está em um quarto e o vê despir-se. E se vê despir-se. Alguém retira o celofane do colchão como se fosse a embalagem de um sorvete, de um sorvete para lamber. E é isso que ela faz. Depois se perde, deitada nesse colchão frio. Umas mãos a pegam por baixo, puxam suas pernas. E pouco a pouco se sente acariciar. Ai, machuca... Dói... Mas tem que doer? É assim, pensa. Sim, é assim. É legal também porque machuca. E continua vendo esse estranho mar a sua volta. Tudo flutua, para cima e para baixo, como esse corpo em cima dela. E sorri. E ri. Só tem uma pergunta: amanhã de manhã alguém vai escrever algo em uma parede para mim? É assim que funciona, não é? Uma frase de amor só para mim... E sorri. E adormece. Não sabe que não haverá nenhuma frase, de nenhum tipo. Nem sequer um nome.

Mais tarde. Amanhece.

— Não, não acredito!

Ernesto corre para seu carro azul.

— Quebraram o vidro!

— Mas veja — diz Madda entrando no carro —, já estava todo batido!

— Você não entende, roubaram um presente que eu tinha para você! Você nem imagina o dinheirão que custou. Era aquele casaco rosa, de que você gostava tanto!

— É? Quer dizer que você gastou mil euros por mim? E o que você queria em troca? Que esperto! Não acredito. Leve-me para casa, ande, estou cansada e com sono!

— Eu juro, Madda! Eu havia comprado...

— Sim, sim, o.k. Ouça, agora tenho que ir para casa, amanhã de manhã saio cedo.

— Para onde?

— Para Florença, vou ficar fora uma semana. Quando voltar, eu ligo.

— O que vai fazer lá?

— Vou a trabalho, outras festas, outras coisas. O que foi? Isso é um interrogatório? Você me estressa, sempre fica em cima, me deixe em paz!

E assim, Madda desce em um segundo e entra no primeiro carro que passa. É o de Mengoni, e ela parece muito mais contente de ir com ele. Ernesto corre atrás, gritando.

— Aonde vai? Espere!

Madda sorri com seus botões. Espere o quê? O casaco rosa já está em casa, esperando por mim. E sem lhe dar nada em troca. Genial! Além disso, também ferrei a Gervasi mais nova. Foi demais! Não tem nem ideia do pesadelo pelo qual é responsável.

Doze

Durmo e acordo. Ouço Paolo mexendo na cozinha. Meu irmão. Mexe nas coisas tentando não fazer barulho, eu sei pelo jeito como coloca os pratos em cima da mesa e como fecha as gavetas, é como uma mulher. Tem os mesmos cuidados que minha mãe tinha. Minha mãe... Faz dois anos que não a vejo, quem sabe como está seu cabelo agora... No último ano, mudava com frequência. Seguia a moda, os conselhos de suas amigas, uma foto em uma revista. Nunca entendi por que as mulheres estão sempre tão obcecadas com o cabelo. Lembro-me de um filme com Lino Ventura e Françoise Fabian, *La bonne année*, de 1973. Ele acaba na cadeia. Ela vai buscá-lo. Escuro. Ouvem-se só as vozes. "O que foi? Por que está me olhando assim?" "Mudou o cabelo." "Não gosta?" "Sim, mas quando uma mulher muda o cabelo significa que também está prestes a mudar de homem."

Sorrio. Minha mãe viu esse filme muitas vezes. Talvez tenha levado a sério essas palavras. Uma coisa é certa: cada vez que a vejo, usa um corte diferente. Paolo aparece na porta, abre devagar, com cuidado, para não ranger:

— Stefano, vai tomar café da manhã?

Volto-me para ele:

— Fez alguma coisa boa?

Fica um momento perplexo.

— Sim, acho que sim.

— O.k., estou indo.

Nunca entende quando brinco. Nisso, puxou minha mãe. Coloco uma blusa de moletom e fico de cueca.

— Caramba, como você emagreceu!

— De novo? Você já disse.

— Eu também devia passar um ano nos Estados Unidos — pega um pneu na barriga com dois dedos. — Veja isso.

— O poder e a riqueza fazem bem para a barriga.

— Então, eu deveria estar magérrimo.

Tenta brincar. Mas nisso é diferente de mamãe, porque não consegue.

— Em que está pensando?

— Que você é bom pondo a mesa.

Senta-se satisfeito.

— Bom, sim, eu gosto.

Passa o café. Eu pego e acrescento um pouco de leite gelado sem sequer provar e mergulho um grande biscoito de chocolate.

— São ótimos.

— São de chocolate amargo. Comprei para você. Eu não gosto, são amargos demais. Mamãe comprava sempre quando estávamos todos em casa.

Fico em silêncio bebendo o café com leite. Paolo me olha. Parece que quer acrescentar algo, mas pensa melhor e prepara um *capuccino*.

— Ah, ontem à noite, ligou uma garota, Eva Simoni. Encontrou você no celular?

Eva. Agora já sei como se chama: Simoni. Meu irmão sabe até o sobrenome.

— Sim, encontrou.

— E você a viu?

— Por que tanta pergunta?

— Curiosidade. Tinha uma voz bonita.

— À altura de todo o resto.

Acabo de beber meu café com leite.

— Tchau, Pa, a gente se vê.

— Sorte sua, que está assim.

— O que quer dizer?

Paolo se levanta e começa a arrumar tudo.

— Está assim, livre, se diverte, faz o que tem vontade. Esteve fora, ainda está hesitante, sem definição.

— Sim, sou sortudo.

Saio. Teria que lhe dizer coisas demais. Teria que explicar de um jeito gentil que ele disse uma ignóbil, grande e terrível idiotice. Que a pessoa busca a liberdade só quando se sente prisioneira. Mas estou cansado. Agora não estou a fim de nada. Entro no quarto, olho o despertador no criado-mudo e fico parado.

— Caralho, você me acordou, são só nove horas!

— Sim, daqui a pouco tenho que estar no escritório.

— Mas eu não!

— Sim, eu sei, mas como você tem que ir à casa do papai... — olha para mim perplexo. — Eu não lhe disse?

— Não, não disse.

Continua mantendo certa segurança. Olha para mim com a dúvida de ter me dito ou não. Ou tem realmente certeza de ter dito ou é um grande ator.

— Bom, seja como for, ele está esperando você às dez. Fiz bem de acordá-lo, não?

— Claro, como não? Obrigado, Paolo.

— De nada.

Nada. Ironia zero. Continua colocando as xícaras e a cafeteira ordenadamente no lado direito da pia, como sempre, só no direito. Volta ao assunto.

— Não vai perguntar por que papai quer vê-lo às dez? Não sente curiosidade?

— Bom, se quer me ver, imagino que depois vá me dizer por quê.

— Claro, claro.

Vejo que ficou um pouco mal.

— O.k... Por que ele quer me ver?

Paolo para de lavar as xícaras e se volta para mim secando as mãos com um pano. Está entusiasmado.

— Não deveria lhe dizer porque é surpresa.

Percebe que estou ficando irritado.

— Mas vou contar porque quero. Acho que arranjou um emprego para você! Está feliz?

— Demais.

Acho que melhorei. Consigo disfarçar até mesmo diante de uma pergunta como essa.

— Então, o que me diz?

— Se continuar falando com você, chegarei atrasado.

Vou me arrumar.

Está feliz? A pergunta mais difícil. "Para ser feliz", segundo Karen Blixen, "é preciso coragem." Está feliz? Só meu irmão poderia fazer uma pergunta dessas.

Treze

Um minuto para as dez. Vejo meu sobrenome escrito na campainha. É a casa de meu pai. Está escrito à caneta de um modo irregular, sem fantasia, sem coragem, e alegria, nem pensar. Nos Estados Unidos isso não teria acontecido. Mas o que importa? Estamos em Roma, em uma pequena praça em Corso Trieste, perto de uma loja que vende roupa falsificada. A pilha da vitrine, 29,90 euros. Como se qualquer imbecil não entendesse que a qualidade dessa roupa de merda equivale a 30 euros. Espírito de comerciantes, falsos espertinhos e um sorriso forçado. Toco.

— Quem é?

— Olá, papai, sou eu.

— Você é pontual. Os Estados Unidos mudaram você — ri.

Gostaria de voltar para casa, mas agora já estou aqui.

— Qual é o andar?

— Segundo.

Segundo andar. Entro e fecho o portão. Que estranho, nunca gostei do segundo andar. Sempre o considerei uma média entre a cobertura e o jardim, um lugar obscuro para quem sobrevive. Aperto o dois. O mesmo vale para o elevador, um trajeto curto demais. Inútil para quem quer fazer um pouco de ginástica, incômodo de qualquer maneira para quem não consegue. Papai está na porta, esperando por mim.

— Olá!

Está emocionado e me abraça forte. Muito tempo, demais. Sinto um pequeno nó na garganta, mas o expulso a pontapés. Não quero pensar. Bate suavemente em meu ombro:

— Então... como vai?

— Maravilhosamente.

Os pontapés adiantaram. Falo normalmente:

— E você? Como está?

— Bem. O que achou deste apartamentinho? Mudei há seis meses e gosto daqui. Eu mesmo o decorei.

Gostaria de dizer "percebe-se", mas deixo para lá. Não me importa.

— Além do mais, é confortável. Não é muito grande, deve ter uns 80 metros quadrados, mas para mim está bom, quase sempre estou sozinho.

Olha para mim. Acredita e espera que esse "quase sempre" leve a algum lugar. Mas não. Se depender de mim... Fica ali, estancado. Sorri inutilmente e toma de novo a palavra:

— Encontrei esta oportunidade e aproveitei. E sabe de uma coisa? Sempre pensei que não gostava de segundo andar, mas é melhor, é mais... isolado.

Espero que não me pergunte se entendo o que quer dizer. Ouvi isso um monte de vezes. É uma dessas palavras que odeio.

— E é mais confortável, mais tranquilo.

Muitos adjetivos são quase sempre para justificar uma escolha equivocada. Me faz recordar uma frase de Sacha Guitry: "Algumas pessoas falam, falam, até que encontram algo para dizer."

"Sim, concordo com você", talvez ele tivesse concordado com a frase, mas não pode: só pensei, não a disse em voz alta.

Sorri para mim.

— E então?

Olho para ele desanimado. E então? O que significa "E então"? Lembro um colega de escola, Ciro Monini, que se sentava na primeira cadeira e sempre dizia: "E então? E então?" E Innamorato, o que sentava atrás dele, sempre respondia: "E então? Café!" E ria. Mas o pior é que o outro também ria. Repetiam isso quase diariamente. Não sei se ainda se veem. Receio que talvez façam a mesma brincadeira com outras pessoas. E então? Eu amo meu pai. Caralho, estou desconfortável nessa poltrona. Mas me esforço.

— Foi ótimo em Nova York, uma maravilha.

— Havia gente? — Olho para ele. — Quero dizer: italianos.

Por um instante, fiquei preocupado.

— Sim, muitos, mas todos diferentes dos que estamos acostumados a ver por aqui.

— Em que sentido?

— Não sei. Mais inteligentes, mais atenciosos. Dizem menos bobagens. Passeiam, falam sem problemas, contam as coisas...

— O que quer dizer "contam as coisas"?

Se pelo menos estivéssemos jantando. Na mesa, eu perdoaria qualquer um, inclusive meus pais. Quem disse isso? Eu estava no colégio e me fez rir. Talvez tenha sido Oscar Wilde. Acho que não vou conseguir, mas tento.

— Que não se escondem. Enfrentam a vida e, além do mais, admitem suas dificuldades. Claro que não é por acaso que quase todos vão a um psicanalista.

Olha para mim preocupado:

— Por quê? Você consultou um?

Meu pai sempre com a pergunta errada no momento certo.

Acalmo-o.

— Não, papai, não fui a nenhum.

Gostaria de acrescentar: "Mas talvez devesse ter ido. Talvez um psicanalista norte-americano tivesse entendido meus problemas italianos." Ou talvez não. Gostaria de dizer isso, mas deixo para lá. Não sei quanto tempo vamos durar, procuro simplificar.

— Eu não sou norte-americano. E nós, italianos, somos orgulhosos demais para admitir que precisamos de ajuda.

Permanece em silêncio. Preocupa-se; lamento. Então, tento ajudá-lo a não deixar que pense que tem alguma culpa.

— Além disso, para quê? Para jogar dinheiro fora? Se você vai a um psicanalista e não entende o que ele diz porque fala inglês, então, sim, tem problemas mentais! — Ele ri. — Preferi gastar em um curso de línguas. Ali se joga dinheiro fora também, mas sem esperança de melhorar!

Ri outra vez, mas parece que está se esforçando. Quem sabe o que gostaria que eu dissesse...

— Mas às vezes não somos sequer capazes de contar nossos problemas a nós mesmos.

Ele fica sério.

— Isso é verdade.

— É a mesma razão pela qual li que cada vez menos pessoas se confessam na igreja.

— Sei...

Não parece convencido.

— Onde leu isso?

Como suspeitava.

— Não me lembro.

— Então, vamos voltar a nós.

Por quê? Vamos voltar a nós... Que jeito de falar. Estou mal. Estou constrangido. Meu pai... Estou ficando nervoso.

— Paolo disse alguma coisa?

— Sobre? — Mentir ao pai. Eu não tenho nada a ver com esse negócio de confissão. Não vou à igreja. Não mais. — Não, não disse nada.

— Bem — sorri para mim entusiasmado. — Arranjei um emprego para você.

Tento fingir o melhor que posso:

— Obrigado — sorrio, deveria ser ator. — E posso saber do que se trata?

— Claro que sim, bobão. Pensei que... já que esteve em Nova York e fez um curso de design e de fotografia, não é?

Estamos indo bem. Ele nem sequer tem certeza do que seu filho fez em Nova York. E pensar que era justamente ele quem pagava a escola todos os meses.

— Sim, exato.

— Então, o ideal era que arranjasse algo que tivesse a ver com o que estudou. E deu certo! Foi contratado para um programa de tevê como assistente de design e imagens!

Fala com um tom que parece a tradução italiana do Oscar norte-americano: *And the winner is...* Sou eu?

— Bom, naturalmente você será assistente, ou seja, a pessoa que ajuda quem faz os designs gráficos e cuida das diversas imagens, acho.

Ou seja, não sou o ganhador. Só um segundo classificado.

— Obrigado, papai, parece uma boa ideia.

— Ou algo parecido, na verdade, não sei explicar.

Aproximativo como sempre, impreciso. Perto da verdade ou algo parecido. Meu pai. Alguma vez realmente entendeu o que aconteceu com mamãe? Acho que não. Às vezes, me pergunto o que há dele em mim. Imagino a noite de sexo que me concebeu. Olho para ele, ele em cima da mamãe. Tenho vontade de rir. Se soubesse o que estou pensando...

Toca o interfone.

— Ah, deve ser para mim — levanta-se apressado, levemente apressado.

Mas, claro, para quem mais seria? Eu não moro aqui. Papai volta, mas não se senta. Fica em pé e mexe as mãos de uma maneira nervosa.

— Sabe? Não sei como lhe dizer isso, mas há uma pessoa que eu gostaria que conhecesse. É estranho contar isso a um filho, digamos... somos dois homens, não é? É uma mulher.

Rio para descontrair. Não quero dificultar as coisas.

— Claro, papai, sem problema nenhum. Somos dois homens.

Fico em silêncio. Ele fica ali em pé, olhando para mim. Não sei o que dizer. Vejo que evita meu olhar. Batem à porta, e ele vai abrir.

— Esta é Monica.

É bonita. Não muito alta, maquiada em excesso. Usa um perfume forte, um vestido mais ou menos elegante, o cabelo muito engomado e batom demais nos lábios. Sorri, e seus dentes não são grande coisa; pensando bem, não é tão bonita. Levanto-me como minha mãe me ensinou e trocamos um aperto de mão.

— Muito prazer.

— Seu pai me falou muito de você. Voltou há pouco, não é?

— Ontem.

— Como foi lá fora?

— Bem, muito bem.

Senta-se tranquila e cruza as pernas. Pernas longas, muito bonitas, sapatos um pouco gastos, um pouco demais. Pelos sapatos — li — é que se conhece a verdadeira elegância de uma pessoa. Leio um monte de coisas, mas nunca me lembro onde. Ah, sim, foi na *Class*, no avião, uma entrevista com um porteiro de danceteria. Dizia que pelos sapatos decide sempre se deixa uma pessoa entrar ou não. Ela teria ficado do lado de fora.

— Quanto tempo ficou em Nova York?

— Dois anos.

— Muito — sorri olhando para meu pai.

— Mas passaram muito rápido, sem problemas.

Espero que não faça mais perguntas. Talvez tenha entendido e para. Tira da bolsa um maço de cigarros. Diana azul. Acende com um isqueiro Bic colorido e, após dar a primeira tragada, olha em volta. Só finge, pois na realidade não busca nada.

— Tome, Monica — meu pai chega rapidamente com um cinzeiro pego de uma mesinha situada atrás.

— Obrigada. — Tenta não deixar a cinza cair, mas ainda é cedo demais. No cigarro está gravada meia boca dela com batom vermelho, com todas as suas granulações. Odeio batom no cigarro.

— Bem, já vou indo, até logo.

— Até logo, Stefano, gostei de conhecê-lo — sorri um pouco demais e me segue com o olhar enquanto me afasto.

— Espere, eu o acompanho.

Vou com meu pai até a porta.

— Faz alguns meses que nos conhecemos. Na realidade, fazia quatro anos que eu não saía com uma mulher.

Ri. Cada vez que tem que dizer alguma coisa que acha difícil, ri. Mas por que diabos ri? Além disso, justifica-se demais. Parece que sempre está tentando convencer a si mesmo das escolhas que faz. De qualquer maneira, nada me importa. Não vejo a hora de ir embora.

— Ela é simpática.

Conta-me algo sobre ela, mas não ouço. Vejo que fala, fala e fala, mas penso em outra coisa. Lembro que era pequeno e que minha mãe brincava com ele na sala de jantar. Depois, começou a correr, e ele atrás, pelo corredor, perseguindo-a até a porta do quarto. Eu corria atrás de papai e gritava: "Vamos pegá-la!" Lutaram um pouco na porta. Mamãe ria e queria se trancar lá dentro, mas ele tentava entrar. No fim, mamãe soltou a porta e correu para o banheiro. Mas ele a alcançou e a jogou em cima da cama. Papai ria porque ela havia começado a lhe fazer cócegas. Nesse dia eu também ria. Daí Paolo chegou, e mamãe e papai nos fizeram sair do quarto. Disseram que tinham que conversar, mas riam enquanto falavam. Paolo e eu fomos para o nosso quarto brincar. Depois, um pouco mais tarde, os dois foram nos ver. Mas falavam devagar, lentamente, o rosto suavizado. Relembro-os com uma luz diferente, como se fossem luminosos. Até no cabelo, nos olhos, no sorriso. Começaram a brincar conosco e mamãe me abraçava e ria, sempre ajeitando meu cabelo. Colocava-o para trás com força, para expor o rosto. Isso me incomodava, mas eu deixava. Porque gostava. E porque era minha mãe.

— Desculpe, papai, mas tenho que ir embora.

Interrompo sei lá que conversa.

— Você me ouviu? Entendeu? Às duas no Vanni. O senhor Romani o espera para a entrevista. — Estava falando disso.

— Sim, claro, entendi. Senhor Romani, às duas, no Vanni. — Suspiro. — Com licença.

Desço veloz pela escada, sem parar para olhar pra trás. Pouco depois, estou na moto. Tenho pressa de me afastar dali. Tenho vontade de ir para longe. Troco de marcha e aumento a velocidade e não sei por que gosto mais do que de costume.

Catorze

Babi, onde você se meteu? Uma linda canção dizia que é fácil as pessoas se encontrarem, mesmo em uma grande cidade. Há dias estou rodando. Sem querer, eu a procuro. Essa canção debochou de mim. Não há nem rastro dela. Sem perceber, estou em frente a sua casa. Fiore, o porteiro, não está. A cancela está abaixada. Há uma nova loja de roupas ali perto, onde antes havia uma garagem. Lazzareschi também não está mais lá. Há um novo restaurante, Jacini. Elegante, completamente branco. É como se alguém quisesse nos obrigar a melhorar. Mas eu fico assim, tal como sou, com minha jaqueta Levi's um pouco rasgada e a moto com os canos de escapamento soltos.

— Você não é Step?

Viro-me e não consigo acreditar. Quem é essa? Estou sentado na moto em frente à banca de jornal quando se aproxima uma menina de cabelo castanho-claro, ar divertido, de impunidade, e as mãos na cintura, como se eu não a houvesse entendido.

— Então, é ou não é?

— E quem é você?

— Martina. Moro aqui, no Stellari. Então?

— Por que está perguntando?

— Que foi, tem medo de responder?

Quase me faz rir, é corajosa. Deve ter uns 11 anos.

— Sim, sou Step.

— É Step mesmo? Não acredito, não acredito. Não acredito... Não acredito...

Olho para ela divertido. Eu é que não acredito.

— Então?

— Talvez você não se lembre de mim. Deve ter sido há dois anos, eu estava na escada do prédio com duas amigas minhas comendo pizza com tomate e você subiu correndo e disse "Hum, essa pizza está com uma cara boa", e eu não respondi, mas pensei um monte de coisas, e teria lhe dado um pedaço!

— Eu devia estar com fome.

— Nada a ver.

— Não estou entendendo nada.

— Queria dizer que para mim, ou melhor, para nós, foi genial o que você fez. Minhas amigas e eu, juro, sempre falamos daquela inscrição na ponte da Corso Francia... "Você e eu, três metros acima do céu." Nossa, sempre comentamos. Como teve essa ideia? Quero dizer... foi você mesmo quem fez aquilo?

Não sei o que responder, mas não importa, porque não me dá tempo.

— Quero dizer, para mim, é a frase mais bonita do mundo. Quando mamãe me levava ao colégio, eu a olhava. Sabia que depois alguém fez essa mesma inscrição em outro lugar? Ou seja, copiaram! A frase também está em outros lugares de Roma. Eu juro, é demais, está em um monte de lugares! E uma amiga minha, neste verão, na praia, disse que a havia visto também na cidade dela!

— Na verdade, eu não pretendia lançar moda.

Imagino por um instante que se meus amigos de outrora passassem agora e me vissem aqui falando com essa criança... Porém eu gosto.

— Bom, de qualquer maneira, é muito legal. Todas sonhamos com um menino que escreva uma frase para nós. Mas não é fácil encontrar um cara assim!

Olha para mim e sorri. Na opinião dela, fez-me um elogio.

— Está vendo aquele ali?

Aponta, disfarçando, para um garoto perto da saída do prédio. Está sentado em uma corrente que vai de um pilar a outro. Balança-se dando impulso com seus grossos tênis. Usa cabelo comprido, preso em uma espécie de rabo com uma borracha colorida na ponta, e é um pouco gordinho.

— É Thomas, sou louca por ele, e ele sabe.

O garoto a vê e sorri de longe. Levanta o queixo para cumprimentá-la. Parece intrigado com o fato de Martina estar falando com um rapaz mais velho.

— Sim, eu acho que sabe. Ele se faz de imbecil de propósito com minhas amigas, e me dá uma raiva! Se pegar quem lhe contou... Mas como não tenho certeza... Quando esse aí vai pensar em uma inscrição tão bonita como a sua, hein?

Olho para Martina e penso em tudo que lhe resta por viver. Na beleza de seu primeiro amor, naquilo que acreditará, naquilo que acha que nunca acabará.

— No máximo, faz grafites estúpidos para o time de futebol. Sabe de uma coisa? Tenho que lhe contar isso. Uma vez, meu pai e minha mãe, que faz um monte de tempo que estão juntos, pelo menos desde pouco antes de eu nascer, bom, um dia, estavam brigando feito loucos em casa. Eu estava em meu quarto e os ouvia, e, em um determinado momento, minha mãe disse a meu pai: "Isso não é amor. Você avaliou algumas coisas e viu que eu era uma boa garota e que podia servir para você. Mas amor não é isso, entende? Amor não é como fazer contas na loja. Amor é quando você faz uma loucura, como aquela inscrição na ponte. 'Você e eu, a três metros acima do céu.' Isso, isso é amor." Ela disse isso, entende? Bonito, não? Hein? O que está pensando, Step? Minha mãe tem razão, não é?

— Essa inscrição era para uma garota.

— Claro, eu sei, como não? Era para Babi. Ela mora aqui, no Stellari, no D, eu a conheço e a vejo de vez em quando. Já sei que era para ela, o que está pensando? Eu sei de tudo.

Começa a me irritar. O que ela pode saber? O que ela sabe? Não quero saber.

— Bom, obrigado, Martina, agora tenho que ir.

— Minhas amigas e eu sempre dizíamos que ela tinha muita sorte. Imagina só, uma inscrição assim... Eu jamais deixaria um garoto que me dedicasse uma frase como essa. Posso lhe fazer uma pergunta?

Não me dá tempo de responder.

— Por que ela o deixou?

Fico um momento em silêncio. Ligo a moto. É a única coisa que posso fazer.

— Não sei. Se soubesse a resposta, eu juro que lhe diria.

Parece desiludida de verdade. Depois, é dominada de novo por sua alegria.

— Bem, de qualquer maneira, se passar outra vez por aqui, talvez possamos comer juntos um pedaço de pizza com tomate, que tal?

Olho para ela e sorrio. Eu e Martina, 11 anos, comendo pizza. Meus amigos ficariam malucos. Mas não lhe digo nada. Pelo menos que ela, nessa idade, se mantenha agarrada a seus sonhos.

— Claro, Martina, se passar por aqui...

Quinze

Paolo não voltou. Talvez não volte para almoçar. A casa está perfeitamente em ordem. Preparo a mochila: meias, cueca, camiseta, um moletom e uma bermudinha. Bermudinha... Pollo me tirava o sarro sempre porque eu usava diminutivos para qualquer coisa. "Vamos dar uma voltinha. Quer um cafezinho? Só dois dedinhos..." Devo ter pego isso de minha mãe. Disse isso a Pollo uma vez e ele começou a rir. "Você parece mulher — dizia. — Tem uma mulher dentro de você." E minha mãe riu quando lhe contei. Fecho o zíper da mochila. Sinto saudades, Pollo. Sinto saudades de meu melhor amigo. E não posso fazer nada para que volte. Não posso vê-lo. Pego a mochila e saio. Vá tomar no cu, não quero pensar nisso. Olho-me no espelho enquanto o elevador desce. Sim, não quero pensar mais. Começo a cantar uma canção em inglês. Não lembro a letra. Era a única que sempre ouvia em Nova York. Uma velha canção de Bruce. Caramba, cantar faz bem. E eu quero estar bem. Saio do elevador com a mochila no ombro. Cantarolo: — *Needs a local hero, somebody with the right style...* — Sim, era algo parecido. Mas não importa. Pollo já não está aqui. Pequeno herói. — *Lookin' for a local hero, someone with the right smile...* — Eu gostaria tanto de falar um pouco com ele, mas não pode ser. Porém, minha mãe está viva em algum lugar e não tenho vontade de falar com ela. Tento outra vez — *Lookin' for a local hero.* — Merda, não decorei essa canção.

Flex Appeal, minha academia, nossa academia. Nossa, de nossos amigos. Desço da moto. Estou emocionado. O que será que mudou? Será que tem mais equipamentos? Quem vou encontrar? Paro um instante na pracinha antes da entrada e olho a janela embaçada de cansaço e suor.

Algumas garotas dançam ao ritmo de uma canção em inglês na sala grande. Entre elas, só dois homens, que tentam desesperadamente acompanhar o ritmo do *bodywork* de Jim. É o que leio na folha pendurada na entrada, que indica a aula especial ou o que for. Usam tênis, *leggings*, *tops*, quase tudo de marca. Parece um desfile de modelos. Arabesque, Capezio, Gamba, Freddy, Magnum, Paul, Sansha, So Danca, Venice Beach ou Dimensione Danza. Como se escondidas atrás de um nome pudessem dançar melhor. Como é que dois homens conseguem não passar vergonha com essa miserável tentativa de ginástica? E no meio de todas essas mulheres. *Bodies* coloridos, maquiagens perfeitas, malhas pretas, bermudas justas... e depois, dois homens de calção, um calvo, outro quase. Usam uma camiseta comprida que disfarça a barriga. Pulam sem coordenação, arfantes, perseguindo desesperadamente o ritmo, mas não o encontram. Alguém deve tê-lo escondido deles com cuidado desde a infância. Em resumo, dão pena. Avanço e entro. Na secretaria, um garoto meio tingido, de cabelo comprido e rosto bronzeado. Fala em voz baixa pelo celular com uma hipotética garota. Ele me vê e continua falando, levanta o olhar e se desculpa com uma tal de "Fedd" que está ao telefone.

— Sim?

— Quero me matricular.

— Já esteve aqui alguma vez?

Olho a minha volta e depois olho para ele.

— Marco Tullio não está?

— Não, saiu. Amanhã de manhã estará aqui.

— Bem, faço a matrícula amanhã; sou amigo dele.

— Como quiser.

Não se importa muito; por outro lado, o dinheiro não é dele. Vou para o vestiário. Dois garotos estão se trocando para treinar. Riem e brincam. Falam disso e daquilo e de certa garota.

— Nada, fomos jantar na pizzaria Montecarlo. Ah, você não sabe... A cada dois minutos tocava o celular dela. Era o sujeito que está fazendo o exército. E ela ali, falando bobagens.

— Não acredito!

— Juro.

Ouço enquanto me troco, mas já imagino como vai acabar.

— E ela dizendo: "Não, não, estou jantando com Dora. Sim, lembra dela? A que tem o salão de cabeleireiro..."

— Não acredito, e ele?

— E ele, o que podia fazer? Acreditava. No final, fomos para a casa dela, e enquanto estávamos nas preliminares, o celular tocou outra vez.

— Não! E o que você fez?

— Eu? atendi, o que ia fazer?

— E o que disse?

— "Lamento, mas agora ela não pode atender, está discutindo com Dora!"

— Não acredito! É forte demais!

E dá-lhe gargalhadas.

— De modo que decidi chamar meu pau de *Dora* a partir de agora. Aqui está! — Coloca-o para fora e o mostra ao amigo. — Olá, *Dora*, diga oi para o Mario!

Riem feito loucos enquanto o sujeito com *Dora* na mão pula com os pés descalços no chão molhado. No fim, escorrega e cai. O outro ri ainda mais enquanto vou treinar.

— Guarde minhas chaves, vou pôr aqui.

Coloco as chaves com que fechei o armário em um porta-lápis no balcão. O sujeito da secretaria assente com a cabeça e continua falando pelo celular. Depois, muda de ideia. Põe a mão no celular e decide dizer alguma coisa.

— Ei, chefia, hoje, pode treinar, mas amanhã precisa fazer a carteirinha. — Olha para mim satisfeito tentando fazer cara de durão, mas na verdade faz cara de imbecil. Com um sorriso idiota, continua falando ao telefone. Vira-se e me dá as costas.

Fica se achando. Ri. Ouço suas últimas palavras:

— Está vendo, Fedd? Acabou de chegar e acha que está na casa dele.

Não tem tempo de acabar. Pego-o pelos cabelos e quase o levanto da cadeira. Ele fica duro, com a cabeça levemente inclinada para mim. Puxar o cabelo dói para caramba. Eu sei. Eu lembro. Mas agora é o dele.

— Desligue o celular, imbecil.

— Já ligo, desculpe — gagueja e desliga.

— Em primeiro lugar, esta é minha casa. E em segundo lugar... — puxo com mais força.

— Ai, ai, está doendo.

— Ouça bem: nunca mais me chame de "chefia", entendeu?

Tenta fazer sim com a cabeça, mas só consegue articular um pequeno movimento. Puxo mais forte para me assegurar.

— Não ouvi. Entendeu?

— Ai, ai, sim.

— Não ouvi.

— Sim! — grita de dor. Está com lágrimas nos olhos. Tenho até um pouco de dó.

Solto-o com um pequeno empurrão. Amolece na cadeira e esfrega a cabeça.

— Qual é seu nome?

— Alessio.

— Pronto, sorria. — Dou-lhe dois tapinhas no rosto. — Agora pode ligar de novo para ela, se quiser. Diga, se quiser, que me enfrentou, que me chutou para fora da academia, que me deu uma surra, diga o que quiser, mas não esqueça: não torne a me chamar de "chefia".

Ouço uma voz atrás de mim:

— Dentre outras coisas, porque devia saber que o nome dele é Step.

Viro-me surpreso, um pouco na defensiva. Não esperava ouvir meu nome. Não vi nenhum dos meus amigos, ninguém que possa saber meu nome. Porém, há alguém. É magro, ou melhor, magérrimo. Alto, braços longos, cabelo com um corte normal, sobrancelhas um tanto grossas, unidas no centro em cima de um nariz comprido que se destaca em cima de lábios finos formando uma boca grande, talvez por estar sorrindo. Parece francês. Seguro de si, tranquilo, as mãos no bolso e o olhar divertido. Usa uma calça de moletom e uma blusa vermelha desbotada. Por cima, uma jaqueta Levi's clara. Não sei classificá-lo.

— Não se lembra de mim, não é? — Não, não me lembro. — Olhe bem para mim, devo ter crescido. — Olho para ele melhor. Tem um corte em cima da testa, escondido pelo cabelo, mas nada grave. Percebe que estou olhando. — Foi o acidente de carro. Você até foi me visitar no hospital.

Caramba, como não ia lembrar?

— Guido Balestri! Faz séculos! Estudávamos juntos.

— Sim, dois anos de colégio. Depois, abandonei.

— Foi reprovado? Não me lembro exatamente.

— Não, fui embora com meu pai.

Ah, é verdade. Como não! Balestri. O pai dele é um grande não sei o quê, um que está sempre no meio de todas essas coisas, sociedades, ações, ou algo parecido. Sempre estava viajando pelo mundo.

— Como vai?

— Bem, e você?

— Eu também. Que bom vê-lo de novo. Ouvi falar muito de você, Step. Aqui, em Vigna Clara, você é um mito agora.

— Bem, eu não diria isso.

Dirijo o olhar a Alessio. Está arrumando uns papéis e finge que não está ouvindo. Não consegue não mexer no cabelo. Guido ri animado.

— Não importa, você é um mito para quem conhece nossas histórias. Ainda se fala daquelas brigas lendárias. Eu me lembro de quando saiu no tapa com o Toscano atrás da Villa Flaminia, no bosque.

— Éramos uns moleques.

Guido parece desiludido.

— Sei que esteve em Nova York.

— Sim, fiquei dois anos fora.

— Esta noite marquei com uns amigos, vamos comer uma pizza. Por que não vem também?

— Quem são?

— Uns da Villa Flaminia. Você deve se lembrar deles: Pardini, Blasco, Manetta, Zurli, Bardato... todos eles. Quer dizer, com garotas ou sem elas. Vamos, porra, vão gostar de vê-lo de novo. Vamos a Bracciano, no Acqua delle Donne.

— Nunca fui.

— É um lugar muito bonito; e se tiver namorada, leve-a. O lugar é encantador. Depois de comer, um passeiozinho... e sobremesa na certa, mas na casa dela.

Consegue me fazer rir.

— A que horas?

— Às nove.

— Vou jantar, mas sem o passeiozinho.

— Ou seja, sem garota.

Ri de um jeito estranho. Eu me lembrava dele mais esperto. Tinha um dente da frente quebrado e nunca dava muita confiança. Agora lembro melhor. Chamavam-no de Scorza. Era uma figura. Corria que dava dó. Quando treinávamos, no colégio, na pista de corridas do Villa Flaminia, ele competia no último grupo. "Os três porquinhos", dizia Cerrone, nosso professor de educação física. O professor também era bem estranho. Enquanto treinávamos, ficava lendo o caderno esportivo e para nos controlar fazia dois buracos no meio do jornal, como se não percebêssemos. Mas com os três porquinhos era implacável. Os três, ele, Biello e Innamorato, cruzavam a linha de chegada brancos feito cadáveres, com a língua de fora.

— Porquinhos de leite! — gritava o professor. — Vamos ter que mandar assar vocês.

E ria feito maluco. Mas não falo disso com Balestri. Talvez seja melhor assim. Afinal, convidou-me para jantar. E não me deixa esquecer.

— Então, às nove no Acqua delle Donne, hein? Com namorada ou sem ela.

— O.k.

Despede-se de mim e vai embora. O que vai fazer na academia? Não tem um quilo sobrando, não aumenta de peso, é magro como minha lembrança mais desbotada. Coisa dele. Mas é simpático.

Claro, eu sabia! Sabia que Step viria treinar na academia, tinha certeza. E tinha certeza de que viria exatamente a esta academia! Sou boa demais. E ele é conservador demais. Demais. Espero que pelo menos tenha mudado em alguma coisa! Bom, vou indo. Ele não me viu. Eu, porém, ouvi o que tinha que ouvir.

Começo com os primeiros equipamentos, aqueço logo, séries de repetições para amaciar os músculos. Carrego pouco, o mínimo indispensável. Vejo uma garota saindo depressa com um gorrinho laranja enfiado na cabeça. Como há gente estranha no mundo. Ali perto, duas garotas conversam e riem de alguma coisa. Histórias da noite anterior ou do que ainda está por vir. Uma está levemente maquiada, seu cabelo é curto com mechas e ela mexe nele o tempo todo. Tem um belo corpo e está fazendo uma abertura de pernas porque sabe disso. A outra é mais cheinha e não tão alta, cabelo até o ombro, mais escuro que de costume, talvez porque esteja suada. Está com as mãos na cintura e usa um abrigo cinza um pouco manchado, deixando escapar um pouco de barriga.

— Malhando! Academia é para malhar!

Sorrio enquanto passo por elas. A mais baixa me responde com uma espécie de careta. A outra está mais tranquila:

— Estamos em fase de recuperação.

— De quê?

— Estresse muscular.

— Pensei em algo melhor.

— Isso, mais tarde.

— Não duvido.

Agora as duas riem. Na realidade, sobre a outra tenho algumas dúvidas. Mas uma mulher sempre consegue o que quer. Não há nada a fazer, nós teríamos que ser mais fechados, pelo menos em certos casos. Olho para ela melhor. Diz algo a sua amiga apontando com a cabeça para mim. A outra me olha. Vejo-a refletida no espelho, sorrindo. É bonita, de cabelo curto, e os seios estão perfeitamente desenhados embaixo do *body*, dá para ver os mamilos. Ela sabe, mas não se cobre. Sorrio e penso em meus abdominais. Faço logo uma primeira série de cem. Quando acabo, as garotas não estão mais lá, devem ter ido tomar banho.

Quem sabe se as reconhecerei quando as encontrar por aí. É incrível como uma mulher que sai do vestiário pode ser diferente da que se vê antes embaixo dos halteres. Não tem jeito, todas melhoram. Às vezes você pode imaginá-la elegante, mas daí a vê sair com botas de tachas douradas ou coisa parecida. Seja como for, diferentes. Milagres da maquiagem. Por isso, conseguem tudo. Segunda série de cem. Olho para o teto sem parar, com as mãos atrás da cabeça, os cotovelos alinhados, tensos, abertos. Um após o outro. Com mais força ainda. Não aguento mais, a dor começa a se fazer notar; penso em meu pai e em sua nova namorada. Continuo sem parar: 88, 89, 90. Penso em minha mãe: 91, 92. Quanto tempo faz que não a vejo: 94, 95. Tenho que ligar para ela, deveria ligar para ela: 98, 99, 100. Acabou.

— Step, não acredito!

Viro-me e quase não consigo falar por causa da dor no abdome. Por um instante, lembro-me do filme de Troisi, que, para ver a mulher que ama, corre em volta de um edifício e, quando a encontra, não tem fôlego para falar. Que mancada, Troisi.

— O que faz aqui? Quer dizer que voltou? Haviam me falado que você estava fora, em Nova York!

Outra vez? Oh, não há nada a fazer. Não consegui passar exatamente despercebido.

No fim me recupero e o reconheço facilmente.

— Olá, Velista, como está?

— Outra vez com esse apelido... Ninguém mais me chama assim.

— Isso quer dizer que mudou?

— Mas em quê? Nunca entendi por que todos me chamavam de Velista; nem sequer gosto de barco, andei em algum pouquíssimas vezes.

— Não sabe mesmo o significado do seu apelido?

— Não, juro.

Olho para ele. Os dentes um pouco compridos, como antes, um moletom descosturado, bermudas verde-claras, meias caídas, puídas, perfeitamente combinando com um par de Adidas Stan Smith decrépito. Velista.

— E então?

Minto.

— Chamavam você de Velista porque gostava muito do mar.

— Ah, isso! Agora entendo, isso é verdade. Gosto muito.

Agora está satisfeito, orgulhoso de seu apelido. Parece se olhar no espelho de tanto que se sentiu valorizado. Na realidade, ele nunca tinha um tostão e vinha conosco só para comer pizza e filar comida. Por isso todos diziam que "andava a vela". Pobre Velista. Uma vez, levou uns tabefes de uma puta no boliche, perto do Aniene, porque depois de não sei que servicinho queria desconto. Tinha só dez euros no bolso e havia desfrutado pelo menos por vinte.

— Legal vê-lo de novo.

Olha para mim contente, parece que de verdade.

— Já viu alguém?

— Não, cheguei ontem. Aqui na academia, não vi ninguém.

— Agora estão treinando um pouco em cada lugar. Além disso, alguns começaram a trabalhar, outros foram para o exterior. Ei, veja quem está chegando.

Pela janela se vê passar uma mochila azul-escura no ombro de um sujeito de cabelo curto.

— Não o reconheço.

Olho para ele melhor. Nada. Velista tenta me dar uma mão.

— Ora, é o Negro. Não se lembra dele?

— Ah, sim, já sei quem é, mas só o conhecia de vista.

O sujeito entra e cumprimenta Velista:

— Olá, André. Está treinando?

Incrédulo, Velista aponta para mim orgulhoso.

— Não viu quem está aqui? É Step.

Negro olha para mim um momento e sorri. Tem um rosto simpático, com um pômulo um pouco machucado, e vem em minha direção.

— Claro, Step! Claro, como não...? Faz séculos que não o vemos.

Agora o reconheço. Está de cabelo curto. Antes o usava sempre um pouco comprido, com gel.

— Não sabia que tinha esse apelido: Negro. Lembro-me de que seu nome é Antonio.

— É, depois da história de Tyson, dizem que me pareço com ele.

Tem um pescoço de touro, a pele porosa, nariz um pouco deformado e cabelo curto ao estilo Tyson. Seus olhos são um pouco salientes, e o lábio superior, mais grosso que o normal.

— Também não se parece tanto.

— Não fisicamente! — Ri com gosto e começa a tossir. — É pela história da briga! Fui a um concurso de misses em Terracina e me meti com uma participante, entende? Por isso dizem que sou Tyson. Essa imbecil me fez ir até seu quarto; eu queria transar e ela achava que queria lhe contar piadas. Ofendeu-se e não quis. Mas eu achei que era só um problema de teimosia. E desde então me chamam de Negro.

Ele e Velista riem bastante.

— A história saiu em todos os jornais de Borgo Latino, antes de Latina. O Tyson de Pontina, uma lenda. E, além do mais, no fim, eu tinha razão, ela até gostou.

O Velista exagera:

— Melhor que Tyson.

E continuam rindo e tossindo.

— A propósito, sei que esteve nos Estados Unidos, em Nova York, se não me engano.

Tudo de novo.

— Sim. Passei dois anos lá, fiz um curso e voltei ontem. E agora estou a fim de treinar. — Tento interromper.

— Quer dar uns golpes? Todos diziam que você era bom no boxe. — Diante de sua proposta, Negro sorri. Está seguro de si e continua: — Bem, talvez faça muito tempo que não treina, se não está a fim, não se preocupe. É que todo mundo falava desse mito, e agora está aqui na minha frente... — Negro ri divertido, seguro demais de si. Deve ser um desses que treinam todos os dias pelo menos durante uma hora e meia.

— Claro, como não? Estou a fim, sim.

— Então vou me trocar logo.

Vejo uma luz diferente em seus olhos, mais vivos, penetrantes, levemente apertados.

Velista, porém, permanece idiotizado, como antes:

— Cara, que legal esse encontro. Estou com uma sede terrível, Negro. Ei, posso pegar um Gatorade e marcar na sua conta? Hoje não trouxe grana.

Negro assente com a cabeça e vai direto para o vestiário. Velista, então, vai alegre para o bar, confirmando, assim, seu apelido. Eu fico sozinho. Na secretaria, Alessio me olha. Está comendo um pirulito e olha para mim de um modo diferente do de antes. Baixa os olhos e fica lendo um *Parioli Pocket* que está apoiado na mesa. Folheia algumas páginas, olha para mim outra vez e sorri.

— Step, desculpe o que falei antes. Não o conhecia, não sabia quem era você.

— Por quê? Que caralho sou eu?

Fica um momento perplexo, buscando alguma resposta no ar. Mas não encontra nada. Pensa de novo e se arma de coragem.

— É um cara conhecido.

— Um cara conhecido... — Penso um pouco. — Sim, esse é um argumento interessante. Muito bem. Não havia pensado nisso.

Sorri feliz, nem um pouco consciente de que estou debochando dele.

— Ei...

— Sim, Step.

— Sabe se tem alguma coisa aí para boxear?

— Claro.

Sai de trás do balcão e vai veloz até um banco na entrada. Levanta o assento.

— Aqui estão as coisas de Marco Tullio. Ele não quer que ninguém as use.

— Obrigado.

Olha para mim com entusiasmo. Sento-me no banco e começo a colocar as luvas. Não olho para ele, mas sinto seus olhos em mim.

— Quer que eu amarre?

Olho para ele por um instante.

— Valeu.

Vem depressa e pega os cordões com cuidado, passa-os em volta das lu vas e amarra com precisão. Agora não ri, está sério. Morde levemente os lábios enquanto o cabelo claro cobre de vez em quando seus olhos. Com a outra mão, joga-o para trás enquanto continua fazendo seu trabalho. Lentamente, com cuidado, apertando com precisão.

— Pronto!

Sorri. Levanto-me e bato uma luva na outra.

— Perfeito!

Do vestiário feminino saem as duas garotas de antes. A alta usa uma calça preta *skinny*, maquiagem suave e um batom que deixa seus lábios sossegados e acolhedores. Uma bolsa a tiracolo sobre uma camisa branca com pequenos botões de pérolas, o conjunto combinando com seu passo elegante. A baixa, porém, usa uma saia escocesa xadrez azul e marrom curta demais para suas pernas e um par de mocassins pretos que não combinam em nada com a camisa azul-clara. Tentou de alguma maneira fazer um milagre em seu rosto com a maquiagem. Param na secretaria. Alessio dá meia-volta e devolve suas carteirinhas.

A alta se aproxima.

— Olá, meu nome é Alice.

— Stefano.

Estico a luva como se fosse lhe dar a mão. Ela a aperta, rindo.

— E aquela é minha amiga Antonella.

— Olá.

— O que você faz, luta?

— Sim, tento.

— Você se incomoda se ficarmos para ver um pouco?

— Por que me incomodaria? Se torcerem por mim, com certeza não vou me incomodar.

Riem.

— O.k., apostamos em você. O que ganhamos?

Nesse momento entra Negro. Usa um short azul, leve e comprido, de verdadeiro pugilista. Já colocou as luvas. Tem uma ou outra cicatriz nos braços e duas ou três tatuagens sobrando. Tem um corpo bom. Não o recordava assim.

Alice se aproxima:

— Vai lutar com Negro?

Isso significa que ele também é conhecido.

— Sim, por quê?

— Acho que erramos apostando em você.

Olha para mim e parecem realmente preocupadas. Tento acalmá-las.

— Vamos, ânimo, garotas! No máximo, vai durar pouco.

Negro nos interrompe:

— Então, vamos lá?

Está com pressa.

— Claro. Você primeiro.

Entra na sala de aeróbica. Duas garotas estão fazendo abdominais em cima de colchonetes de borracha azul. Ao nos ver entrar, bufam.

— Ah, não vão me dizer que temos que sair.

Tento brincar:

— Bem, a menos que queiram lutar também.

Negro não tem senso de humor:

— Vamos, para fora. — Em um instante estão fora. — O que acha de fazermos três *rounds* fechados? — diz em um tom excessivamente duro.

— Sim, o.k. Bom treino.

— Boa luta.

Sorri de um jeito antipático.

— Está bem, como quiser. — Alice está perto da janela. — Você conta o tempo?

Sorri e assente.

— Sim, mas como faço isso?

— É fácil. A cada minuto e meio você grita *stop*!

— Certo.

Olha o relógio esperando dar a largada. Enquanto isso, fico saltitando e aquecendo os braços. Penso uma coisa. Antonella, a baixinha, no fim de cada minuto e meio poderia entrar com uma placa com o número do *round* escrito e rebolar em volta da sala, como nos melhores filmes americanos. Mas não estamos nos Estados Unidos, e nem em um filme. Estamos na academia. Negro também começa a saltitar e dá soquinhos com suas luvas, olhando para mim. Alice levanta os olhos do relógio. Cruza seu olhar com o meu. Está um pouco preocupada, de algum modo, sente-se responsável. Mas decide que não pode esperar mais. E quase grita:

— Já!

Negro sai logo ao meu encontro. Sorrio por dentro. A única coisa que não deixei de fazer nos Estados Unidos nesses dois anos foi exatamente ir à academia. Para ser exato, praticar boxe. Os verdadeiros negros estão ali e são todos velozes e fortes. Foi duro enfrentá-los. Muito duro. Mas encarei, e não me saí nada mal. Mas o que estou fazendo? Estou me distraindo. Bem a tempo. Negro me larga dois fortes socos no rosto. Esquivo-me para a direita e esquerda e me agacho diante de sua tentativa de gancho. Respiro e me afasto saltando. Esquivo-me de mais dois golpes e começo a brincar ao redor dele. Negro faz uma finta com o corpo e me acerta em cheio no estômago. Tomo um susto e me dobro no meio. Caralho, estou com falta de ar. Solto uma espécie de estertor e vejo a sala girar a minha volta. É, ele me acertou em cheio. Mal tenho tempo de me levantar quando vejo sua luva chegar pela direita. Esquivo-me instintivamente, mas ele me acerta de lado, abrindo meu lábio inferior. Porra. Não precisava. Grande filho da puta. Olho para ele. Sorri.

— Tudo bem aí, lendário Step?

O imbecil está falando sério. Começo a saltitar.

— Melhor agora, obrigado.

Estou me recuperando. Volto a ficar lúcido. Giro em volta dele. Na janela da sala, algumas pessoas se aglomeram. Reconheço Alice e a amiga Antonella, Alessio, Velista e alguns outros. Paro de olhar e me concentro nele. Agora é minha vez. Levanto-me. Negro pula e vem para mim, entra com a esquerda e carrega com a direita. Esquivo-me para a direita e o acerto forte com a esquerda exatamente em cima da sobrancelha. Entro de novo e com todas as minhas forças o acerto com a direita no meio da cara. Sinto o nariz estalar debaixo da luva. Não tem tempo de retroceder antes que o acerte duas vezes no olho esquerdo; o primeiro, ele defende bem, depois baixa a guarda, e o segundo chega direto como um bólide. Retrocede e balança a cabeça. Abre os olhos de novo bem a tempo de ver meu gancho chegar. Abro a sobrancelha direita dele. O sangue escorre logo pelo rosto como se chorasse lágrimas vermelhas. Tenta se cobrir com as luvas. Dou-lhe um *uppercut* no meio do estômago. Ele se dobra ao meio e abaixa as mãos. Um erro. Viu, um erro. Vi fazerem isso nos Estados Unidos uma vez e o faço instintivamente.

— Ei, Negro, e com você, tudo bem?

Não espero sua resposta. Já sei qual é. Carrego com a direita e a deixo explodir. De baixo para cima, no queixo, de baixo. Negro quase voa para trás, acertado em cheio pelo soco. Sai cambaleando que dá gosto. Acaba em cima do monte de *steps* cor-de-rosa e lilás e derruba tudo no chão. Dá de cara com o espelho e escorrega lentamente, deixando uma pequena marca. Finalmente chega ao chão de linóleo bege, que logo se enche de sangue.

Olho para Alice.

— Quanto falta?

Ela olha o relógio. Faltam poucos segundos.

— *Stop*. Acabou.

— Viu? Eu não disse que não ia durar muito?

Saio da sala de aeróbica. Velista se precipita para dentro para ver como Negro está.

— Não se preocupe, já verifiquei. Está respirando.

Velista se tranquiliza.

— Porra, Step, você acabou com ele.

— Ele estava tão a fim de uma disputa séria. Bom, conseguiu.

Vou até o espelho e olho meu lábio. Está aberto e já inchado. A sobrancelha, porém, está no lugar. Alice se aproxima.

— Se fosse uma luta de verdade e eu tivesse apostado todo meu dinheiro, teria perdido.

— Que nada! Se fosse o caso, combinaríamos antes e eu me jogaria no chão no primeiro soco.

Alessio se aproxima.

— Já eu teria ganhado todo o dinheiro. Não sei por que, mas intuía que você ia ganhar.

— Como não sabe por quê?

Vejo-o de novo em apuros; ele gostaria de dizer alguma coisa, mas não sabe o quê. Ajudo-o.

— Ande, tire minhas luvas.

— Tome. Trouxe um pouco de gelo para seu lábio.

Alice traz um lenço de papel com uns cubos de gelo dentro.

— Obrigado. Diga a sua amiga para pegar um pouco de água gelada para pôr na cara do Negro; vai fazer bem.

— Já está fazendo.

Alice olha para mim com um sorriso estranho. Dou uma olhada. Antonella está na sala de aeróbica ajudando Velista a fazer compressas no rosto do Negro. Maquiagem ou milagre, se tudo der certo, a garota vai conseguir. Velista ou Negro. Não sei com qual seria pior. Um talvez não pague, e o outro talvez a estupre. Mas não é assunto meu. Então me sento no banco e ponho o lenço no lábio. Vejo Alice olhando para mim. Ela também gostaria de dizer alguma coisa. E também não sabe o quê. Não lhe dou tempo, não estou a fim. Pelo menos, não agora.

— Com licença, vou tomar uma ducha.

E, assim, saio de cena. Deixo-os sozinhos. Imagino por um instante um jantar entre Alessio e Alice, suas tentativas de entabular uma conversa. Fedd vai ficar mal. Mas isso também não é assunto meu. Sem pensar em nada, entro embaixo do chuveiro.

Dezesseis

Quem não conhece o Vanni não pode entender. E talvez mesmo quem o conheça. Paro a moto ali na frente e desço. É uma espécie de *kasba** de pessoas de cores diferentes. Uma mulher de lábios proeminentes, quase como seu peito, conversa com um sujeito careca sobre a "transição total". A mulher usa uma saia curta e exibe duas pernas perfeitas que morrem mais acima, entre suas curvas, também elas restauradas. Ri naturalmente do que o da "transição" diz e atende ao celular, no qual com certeza mentirá. O da "transição" finge estar distraído, coloca as mãos nos bolsos de uma jaqueta cor de osso desbotado, encontra um cigarro e o acende. Dá uma tragada fingindo-se satisfeito, mas seus olhos fitam os seios da mulher. Ela sorri. Quem sabe, talvez consiga fumá-la também. Um pouco mais além, o caos. Todos falam, alguém pede um sorvete e jovens sentados em suas motocicletas se preparam para a noite. Uma ou outra Maserati passa por ali procurando um lugar para estacionar. Um Mercedes opta pela fila dupla. Todos se cumprimentam, todos se conhecem. Gepy está sentado em uma SH-50, cabelo curtíssimo, bracelete tatuado, estilo maori, e o sinal desbotado de outra tatuagem, feita faz tempo nos nós dos dedos da mão direita. Ainda se lê a palavra "Mal". Talvez espere que, assim, os socos que dê sejam mais eficazes. Como sempre, sorriso insistente. Olha em volta sem procurar nada especificamente. Usa um moletom descosturado, com as mangas cortadas para ressaltar um 48 ou, no máximo, um 50 de braço mal treinado, pouco definido. Olha para mim distraído e não me reconhece. Melhor assim. Eu tenho que encontrar o poder, e ele não faz parte desse ambiente. Nem mais nem menos que o poder. No mínimo, é o que imagino pela descrição que meu pai fez. Falou de um homem muito culto, alto, elegante, magro, sempre perfeitamente vestido, de cabelo comprido, olhos escuros, uma gravata Regimental e pelo menos uma ponta da gola desabotoada. Meu pai insistiu neste aspecto: "A gola desabotoada tem um significado, Step, mas nunca ninguém conseguiu entendê-lo."

Imagino que ninguém nem sequer lhe perguntou. Olho em volta. Não há ninguém que corresponda à descrição do "poder". Olhando melhor, nem sequer há alguém magro. Gepy. Bom, de fato, Gepy é magro, mas lhe falta todo o resto. Continua ali, sentado em sua SH-50. Passa uma cigana gorda de uns 50 anos. Gepy está distraído, a cigana pega sua mão e a segura nas suas.

— Um euro por seu futuro, vai lhe dar sorte.

— Ei, o que você quer? Quem lhe pediu alguma coisa? Você é besta?

— Confie em mim, deixe-me ler sua mão, senhor — a cigana começa a tocar a mão de Gepy com o dedo, como se a lesse. — Veja, aqui está a parte positiva.

---

*Antigo bairro de cidades norte-africanas. (N. T.)

Gepy se assusta e tenta retirar a mão.

— Vá à merda! Não quero saber meu futuro.

Mas a cigana insiste e o segura.

— Deixe-me vê-la bem, um euro só.

— Deixe-me em paz! Que saco, caia fora!

A cigana insiste, continua falando do futuro dele. Não por nada, só por dinheiro. Torna-se quase uma briga ridícula. Gepy cospe na cara dela e ri. A cigana ergue um pouco a saia mostrando suas canelas marrons e limpa o rosto. Uma estria mais clara aparece na face enquanto os lábios escuros começam a vomitar pragas.

— Maldito! Você vai ver!

— O quê? O que quer dizer? Hein? Diga, mas vai levar um pontapé!

Gepy desce veloz da SH-50 para lhe dar um pontapé, mas a cigana se afasta. Alguns assistem à cena. Todos fingem que nada aconteceu e começam de novo a falar uns com os outros. Foi só um caso divertido para contar em algum jantar ou para usar sabe-se lá para quê. Uma coisa é certa: Gepy não é o homem que estou procurando. Daí o vejo. Ali está. Parece quase alheio ao que acontece a sua volta. Sentado sozinho a uma mesa, bebe alguma coisa clara onde flutua uma azeitona. Cabelo comprido, como na descrição, terno de linho azul-escuro, uma camisa branca, impecavelmente passada. Uma gravata fina de listras azuis e pretas desce suave por seu peito até pousar mais abaixo do cinto, entre as pernas cruzadas. Muito perto da bainha da calça se veem uns Top-Siders, nem novos demais, nem velhos demais, gastos o necessário para combinar com o cinto da calça. E se ainda me houvesse restado alguma dúvida, a gola da camisa, só desabotoada de um lado, confirma minha hipótese.

— Olá.

Levanta-se. Parece contente em me ver.

— Olá, bom dia. Stefano?

Apertamos as mãos.

— Seu pai me falou muito bem de você.

— Que mais ele podia fazer?

Ri.

— Desculpe. — Toca seu celular. — Alô? Claro, não se preocupe. Já lhe disse tudo. Já fiz tudo. Está tudo pronto. Eles vão assinar.

Homem de poder, gosta da palavra "tudo".

— Agora, com licença, estou em uma reunião. O.k., tchau. Claro. Claro que quero, já disse.

Desliga o celular.

— Um chato. — Sorri. — Desculpe. Estava me dizendo...

Retomo a conversa e falo do curso que fiz em Nova York.

— Ou seja, grafismo em 3D.

— Isso.

— Perfeito. — Assente satisfeito. Parece conhecer perfeitamente o assunto. O celular toca de novo. — Desculpe, mas hoje é um dia terrível.

Assinto, fingindo entender. Imagino que para ele é sempre assim. Lembro que eu também tenho um celular. Estupidamente, fico um pouco vermelho. Tiro-o do bolso da jaqueta e o desligo. Ele percebe, ou talvez não.

Encerra a ligação.

— Bom, também vou desligar; assim podemos conversar tranquilos. — Ele percebeu. — Então, você será assistente do designer gráfico. O nome dele é Marcantonio Mazzocca. Ele é muito bom. Daqui a pouco, vai conhecê-lo, está vindo para cá. Foi ele quem ligou antes. — Espero que não seja o da primeira ligação, pois desligou o celular chamando-o de chato. — Ele é nobre, tem grandes extensões de vinhedos no Norte, em Verona. Quer dizer, o pai dele tem. Depois, começou a pintar quadros. Veio para Roma e começou a circular por aí e a fazer convites para festas e outros trabalhinhos parecidos. Pouco a pouco, se especializou em design gráfico e no fim eu o contratei.

Ouço. Para citar um grande filme, *Nella stretta morsa del ragno*, "Cada um faz o que é". Mas decido não falar nada; antes, quero conhecer esse Mazzocca. Bebe um gole do drinque. Cumprimenta alguém que passa por ali. Seca a boca com um guardanapo de papel. Sorri. Está orgulhoso de seu poder, de suas decisões, de ter contratado um nobre simplesmente para ser o designer gráfico em suas produções de tevê.

— Então, espero que se dê bem com ele. Claro que ele é um pouco chato...

Era o da primeira ligação.

— Mas é muito cuidadoso com seu trabalho, e além disso...

Não tem tempo de acabar a frase.

— Step, é você? — Levanto o olhar. Com essa eu não contava. Gepy está em frente a mim com cara de imbecil, sorridente e com os braços abertos levantados. Pareceria um pregador um pouco idiota, não fosse pelo tufo de pelos que sai do moletom mal cortado e pelo cabelo curto. — Não acredito, é você! — Bate palmas com uma força excessiva. — É você. Por onde diabos você andava?

— Olá, Gepy, como vai?

— Muito bem. Muito contente de vê-lo! O que faz aqui tão arrumadinho? Não acredito. Step de novo na cidade!

Ele gostaria de gritar isso a alguém; olha a sua volta, mas não percebe que seu show não está destinado a ninguém. Só a mim. E também ao senhor Romani. Não creio que ele pertença exatamente a seu público.

— Desculpe, Gepy, estamos conversando.

Olho para o senhor Romani buscando apoio, não sei muito bem por quê. Ele sorri para mim divertido e faz uma cara de quem diz "não se preocupe, acontece, você não imagina quantos imbecis como esse tenho que aguentar". Pelo menos, isso é o que eu queria ler.

— Nossa, Step, ainda me lembro de quando você derrubou Mancino. Estávamos no Giovanni, na sorveteria, lembra? Ele estava lá dando uma de chefe e depois você chegou. Você nem teve tempo de descer da moto, nem o viu, e o cara te acertou. Nossa, que surra você levou. Mancino achou que estava acabado, mas... — Gepy gargalha — Bum, você mandou-lhe um pontapé no estômago e nem lhe deu tempo de reagir. Bum, bum, bum, que série impressionante na cara. — Gepy pula, dando pontapés no ar. — Bum, bum, bum, lembro como se fosse ontem. Um massacre, acabou com ele. E aquela vez no posto de combustível da Corso Francia, em Beppe? Quando aqueles dois cafonas chegaram naquele Renault 4, disseram que eram amigos de Mancino e cercaram você...

— Gepy, desculpe, mas repito, eu estava conversando com este homem.

— Tudo bem, não se preocupe — Romani bebe seu drinque e parece sinceramente interessado. — Deixe-o falar.

Gepy olha para mim interrogativo e, sem esperar nem sequer um mínimo gesto, prossegue tranquilo:

— Tinham até uma corrente. Mas se deram mal, hein? Parece que nem continuaram amigos de Mancino!

Torna a rir ainda mais que antes.

— Que lenda! Esses tempos acabaram, já passaram. Agora, todos tranquilos, todos pastando feito ovelhas, sem nome, sem regras, sem honra. Agora, se você paquera a namorada de alguém, o cara nem sequer fica bravo. Já não existe mais respeito.

Essa última espécie de discurso entre nostálgico e amargo me convence a interrompê-lo.

— Ei, talvez a gente se veja uma noites dessas, o.k.?

— Como não? Tome, meu número. — Tira um cartão do bolso de trás da calça. Hesito em guardá-lo. Tem o número de seu celular e, atrás, a foto de Gepy perfeitamente impressa em preto e branco, com o torso nu, em falsa pose de fisiculturista ou algo parecido. — Legal, não é? Mandei fazer dois mil — e acrescenta, sério: — Também servem para trabalhar! — A seguir, afasta-se andando para trás, fazendo a pose clássica. Polegar, mindinho, orelha e boca. — Ligue, Step, vamos comer uma pizza. Conto com isso!

Assinto, esboçando um sorriso.

Gepy balança a cabeça e se afasta dando pulinhos.

— Parece um sujeito simpático.

Romani olha para mim inseguro. Não está totalmente convencido de sua afirmação.

— Bem, do seu jeito. Fazia muito tempo que não o via. Naquela época, ele era muito divertido.

— Naquela época? Parece que passou um século. Deve estar falando de alguns anos.

Sua pergunta fica no ar. No fundo, passou um século.

Romani acaba de beber seu drinque.

— Pronto, chegou. Marcantonio.

Uma estranha mistura de Jack Nicholson e John Malkovich caminha sorrindo para nós, fumando um cigarro. Entradas pronunciadas, cabelo curto por cima da orelha e costeletas compridas que acariciam suas faces fechando-se em forma de vírgula. Um belo sorriso e um olhar inteligente. Com um gesto, joga longe o cigarro, faz uma pirueta sobre si mesmo e se senta na cadeira livre ao nosso lado:

— Olá? Fui um pouco chato no telefone, não é?

Não deixa que Romani responda.

— É minha maior habilidade. Extenuar, lentamente, mas extenuar. É a gota malaia*, tic, tic, até corroer o metal mais duro. É questão de tempo, basta não ter pressa, e eu não tenho. — Tira um maço de Chesterfield light e o coloca em cima da mesa, embaixo de um Bic preto. — Marcantonio Mazzocca, nobre decadente, mas em franca recuperação.

Aperto sua mão.

— Stefano Mancini, acho que serei seu assistente.

— Assistente, que termo ignóbil inventaram para dar a cada um nosso papel.

Romani o interrompe:

— Pode ser tão ignóbil quanto queira, mas ele será seu assistente. Bem, agora deixarei vocês a sós. Explique tudo a ele, porque começará, na segunda-feira. Vamos para o ar em três semanas. E tudo tem que estar perfeito!

— E estará perfeito, chefe! Trouxe um logo para o título, se você fizer a gentileza de dar uma olhada... — Estende uma pequena pasta que saiu como um passe de mágica de um bolso interno de seu paletó leve. Romani a abre.

Marcantonio olha para ele tranquilo, seguro de seu trabalho.

Romani parece satisfeito, mas de repente nota:

— Bom... o logo está muito claro, e além disso... Tire todos esses arabescos, essas flechas aqui... Tudo mais leve!

Romani se afasta com a pastinha debaixo do braço.

— Ele sempre tem algo a dizer; faz que se sinta mais seguro. E nós fazemos o jogo dele.

* Técnica muito eficaz de tortura que consiste em deixar cair água, gota a gota, ininterruptamente, na cabeça do torturado. (N.T.)

Acende outro cigarro. Relaxa, acomoda-se na cadeira e tira do bolso outra pastinha. Abre-a.

— *Et voilà.*

É o mesmo desenho com o logo mais claro e sem as flechas, exatamente como Romani pediu.

— Viu? Já está feito! — espreguiça-se olhando a sua volta. — Este lugar é fantástico, não acha, assistente? Veja as cores, as mulheres... Veja essa!

Aponta para uma loura de cabelo curto, corpo musculoso e seguro. Bumbum alto que se perde sob uma saia justa, nariz um pouco grande demais em comparação com uns lábios que estimulam a imaginação e o que se pressupõe é um uso prazeroso.

— Conheço-a profundamente. Faz parte do ambiente, sabe?

— Como?

— O ambiente... nosso ambiente de trabalho, mulheres maravilhosas... — Solta uma baforada de fumaça, rindo. — Viu os lábios? Deixou-me seco!

Confirma o prazeroso uso.

— Como? Quer dizer que são todas assim?

— Não são todas assim. São mais, são lindíssimas. Você vai ver, vai ver. São de verdade. São mulheres fantásticas, escondidas em vestidos coloridos, bailarinas, comissárias de bordo, figurantes. Riem, acendem fácil, como pequenas bombas de pavio curto. E por trás desses seios, apertados por sutiãs impossíveis, esses bumbuns duros, estrangulados por calcinhas minúsculas, estão suas histórias: tristes, alegres, absurdas. São garotas que ainda estudam, que já têm um filho e não um marido, que nunca estudaram, que estão prestes a se casar ou a se separar, que nunca vão se casar ou que ainda sonham com isso. Todas ali reunidas com uma única coisa em comum: aparecer na caixa mágica. Aparecer.

— Bem, do jeito que fala, estou vendo que gosta muito delas. Parece um poeta.

— Eu sou Marcantonio e venho do Norte, para lá de Milão, do Veneto mais rico. E não tenho um tostão. O que me resta é o sangue nobre e a vontade de amar todas, nisso, sempre serei rico. Você tem que ver as meninas. E vai ver, não é?

— Acho que sim.

— Com certeza. Você é meu assistente ou não? Pois, então, vai se divertir muito! — Dá um tapa em meu ombro e se levanta. — Bom, vou indo.

Pega os cigarros e o isqueiro e coloca no bolso. Sorri e ergue as sobrancelhas. Vai para a garota de cabelo louro curto e dá uma giro em volta dela. Fico um momento olhando para ele. Dá outro giro em torno da garota, para em frente a ela com as mãos nos bolsos do paletó. Começa a falar, tranquilo, seguro, sorridente. Ela o ouve com curiosidade e ri. A garota balança a cabeça. Ele faz um gesto, ela pensa um instante, depois parece optar pelo sim e se encaminha para o Vanni, para entrar. Marcantonio me olha, sorri e me dá uma piscadinha. Depois a alcança. Põe uma mão em suas costas para "ajudá-la" a entrar no bar. Ela se deixa guiar e eles desaparecem de minha vista.

Dezessete

Volume no máximo. *What if there was no light, nothing wrong, nothing right, what if there was no time...* (E se não houvesse luz, nada errado, nada certo, e se não houvesse tempo...) A voz de Chris Martin, do Coldplay, enche a sala, talvez para abafar outro som. O barulho rouco e contínuo que agora está sentindo dentro de si como um ferrão, um chamado que não para de atormentá-la à medida que as horas passam.

— Daniela, está surda? Quer abaixar isso, por favor? Ou quer que Fiore aprenda a música lá na rua?

Por um momento, a imagem do porteiro cantando em inglês romanesco enquanto poda as plantas a distrai e a faz sorrir. Por um momento. Porque depois essa dúvida, sua dúvida, torna a falar, a chamá-la. Sim, mamãe, se eu fosse surda talvez não ouvisse mais essa voz que continua me dizendo a única verdade que não quero ouvir. Aliás, é melhor aumentar o volume, é melhor cantar com Chris essas palavras que agora parecem tão verdadeiras, tão adequadas. Daniela começa a traduzi-las mentalmente: "O que aconteceria se não houvesse luz, nada errado, nada justo, o que aconteceria se não houvesse tempo..." Sim, se não houvesse tempo. Se não houvesse mais. Chega. Precisa fazer alguma coisa, esclarecer de uma vez por todas.

— Olá, Giuli. Estou atrapalhando? O que está fazendo?

— Oi! Não, fique tranquila, estava justamente pensando em você.

— Pensando em mim? Achei que tinha coisas melhores para fazer!

— Simpatia é contagioso. Quer saber por quê?

— Diga.

— Estava descarregando as fotos do celular no computador, aquelas que tirei na festa. Estão demais! Mesmo não havendo muita luz, saíram bem. Tem você dançando, se fazendo de boba!

— É mesmo? Não percebi que estava batendo fotos.

— Acredito. Você estava completamente fora de órbita! Tem você com Brandelli, depois você com dois malucos de babar que pulavam em volta de você, e de novo você gritando não sei o que a não sei quem. E pronto, porque depois você desapareceu! Não a vi mais! Onde diabos você estava, hein? Tem que me contar tudo que não pude fotografar.

— O.k.! Foi uma festa muito legal, não é? Eu me diverti demais! E finalmente consegui! Viu? Chicco foi muito doce, e você sempre fala mal dele. A que horas desapareci dali com ele? — Giuli não liga para o que ela fala. Por que deveria? A voz de Daniela treme um pouco enquanto pergunta, tentando parecer o mais segura e natural possível. — Quero dizer, quanto tempo fiquei com ele? Você estava lúcida, deve ter prestado atenção, não? Depois de quanto tempo eu voltei e fomos embora?

— Caralho, você realmente não se lembra de nada?! O *ecstasy* faz um efeito muito estranho em você! Com ele, não sei, porque, sinceramente, vi Brandelli sentado em um sofá falando com umas garotas, e você já não estava mais lá. Talvez tenham desaparecido juntos antes. Você voltou depois de umas duas horas ao local onde eu estava. Imagino que tenham se divertido! Ande, conte tudo! Como foi? Gostou?

— Foi diferente de como eu achava, mas, na realidade, como você pode imaginar algo que nunca experimentou? Até que se vê ali... Bom, da próxima vez em que nos virmos eu conto tudo. Tudo... quer dizer, o pouco que me lembro! Vai querer que eu conte por telefone? Você sabe que o pessoal aqui me escuta. Se mamãe passar, estou perdida. Mesmo com a música alta, essa aí tem o ouvido mais aguçado que um índio. Vou vê-la logo. Agora tenho que desligar.

— O.k... você sempre escapa no melhor. Vou esperar, menina de sorte! Mande um torpedo antes para ver se estou em casa. Quem perderia o relato da primeira vez da pequena Gervasi?

Quem dera, Giuli, quem dera eu houvesse escapado no melhor. Pelo menos, agora só teria o Coldplay dentro de mim, e não essa dúvida que não me deixa em paz.

— Está bem, bye.

Nada. A dúvida continua ali. Leve como um véu que esconde a verdade. Pesada como um penhasco que esmaga a serenidade.

"*You don't have to be alone, you don't have to be on your own...*" Uma música depois da outra. "*A message...*" "Você não tem que ficar sozinha, não deve ficar por sua conta..." O.k., Chris, por que você não vem aqui me dar a mensagem que espero, a notícia que não sei? O volume continua alto. Raffaella se rendeu. E Fiore talvez esteja aprendendo inglês. As palavras que saem do aparelho de som continuam martelando essa ameaça. Mas não precisa se espantar: a alma sempre sabe escolher a melhor trilha sonora. E as canções nunca chegam por acaso. Como a verdade, aliás.

— Oi, Chicco. Pode falar?

— Olá, pequena, tudo bem? Demais a outra noite, hein?! Que festa! E hoje? Quer que vá buscá-la para tomar um café?

— O.k., vamos, sim. Foi mesmo uma noite ótima, eu me diverti como uma louca, não podia acreditar! E você esteve encantador, realmente muito doce.

— Acho que está me confundindo! Doce e encantador, eu? Eu não fiz nada! Aliás, poderia ter feito se você não tivesse desaparecido. Eu a perdi de vista quase depois de chegar e não a vi mais. Onde você se meteu? Tocaram uma música lenta legal, *E...*, do Vasco. Queria dançá-la com você. Onde você estava? E depois, queria levá-la para casa, mas daí Giuli e você não estavam mais lá. Por quê?

Não é pela música lenta frustrada, nem pela carona perdida para casa que seu estômago se fecha e seu coração começa a bater mais rápido que o normal. É porque Daniela busca respostas, mas só encontra perguntas.

— Sim, é verdade, desculpe, queria lhe dizer. Giuli ligou para o irmão para que nos levasse porque não o encontrávamos e você não atendia o celular. Talvez estivesse sem bateria. Desculpe se desapareci. Dei mil voltas, dancei, ri e perdi a noção do tempo. Bom, depois a gente se fala para decidir se vamos tomar esse café.

— O.k., pequena, então, até!

Pequena. Quem dera. Ser ainda como era, quando brincava no quarto com Babi. Quando não tinha que se preocupar com quase nada. Quando encontrava todas as respostas porque as perguntas eram mais simples. Não como esta. Esta é difícil. E também absurda. Tanto que nem sequer Giuli e Chicco conseguiram esclarecê-la. E eles estavam lá. Sim, mas não comigo, não naquele quarto. Agora, só o tempo pode me ajudar. Terei que esperar só alguns dias. Só... parece fácil.

Daniela abre o armário e se olha no espelho. Tenta ver em seu rosto um sinal, uma mudança, algo que a ajude a entender, que lhe dê pelo menos uma pequena certeza à qual se agarrar. Nada. Só uma pequena espinha escondida pela franja, surgida quem sabe quando, talvez durante a noite. Muito pouco para ser o sinal de uma verdade profunda que vem à tona. Deve ser o chocolate que comeu ontem. E então, uma sensação difusa, que não sabe definir, algo que a envolve desde embaixo.

Última faixa do CD. *How do you see the world (Como você vê o mundo).* Outra pergunta. E essa também não é fácil de responder.

Dezoito

— Como foi a entrevista?

Assim que passo pela porta, Paolo me assalta com sua curiosidade.

— Acho que bem.

— Como assim, "acho que bem"?

— Acho que foi bem, que talvez eu tenha causado uma boa impressão.

— Ou seja...

— Começo na próxima semana!

— Perfeito, que bom! Temos que comemorar. Vou preparar um jantar maravilhoso. Agora sou um mestre na cozinha. Enquanto você esteve fora, fiz um curso na Constantini.

— Hoje à noite, não posso.

— Por quê?

— Vou sair com uns amigos.

— Ou vai sair com Eva?

Olha para mim malicioso, como se eu pudesse ter alguma razão para mentir. Rio.

—Eu disse com uns amigos. Você faz igual à mamãe.

— A propósito, ela veio, queria ver você. — Estou em meu quarto e não tenho vontade de ouvi-lo. Pelo menos, não se for falar disso. Mas Paolo, naturalmente, não quer nem saber e grita de longe: — Ouviu? Estou falando com você.

— Claro, com quem mais? Só estamos nós dois aqui.

Que sujeito! Aparece na porta.

— Veja isso. — Está com uma sacola transparente na mão. Olha para mim surpreso. — Não me diga que não reconhece? *Morselletti*! Não lembra? Os biscoitos que mamãe fazia com mel e avelãs. Como pode ter esquecido? Ela colocava sempre em cima da estufa para amolecer e nós comíamos feito loucos quando nos deixava ver o filme da segunda-feira à noite. — Pega um. — Não acredito que você não lembra.

Passo pela frente dele roçando-o.

— Sim, eu lembro, mas agora não estou a fim. Vou jantar.

Paolo está chateado. Fica ali com o *morselletto* na mão olhando para mim enquanto coloco o casaco e pego as chaves.

— Bom, vou comer um amanhã no café da manhã, está bem?

— Está bem, como quiser. — Paolo me observa sair, transfere sua atenção para o *morselletto* e tenta mordê-lo. — Ai, está duro!

— Coloque um pouco no forno.

Estou no elevador e abotoo o casaco. Que chatice. Passo a mão pelo cabelo curto e o agito um pouco, o que dá. *Morselletti* são os biscoitos mais gostosos do mundo, não muito doces, difíceis de mastigar no início, mas depois... Parecem uma borracha, levemente mais duros, cada vez com mais sabor, e de vez em quando você encontra alguma avelã.

Mamãe. Lembro-me dela na cozinha. “Misturar o mel dentro da panela, mexer, mexer mais e de vez em quando experimentar.” Levava só a ponta de uma longa colher de madeira à boca e levantava os olhos, fechando-os um pouco para se concentrar melhor no sabor. "Falta um pouco mais de açúcar. O que você acha?" E, assim, ela me convidava a fazer parte do jogo, a experimentar com a colher de madeira. Eu concordava, sempre de acordo com ela, com mamãe. Minha mãe. Então, ela cantarolava: *"E la pillola va giù, la pillola va giù"*. Abria a tampa vermelha do pote de açúcar e, brincando com a mão, deixava escorregar um pouco na panela. O necessário, pelo menos na opinião dela. Depois fechava de novo o pote, colocava o no lugar, limpava as mãos no avental florido e vinha ver como eu estava: "Se acabar logo de estudar, vou lhe dar um *morselletto* a mais do que darei a Paolo. Afinal, ele não vai ficar sabendo." Ríamos juntos, e ela me beijava na nuca enquanto eu encolhia os ombros, apertando-os por conta do arrepio.

Que chatice! Como é difícil esquecer as coisas bonitas.

Ando depressa na moto. O vento é agradável e quente nessa noite de setembro. Há poucos carros. Pego a Corso Francia desde a Vigna Stelluti, chego até o semáforo, viro e pego a Flaminia. Acelero. Ao fundo, o semáforo está verde, acelero ainda mais antes que fique vermelho. Aqui está mais fresco, e sinto um calafrio. É o verde das calçadas. Entre as colinas mais altas, com uma ou outra gruta escondida e altas árvores que escondem de vez em quando a lua. A moto reduz a velocidade sozinha, a gasolina está acabando, estou entrando na reserva. Que estranho. Havia enchido o tanque. O carburador deve estar sujo, por isso consome mais que de costume. Dou mais gás e, sem trocar de marcha, abaixo a mão à esquerda do tanque até encontrar a alavanca. Coloco-a para baixo, na reserva. Tenho que pôr gasolina. Deixo o grande Centro Euclide à direita, atrás, e um pouco mais além aparecem as luzes de um posto *self-service*. Paro ao lado da bomba. Está funcionando. Paro a moto e coloco a chave na tampa do tanque. Levanto-me e tiro a carteira do bolso da calça. Com a motocicleta entre as pernas, pego duas notas de dez euros e coloco na maquininha. A segunda nota é rejeitada. Coloco-a de novo, e enquanto entra, dou um soco na bomba. Passam-se alguns segundos e um ruído mecânico me avisa que também a aceitou. Retrocedo um pouco com a moto e tento pegar a mangueira. Porra, não dá. Não dá. Há um cadeado na bomba. Está bloqueada. Não é o cadeado típico das bombas, é maior, e também bloqueou o botão para pegar o recibo. É um golpe! Um golpe de algum engraçadinho do caralho que quer encher o tanque à minha custa. E esse engraçadinho me roubou vinte euros. Porra, porra, porra. Não tenho tempo. Tenho que chegar ao compromisso. Isso não estava previsto. Fecho o tanque, coloco de novo a chave no contato e arranco furioso a toda velocidade. A bomba de gasolina fica sozinha no silêncio da noite. Alguns carros passam como flechas velozes, sabe-se lá rumo a que mágico fim de semana, ou simplesmente para um jantar perto de Prima Porta. Um gato atravessa o posto. De repente, para como se houvesse escutado algum estranho ruído. Permanece assim, imóvel na penumbra com a cabeça virada, o pescoço inclinado e os olhos semicerrados.

É como se procurasse algo, mas não há nada. O gato relaxa e começa de novo a caminhar, direto para quem sabe onde. Algumas nuvens passam velozes. Um vento suave descobre de vez em quando a lua. De trás da guarita do posto surge um carro. Um Micra azul-escuro aparece só com as lanternas ligadas. Avança lentamente para a bomba de gasolina. Estaciona, desliga o motor, e desce um sujeito não muito alto, com um gorro preto na cabeça, um tanto efeminado, e uma jaqueta Levi's escura. Olha em volta. Não vendo ninguém, tira do bolso a chave do cadeado e o abre. Não tem tempo de pegar a mangueira, porque voo para cima dele, jogo-o sobre o capô do carro e subo nele.

— Quer dizer que vai pôr gasolina com meu dinheiro?

Pego-o pelo pescoço, mas ele resiste. Na briga, o gorro cai. Um volume grande de cabelo preto e comprido se derrama sobre o capô azul. Levanto a direita para socá-lo no meio da cara, mas uma lua pálida ilumina de repente seu rosto.

— Caralho... Você é uma garota! — Ela tenta sair de baixo de mim. Mantenho-a firme ainda um tempo enquanto abaixo o braço direito. — Uma mulher, uma maldita mulher.

Solto-a. Ela se levanta do capô e ajeita a jaqueta.

— Sim, sou uma garota, e daí? Por que caralho você tem que rir? Quer me dar uns socos? Não tenho medo de você.

Esta menina é demais. Olho para ela melhor: está com as pernas abertas e usa uma calça jeans de cintura baixa e tênis Hi-tech. Camiseta preta embaixo da jaqueta jeans escura. A menina tem estilo. Pega o gorro e o coloca no bolso da calça:

— E aí?

— E aí o quê? Você é que estava pegando meu dinheiro.

— E daí?

— O quê? Como e daí? — Entro no Micra e tiro a chave do contato. — Assim não vai me perseguir. — Coloco-a no bolso e me afasto caminhando. Apareço um instante depois com a moto. Eu havia voltado até o posto com o motor desligado. Arranco, e em um instante estou na frente dela. Paro e abro o tanque.
— Passe a mangueira.

— Não tenho a menor intenção de fazer isso.

Sacudo a cabeça, pego-a eu mesmo e ponho a gasolina. Depois me ocorre uma coisa: ponho só dez euros em meu tanque e paro. Contorno seu Micra com a mangueira na mão, abro a tampa do tanque e coloco os outros dez euros no carro dela. Ela olha para mim com curiosidade. É bonita, com um jeito meio de durona. Talvez simplesmente esteja irritada porque foi pega. Usa o cabelo todo desfiado para a frente, parece que tem camadas demais, seus olhos são grandes e escuros e ela tem um belo sorriso, pelo pouco que pude intuir. Esboça uma estranha careta de curiosidade.

— O que está fazendo?

— Colocando gasolina no seu carro.

— Por quê?

— Porque vamos jantar juntos.

Levo a moto para trás da guarita.

— Nem pensar! Eu, jantar com você? Tenho coisa melhor para fazer. Tenho uma festa, uma *rave*, e marquei com meus amigos.

Finjo ser durão, mas me dá vontade de rir:

— Então, pense assim: você queria passar a noite com meus vinte euros, mas, como tem muita sorte, vai passar a noite comigo.

— Cada coisa que eu escuto...

— Se isso não for suficiente para seu fantástico orgulho, digamos que ou passa a noite comigo ou eu a denuncio. Melhor assim?

A menina sorri para mim maliciosamente.

— Sim, claro, entro no carro, em meu próprio carro, para ser exata, com um desconhecido e...

— Eu não sou um desconhecido. Sou o sujeito que você estava prestes a roubar.

Bufa outra vez.

— Bem, então vejamos deste ponto de vista: eu entro em meu carro com um possível sujeito roubado, o.k.? Valeu, mas por que não deveria pensar que vai me levar quem sabe para onde e se aproveitar de mim? Dê-me um bom motivo.

Fico em silêncio. Odeio todos esses sujeitos que fazem as mulheres se preocuparem. Pedaços de merda que estragaram tudo para nós, covardes incapazes de conquistar, seres inúteis neste mundo maravilhoso.

— Está bem, está bem — começo a rir, mas sei que ela tem razão. — Então, veja assim. Vê este celular?

Tiro-o do bolso.

— Sabe quantos "aproveitamentos" melhores que você eu poderia ter com uma única ligação? Então feche o bico e entre.

É para isso que serve um celular!

Ela me lança um olhar de ódio e vem em minha direção. Para na minha frente e desce a mão com tudo. Levanto o braço. Penso que quer me dar um bofetão. Estou enganado.

— Por enquanto, não vou bater. Me dê as chaves, eu dirijo.

Sorrio e entro no carro:

— Nem pensar.

— Como pode achar que vou confiar em você?

— Não, como você pode pensar que eu vou confiar em você? Você, que roubou meu dinheiro!

Vou para o outro lado e abro a porta para ela. Sorrio.

— Estou certo ou não? Ande, entre.

Fica um pouco perplexa, suspira e entra no carro com os braços cruzados e o olhar fixo para a frente. Dirijo um tempo em silêncio.

— Puxa, seu carro anda bem!

— Conversar está incluído no pacote?

Acabamos de passar Saxa Rubra.

— Não, mas agora vamos fazer outro trato. Eu poderia deixá-la aqui e levar seu carro, naturalmente, sem me "aproveitar", como você diz. Simplesmente com seu carro. Mas com minha gasolina. Então tente ser gentil, divertir-se, sorria! Você tem um sorriso muito bonito.

— Você ainda nem o viu!

— Exatamente por isso. O que está esperando?

Sorri forçado, apertando os dentes.

— Aqui está; ficou contente?

— Muito.

Estico a mão aberta para ela. Afasta-se veloz.

— Ei, o que está fazendo?

— Nossa, que desconfiada! Ia me apresentar como fazem as pessoas educadas, que não roubam. Eu sou Stefano, Step, para os amigos.

Fico com a mão aberta no ar, na penumbra do carro.

— Bem... Olá, Stefano, eu sou Ginevra, Gin, para as amigas. Para você, porém, sempre Ginevra.

— Ginevra, ora... Como seus pais sabiam que iam trazer ao mundo uma princesa como você?

Olho para ela levantando as sobrancelhas, daí não aguento mais e caio na risada.

— Desculpe, deu vontade de rir, não sei por quê. Princesa...

Continuo assim. Olho para ela e rio. Ela me diverte, me parece simpática. Talvez porque não seja bonita. O carro avança veloz. A luz dos faróis abandona e recupera seu rosto. Pinta-a de claro, e depois de escuro. E de vez em quando a lua a beija. As maçãs do rosto são altas, e seu queixo é pequeno. As sobrancelhas finas, como um ponto de fuga, fluem para o cabelo. Seus olhos são cor de avelã, intensos, vivos e alegres, apesar de estar muito contrariada. Sim, eu me enganei. Não é bonita, é lindíssima.

— Seus pais foram corajosos. Uma excelente escolha de nome: princesa Ginevra.

Olha para mim em silêncio.

— Stefano, meus pais já não existem. Morreram.

Meu sangue gela. O pior soco possível, no meio da cara, no estômago, nos dentes. Mudo de expressão.

— Desculpe.

Ficamos um tempo em silêncio. O carro corre veloz. Olho para a rua tentando fazer com que meu estúpido erro se perca entre as linhas brancas. Ouço-a suspirar; talvez esteja chorando. Não posso me voltar, mas devo. Vejo-a em um canto olhando para mim. Completamente encolhida na janela. Está sentada de lado. De repente, explode em uma gargalhada, feito louca:

—Não aguento mais, é mentira! Estamos empatados? Trégua.

E imediatamente coloca um CD.

— Você pediu guerra e eu aceitei. Viu como você ficou? Você se faz de durão, mas, no fundo, no fundo... é um sentimental. Coitadinho.

Ginevra ri e se balança ao ritmo dos Red Hot Chilli Peppers.

— Onde vamos jantar? — Agora está muito mais tranquila, dona da situação. Fico em silêncio. Caralho, ela me fodeu. Bom golpe, mas próprio de um imbecil. Como se pode brincar com uma coisa dessas? Continuo dirigindo, olhando para a frente. De rabo de olho a vejo dançar. Acompanha o ritmo perfeitamente e dança divertida seu *Scar Tissue*. Agita-se, balançando o cabelo. Ri de vez em quando, mordendo o lábio inferior.

— Vamos... ficou chateado? — Olha para mim. — Desculpe, mas você está dirigindo meu carro; certo, com sua gasolina, antes que você repita. Está levando uma garota para jantar com seus amigos, não é? Ou algo parecido. Então, você não tem nenhum motivo para se irritar. Você quem disse: diverta-se... Sorria! Eu obedeci. Por que não ri você também? — Continuo calado. — É, você se irritou. Preferiria que estivessem mortos de verdade? Está bem, então vamos tentar conversar um pouco. Como estão seus pais?

— Maravilhosamente. Estão separados.

— Claro, claro! Nossa, como você é pouco original. Não pode inventar algo melhor?

— O que posso fazer se é verdade? Como você é cabeça-dura! Viu? A culpa é sua, você acabou com a credibilidade dos nossos diálogos.

— Você não está falando sério.

— Já disse que sim.

Ela também fica um tempo em silêncio. Olha para mim com perplexidade e me estuda meio de soslaio.

— Não é verdade.

— Já disse que sim.

Ainda não está totalmente convencida de minhas palavras. Enquanto dirijo, volto-me para olhar para ela. Ficamos um momento assim, olhando-nos nos olhos. É uma espécie de competição. Ela é a primeira a baixar o olhar. Parece corar, mas há muita penumbra para saber se é verdade ou não.

— Ei, olhe para a frente, olhe a rua. A gasolina é sua, mas o carro é meu, o.k.? Não o destrua.

Sorrio discretamente.

— Você mentiu, não é? Não estão separados.

— Como não? E há vários anos.

— Bem, se é verdade, lamento. De qualquer maneira, li em algum lugar que os casais separados com filhos maiores são mais de 60%. Ou seja...

— Ou seja...

— É um dado que você não pode usar para se fazer de vítima.

— E quem quer se fazer de vítima? Que bobagem!

Gostaria de lhe contar a história toda, talvez porque ela não sabe nada de mim ou porque me inspira confiança; ou por qualquer outro motivo que não sei. Mas não conto, algo me detém.

— Em que está pensando? Em seus pais?

— Não, em você.

— Como, se nem sequer me conhece?

— Estava pensando que é legal quando você não conhece alguém, mas está ao seu lado. Os problemas não existem, você pode imaginar a pessoa, fazer jogos de fantasia, que vão livremente para qualquer lugar.

— E aonde chegou?

Faço uma pausa de propósito.

— Longe. — Embora não seja verdade, é divertido dizer. — Voltei a pensar, e acho que você tem razão.

— De quê?

— Sobre a história do "aproveitamento".

— Idiota, como você é bobo. Quer que fique preocupada, não é? Mas não vai conseguir, lamento. Sou terceiro dan. Sabe o que quer dizer "terceiro dan" ou não tem nem ideia? Posso explicar rapidinho. — Fala com ímpeto, e eu a ouço animado. — Quer dizer que não tem tempo nem de pôr a mão em mim e eu já o derrubei, entendeu? Terceiro dan de caratê. E também fiz *kickboxing*. Tente pôr a mão e mim e está acabado. Acabado.

— Ainda bem. Então estou seguro com você.

Nem bem termino a frase quando o volante escapa de minha mão. O Micra sai de lado pavorosamente. Corrijo logo e tiro o pé do acelerador. Ginevra acaba em cima de mim. Levo o carro docemente para a direita enquanto ela se ajeita. Ela me dá uns fortes socos no ombro, sempre no mesmo ponto.

— Imbecil, você me assustou! Imbecil!

Rio.

— Quieta, fique boazinha. Não foi minha culpa. Acho que furou um pneu.

— O quê? Você fez de propósito!

— Estou dizendo que não.

Saio do carro e me agacho junto ao capô para ver os pneus.

— Não disse?

Ela também se abaixa e vê o pneu furado.

— E agora?

— E agora espero que tenha estepe.

— Claro que tenho.

— Muito bem!

Ficamos um momento nos olhando.

— E então?

— E então o quê? Pegue o estepe.

— Desculpe, mas você estava dirigindo. Ou seja, a culpa é sua.

— Talvez. Mas o carro é seu, ou seja, você troca o pneu.

Ginevra suspira e vai para o capô.

— Está no porta-malas!

— Estava vendo se não quebrou nada.

Está mentindo.

— Claro... claro.

Abre o porta-malas e levanta a tampa sob a qual está o pneu.

— Como tiro isso daqui?

— Está vendo esse parafuso grande ali no alto? Tire-o e puxe a roda para você.

Segue todas as minhas instruções e solta a roda. Tenta tirá-la do carro, mas no meio do caminho o pneu torna a cair dentro do porta-malas. Não pode com ele.

— Ei, por que não me ajuda?

— Por quê? Você age como se eu não existisse. Disse que eu não estava nos seus planos desta noite, não é? Isso para não falar da igualdade dos sexos. E, além disso, tem uma coisa ainda mais importante.

Para na minha frente com as mãos na cintura.

— O quê?

— Você disse que é terceiro dan, não é? Mas não aguenta com um pneu, ha, ha.

Olha para mim enfurecida. Quase mergulha dentro do porta-malas, abraça o pneu e se endireita. Faz um grande esforço; vou depressa para ajudá-la, mas consegue antes que eu chegue.

— Consegui, viu?

Passando ao meu lado, me dá um empurrão com o ombro.

— Saia! Não fique aí no meio atrapalhando.

Rola o pneu mantendo-o reto e quase jogando-o em cima de mim.

— Vai se afastar ou não?

— Como não? Vou até me sentar embaixo dessa árvore e fumar um cigarro. Não demore muito, hein?!

— Isso, vá, vá.

Dezenove

Sento em um muro baixo e acendo um cigarro. Fico assim, olhando para ela oculto pela escuridão. Grito de longe:

— Muito bem, muito bem, está fazendo direitinho.

Enfia-se embaixo do carro para colocar o macaco. Está ajoelhada, as mãos apoiadas no chão com os dedos crispados, enquanto olha onde deve colocá-lo. O bumbum apertado pelos jeans eleva-se como uma pequena colina no asfalto, destacando-se na carroceria do veículo, como se ele fosse o céu azul. Mexe o bumbum enquanto tenta encontrar o lugar certo para pôr a alavanca do macaco. É um espetáculo.

— A paisagem daqui é ótima. Precisa ver. A lua redonda, perfeita. A lua está cheia, sabia?

Levanta-se limpando as mãos. Esfrega as palmas com seus finos dedos fazendo voar grãos de areia colados na pele suave.

— Que lua? Não se vê nada.

— Há dois minutos, estava aí, juro, uma lua de jeans, uma maravilha. Estava saindo por debaixo de seu carro.

— Vou ignorá-lo.

Começa a levantar o macaco bombeando para cima e para baixo enquanto o carro se move lentamente.

— Avise quando acabar, pode ser que eu durma.

Deslizo para trás na borda do murinho. Olho as nuvens que passam no céu escuro. Agora se misturam com a fumaça que solto pela boca. Nítidas, transparentes, banhadas de luz dessa lua mais alta, que não se vê, mas que está aí, mais acima, não de jeans. Respiro profundamente. Sorrio e volto a olhar para ela. Está soltando os parafusos. Tenta girar a chave de roda com força. Não consegue e pula em cima batendo nela com o pé. A chave enganchada no parafuso cai no chão. Suspira e, com o canto da mão, para não se sujar, afasta o cabelo do rosto. Bonita e acalorada.

Coloca de novo a chave de roda no parafuso e tenta outra vez. Um carro se aproxima. É escuro, passa a meia velocidade, dá sinal de luzes e toca a buzina. Ouço uma freada um pouco mais adiante e o barulho de uma marcha à ré acelerada. É um Toyota Corolla. Retrocede a toda velocidade, ziguezagueando levemente. Faz meia curva de ré. Para em frente ao Micra de Ginevra. Descem várias pessoas. Sento no murinho. São três rapazes. Jogo o cigarro no chão e fico ali acompanhando a cena.

— Olá, o que faz aqui sozinha à noite?

— Furou o pneu, que azar.

— Que azar o nosso. Por um momento, pensamos que você era uma puta.

Começam a rir. Um tosse. Devem ter uns vinte anos e usam o cabelo curto; podem ser soldados.

Ginevra não olha para mim.

— Poderiam me ajudar a trocar o pneu?

— Claro, será um prazer.

O mais baixo se agacha e com a chave de roda começa a afrouxar os parafusos.

— Estão bem enferrujados.

— É que nunca troquei o pneu deste carro. É a primeira vez que fura.

— Bem, sempre há uma primeira vez.

Um dos três solta uma gargalhada e os outros o acompanham.

— Ainda bem que foi hoje, quando nós estávamos passando.

— É, ainda bem que vocês estão aqui — dessa vez, Ginevra me lança um olhar e, sem que a vejam, faz um gesto como quem diz: "Viu só? Estão me ajudando."

O garoto troca o pneu rapidinho: tira logo todos os parafusos e afasta o pneu furado. Deixa-o cair no chão fazendo-o chacoalhar e põe imediatamente o novo. Centra os buracos em um instante e coloca os parafusos de novo. Dá um aperto geral, um após o outro, sem fazer muita força, e repassa todos para o aperto decisivo. Deve ser mecânico. Dá um último empurrão na chave de roda com o pé e se levanta.

— *Et voilà*, prontinho. Tudo no lugar, senhorita!

Limpa as mãos esfregando-as no jeans acima dos joelhos. A calça já está tão suja que não deixa nem rastro.

— Obrigada, sem vocês, não saberia o que fazer.

Não tem jeito, penso. É uma princesa. A frase certa no momento certo. Ou errada, talvez. Uma tentativa para se livrar deles de maneira simpática. Mas eu não tinha dúvidas: não cola.

— Como? Vai nos dispensar assim?

O sujeito mais alto, e também um pouco mais gordo que os outros, toma as rédeas da situação.

— Bem, já agradeci. Eu teria demorado mais, mas também o teria trocado sozinha!

O sujeito olha para os outros e sorri. Usa uma camiseta comprida grená, com a gola estreita e uma faixa preta no peito.

— Está bem, mas nos dê pelo menos um beijo.

— O quê?

— Ei, eu não pedi para que nos fizesse um boquete!

Ri divertido, mostrando um sorriso que entristece até a mim. Os dentes estão tão estragados que fazem de seu rosto uma máscara grotesca.

— Sai barato com um beijo.

Pega Ginevra e a puxa para si. Ela está horrorizada. Ele a segura pela cintura e tenta beijá-la. Ginevra afasta o rosto instintivamente. O sujeito lhe dá uma lambida no rosto e continua tentando enfiar a língua na boca dela. Ginevra se solta. O sujeito é forte e a agarra, decidido. Ela tenta lhe dar uma joelhada no meio das pernas, mas ele está perto demais e ela não consegue. O garoto, o que trocou o pneu, está calado e olha a cena em silêncio. Na verdade, parece levemente irritado. O outro, o gordinho, ri em um canto, interessado, meio excitado, e estimula o amigo.

— Muito bem, Pie, enfie a língua na boca dela.

Mas Pie — imagino que Pietro — não consegue. Ginevra se debate tanto que no fim até lhe dá uma cabeçada.

— Filha da mãe.

Pietro leva as mãos à testa.

— Assim você aprende, corno!

Ginevra ajeita o cabelo, imóvel no meio da rua, não muito longe dele, sem fugir, sem me chamar.

— Corno, eu? Agora você vai ver.

O sujeito vai decidido a seu encontro. Ginevra abaixa a cabeça e se protege com as mãos. Pietro a agarra pela jaqueta. É o momento de intervir:

— O.k., vocês já se divertiram bastante, agora chega.

Pietro a solta e os outros dois ficam surpresos ao me ver sair da sombra. Vou em direção a eles.

— E você é quem?

— Por acaso, estava passando por aqui. E você, quem caralho acha que é?

Cheguei até eles. Pietro me olha. Está avaliando se vale a pena responder, se pode comigo ou não. Opta pelo sim.

— Caia fora.

Está enganado. Dou-lhe um soco certeiro, perfeito. Nem sequer tem tempo de ver o que houve. Pego-o de lado, mas não muito, o suficiente para quebrar seu nariz. Vejo-o cambalear e ameaçar reagir. Bato de novo, com a esquerda, em cima da sobrancelha direita: um impacto forte, preciso, surdo, com malícia. Cai no chão com um ruído seco e nem sequer tem tempo de se mexer quando chego com um pontapé no meio da cara dele. Bum. Assim que retiro a perna, forma-se uma poça de sangue. Escorre do nariz muito sangue, mole e quente, rua abaixo, lento, na penumbra, e se mistura com o asfalto. Pietro, ou qualquer merda que se chame, está com a boca aberta e respira formando estranhas bolhas com o fio de sangue que tropeça em seus lábios. Cospe de vez em quando uma gota misturada com saliva.

Agora já não está rindo.

— Bem — olho para Ginevra —, vamos, estamos atrasados.

Pego o pneu furado, jogo-o no porta-malas e fecho a porta. Passo pelo garoto. O gordinho, porém, está perto do carro. Tarda a reagir. Bato com a direita. Estou com sua orelha entre o polegar e o indicador, aperto-a fortemente e a torço com raiva. Gostaria de arrancá-la.

— Ai, caralho, ai.

— Saia do caminho, corno. E emagreça um pouco.

Dou-lhe um último puxão mortífero e solto. Dobra-se sobre si mesmo com as mãos na orelha enquanto entro no carro. Espero até que Ginevra feche a porta e arranco depressa. Pelo espelho retrovisor, vejo os três. Agora já estão longe, envoltos na noite que nos separa.

— Tudo bem?

Ela permanece em silêncio. Tento fazê-la rir.

— Esses três tiveram sorte. Se o terceiro dan os pegasse, estavam fritos, não é?

Mas não consigo. Nada, parece que não vai falar. Olho para ela. Seu cabelo cai sobre o rosto, como vencido, cobrindo uma parte. Os lábios fechados, hesitantes e indecisos, tremem um pouco.

— Ora, Ginevra, não foi nada.

— Não foi nada o caralho! E se o pneu furasse e eu estivesse sozinha?

— Mas não estava.

— Mas poderia estar. Esses três teriam parado e imagine como tudo teria acabado.

— Mas poderia ser que eu passasse de moto e simplesmente a ajudasse a trocar o pneu.

Tento tranquilizá-la.

— Não dá para acreditar que sejam tão imbecis. Em três, aproveitar-se de uma mulher sozinha. Que merda!

Continua fixa no que aconteceu. Tento aliviar.

— Então, digamos que você é rabuda.

— Porque você estava lá?

— Não por isso. É que você é rabuda mesmo, tem um belo rabo. Dava para ver enquanto trocava o pneu. Digamos que, em parte, é culpa sua. Abaixando desse jeito... Bem, você aqueceu demais os ânimos desses desgraçados.

— Ah, quer dizer que minha bunda, dentro de uma calça jeans normal, é um atentado contra a tranquilidade?

— Exato.

— Em que mundo você vive? E se o pneu da Jennifer López furasse, o que ia acontecer? Uma guerra mundial?

— Que bobagem. O bumbum dela está assegurado em vários milhões de dólares.

— E daí?

— Pode arriscá-lo tranquilamente.

— Vá à merda. Idiota.

— Só queria fazer você rir.

— Pois não conseguiu. — Fica em silêncio, e continuo dirigindo.

Gin aumenta o volume do rádio, não quer pensar mais.

— Gosto muito dessa música. Sabe o que diz?

Tento ouvi-la. Mas não posso mentir para mim mesmo. Aprendi a usar perfeitamente o computador, o programa de design, o de 3D e todo o resto; mas com o inglês foi uma luta contínua.

— Um pouco.

— Diz: "Não entendo nada de história, de matemática..." — Gin continua traduzindo, salvando-me. Ouço suas palavras. Fala lentamente, sorrindo, e parece que não deixa escapar nada. — Gosto dessas palavras.

— É muito bonita.

Não sei por que, mas parece fruto do acaso, perfeita para o momento.

— Sim, é bonita.

E, imediatamente depois, toca outra canção. Dessa vez, não tenho problemas: "*Tu vestita di fiori o di fari in città, con la nebbia o i colori, cogliere le rose a piedi nudi e poi...*" (Está vestida com flores ou as luzes da cidade, com o nevoeiro ou as cores, colher as rosas com os pés descalços e então...) Abandono-me. Olho para fora, para a escuridão da noite. Um desses estranhos acontecimentos: a música no momento certo, um carro que não é seu, uma rua sem luzes, sem trânsito, o infinito pela frente e uma garota ao seu lado. Lindíssima, aliás. Ajeita a jaqueta.

— Falta muito para chegar?

Passamos justamente nesse momento a saída antes do túnel Prima Porta. Estão todos ali: Bardato, Manetta, Zurli, Blasco e mais gente. Também vejo algumas mulheres. Passo na frente deles sem parar.

— Não, já estamos chegando.

Acelero, mas de qualquer maneira acho que não me reconhecem. Estão me esperando de moto, e sozinho. Porém, estou no carro com ela. Continuo dirigindo como se nada fosse. Gin olha pela janela.

— Viu ali? Um pessoal esperando alguém atrasado. Que lugar mais absurdo para se encontrar.

Depois de falar, olha para mim. Meu coração bate. Não acredito que ela captou.

— Sim, um lugar absurdo.

Continua olhando para mim:

— Esta situação é estranha, não é?

— Que situação?

Torço para que não queira falar outra vez do grupo.

— Estarmos aqui no carro, você e eu, dois perfeitos desconhecidos. E já aconteceu de tudo. Quando nos encontramos, estávamos prestes a trocar socos, e só por causa de vinte euros.

— Que você queria me roubar.

— Sim, mas não se apegue sempre aos detalhes. Daí, o pneu furou e eu tive que trocá-lo.

— Pule essa parte. Não se apegue aos detalhes, você também.

Gin sorri.

— Três sujeitos param, um tenta abusar de mim, você bate nele, e agora, para encerrar, vamos jantar com uns amigos seus. Já estamos parecendo um desses casais típicos. A clássica noite com alguns imprevistos.

— Sim, só que você e eu não estamos juntos.

— Ah, claro.

Continuo dirigindo, mas sua resposta me soa estranha.

— O que quer dizer com "Ah, claro"?

— Quer dizer "Ah, claro", só isso.

Começa a rir.

— Bom, esse "Ah, claro" não quer dizer só isso. Por trás, está escondendo muito mais. Estou enganado?

Olho para ela esperando uma resposta.

— Está ficando chato com esse negócio de "por trás", hein? Disse que é um atentado contra a tranquilidade, mas você é um obcecado, só pensa nisso. Desculpe, mas por acaso estamos juntos, você e eu?

— Por enquanto, não.

— Não. A resposta, neste caso, em vista do que estamos discutindo, tem que ser só "não", não "por enquanto, não". Entendeu?

A garota fica alterada.

— Ah, claro.

— Então, não estamos juntos.

— Não.

— Muito bom.

Espero alguns segundos:

— Por enquanto.

Gin olha para mim incomodada:

— Você quer sempre ganhar, não é?

— Sempre.

— Então, é o seguinte. Nós não estamos juntos por enquanto e com certeza não estaremos pelo resto da noite. E se continuar discutindo, acrescento outras datas mais distantes. Posso chegar até a alguns meses mais adiante, está claro?

— Claríssimo.

Sorrio.

— Eu aprendi que a segurança, quando salta demais à vista, é sinônimo de insegurança. Quer que seja mais clara?

— Sim.

— Teria sido melhor se você dissesse só "por enquanto".

Sorrio e Gin balança a cabeça.

— Por enquanto, vou deixar para lá porque cansei. Além disso, acha normal termos que discutir se estamos juntos ou não?

— Na verdade, em geral, as pessoas só discutem quando têm um relacionamento. Isso quer dizer que começamos ao contrário.

— Não começamos nada.

Freio lentamente e me aproximo da calçada. Gin olha para mim preocupada.

— E agora, o que está fazendo? Vai pôr a mão em mim?

— Não, por enquanto não. O lugar era aqui, mas não vejo ninguém. Já devem ter ido embora. Chegamos tarde.

— Você chegou tarde.

— Está bem, cheguei tarde.

— Está me dando razão?

— Se começarmos a discutir por tudo desse jeito, vamos terminar antes de começar a sair juntos.

Dessa vez, Gin explode em uma gargalhada. Eu também rio. Olhamo-nos rindo à sombra de um encontro que jamais existiu. Ouve-se a música a todo volume. O rádio toca uma sequência mista de sucessos novos e antigos.

— Que linda! Essa é demais!

É verdade: estão tocando a lendária *Love me two times*, do The Doors.

— *Love me two times, girl, one for tomorrow, one just for today... Love me two times. I'm goin' away...* — Mas essa ela não traduz para mim.

Em volta, está tudo escuro. Mas, "por enquanto", talvez ela tenha razão, é melhor irmos embora.

— Aonde vai me levar?

— Vamos jantar juntos, você e eu. Pode conhecer meus amigos em outra ocasião.

— Que outra ocasião?

Ela olha, esperando uma réplica. Decido aceitar a trégua.

— Bom, se calhar.

— Exato, se calhar.

Satisfeita, aumento o volume do rádio e mudo de emissora procurando freneticamente outra canção. Sem que ele perceba, na penumbra do carro, olho para Step de rabo de olho.

Não acredito... Eu, Gin, no carro com ele. Se meus pais soubessem. Não sei por quê, mas esse é sempre o primeiro pensamento que me vem à cabeça. Se meus pais soubessem que estou agora no carro com um desconhecido, ou seja, com um sujeito que eles acham que é um desconhecido, o que diriam? Já imagino minha mãe: "Você está louca? Ginevra, você não tem que dar confiança a estranhos. Já lhe disse mil vezes." Não tem jeito, qualquer coisa, não sei por quê, minha mãe sempre diz que já me disse mil vezes. Bah! De uma coisa tenho certeza: isso ela nunca esperaria. Além disso, o que eu iria lhe dizer? "Sabe, mãe, eu ia pôr gasolina e..." Como poderia lhe explicar como as coisas são realmente?

Não, não quero nem pensar. Nem sequer posso acreditar.

— Sabe de quem você me fez lembrar antes?

— Quando?

— Quando eu estava trocando o pneu e aqueles três imbecis chegaram.

— De quem?

— Richard Gere.

— Richard Gere?

— Sim, em *A força do destino*, quando ele e o amigo vão com aquelas duas garotas a um bar. Daí, na saída, aquele sujeito e uns amigos querem mexer com as garotas e Richard Gere tenta não brigar, mas no final não aguenta mais e quebra a cara dele.

— Richard Gere também era terceiro dan?

— Não, bobo. Eram golpes de *full contact*.

— Você entende mesmo!

— Eu já disse. Também fiz *kickboxing* e algumas aulas de *full contact*. Não acredita? Qualquer dia, vou poder provar.

— Tenho certeza. De qualquer maneira, mais que *A força do destino*, acho mais adequada outra citação: Ezequiel 25, 17. "E vos asseguro que virei castigar com grande vingança e furiosa cólera aqueles que pretendam envenenar e destruir meus irmãos..."

— Modesto, hein? Você gosta de *Pulp Fiction*, não?

— Sim.

— E muito, parece, a julgar pelo jeito que os deixou!

Step sorri e continua dirigindo. O que será que quis dizer com essa citação bíblica? Bem, melhor não investigar. Eu o observo enquanto dirige. Está com o braço direito esticado e segura o volante decidido, mas ao mesmo tempo com muita tranquilidade. O cotovelo esquerdo apoiado na borda da janela, segura o queixo com a mão esquerda. A mão direita está em cima, no centro do volante; segura-o com força e acompanha as curvas suavemente. Tem uma tatuagem no punho, perto de uma pulseira rígida de ouro. A tatuagem parece... Eu me aproximo sem que ele perceba e olho melhor.

— É uma gaivota.

— O quê?

— A tatuagem no punho, é uma gaivota.

Ele sorri, perdendo a rua de vista por um momento. Coro, mas tenho certeza de que não dá para notar.

— Olhe para a rua.

— E você, olhe para suas tatuagens.

— Não tenho tatuagens.

— Não lhe deixaram fazer nenhuma?

Step sorri de um jeito antipático e debocha de mim.

— Meus pais não têm nada a ver com isso, é escolha minha.

— Ah, claro, entendo — olha para mim compreensivo e ergue as sobrancelhas, rindo de mim. — Uma escolha sua, hein?

— Sim, minha.

Ficamos em silêncio. Depois de um tempo, canso.

— Além disso, eu menti. Tenho uma tatuagem linda, mas duvido que um dia poderá vê-la.

— É bem escondida?

— Depende do ponto de vista.

— Como?

— Ah, você entendeu muito bem.

— Sim, mas não "quanto" entendi, e, sim, "onde" entendi.
— É uma rosa pequena no fim das costas, está bem?
— Mais que bem. Adoro colher flores!
— É a única tatuagem em relevo.
— Como?
— Cheia de espinhos.
—Você tem sempre a resposta na ponta da língua, hein? Mas minhas mãos estão cheias de calos.

Ele sorri. Tem um belo sorriso, isso não posso negar. Mas não posso dizer isso a ele. Tem uma estranha covinha na face esquerda. Merda, gosto dele. Além disso, é completamente diferente de Francesco. Não sei por que me lembro dele exatamente neste momento. Talvez porque toda essa história ainda doa. Francesco foi o último namorado que tive. Quer dizer, praticamente o único. E, para ser sincera, o mais filho da mãe.

Vinte

Francesco. E pensar que me parecia tão encantador. Mas tenho de reconhecer que, na verdade, o amor se prova com o tempo. No início, tudo parece agradável. Depois, quando a história começa, o que parecia agradável pode se tornar bonito, até eternamente bonito... Mas, na maioria das vezes, degringola e acaba sendo um horror. Pois bem, Francesco foi a confirmação da regra, com agravante. Conseguiu que fosse ainda pior. Um imperdoável erro de percurso estragou tudo. Nunca vou me esquecer daquela noite.

— E então, vamos ao Gilda, o que você acha?

— Não, obrigada, France, amanhã tenho exame de História e nem acabei o capítulo.

— Está bem, como quiser. Levo você para casa.

Naquela noite, ele dirigiu mais depressa que de costume, mas eu não prestei atenção. Saio do carro.

— Tchau, boa noite. E você, vai ao Gilda?

— Não, não, se você não vai, não vale a pena. Além disso, eu também estou cansado.

Não me acompanha até a porta, mas, por outro lado, nunca me acompanhou antes. Que estranho... nessa noite me incomoda. Não que eu seja uma dessas mulheres que têm medo ou que gostam de ser acompanhadas a todos os lugares. Porém, essa perda de tempo, esses poucos passos até a porta são algo de que sempre gostei e que nunca tive. Talvez porque faz você se sentir mais importante que o tempo e a pressa, talvez porque pode escapar um último beijo. Porém, Francesco esperou apenas que eu girasse a chave na porta e acenasse de longe para ir embora voando com seu Mercedes 200 SLK último tipo. Depressa demais. São sensações, sensações absurdas. Mas, às vezes, sensações sábias.

Mais tarde, estudei e repassei o capítulo até conseguir enfiar algo em minha cabeça. Olho o relógio: duas e meia. Vou ligar para Fra. Gosto de ouvir suas palavras, distrair-me um pouco com sua voz. Não posso deitar com o capítulo de História ainda na mente. Não atende ao telefone. Que estranho. Ele mora no apartamentinho embaixo da casa de seus pais, que sua avó, quando se mudou para Rieti, deixou para ele. O telefone não para de tocar. Não ouve; ou está dormindo profundamente ou... Não pode ser que não escute. Caramba, se está em casa, tem que ouvir. São dois quartos, uma cozinha e um banheiro. Conheço bem essa casa, já passei vários fins de semana ali. Quando penso no tempo que passei com ele, fico ainda mais nervosa. Foram uns fins de semana muito íntimos, e agora ele não atende. Tudo bem, afinal, não estou com sono. Sabe o que vou fazer? Vou sair e chamá-lo pelo interfone. Camuflo a cama o melhor que posso, com um travesseiro embaixo dos lençóis onde deveria estar meu corpo, e deixo a roupa para ir ao colégio amanhã já preparada na cadeira. Devagar, passo pelo quarto de meus pais na ponta dos pés, pego a chave do Polo (na época, eu ainda não tinha meu maravilhoso Micra) e saio no meio da noite.

Mas e se esse idiota foi ao Gilda? São três e dez. Melhor passar antes por lá. Estaciono depressa em fila dupla na Mario dei Fiori e vou até a porta. Massimo, o porteiro, me cumprimenta.

— Olá, Gin, o que faz aqui a esta hora?

— O que você acha?

— Está a fim de dançar.

Imbecil.

— Na realidade, queria ser porteira uma noite.

Ri.

— Como você é, hein?

— Não estou vendo o Mercedes de Francesco.

— Belo carro, não?

— Sim, muito bonito. Sabe se ele está lá dentro?

— Não, esta noite, ele não veio. Eu sei porque não saí da porta. Além disso, Antonello, que entrou há meia hora, também o estava procurando. Procurou-o lá dentro e foi embora. Não estava lá, deu-lhe o cano, porque ele disse que haviam combinado. Pode passar. — Deixa entrar um homem gordo com uma mulher vestida mais de ouro que de pano, com uma maquiagem tão pesada que assusta até suas rugas.

— O.k. Se o vir, diga que eu o estou procurando.

— O.k. Tchau, Gin, boa noite.

Sim, boa noite... Tomara! Essa história de não o encontrar está me deixando nervosa. Passo pela casa de Francesco. Nada, o Mercedes não está lá. Em geral, ele estaciona fora porque lá perto fica uma van da polícia, que vigia algum político ainda não investigado ou arrependido. Há um policial ao lado da van. Cumprimento-o ao passar ao lado dele com meu Polo. Tento, de alguma maneira, animar sua noite. Pelo retrovisor, vejo que continua olhando enquanto me afasto, perguntando-se sinceramente o porquê desse cumprimento. No mínimo, despertei sua curiosidade. Deixo o policial e torno a pensar em Francesco. Onde esse merda se meteu? São três e meia, amanhã tenho prova. Restam-me apenas quatro horas de sono, desde que consiga encontrá-lo logo. Esqueço o policial, me concentro na minha história de amor e decido ir até o fundo. Pena que Eleanora não esteja. Elle, como nós a chamamos, é minha melhor amiga. Teve que ir embora, foi para Toscana ver uns parentes. Elle nasceu em Florença e depois se mudou para Roma. A Toscanaccia, dizemos nós.

"Oh, inocente; oh, Elle... Oh, fada turquesa." Falamos tudo o que queremos. "É sua vez de responder."

Nós nos divertimos tirando sarro cada vez que perguntavam algo a ela. Caramba, se ela estivesse aqui, me faria companhia. Qualquer desculpa é boa para Elle ficar fora de casa até o amanhecer. Que pena.

Bom, como estou perto, vou passar na casa de Simona. Simona é muito romana, cabelo louro, um belo corpo, um pouco estranha, mas simpática. Faz um ano que andamos juntas e estabelecemos um bom relacionamento, naturalmente, malvisto por Elle. Elle diz que, no fundo, Simona é uma imbecil. "Confie em mim, confie na Toscanaccia, dessa vez, a inocente é você." Eu rio. Elle é ciumenta. É normal, não suporta que de vez em quando Simona e eu nos vejamos. Pronto, cheguei à casa dela, e aqui acontece o improvável. Ou melhor, o provável, pois, enquanto toco o interfone de Simona, abre-se a portaria e sai Francesco. Quinze para as quatro. E, como se não bastasse a hora, está sem gravata, a camisa desabotoada e, pior de tudo, com essa cara que vi tantas vezes. Muitas. Agora, lamento todas.

Depois de fazer amor, todos ficamos mais doces. Nossos traços se suavizam, os olhos se umedecem levemente, os lábios ficam um pouco mais carnudos e sorrimos com mais facilidade, apesar de mais lentamente. Francesco não tem tempo de dizer nada.

— Gin, eu...

Ele tenta, mas cuspo na cara dele. Uma escarrada perfeita. Acerto em cheio e nem sequer lhe dirijo um segundo olhar. Enquanto vou embora, só penso com quê vai se limpar.

— Gin, pare, vou explicar tudo.

— Tudo o quê? O que tem para explicar?

Entro no Polo que deixei em fila dupla e ele me alcança, tenta bloquear a porta, mas não tem tempo. Entro e travo a porta.

— Gin, não é o que você está pensando. É a primeira vez que faço isso. Vamos, não vá embora, Gin. — Espera um momento e diz algo que eu gostaria que não houvesse dito nunca, pelo menos não nesse momento. — Gin, eu te amo.

Abro um pouco a janela:

— Ah, é? Por isso transa com uma garota como Simona? Pois saiba que a única coisa que gosto em você é seu carro!

Vou embora acelerando e avanço alguns metros, procurando. Ali está. Estacionado perto da portaria, nem sequer se preocupou em escondê-lo. Lá está seu maravilhoso Mercedes 200 SLK cinza metálico. Permaneço imóvel no Polo. Sinto-me como um touro antes de enfrentar um toureiro, bufo enquanto brinco com o acelerador com o pé. Acelero duas ou três vezes. Penso em minha mãe e em seu Polo. Bem, vou inventar alguma coisa; só de pensar no estrago me dá mais prazer. Pelo retrovisor, vejo Francesco chegar correndo. É tarde demais, é bom demais. Que prazer! Que legal! Coloco o cinto. Há certas coisas na vida às quais não podemos renunciar. E esse é um desses momentos. Solto a embreagem e piso fundo no acelerador. Lá está ele. Vejo-o se aproximar a uma velocidade incrível: seu Mercedes, seu belo e novo Mercedes. Freio só no último instante, mas por instinto, para não me matar. Bum! Uma batida fantástica e pulo no assento. Acertei em cheio, na lateral, bem na porta. Dou marcha à ré. O Polo se desengancha com esforço, mas volta a rodar que é uma delícia. O Mercedes está na minha frente, completamente inchado, quebrou até uma janela. Não ouso imaginar meu prejuízo, mas, sim, a cara de Francesco. Vejo-a bem, é demais. Que bonito... Olha seu carro destruído. Está bobo, não consegue acreditar, não quer acreditar, mas tem que acreditar. Tem muito que acreditar. Quer saber? Vou fazer de novo. Sim, é muito prazeroso, é ótimo. Arranco a toda velocidade e aponto um pouco mais para a direita. Bum! Acerto em cheio, com mais força ainda, dessa vez sem medo, sem sequer frear. Agora peguei a porta da frente. Tenho uma vontade louca de destruí-lo inteiro. O para-choque dianteiro está quebrado e até o capô está abaulado. Francesco está ali, na minha frente, sem palavras. Olho para ele, estouro em uma gargalhada e me afasto dando adeusinho. Vão à merda, você e seu Mercedes. Imbecil. Quando temos que fazer uma coisa, fazemos e pronto. Agora tenho que pensar em Simona. Ah, essa imbecil vai ficar para mais tarde. Mas tem que ser uma vingança inteligente, fria, calculada, ferina. Genial. Gostaria de encontrar ainda mais adjetivos, se fosse possível.

Estaciono em frente a minha casa e saio do carro. Pobre Polinho. Destruí toda a parte dianteira. O capô está amassado como uma mão com câimbra, dois faróis e o parachoque quebrados. Dane-se. E agora, o que digo a minha mãe? Continuo pensando no elevador. Vou pensar em alguma coisa para o pobre Polinho e para a imbecil da Simona. Sim, alguma ideia terei, tenho certeza. Dispo-me e deito na cama. Continuo pensando em meus dois problemas e em sua possível solução. Continuo assim, relembrando a batida, o Mercedes amassado. Pouco a pouco, vou adormecendo. Um último pensamento. Sorrio. Bum! Que porrada, que lindo! Com tudo isso, não voltei a pensar em Francesco. Bah, morreu. E, sorrindo, sou raptada por Morfeu*.

Na manhã seguinte, acordo mais lúcida do que nunca. Em um instante tenho as duas soluções. Começo logo com o primeiro problema, o do Polo. Ligo para Alexis, um amigo que sempre está metido em problemas, mas que dessa vez pode me tirar do meu.

— Alexis? É Gin.

— Gin, que foi? Que horas são?

— Sete.

— Sete? Está maluca?

— Alexis, você tem que me ajudar, por favor. Diga que você tem algum carro roubado escondido.

— Gin, por telefone, não, porra!

— Desculpe, Alexis.

Ele se acalma.

— Que carro você quer?

— Qualquer um, mas que seja roubado. Só preciso da placa.

— Só da placa? Como você é boba.

— Por favor, Alexis, é importante.

— Para você, sempre é importante. Espere um pouco.

Uns dez segundos depois, volta ao telefone:

— Anote aí: Roma R27031. É um Clio azul.

— Perfeito, obrigado, Alexis.

— Pronto, só isso, tudo resolvido?

— Sim, tudo resolvido.

— Perfeito. Então, vou dormir de novo.

— O.k., à tarde eu ligo e explico tudo.

— Não estou nem aí.

Desliga bem na hora. Mamãe chega de camisola, acabou de levantar:

— Ginevra, já está acordada?

— Mamãe, você não sabe o que aconteceu! Ontem à noite, um louco jogou o carro em cima de mim.

---

* Morfeu: na mitologia grega, o deus do sono. (N.E.)

— Oh, minha filha! Você se machucou?

— Não, estou bem. Mas ele destruiu o Polo e fugiu. Mas, veja, anotei a placa! —Entrego-lhe o papel que acabei de escrever. — Era um Clio escuro, temos que fazer o B.O.

Mamãe pega o papel.

— Dê aqui, vou contar para seu pai. Ainda bem que não aconteceu nada com você. Tem certeza? Você não bateu a cabeça?

— Não, mamãe, sério, estou bem.

— Ainda bem.

E me dá um beijo na testa.

— Vá tomar o café, senão vai chegar tarde.

— Sim, mamãe.

Afasto-me como uma boa menina, sob o olhar afetuoso de uma mãe apreensiva. Me sinto culpada. Desculpe, mamãe, mas tinha que fazer isso. Quem sabe, talvez um dia eu lhe conte essa história toda. Um dia. Enquanto isso, vamos pensar no hoje. Também já encontrei a segunda solução, para acertar as contas com Simona.

Pouco depois, estou no meio das carteiras do colégio. Já passou uma aula, a primeira: religião. A imbecil cruzou duas vezes seu olhar com o meu e virou para o outro lado. Não tem sequer a coragem de enfrentar as consequências de suas ações. O cúmulo foi que dom Peppino fez uma pergunta — assim chamamos o padreco de religião — e Simona teve a coragem de responder... Não estou nem aí para ela. Bom, não quero envolver Deus em idiotices como esta. Mas a segunda aula será toda minha, e a terceira também. Vamos rir, quero me divertir, vão ser duas aulas maravilhosas. Hoje temos prova de italiano. Assim que acordei, quando arrumava a mochila, tive a ideia. Sublime. Isso mesmo, encontrei o adjetivo cunhado especialmente para a vingança.

Minha caneta desliza veloz na folha em branco, enchendo-a de palavras, de linhas, de fatos, de lembranças, de desilusões, de adjetivos, de tagarelice, de insultos... Minha caneta parece enfeitiçada, voa que dá gosto. E pensar que sempre fui meio ruim em italiano. Estou divagando, sem dúvida, mas que prazer, que divertimento dedicar essa prova a minha amiga, ou melhor, ex-amiga. Bom, para ser exata, a essa imbecil. Dediquei-lhe até o título: "Mísero fim de uma amizade". Tenho certeza de que minha professora de italiano vai me dar boa nota; talvez até um belo dez, ou talvez não, isso não; não me ative ao tema. Talvez um sete, mas um belo sete! Com certeza, não vai me mandar para a diretoria, e talvez até me faça lê-la na classe. Tenho certeza de que a professora vai ficar do meu lado. Não tanto porque nos damos bem, mas porque faz pouco tempo que ela se separou.

Na semana seguinte, recebo a redação. Ora, é incrível! Acima das expectativas. Sete e meio! Nunca havia tirado uma nota dessas em italiano. E não é só isso. A professora deve sentir uma grande simpatia por mim ou, o mais provável, deve ter sofrido muito com sua separação. O caso é que bateu com a mão na mesa.

— Silêncio, pessoal. Agora, gostaria de pedir a uma garota em particular para ler sua redação. Uma colega de vocês que entendeu que cultura, educação e civilidade são a maior arma de nossa sociedade: Ginevra Biro.

Eu me levanto e coro por um instante. Na frente de todos. Na frente dos outros. Deixo de lado esse rubor, pare, não! Hoje é meu dia, não duvido, é meu. Que pudor, que nada. Em algumas ocasiões, é só pensar que os outros não existem, e esta é uma dessas ocasiões. Fico ao lado da professora e começo a ler. Discorro veloz, com ênfase e diversão, raiva e entusiasmo. Faço as pausas exatas, o tom. A história me seduz. Fui eu mesma quem escreveu essa redação? Caramba, parece perfeita! E continuo lendo assim, divertida, cantarolando. Uma após outra, as palavras se sucedem, perseguem-se nas linhas, para cima e para baixo, sem pausa, como ondas em um mar azul. Correm umas ao lado das outras, sem se interromper jamais. Quase chego ao final em um instante. Faltam duas linhas. Paro, e quando levanto os olhos do papel, Simona está ali olhando para mim. Com a boca aberta, pálida, atônita. Contei toda nossa história, nossa amizade, minha confiança, sua traição. Faço uma última pausa. Respiro profundamente e sigo para o final:

— É isso, gente. Agora todos sabem quem é Simona Costati. Se sua mãe houvesse tido um pouco de coragem, teria lhe dado seu verdadeiro nome: Imbecil!

Dobro a folha e olho satisfeita para a classe. É um estrondo. Todos gritam contentes:

— Muito bem, fez muito bem, você é genial, Biro! É assim que se faz, você é lendária!

De repente, saindo não se sabe de onde, mas não de mim nem da professora, e muito menos de Simona, levanta-se um coro perfeito, inspirado com certeza em minha redação cheia de cultura:

— Imbecil, imbecil, imbecil!

Simona se levanta da carteira. Atravessa a sala arrastando os pés, com a cabeça baixa, sem coragem de olhar para ninguém.

Começa a chorar e sai da sala.

— Muito bem, é uma redação linda.

É a voz da professora. Incrível. Achei que ia me expulsar, sei lá, por difamar uma aluna. Porém, não. Deve ter apreciado a forma! Ou o conteúdo. Seja como for, ela sorri para mim. Quem sabe, talvez por um momento tenha se colocado no meu lugar. Talvez ela também quisesse ter escrito algo assim para seu marido.

Vinte e um

— Em que está pensando?

— No colégio.

— Não acredito. Está no carro comigo, um dos caras mais atraentes de Roma, e fica pensando no colégio?

— Bem, o colégio também pode ter seu lado interessante.

— Ou melhor, o lado estressante.

— Eu acho que, no fundo, você também gostava de estudar.

— Claro, como não? Anatomia. Mas diretamente nas colegas de classe!

— Nossa, você é obcecado, não?

— Bem, é um tema que me fascina.

— É, estou vendo. Quando era criança, devia brincar de médico sempre.

— Quando era criança? Ontem mesmo! Quer que a examine?

— Que estranho. Você me parece mais uma pessoa divertida que um sujeito esfomeado!

— Bom, já é alguma coisa.

— É, eu me divirto muito com pessoas presunçosas. Além disso, alguém que acredita que é um dos caras mais atraentes de Roma é bastante patético. — Olha para mim e explode em uma gargalhada, sinceramente divertida. O cabelo escuro cai sobre seus olhos, que riem em perfeita harmonia com seu sorriso. — Incrível, você é pior que eu, um palhaço. Você é demais!

Uma curva chega muito oportuna. No ângulo perfeito, e para o meu lado. Pego o volante por baixo e o giro com força para a esquerda. Gin cai em cima de mim. Freio de repente e paro o carro com ela nos meus braços. Pego-a pelo cabelo com a mão direita e seguro com força.

— Nunca ninguém me chamou de palhaço.

E a beijo na boca. Seus lábios estão fechados e tenta se soltar. Mantenho-a presa pelo cabelo, mas ela se afasta e luta para se libertar. Seguro-a ainda mais forte. No fim, abandona-se e entreabre os lábios.

— Finalmente — sussurro e me aventuro entre seus dentes. — Ai! — Ela me mordeu. Levo a mão à boca e a solto.

Gin volta para seu lugar.

— E tudo para isso? Fazia uma ideia melhor de você.

Passo os dedos pelos lábios em busca de sangue. Não há. Gin está em posição, com as mãos levantadas, pronta para se defender.

—Stefano ou Step, ou como quiser, o que você quer é briga!

Olho para ela sorrindo:

— Você tem bons reflexos, hein?

Bate forte em meu ombro, um golpe atrás do outro, uma série de socos de baixo para cima acertando sempre o mesmo ponto.

— Ai, está machucando.

Seguro seu braço no ar e depois o outro. Mantenho-a quieta, imóvel em seu banco. Sorrio divertido por conta de todos esses socos.

— Desculpe, Gin. Não queria fazer isso, mas depois pensei que você fosse gostar.

Tenta me socar outra vez, mas mantenho-a bem firme.

— Já chegamos, o.k.?

Saio logo do carro antes que tente me bater de novo.

— Se preferir, fique trancada aí, ou faça o que quiser. Afinal de contas, o carro é seu, não é? Além disso, bela droga essa lata velha de Micra. Entra mal nas curvas.

Gin fecha o carro depressa e se junta a mim.

— Tenha cuidado. Não se faça de durão comigo, ou vai acabar mal.

Olha a placa.

— Il Colonnello (O Coronel). Esse lugar se chama assim mesmo?

— Sim, assim mesmo. O que achou, que era um apelido?

— Você realmente espera ganhar uma garota no primeiro encontro com essas brincadeiras tão divertidas?

— Não, com você estou relaxado. Estou superseguro!

— Ah, claro, exatamente superseguro. Já viu, não?

— Está bem, paz. Ande, vamos comer um bom filé.

— O.k. Paz, tudo bem, mas o jantar... Você paga, não é?

— Depende.

— De quê?

— Da sobremesa.

— De novo? A "sobremesa" consiste em que eu o acompanhe até sua moto e pronto. Está claro? E diga já, ou não como nem uma *bruschetta*. Acha que tem de me chantagear? Que nojo!

Gin entra no restaurante altiva e animada. Eu a sigo. Não há muita gente. Sentamo-nos a uma mesa bastante afastada do forno, que dá muito calor. Tiro a jaqueta. Estou com fome.

Logo chega um garçom para anotar os pedidos.

— Pois não?

— Para ela, só uma *bruschetta*. Para mim, um *tagliatelle* com alcachofras e um filé à florentina com salada de acompanhamento. — Olho para ela divertido. — Ou será que a mocinha pensou melhor e quer outra coisa?

Gin olha para o garçom sorrindo:

— O mesmo que ele, obrigada. E uma boa cerveja também.

— Uma cerveja para mim também.

O garçom anota tudo velozmente e se afasta contente com esse pedido tão fácil.

— Se quiser rachar a conta, diga-me onde você mora e amanhã lhe mando o dinheiro, o.k.? Isso para que você entenda que não vai haver sobremesa.

— Ah, não? Está enganada. Aqui servem um sorvete de trufa que fica maravilhoso dentro do café.

— Ei, Step. Andou sumido! Aburguesou como os outros, é? — Vittorio, o Coronel, aproxima-se, gentil como sempre. — Agora a moda é o Celestina, todo mundo vai lá. São como carneirinhos. — Apoia as mãos em cima da mesa. — Você emagreceu, não é?

— Passei dois anos em Nova York.

— Ah, então é por isso que não o víamos mais. Como é a comida por lá?

Ri divertido de sua gracinha.

— Vitto, você continua sendo o melhor. Mande trazer uma *bruschettina*, o.k.?

Deixo as chaves do carro de Gin em cima da mesa enquanto Vittorio se afasta com o barrigão na frente, rebolando como sempre, envelhecido, mas sempre alegre. Tem cara de menino grande, com o rosto vermelho, o cabelo bagunçado em cima das orelhas, pequenos reflexos de branco prateado em sua careca sempre vermelha por causa das chuletas e dos filés. Olho em volta. Há gente diferente, não muita, não barulhenta, não muito elegante. Comem com prazer, sem pedir coisas muito difíceis, sem muitas exigências, sem preocupações, talvez deixando para trás um dia cansativo e olhando para um belo prato na sua frente. Perto, um casal come sem falar. Ele está roendo o osso de uma chuleta. Ela acaba de pôr uma batata frita na boca e chupa os dedos. Encontra meu olhar e sorri. Eu também sorrio. Mergulha de novo nas batatas sem medo de engordar.

Gin passa para o ataque.

— Bom, vamos recapitular: você pegou minhas chaves, pegou meu carro e, principalmente, me fodeu bem.

— Bom, esse último não me importaria em absoluto.

Gin está diante de mim com as mãos na cintura e suspira.

— Imbecil, quero dizer que fodeu minha noite. Vamos dizer assim, senão vão lhe ocorrer ideias estranhas. Como antes, no carro.

— Por tão pouco, como você se aproveita!

— Então, vamos passar à questão prática. Vamos esclarecer de uma vez. Quem vai depenar quem?

— O que quer dizer?

— Agora está se fazendo de bobo?

— Está bem, se você puxar assuntos divertidos, eu pago. Senão...

— Senão?

— Eu pago também.

— Bem, nesse caso, eu fico.

— Mas você vai dar para mim!

Levo uma bofetada imediatamente. Caramba, que rápida! No meio da cara.

— Ai!

A mulher das batatas para de comer e olha para nós. E também duas ou três pessoas das mesas mais próximas.

— Desculpem-na — sorrio massageando o rosto —, ela se apaixonou.

Gin nem sequer presta atenção às pessoas que olham para ela.

— Vamos fazer um trato: você paga o jantar sem pretender nada, e eu, em troca, lhe dou algumas aulas de educação. Assunto encerrado. Você até sai ganhando.

Vittorio deixa a *bruschetta* na mesa:

— A senhorita também quer uma?

Gin rouba a *bruschetta* do prato e dá uma mordida enorme, levando metade dos tomates frescos que Vittorio corta com amor, não como esses tomates picados à tarde e deixados dentro de um pote esfriando na geladeira.

— Traga outra, Vit.

— Humm, que delícia.

Gin coloca um pedaço de tomate na boca e chupa os dedos.

— Boa pedida, Step! Come-se bem aqui. Como está o rosto?

— Maravilha! Diga a verdade: você ficou brava porque interrompi o beijo no meio, não é? Temos tempo, vamos, não fique brava. Vocês, garotas, são todas iguais. Querem tudo logo.

— E você, quer outro tabefe?

— Você tem o ritmo perfeito, muito bom. Hoje em dia, é difícil encontrar uma garota passável de língua tão afiada quanto as mãos.

— Humm.

Gin esboça um sorriso forçado pondo a cabeça para a frente, como quem diz: "Que engraçado!".

— O que foi?

— Esse negócio de "passável", que não digeri direito.

— Mas com minha *bruschetta* você foi fera. Praticamente a devorou inteira.

De repente, ouço umas vozes.

— Não pode ser, Step! Eu sabia. Eu disse que era ele!

Não acredito. Estão todos ali, atrás de mim. Velista, Balestri, Bardato, Zurli, Blasco, Lucone, Bunny... Todos, não acredito. Falta um, o melhor: Pollo. Sinto meu coração se apertar, não quero pensar nisso, agora, não. Sinto um calafrio e por um instante fecho os olhos; agora, não, por favor. Por sorte, Schello pula em meu pescoço:

— Ei, bandido? É separatista búlgaro agora?

— Na verdade, norte-americano.

— Ah, sim, porque esteve na América do Norte, nos States. Por que não apareceu? Estávamos todos lá, esperando a lenda. Mas a lenda ruiu. Foi jantar *tête-à-tête* com a namorada.

— Ou, teta a teta!

— Cuidado com a boca!

— Em primeiro lugar, eu não sou namorada dele.

— E em segundo lugar, cuidado, rapazes, ela é terceiro dan.

— Já acabou com essa história de terceiro dan? Você é repetitivo!

— Eu? Você foi quem enfatizou três vezes desde que nos conhecemos. Você é terceiro dan, mas eu que tive que derrubar um sujeito para defendê-la!

— O.k., São Tomás... dos cafonas. Você pediu.

Gin levanta da mesa, passa em volta de meus amigos e olha para eles um instante. Sem ninguém esperar, volta-se de repente, pega Schello com as duas mãos pela jaqueta, apoia-o no quadril e o dobra veloz para a frente. Perfeita, sem hesitar nem um instante.

Schello vira os olhos, Gin dobra a perna direita e empurra para cima ajudando com os ombros. Schello voa como uma pena e aterrissa de costas em cima da mesa do casal silencioso. Agora vão ter sobre o que conversar. O sujeito se afasta com um salto.

— Mas que caralho...

Que fino, tanto ela quanto ele. Dizem em uníssono. Ela: "Minhas batatas." Ele: "Caralho, minha jaqueta de couro de camelo."

Para esse casal apático, o golpe de Gin será algo para contar, quase lendário.

Schello se levanta dolorido.

— Ei, quem foi?

— Um terceiro dan ou mais — responde Gin sem demora.

Todos riem:

— Divertido. Que legal. É, sua namorada é demais.

— De novo, não sou namorada dele!

— Por enquanto.

— Então, por que está jantando com Step?

Carlona, acho que esse é o nome, é namorada de Lucone desde sempre. Ergue as sobrancelhas divertida, como quem diz: "Sei como nós, mulheres, agimos." Gin sorri:

— Eu filo comida de graça e depois caio fora.

— Step paga o jantar e depois você cai fora. Querida, *Missão: impossível* é um jogo de crianças.

— E quem vai pagar isso?

Schello olha para o sujeito, assustado. Tirou a jaqueta de falso camelo temperada com azeite e está com ela diante dos olhos.

— Estou falando com você. Quem vai pagar isso?

— O que está acontecendo? É alguma pegadinha? Estão todos me zuando? Onde está a câmera escondida?

Schello começa a pular para a direita e para a esquerda pelo restaurante.

— Onde está? Onde, hein?

Procura uma hipotética câmera de televisão por todos os lados: embaixo dos quadros, atrás das portas, na bolsa de uma mulher pendurada no encosto da cadeira. Levanta as coisas e toca tudo, como de costume, sem respeito, irreverente, no limite da demência. Procura uma câmera embaixo de um guardanapo de um homem que está comendo. O sujeito, naturalmente, irrita-se:

— Acabou, imbecil? Que droga está mexendo, hein? Quer voar outra vez pelos ares? — Levanta-se decidido com as mãos na cintura, duras, com os nós dos dedos marcados por horas de trabalho, arranhadas de feridas, marcadas pelo tempo, forjadas de pó e tinta, gesso e reboco, de escombros, rachadas pelo cansaço sofrido. — Não entendeu, cabeça de vento?

— Hein... *Fly down.*

Schello aposta que o sujeito não entende nenhuma palavra de inglês. Naturalmente, ganha a aposta.

— O que está fazendo? Está me insultando? Vou quebrar sua cara.

O pedreiro pega-o pelo pescoço; é seu jeito de ficar bem diante da namorada.

— É um pedido de desculpas, mas em inglês, entende? É mais elegante.

O pedreiro fecha o punho e nós rimos, divertidos. Felizmente, Vit intervém:

— Já chega, voltem para seus lugares. Sou o coronel ou não? Chega! — Ajuda o sujeito a sair de cima. — Vou lhe trazer um *limoncello*, por conta da casa.

Depois, pega Schello pelos ombros e o devolve ao grupo. — Vocês continuam iguais, hein? É um prazer tornar a vê-los, sério. Não sei o que acontece, Step, mas, quando você está presente, as noites nunca são chatas. Vamos, sentem-se. Vou arrumar uma mesa para doze.

— Talvez Step queira prosseguir com seu jantar romântico.

Olho para Gin. Ela abre os braços.

— Fica para a próxima, querido.

Simpática ela é, mas... É esse "mas" que me deixa perplexo.

— Claro, meu amor, fica para a próxima. Quando ficar de novo sem gasolina e sem dinheiro.

Gin sorri e me dá um tapa no ombro. Lucone nunca perde nada:

— Caraca, a boneca é forte. O *jab* dela não é nada mal, hein?

Todos concordam com a cabeça. A seguir, sentam-se fazendo uma grande confusão, afastando as cadeiras, rindo, brigando por um lugar específico. Só as garotas se olham desaprovando Gin com fingida frieza. Aprovar outra garota sempre incomoda, mesmo que seja sua melhor amiga. O jantar passa depressa. Conversas para ficar a par das pequenas grandes novidades. "Ah, você não sabe, Giovanni terminou com Francesca. Ela aprontou feio com ele: ficou com André, amigo dele. E ele nem quebrou a cara do dito cujo. Que tempos! Ah, notícia bomba: Alessandra Fellini finalmente fez. Com Davide. Agora chama-o de *Gota*. E sabe por quê, Step? Fazia quatro anos que estava ali feito gota malaia. Primavera, verão, na montanha, na praia. Ele sempre ali. Presentinhos, bilhetinhos. Ia ganhar o grande prêmio ou não? E ela finalmente o premiou! Deu para ele. Mas agora que pegou o jeito, ela acha que está nas Olimpíadas, e já deu o prêmio para vários!"

— Acredito. Está tentando recuperar o tempo perdido.

— Como vocês são ruins!

Carlona tenta defender a vítima por solidariedade à categoria.

— Mas é verdade! De qualquer maneira, o mérito é de Gota.

— Sim, o primeiro sempre é o primeiro. Grande mérito.

Guido Balestri toma as rédeas do relato.

— Belo presente Gota ganhou! Com certeza, tinha teia de aranha naquela gruta pluvial. — E dá-lhe risada. — Depois, Davide foi à praça e fez uma espécie de comício público.

— Não acredito.

— Juro. Contou para todo mundo que ela gozou que nem louca.

— Não...

— Sim!

— Bom, se ficou quatro anos em abstinência... Além do mais, quando uma mulher cede, é justo que ceda direito!

— Dizem que a ouviram uivar para a lua, como *Lassie*, lembra?

— Como não? Grande filme.

— Nisso, Davide é grande.

— Sim, e não grande: é *glande*! Em todos os sentidos. Davide, em outros tempos, teria humilhado Golias!

Disso ninguém ri, só Gin. E é uma grande satisfação. E continuam assim, rindo e fazendo bagunça.

Olho para eles enquanto comem. Não mudaram nada, são um espetáculo. Bombardeiam-se como de costume com a comida que acaba de chegar, voam com os garfos no lombo, no presunto, no salsichão. Devoram as fatias conversando, deixando-as penduradas de propósito dos dentes até o queixo. Chegam os espetos. Todos voam para pegá-los. Estão quentes e fumegantes ainda: salsichas e pimentões, recém-assados, transformam-se em espadas perfumadas para uma desesperada escaramuça entre Schello e Lucone. Hook se junta aos dois e começa o combate. Ouve-se o barulho do metal atenuado às vezes pela carne assada. Um ataque de Schello, detido por Lucone. Uma salsicha sai voando. Gin a pega com a mão direita — excelentes reflexos —, ainda quente, come um pedaço.

— Viu que velocidade? Aposto que se lembrou de um filme; ande, esprema o cérebro.

— É verdade, lembra a cena de um filme, sim, mas não sei qual.

— Eu ajudo. É a história de uma prostituta; mais que uma história, é a fábula de uma prostituta.

Lucone intervém, exagerado como sempre:

— Já sei: *Branca de Neve depois do casamento.*

Gin olha para ele enojada, fazendo uma careta e engolindo o último pedaço de salsicha.

— Como você é descarado! É *Pretty Woman*. Se disser que não viu, não o levo mais a sério.

Olha para mim levantando as sobrancelhas. *Pretty Woman*, como não, com Julia Roberts.

— Lembra ou não?

Repentinamente, retrocedo no tempo. Babi e eu, Hook e o Siciliano, acabamos, nem lembro como, juntos no cinema. Hook e o Siciliano saem no fim da primeira parte.

— Que filme besta. Vocês são bobos ou o quê?

— Nós vamos cair fora.

Finalmente, pude pegar na mão de Babi e segurá-la assim o filme todo, enquanto ela colocava pipoca em minha boca.

— Sim, eu me lembro.

Mas não lhe conto toda a minha versão do filme.

— É a cena em que o garçom pega no ar o *escargot* que Vivien, a personagem de Julia Roberts, jogou para fora do prato ao tentar comer.

— Sim, claro! Apesar das instruções do gerente do hotel.

— Viu como se lembra? Step se faz de durão, mas no fundo é um romântico!

— Muito no fundo.

— Mas eu gosto de escavar. Não precisa ter pressa. Quando era pequena, queria ser arqueóloga, e depois... Depois percebi que tenho claustrofobia e nunca poderia entrar em uma pirâmide.

— Ou seja, gosta mais de ficar por cima do que por baixo.

— Você não consegue pensar em outra coisa?

— Bom, talvez, se me esforçar.

Ponho as mãos na cabeça, como se fosse me concentrar. Coloco-as na mesa e sorrio para ela.

— Não, lamento, não sai nada melhor.

Exatamente nesse momento, ploft! Gin leva uma fatia de pão molhado na cara. Explode em seu rosto, e seu cabelo fica cheio de farelos. Não consigo não rir. Lucone se desculpa de longe:

— Caralho, desculpe, era para Step.

— Então, você tem uma pontaria terrível!

Gin esfrega o rosto, vermelho e ainda molhado.

— Machucou. Agora você vai ver!

É o sinal que dá início à batalha. Todos começam a se jogar coisas. Schello, como se não bastasse, pega o rádio e aperta o *play*.

— A batalha precisa uma boa trilha sonora.

Mal tem tempo de dizer isso, quando uma chuleta acerta em cheio seu Aiwa enquanto toca *Hair*. Todos começam a dançar sentados, levantando os braços, tentando se esquivar de todo tipo de comida. Dessa vez, uma batata acerta Gin na testa, e ela se levanta enlouquecida. "Pronto — penso —, agora vão ver como é quando ela perde as estribeiras." Mas faz ainda melhor. O mais bonito que se possa imaginar. Sobe na cadeira e... imita maravilhosamente o lendário Treat Williams em *Hair*. Põe o outro pé na mesa e dá-lhe! Um passo atrás do outro. Avança dançando, deixando o cabelo cair para a frente e depois mostrando outra vez o rosto. Sorrindo, depois sensual, depois de novo dura, seja como for, lindíssima. Nada mal, sério. E todos entram na brincadeira afastando os pratos já vazios, os garfos e os copos a cada passo. Hook, Lucone, Schello, até as namoradas a incentivam. Todos afastam o que têm à frente. Fingem estar perturbados com essa Gin extravagante, exatamente como os convidados daquela longa mesa em *Hair*. Gin dança que dá gosto. Schello, porém, estraga tudo, como de costume. Sobe na mesa e começa a dançar atrás dela sem graça, destruindo tudo com sua falta de ritmo. Um chute para a direita, outro para a esquerda. E dá-lhe. A namorada de Hook não tem tempo de tirar um prato de baixo. O sapato clarks de Schello acerta em cheio um prato, que desliza preciso, como se fosse chutado por Di Canio, e atinge a testa da mulher do pedreiro. A mulher cai da cadeira, leva as mãos ao rosto e solta um grito espantado que deixa a todos atônitos. Vit chega correndo feito um louco.

— Puta que pariu! Ficaram malucos? Vamos, desçam daí. A senhora está bem?

Vittorio a ajuda a se levantar. Por sorte, não tem nada, ou quase. Quero dizer, não abriu a cabeça, tem só um galo enorme ali, à direita. Um repentino chifre injustificado, ou talvez não.

— Quem foi?

Não importa qucm foi.

Schello é rápido em certas coisas, principalmente se está no meio.

— Foi uma fatalidade, um acidente.

— Sim, que você vai sofrer.

Vit se coloca no meio e segura o pedreiro.

— Ei, calma. É melhor.

— Ah, é? E o que vai fazer? Vai me dar outro *limoncello*? Sabe o que eu faço com seu *limoncello*? Lavo meu pau.

— Nesse caso, peço que vá embora, por favor.

O pedreiro toma impulso e tenta pegar Schello, que retrocede na mesa, cai para trás, enrosca a perna em uma cadeira e depois cai no chão.

O pedreiro não se detém e dá a volta na mesa correndo. Schello está no chão, com a perna presa na cadeira e sem poder se levantar. O outro, pensando em sua mulher, pega impulso para acertá-lo no meio da cara, talvez espere empatar. Mas isso não acontece. O pedreiro é levantado por trás e de repente se encontra dando pontapés no ar. Lucone o faz dar meia-volta e o solta um pouco mais além:

— Vamos, chega, de verdade, foi um acidente.

— Sim.

Hook intervém:

— Desculpe, mas acho que é melhor ir colocar um pouco de gelo em sua mulher.

— Sabe onde vou pôr gelo? No seu cu!

— Nesse caso, não tem remédio. Para depois não dizerem que me caguei de medo.

Hook ri, o pedreiro não entende nada e tenta dizer algo, mas é acertado por um soco no meio da cara, rapidíssimo, bum! Hook está bem melhor; deve ter treinado enquanto eu estava fora. O pedreiro voa para trás e aterrissa um pouco mais longe, em cima de uma cadeira, que cai e acaba no chão, quebrada sob seu peso. Todos começam a gritar. Alguns clientes se inquietam. Alguns homens no fundo se levantam das mesas. Uma mulher pega um celular e começa a ligar. É o sinal. Não precisamos nos olhar. Lucone, Hook, Velista, Balestri, Zurli e Bardato levam suas garotas.

— Caramba, eu não comi nada.

— Eu também não.

— Seja boazinha e venha comigo, que depois eu a levo para tomar um sorvete no Giovanni.

— Já imagino qual vai ser: um picolé de creme.

Riem, e Schello se levanta, livrando-se da cadeira, que, infelizmente, cai também em cima do pedreiro, que provavelmente estava acabando de perceber onde estava. Desço Gin da mesa pelo braço. Ela quase cai, mas a pego no ar.

— O que foi, o que aconteceu?

— Por enquanto, nada, mas é melhor cairmos fora.

— Espere, a jaqueta. — Ela volta e pega a jaqueta Levi's escura e vem comigo.

— Tchau, Vit, desculpe, mas temos uma festa.

— Sim, uma festa. Vocês, sempre iguais, hein? Eu vou lhes dar uma festa!

Parece irritado, mas na realidade está se divertindo, como sempre. Fica imóvel junto à porta. Olha para nós enquanto saímos correndo, armando uma grande confusão. Schello dá um pulo, bate os pés um no outro ao estilo John Belushi e os outros riem. Lucone e Bunny roubam algo das outras mesas: uma *bruschetta*, um pedaço de salsicha... Balestri caminha devagar. Está com o olhar cansado, um pouco alegre, ou quem sabe bebeu demais. Sorri e estica os braços como quem diz: "Eles são assim", mas quem "é assim" é exatamente ele. Schello rouba um pedaço de biscoito arrancando-o literalmente da boca de uma mulher, que dá uma mordida no ar. Quase morde a língua e, irritada, bate com o punho na mesa.

— Não é possível! A melhor parte que eu deixei para o final.

Vit, que estava tomando um copo de vinho, começa a rir e derrama tudo. Eu passo nesse momento com Gin e, para não ficar para trás, roubo uma batata da mulher. Dou uma mordida:

— Perfeita, ainda quente, batatas caseiras que Vit faz, cortadas à mão, não congeladas, tome.

Passo a Gin a outra metade da batata.

— Depois não diga que não a levei para jantar.

E corremos assim, seguindo os outros, de mãos dadas. Ela ri, balançando a cabeça com metade da batata na boca.

— Está quente!

Finge que se queixa e ri enquanto corre feito louca, o cabelo ao vento e a jaqueta escura. E nesse instante, nessa noite, só tenho um pensamento. Fico feliz por ela ter me roubado vinte euros de gasolina.

Vinte e dois

Um pouco mais tarde, no carro.

— Meio animais, mas muito simpáticos, seus amigos. Às vezes nós, garotas, temos que sair com cada traste!

— Garotas, que garotas?

— O.k., digamos que algumas vezes *eu* saí com alguns trastes. Assim está bem?

— Melhor.

— Muito bem. Então, o que eu deveria dizer? "Seus amigos são demais, míticos!" Melhor assim?

— "Míticos"? Que palavra mais feia. Míticos. Parece título de um filme de Vanzina. Melhor épicos!

Gin ri.

— O.k., *touché.*

Olha para mim e franze o cenho.

— Ah, desculpe, você não entende francês, não é?

— Como não? *Touché, touché* significa...

De repente, pego uma curva muito fechada e Gin acaba em meus braços. Não sei como, mas seus seios estão agora em minhas mãos.

— Isso, isso é *touché*, não é?

Tenta me dar uma bofetada, mas dessa vez sou mais rápido e seguro sua mão no ar.

— Desculpe. Ou melhor, *pardon*! Não queria *touchá-la,* mas você é *très jolie*! O que acha do meu francês? De qualquer maneira, "já chegamos". Isso eu não sei dizer em francês.

Saio do carro. Gin está furiosa.

— Mate minha curiosidade: se os seus amigos são tão "épicos" como você diz, por que quando passou por eles onde haviam combinado fingiu que não os viu?

Porra, ela é demais. Não deixa escapar nada. Caminho e tento lhe dar as costas, mas ela me acerta em cheio no meio do estômago.

— Isso, caso não saiba, se diz *tombé,* ou seja, tocado e afundado, imbecil!

Gin entra no carro, liga-o em um segundo e sai derrapando. Corro para a moto. Mais um metro e chego.

— Vá tomar no cu. Que metido! Quem ele pensa que é? Sim, é Step, e daí? Quem caralho o conhece? Certo, é um mito, ou foi um mito, mas para seus amigos, "os épicos", como ele diz. E daí?

— E você gosta um pouco dele.

Desde pequena eu me divertia brincando de *Gin 1, a Vingança,* e *Gin 2, a Sábia.* Pelo menos, eu as chamava assim. A primeira, *Gin 1, a Vingança,* é selvagem. Quando eu era pequena, tinha uma amiga que se chamava Selvaggia, e eu gostava muito de seu nome. A segunda, *Gin 2, a Sábia,* é serena, romântica e equilibrada. Selvagem e Serena discutem o tempo todo.

— Gosto, e daí?

— Errou. Esclareça melhor o conceito.

— Está bem, gosto muito! Gosto de seu cabelo curto, de seus lábios carnudos, de seus olhos alegres e bons, de suas mãos e... ah, sim, adoro sua bundinha linda.

— Como você é descarada.

— E como você gosta de encher o saco.

— Ah, é?

— É!

— Se você gosta de todas essas coisas, então, por que roubou as chaves da moto dele?

— Porque ninguém pode tocar meus seios sem autorização, está claro? E Step, o mito, ou melhor, o "épico", não tinha autorização. E essas belas chaves, vou guardá-las de recordação.

— Tenho certeza de que estava pensando em mim.

Caramba, é Step, e de moto. Mas como conseguiu dar a partida?

— Encoste aí, ou arrebento a pontapés essa sua lata-velha.

Deve ter feito ligação direta, merda. Gin reduz e encosta. Se conseguiu fazer a ligação direta tão rapidamente, talvez não seja um mito, mas, sim, muito esperto.

— Que legal! Muito divertido.

— O quê?

— Ah, ainda por cima se faz de sonsa. As chaves.

— Ah, sim, desculpe. Acabei de perceber. Vai ver que você errou de jaqueta e colocou-as na minha.

Pego-a pela gola.

— Não, Step, eu juro que não havia percebido.

— Não jure, mentirosa!

— Bom, talvez as tenha pegado por engano.

— Ah, sim, com certeza, foi um erro, porque você pegou minhas chaves de casa.

— Não!

— Pode ter certeza.

— Não acredito.

— Acredite. — Solto-a. — Como você é falsa.

— Não me chame de falsa. — Tira as chaves da jaqueta e as joga com força em mim. Afasto-me e pego-as no ar.

— Falsa... nem sequer é capaz de me bater direito. Vamos, entre no carro, eu a acompanho até sua casa.

— Não, não se preocupe.

— Claro que me preocupo. Você é uma dessas garotas perigosas.

— O que quer dizer?

— Se furar seu pneu outra vez, alguém a ajuda, você confia, acaba mal e depois eu sou a última pessoa com quem foi vista.

— Ah, só por isso?

— Gosto de vida tranquila, quando é possível. Portanto não me encha o saco, entre no carro e chega!

Gin suspira e entra no Micra. Liga o motor, mas antes abre a janela:

— Já entendi por que quer me acompanhar.

Eu me aproximo com a moto.

— Ah, é! Por quê?

— Para saber onde moro.

— A placa dessa carroça é Roma R24079. Só preciso de dez minutos e um amigo da Prefeitura me dá seu endereço. Além disso, assim eu economizaria um bom trecho. Vamos andando, falsa presunçosa!

Arranco derrapando. Caramba, Step sabe minha placa de cor. Eu ainda não consegui decorar. Em um instante, está atrás de mim. Que sujeito! Me segue, mas não se aproxima demais. Que estranho, é prudente. Nunca teria pensado. Bem, no fundo, não o conheço tanto... Bah!

Troco de marcha e me mantenho longe. Não quero que Gin faça nenhuma bobagem, freando de repente. É o melhor método para derrubar um motociclista. Se fizer direito, não dá tempo de a vítima frear. Você roda. Leva um belo tombo, e aí, não consegue seguir o cara. Corso Francia, Piazza Euclide, Via Antonelli... Que metida! Não para em nenhum semáforo. Passa em frente ao Embassy a toda velocidade. Ultrapassa os carros que estão parados no semáforo, segue reto, vira à direita e depois à esquerda, sempre sem dar seta. Um sujeito meio irritado toca a buzina com atraso. Via Panama. Gin para pouco antes do Piazzale delle Muse. Estaciona entrando rapidamente entre dois carros sem tocá-los, com uma única manobra, prática e precisa. Ou talvez tenha sido apenas sorte.

— Ei, você é boa de manobra!

— Você ainda não viu nada.

— Por que nunca posso dizer nada sem que você acrescente a última piadinha?

— O.k... Então, obrigada pelo jantar, eu me diverti muito e você foi encantador; seus amigos são míticos, desculpe, épicos. Desculpe a confusão com as chaves e obrigada por me acompanhar. Está bem assim? Esqueci alguma coisa?

— Sim. Não vai me convidar para subir com você?

— O quêêê? Nem pensar! Nenhum namorado meu jamais entrou em minha casa, imagine se deixaria você, um desconhecido, subir. Imagine!

— Teve muitos?

— Namorados?

— Sim.

— Um monte.

— E como a suportavam?

— Eram bons de matemática. Faziam a conta e no final viam que havia muito mais coisas positivas do que negativas. Infelizmente, parece que você não é bom nessa disciplina.

— Na verdade, era a única matéria em que eu ia mais ou menos bem.

— Por isso, mais ou menos. Boa noite, senhor Valiani.

Volto-me para ver quem ela cumprimenta, mas não há ninguém atrás de mim. Ouço o barulho do portão às minhas costas.

— Terceiro dan!

Volto-me outra vez. Gin está do outro lado do portão, que ainda balança. Fechou-o a suas costas, foi muito rápida.

— Eu disse, você é épico. Mas falha no trivial.

Gin corre para a porta e vasculha no bolso para encontrar a chave. Levo só um segundo: direita, esquerda, pulo o portão e corro para ela, que procura desesperadamente a chave.

Bum. Já estou em cima e a abraço por trás. Grita. Seguro-a.

— Terceiro dan! Quando era pequena, você brincava de estátua? — Não teve tempo de se virar e já a peguei. — Agora você é minha. — Seu cabelo tem um cheiro gostoso, mas não doce. Odeio perfumes doces. Tem um cheiro fresco, picante, alegre, de vida. Debate-se, tentando se libertar, mas a mantenho presa. — Se não quer me deixar subir, podemos nos conhecer melhor aqui. — Tenta me acertar com o salto para trás, mas afasto as pernas depressa.

— Pare! Não estou fazendo nada de errado. Não pus as mãos em você, só a abracei.

— Mas eu não pedi um abraço.

— E você acha que se diz "Ei, por favor, me abrace"? Ai, Gin, Gin... Acho que esses garotos deixavam muito a desejar.

Meu rosto está junto ao dela, que é liso, suave e fresco como um pêssego, docemente dourado, com uma penugem clara, transparente, sem maquiagem. Abro os lábios e os apoio nos dela sem beijá-la, sem mordê-la. Ela move a cabeça para a direita e para a esquerda tentando me afastar, mas estou colado a ela como uma sombra. Um vento suave noturno nos traz o perfume dos jasmins do jardim.

— Então, pensou melhor?

— Nem em sonhos.

Responde estranha, em voz baixa, de um modo quase rude.

— Você está gostando.

— O quê?

— Sinto em sua voz.

Limpa a garganta.

— Vai se afastar ou não?

— Não.

— Como não?

— Você perguntou, não é? E minha resposta é não.

Tento de novo. Em silêncio, em voz baixa. Arrastado pelo vento noturno.

— Toc, toc, posso entrar?

— Você não sabe o que vai encontrar.

— Nunca entro em nenhum lugar de onde não sei como sair.

— Que frase bonita.

— Gostou? Peguei emprestada do filme *Ronin*.

— Idiota.

Ela está gostando. Enquanto a abraço, mantenho-a apertada contra mim e me balanço suavemente com ela da direita para a esquerda, com meus braços ao longo de seu corpo, imobilizando os seus. Cantarolo uma canção. É Bruce, mas não dá para reconhecer. Minhas notas suaves e lentas se transformam em uma respiração quente que se mistura com seu cabelo, e mais embaixo, com seu pescoço. Gin relaxa os braços. Parece que se soltou um pouco. Continuo cantando lentamente, balançando. Ela me acompanha, agora cúmplice. Vejo sua boca, linda. Está entreaberta, sonhadora, suspira e está levemente franzida. Um calafrio. Sorrio. Solto-a um pouco, mas não demais. Afasto o braço direito e deslizo até seu quadril. Devagar, devagar. Ela me acompanha passo a passo, com os olhos na penumbra da noite, com a imaginação na escuridão das emoções. Preocupada com o que eu possa querer tocar, como uma criança que descobre o truque de uma maravilhosa mágica. Mas esse não é meu desejo. Lento, com doçura, perdido em seus cabelos, acaricio seu pescoço e apoio a palma da mão em seu rosto. Empurro-a um pouco, brincando. Faço-a virar o rosto para a esquerda. Assim, lentamente, Gin se deixa ir em direção ao vidro, o cabelo para a frente e, de repente, meio escondida nessa perfumada mata negra, surge sua boca. Como uma rosa de amor que acabou de se abrir, suave e molhada. Suspira, abandonada, e desenha pequenas nuvens de vapor no vidro da porta. Então, eu a beijo. Ela sorri, deixa, mordisca um pouco, está a fim, e é lindo. É dramático, é cômico, é o paraíso, não... É melhor. É o inferno, porque estou ficando excitado.

— Gin, é você?

Ouço uma voz de homem atrás de mim. Justo agora... Não acredito! O portão, os passos... Não ouvimos nada, aturdidos pelo desejo. Volto-me imediatamente disposto mais a deter do que a bater. Por outro lado, seu namorado teria motivos. Olho para ele. É um sujeito não muito alto, um pouco magro.

— Caramba, não acredito.

Parece divertido, mais que irritado. Gin ajeita o cabelo. Está constrangida, mas não muito.

— Bom, pois pode acreditar, ou quer que nos beijemos outra vez?

Caramba, a menina é durona.

— Por mim...

Ainda estou com as mãos levantadas.

— Stefano, este é Gianluca, meu irmão.

Baixo a guarda e dou um leve suspiro, mas não pela preocupação com o combate. Essa, menos que nunca. Tenho outros pensamentos, o que talvez seja mais preocupante.

— Olá.

Aperto sua mão e sorrio. Na verdade, não é a melhor maneira de se conhecer alguém. Um sujeito se agarrando com sua irmã...

— Bom, agora que está em boas mãos, vou embora.

— É, acho que ele não vai me violentar.

Sorri, debochando.

— Pode ir, épico Step.

Vou para o portão e os deixo assim, irmão e irmã, em frente à porta. Ligo a moto e deixo nesse perfume noturno de jasmins um beijo pela metade.

Gianluca olha Gin espantado.

— Sério, não acredito!

— Pode acreditar, sua irmã é como todas as outras. E se lhe serve de consolo, como viu, não é lésbica.

— Não, você não entendeu, não posso acreditar que estava se agarrando com Step!

Gin finalmente encontrou a chave e abre a porta.

— Por quê, você o conhece?

— Se conheço? E quem não o conhece em Roma?

— Eu. O exemplo está diante do seu nariz: eu não o conhecia.

Gin pensa com seus botões: afinal de contas, ele é meu irmão, uma mentira a mais, uma mentira a menos...

— Não acredito. Não é possível que nunca tenha ouvido falar dele. Todo mundo o conhece. O cara já fez de tudo; até saiu no jornal, na moto, enquanto empinava com a namorada, e a polícia atrás. Não acredito! Minha irmã beijando Step!

Gianluca balança a cabeça.

— O que é isso? A manchete do *Diário Popular*?

Entram no elevador.

— De qualquer maneira, não sei se vou decepcioná-lo, mas o famoso Step, o batedor, o durão, que empina a moto com a namorada atrás...

— Sim, já entendi, o que tem?

— Beija exatamente como todos os outros.

Nesse mesmo instante, Gin aperta o 4. Olha-se no espelho. Cora. Não pode consigo mesma. Disse outra mentira, maior. E sabe muito bem.

Vinte e três

Noite. Corro com a moto a toda velocidade. Piazza Ungheria, direto para o zoológico. Não encontro uma palavra para definir Gin, mas tento. Simpática, não, muito bonita. Mas o que estou dizendo? Bonita, divertida, diferente. Aliás, por que defini-la? Talvez seja tudo isso ao mesmo tempo, talvez seja outra coisa. Não quero pensar. Uma coisa me vem à mente e me faz sorrir. Passei com ela pela Piazza Euclide seguindo seu carro e nem sequer olhei para a Falconieri, não pensei nas saídas do colégio de Babi, em mim esperando-a, no tempo que passou. Estou pensando agora, de repente, como um raio em um céu sereno. Uma recordação. Aquele dia, aquela manhã. Como se fosse agora. Estou em frente ao seu colégio. Observo-a de longe, vejo-a descer, rir com suas amigas, conversar sabe-se lá sobre o quê. Sorrio presunçoso. Talvez estejam falando de mim. Espero por ela.

— Olá.

— Que surpresa legal, você veio me buscar no colégio.

— É. Fuja comigo.

— Bem, mamãe merece, sempre chega atrasada.

Babi sobe na traseira de minha moto. Abraça-me forte.

— Quer dizer que não vai fugir para ficar comigo, mas para castigar sua mãe, que sempre se atrasa? Que feia!

— E não é melhor se posso fazer as duas coisas?

Passamos por sua irmã, que a está esperando.

— Dani, diga a mamãe que irei para casa mais tarde. — E para mim: — E você, não corra, hein?

Pouco depois, na Via Cola di Rienzo. Churrascaria Franchi. Saímos com uma sacola cheia desses bolinhos de arroz que só fazem lá e de que ela gosta tanto, maravilhosamente fritos, ainda quentes, com um monte de guardanapos, uma garrafa de água para dois e uma fome incrível. Comemos assim, ela sentada na moto e eu na frente, em pé, sem falar, olhando-nos nos olhos. De repente, começa a chover granizo. Forte, de um jeito incrível. E então corremos feito loucos e nos refugiamos em frente a um prédio, quase escorregando para nos proteger do granizo. Ficamos assim, no frio, debaixo de uma varanda.

O granizo pouco a pouco se transforma em neve. Neva em Roma. Mas a neve se desmancha antes de tocar o chão. Nós sorrimos ainda um momento, ela dá outra mordida em seu bolinho de arroz e eu tento beijá-la. E daí, pluf, exatamente como a neve, também essa lembrança se desfaz. Nunca há um porquê para uma recordação; chega de repente assim, sem pedir licença. E você nunca sabe quando vai embora. Só o que sabe é que, infelizmente, voltará. Em geral, são instantes. Agora já sei como fazer, basta não se deter demais. Assim que a lembrança chega, é preciso afastar-se rapidamente, sem contemplações, sem concessões, sem focá-la, sem brincar com ela. Sem se machucar. Assim é muito melhor. Já passou, a neve se desmanchou totalmente.

Desligo a moto e entro. O porteiro é sempre o mesmo:

— Boa noite, prazer em vê-lo novamente.

Ele me reconhece.

— Igualmente.

Em todos os sentidos, mas não digo nada.

— Quer que o anuncie?

— Se for necessário.

Olha para mim e sorri.

— Não, com você, não é preciso.

— Bem, então vou subir e fazer uma surpresa.

Entro no elevador e o porteiro diz:

— Hoje não vai levar melancia?

Quase não tenho tempo de responder.

— Não, hoje não.

É incrível. Não há nada a fazer, os porteiros não deixam escapar nada. 202. Estou em frente à porta e bato. Ouço seus passos velozes. Ela abre sem saber quem é.

— Olá! Que surpresa! — Eva se alegra ao me ver. — Tentei ligar para o seu celular, mas estava desligado. Estava em doce companhia?

— Só com uns amigos.

Minto e me sinto um pouco culpado, mas não sei nem sequer por quê. Não faz sentido.

— Eu não liguei para você.

— Mas veio pessoalmente. Fez bem, porque amanhã parto outra vez.

— Para onde?

— Para a América do Sul, quer vir comigo?

— Quem dera. Mas tenho que ficar em Roma, tenho coisas a fazer.

— Ah, entendo.

Ainda bem que não me pergunta o quê. Na realidade, nem mesmo eu sei que coisas tenho para fazer. Começar a trabalhar, começar uma história. Acabar finalmente outra. Não. Não agora, não é o momento. Sua lembrança está voltando, mas apago-a com facilidade. Talvez porque Eva está usando uma lingerie bonita e elegante como a outra. Mais transparente. Vejo seus seios.

—Eva, eu não sabia se devia vir. Pensei que talvez estivesse com alguém.

— Depois de ontem à noite? Por quem me toma?

Eva ri, faz uma cara divertida e balança a cabeça. A seguir se ajoelha, desabotoa meus jeans e umedece os lábios. Não me deixa dúvidas.

Vinte e quatro

De manhã. O Vanni ferve de gente. Todos atarefados, alguns bem vestidos, outros muito bem, outros mal, terríveis. Heterogêneos, até a loucura. Os úteis e os inúteis do grande e deslumbrante mundo da televisão. Seja como for, presentes. Sempre.

— Olá, diretor.

— Bom dia, doutor.

— Advogado. Lembra-se de mim? Não queria incomodar, mas o que aconteceu com esse projeto?

— É verdade que suspenderam a transmissão?

— Começa ou não começa esse bendito programa?

— De qualquer jeito... Temos que colocar essa garota de qualquer jeito.

— Como ela é? Bonita?

— E o que importa? Seja como for, tem que estar lá.

E dá-lhe: criar, manipular, ganhar, puxar o saco, tratar, impor, construir, entusiasmar, produzir e transmitir horas e horas de televisão. Seja como for, com ideias novas, velhos formatos, cópias aqui e ali, mas, de qualquer maneira, transmitir. De mil maneiras produzir para esse pequeno aparelho que todos conhecemos desde que nascemos. Ela, a televisão, nosso Big Brother, nossa segunda mãe. Fez companhia para nós, nos amou, nos amamentou, geração após geração, com o mesmo leite catódico, fresco, longa vida, azedo.

— Entende?

— Quer dizer que é isso o que você pensa? E veio de Verona para fazer televisão.

— Para criar imagens, logos e tal.

— Já chega, "e tal". É aproximativo, muito aproximativo.

Marcantonio olha para mim e sorri.

— Muito bem, está melhorando. Agressivo e escroto, assim que eu gosto.

— Eu o reconheço: *Platoon*.

— Está começando a me assustar, sério. Ande, vamos ver em que ponto está o TdV.

— O que é TdV?

— Como? Não sabe? O Teatro delle Vittorie, que foi o templo histórico da televisão.

— Se é "histórico", então vamos.

Atravessamos a rua. Uma banca de livros ocupa o espaço dos jardins. Rapazes e garotas com aspecto mais ou menos intelectual folheiam livros a bom preço. Uma garota gordinha segura um livro de receitas na mão. Marcantonio não deixa escapar.

— Compre sexo e esporte, é mais gratificante.

Ri sozinho enquanto ela olha para ele meio envergonhada. Marcantonio acende um Chesterfield e fuma com avidez, imitando sabe-se lá que ato sexual, segundo ele.

— Bom dia, Tony.

— Saúde, conde, como vai?

— Desde que a monarquia caiu, mal.

Tony ri. Ele, um simples guarda do Teatro delle Vittorie, diverte-se estando ali. Em seu pequeno universo, encontrou o poder. Cuida da porta. Deixa entrar as pessoas importantes, diretores, figurantes, atores e barra as outras pessoas que não têm passe. Em resumo, um porteiro de variedades.

— Você está coberto de razão, conde. Pelo menos, poderia me mandar uma equipe de plebeus para abrir esta porta de segurança. Faz uma semana que chamei os técnicos, e ainda não veio ninguém. — De qualquer maneira, isso ajuda a filtrar as pessoas, penso. Ele se aproxima e confessa em voz baixa: — Não é por nada, mas é que eu passava por esta porta para ir mijar no banheiro de baixo. Agora, tenho que dar a volta toda. Um saco.

E explode em uma gargalhada, simples improvisador, oportunista folgado.

— Perfeito, Tony, já temos quem resolva seu problema.

— Quem?

— Ele, Step!

— E quem é ele, alguém da sua corte?

— Está brincando? É um herói de real importância. Estrangeiro na terra que o tirano dominava. Afinal, Tony, você quer mijar depressa ou não?

— Quem dera... Step, se conseguir, ficarei lhe devendo um favor.

— Tony, herói de real importância só age por nobreza de alma. Um herói não regateia. Vai ficar devendo um favor pra mim, mesmo.

— O.k., não tem importância. Como é ele quem vai arrumar a porta, só queria ser gentil.

Poderiam ficar assim durante horas. Afinal de contas, um herói é um herói; de modo que decido interrompê-los:

— Bom, quando terminarem, mostrem qual é a porta.

— Você tem razão, desculpe.

Tony nos serve de guia:

— Venham por aqui. — Dentro do teatro todo mundo bate alguma coisa, há muito barulho: serras mecânicas, soldadores. — Está quase pronto. Estão montando as luzes — desculpa-se Tony. — Aqui, esta é a porta, eu tentei de mil maneiras, mas nada. Não há nada a fazer.

Olho para ela atentamente. É uma dessas portas a pressão; a fechadura lateral deve estar bloqueada. Alguém deve ter passado a trava interna, talvez o próprio Tony, e não se lembra ou não quer admitir que pisou na bola. Precisaria da chave. Ou...

— Você tem uma barra de ferro não muito comprida?

— Como esta? — Pega uma de uma caixa que está ali no chão. — Eu tentei de todos os jeitos, viu? Que fique claro.

— O.k.

Fixo a barra na fechadura e dou um pontapé com força, mas sem exagerar.

—Abre-te, sésamo — a porta se abre em um passe de mágica. — *Et voilà*, prontinho.

Tony está felicíssimo, parece uma criança.

— Step, não sei como agradecer, você é um mago.

Devolvo-lhe a barra.

— Bom, não vamos exagerar.

Marcantonio assume o comando da situação:

— Exato, não vamos exagerar. Lembre-se apenas de que deve um favor a cada um, o.k.?

—Feito, feito — Tony sorri e, animado, inaugura a porta indo mijar. Marcantonio pisca para mim. Olho para ele e entramos.

— Venha, vou lhe mostrar o teatro.

Descemos até a plateia, além das cadeiras, sob o grande arco da galeria. Ali estão, ao ritmo de uma música envolvente, as bailarinas. Todas coloridas, com as polainas baixadas, cabelos compridos ou curtos ou em partes raspados e bem perfilados. Bailarinas louras, morenas, de cabelo vermelho ou tingido de azul. O corpo esculpido, enxuto, magro, o abdome definido. As pernas musculosas e o final das costas arredondado, mas apertado, disposto a explodir ao som de uma nota aguda. Perfeitas, donas de movimentos ágeis e impetuosos, cansadas, mas mesmo assim sorridentes. A música, a um volume alto, enche todo o palco. Elas se deixam levar, acoplam-se, cruzam-se, unem-se a tempo, abandonam-se para trás, soltam-se e a vivem, submissas a ela. Grandes projetores as realçam vestindo-as de luz. Acariciando suas pernas nuas, seus seios pequenos, essas roupas diminutas.

— Stop! Muito bom, já é suficiente!

A música para. O coreógrafo, um homem pequeno de uns 40 anos, sorri satisfeito.

— Vamos fazer uma pausa. Mais tarde, repetimos.

— Este é o balé.

— Sim, percebi.

Passam ao nosso lado todas sorrindo, com um pouco de pressa para não esfriar, ainda acaloradas, mas perfumadas e leves. Duas ou três beijam Marcantonio:

— Olá, garotas.

Parece conhecê-las bem. Dá até uma palmada suave no bumbum de uma. Ela sorri, nada constrangida, e diz:

— Não me ligou mais.

— Não pude.

— Tente.

E vai embora assim, com um sorriso cheio de promessas.

Olha para mim levantando a sobrancelha direita:

— Bailarinas... Como gosto da televisão!

Sorrio olhando para a última. É um pouco mais baixinha que as outras, sai correndo, ficou para trás para pegar seu moletom. Redonda e escorregadia, com um pouco mais de roupa, mas com tudo no lugar. Sorri para mim.

— Tchau.

Não me dá tempo de responder, já foi embora.

— Começo a gostar dela também.

— Muito bem, assim que eu gosto. Então, este é o palco e esse é nosso logo. Vê? Ali, na boca do palco: "Os grandes gênios". Modestamente, é obra minha.

— Não tinha dúvidas, reconheci pela letra.

Minto descaradamente.

— Ei, está tirando sarro de mim?

— Que é isso! — Sorrio.

— Bom, o mesmo logo já está pronto em 3D. O programa consiste em uma série de pessoas mais ou menos normais, verdadeiros inventores, que vêm aqui e mostram como resolveram um pequeno ou um grande problema de nossa sociedade com a ajuda da criatividade.

— Que ideia boa!

— Nós os apresentamos, colocamos o balé em volta, construímos o espetáculo e eles mostram a ideia que tiveram com um protótipo. Comparando com outros programas, é simples, mas acho que as pessoas vão se interessar. E não só isso, porque apresentar invenções em nosso programa vai servir como plataforma de lançamento para os inventores, e pode levá-los quem sabe até onde. Podem fazer dinheiro de verdade com suas invenções.

— Claro, se forem interessantes e servirem realmente para alguma coisa.

— Isso. O programa foi ideia de Romani. Na minha opinião, vai ser um grande sucesso, como tudo que ele faz. Eu o chamo de rei Midas da tevê.

— Por causa do que ganha?

— Por causa dos sucessos que tem. Tudo que toca dá grandes resultados.

— Bem, então, imagino que devo ficar contente por trabalhar com ele.

— Você começou no topo. Aqui está ele.

Vejo-os entrar quase em procissão. Romani à frente do grupo, seguido por dois homens de uns 35 anos, um robusto, completamente calvo, de óculos escuros na cabeça, o outro magro e com entradas. Atrás deles, um sujeito de cabelo comprido, mas bem penteado. Tem jeito de inteligente e olha constantemente em volta. Tem um nariz aquilino, um olhar neurótico e fugidio. Usa um terno de veludo verde-escuro sem lapela. A bainha da calça foi arrumada há pouco; vê-se uma marca mais escura. Definitivamente, deu a suas pernas um centímetro a mais, e a sua elegância, um a menos, se é que isso seria possível.

— Então, em que ponto estamos? — Romani olha a sua volta. — Não há ninguém aqui?

Um homem baixinho de cabelo louro e olhos azuis chega correndo:

— Bom dia, mestre. Estou acabando de montar as luzes; estará tudo pronto para hoje à noite.

— Muito bem, Terrazzi. Como sempre digo, você é o melhor.

Terrazzi sorri satisfeito.

— Vou voltar para lá e pôr os pontos de luz.

— Isso, vá.

O sujeito de cabelo comprido aproxima-se de Romani:

— Temos sempre que animá-los, não é? Assim rendem mais.

Romani aperta os olhos e olha para ele com dureza.

— Terrazzi é bom de verdade, o melhor. Trabalha com iluminação desde antes de você nascer.

O sujeito de cabelo comprido volta em silêncio para seu lugar.

Fica na fila, o último. Volta a olhar a sua volta e finge interessar-se por um canto qualquer do cenário. No fim, para desabafar, começa a roer as unhas da mão direita.

— Esses são os autores. Romani é o diretor também, lembra-se dele, não? — fala isso com ironia.

— Como não? É quem paga nosso salário.

— Os outros dois, o robusto e o magro, são Sesto e Toscani, o meio calvo e o calvo. Eram chamados de "o Gato e a Raposa", e desde sempre são escravos de Romani. Tentaram fazer um programa por conta própria, tiraram-no deles depois de dois chutes no traseiro, e desde então os rebatizamos como "o Gato & o Gato". Nesse grupinho, a única raposa de verdade é Romani, e de raça. Além do Gato & o Gato, tem Renzo Micheli, o Víbora, esse baixinho, um pouco gordinho, de cabelo comprido e nariz aquilino. Ele é de Salerno; mete o nariz em tudo e tem um hálito que derrubaria até uma ratazana. Romani o leva atrás dele há mais de um ano. Acho que é fruto de um favor que lhe saiu muito caro. O chamam de Víbora porque fala mal de todos, inclusive de Romani, ou melhor, principalmente dele, que é seu único passe de entrada aqui. E o mais absurdo é que Romani sabe disso muito bem.

— Víbora é um apelido forte, não?

— Cuidado com ele, Step. Tem quase 40 anos, muitos amigos no poder e tenta com todas, principalmente com as novinhas.

— Então, você está enganado, Mazzocca. Se é assim, ele é quem tem de ter cuidado comigo. E agora, mostre-me qual é nosso lugar.

Vinte e cinco

— Gin, não sei por que teima em me levar com você aos testes, não vê que sou a eterna eliminada?

Olho para Eleonora e sorrio. Ela, porém, balança a cabeça.

— Acho que você se diverte vendo me eliminarem. Devo ter feito algo ruim a você sem querer.

— Elle, não diga isso. É que você me dá sorte.

— Sei, mas você não poderia ser como todas? Sei lá, levar um amuleto no bolso, uma mascotinha, uma rã, um porquinho... um elefante com a tromba levantada.

— Não, *I want you*.

— Parece o Tio Sam com os pobres soldados americanos. Só falta decidir fazer um teste no Vietnã.

— E você, naturalmente, me acompanharia.

— Claro, como não? Eu dou sorte!

Uma trombada imprevista.

— Merda, meu sorvete.

Marcantonio está com todo o sorvete na jaqueta. Gin ri:

— Você dá sorte, mas não para ele.

— Ei, garotas, por que não olham para a frente quando andam?

— E você, olhava o quê? Seu sorvete?

— É, agora vivo de lembranças.

— Então por que põe a culpa em nós?

Saio a seguir com meu sorvete ainda intacto e vejo Gin. Não acredito. Ela também está aqui. Tenho vontade de rir e me aproximo.

— Veja só quem está aqui. Espere, já entendi. Quer que a convide para almoçar também.

— Eu? Está brincando? Com um jantar dá e sobra. E você, o que faz aqui no Vanni? Espere, já entendi, está me seguindo.

— Calma! Por que sempre pensa que tudo gira a sua volta?

— Porque é estranho. Faz séculos que venho aqui e nunca o vi.

— Não acho que faça séculos. Talvez tenha vindo nesses dois anos enquanto eu estava fora.

Marcantonio intervém:

— Desculpem, mas vocês se importam se, enquanto fazem uma cronologia da vida de vocês, eu entrar para me limpar? E depressa, Step, temos uma reunião importante.

Marcantonio entra outra vez no Vanni balançando a cabeça. Eleonora dá de ombros:

— Que grosso, seu amigo, nem sequer se apresentou.

— Não entendo: você joga o sorvete em cima dele e espera que lhe cumprimente. Parece que você é uma digna amiga de Gin.

Dirijo-me a ela:

— E então? Além de besteira, que fazem por aqui?

Eleonora responde sem reservas:

— Viemos fazer um teste. — Gin lhe dá uma cotovelada. — Ai.

— Não se exceda. Você não o conhece e fica falando de nossas coisas.

Dou uma lambida em meu sorvete. Nada mal.

— E quem são vocês, uma nova banda? As *Spy Girls*?

— He, he... Sabe, Elle? As brincadeiras dele são ótimas. O difícil é distinguir quando são brincadeiras e quando não.

— Ah, sei.

— Bom, isso não é brincadeira, é uma realidade. Muitas garotas são contratadas para colaborar com agências de detetives. E garotas como vocês chamam pouco a atenção.

— Sei! Um soco no olho era o que eu devia lhe dar. Ontem à noite, quando tentava me agarrar como um desesperado...

Elle nos olha, surpresa:

— Isso você não havia me contado!

Gin sorri olhando para mim.

— Foi tão pouco importante que esqueci totalmente.

Tiro a colherzinha da boca e tento pegar o sorvete do fundo do copinho.

— Contou a ela que você estava suspirando?

— Vá à merda!

— Ontem à noite não foi isso que me disse.

— Pois digo hoje, duas vezes: vá à merda!

Sorrio.

— Adoro sua elegância.

— Pena que não a possa apreciar totalmente. Bom, temos que ir. Só lamento uma coisa: Elle, você poderia ter derrubado o sorvete nele, afinal, azedo com azedo...

Afastam-se. Observo-as enquanto vão. Gin, a durona, e sua amiga, um pouco mais baixa. Elle, como ela a chama, Elena, Eleonora ou sei lá o quê. Risíveis.

— Ei, lembranças a Tom Ponzi, o detetive.

Gin, sem sequer se voltar, levanta a mão esquerda, especificamente apontando para o céu com o dedo do meio. Marcantonio chega justo a tempo de ver sua saudação.

— Ela adora você, hein?

— Sim, é louca por mim.

— O que você faz com as mulheres? Eu devia ter medo de você, caramba, devia te evitar.

Gin e Elle continuam andando. Elle parece irritada de verdade.

— Posso saber por que cargas d'água não me contou nada?

— Elle, eu juro que esqueci, de verdade.

— Sei, com certeza. Quer dizer que fica beijando um cara gato como esse e no dia seguinte esquece?

— Sério que gostou tanto dele assim?

— Bom, é muito bonito, mas não é meu tipo. Eu prefiro o outro. Parece Jack Nicholson quando era novo. Acho que deve ter um monte de ideias estimulantes. Mas parece um porco.

— E você gosta de porco?

— Ora, o sexo deve ter sua parte de fantasia, e eu o teria impressionado. Teria lambido sua roupa manchada de sorvete e depois a arrancaria com os dentes.

— Sim, e teria sido presa na porta do Vanni.

— Fale mais desse cara gostoso de lamber os beiços.

— Você havia dito só gato.

— O.k., tanto faz. O que ele faz, onde mora, como o conheceu, se beijaram de verdade, como ele se chama?

— Comparada com Tom Ponzi, você é muito pior. O que é? Tenho de responder mesmo a esse interrogatório?

— Claro, o que está esperando?

— Então, vou responder a todas, o.k.? Não sei. Não sei, eu o conheci ontem à noite. Houve um beijo, chama-se Stefano.

— Stefano?

— Step.

— Step? Step Mancini?

Eleonora arregala os olhos e olha para mim.

— Sim, Step, e daí?

Ela me pega pela jaqueta e me sacode.

— Não posso acreditar! Vamos entrar para a História. No mínimo, quando eu contar a notícia, vamos sair no *Parioli Pocket*. Step, o castigador, o durão. Ele tem uma Honda 750 Custom azul-escura, corre como Valentino Rossi, se pegou aos socos com metade de Roma, estava sempre na Piazza Euclide, é amigo de Hook, de Schello, e por causa da namorada brigou até com o Siciliano. Step e Gin, incrível!

— Parece que todo mundo conhece esse tal de Step; a única que não o conhecia era eu.

— E com quem ele se enroscou? Com você!

— Em primeiro lugar, não nos enroscamos. E segundo, quem é essa namorada dele?

— Ah, então se interessa. Está a fim dele!

— Que besteira! É só curiosidade.

— Ele saía com uma garota um pouco mais velha que nós, acho, uma garota bonita da escola Falconieri. É irmã de Daniela, a gordinha que saía com Palombi, esse que saía com...

— Entendi: que saía com Giovanna, que saía com Piero, que saía com Alessandra, etc., etc. Sua rede infinita. O.k., não conheço nenhuma dessas pessoas e, acima de tudo, não me interessam. Agora, vamos fazer o teste, que preciso de dinheiro. Quero comprar a motocicleta para mim e para meu irmão.

— E não pode pedir o dinheiro aos seus pais?

— Nem pensar. Ande, pegue seu RG.

Gin e Elle pegam a carteira de identidade e a apresentam ao sujeito da porta.

— Ginevra Biro e Eleonora Fiori, viemos fazer o teste para assistentes.

O sujeito dá uma olhada nos documentos, tira uma folha de uma pasta e faz uma marca com uma caneta na borda da página.

— Muito bem. Entrem, já estão começando. Só faltavam vocês.

Vinte e seis

Garotas em fila no meio do palco. Altas, louras, morenas, levemente ruivas, só tingidas com henna. Mais ou menos elegantes, vestidas de maneira informal ou *pseudokitsch*, em uma tentativa desesperada de combinar duas coisas falsamente harmonizadas. Tênis com terninhos cinza impecáveis, a moda do momento, altas demais para uma moda já suavizada. Narizes retos ou mal operados, ou ainda não retocados por falta de dinheiro. Algumas tranquilas, outras nervosas, outras obstinadas por esse *piercing* descarado, outras ainda mais tímidas que ficaram esburacadas por um *piercing* tirado recentemente. Tatuagens mais ou menos à vista, e quem sabe quantas outras escondidas. As garotas dos testes. Gin e Elle se misturam discretamente com as últimas.

— Entrem.

Romani, o Gato & o Gato, o Víbora e um ou outro ajudante estão todos sentados na primeira fila, prontos para assistir ao pequeno grande espetáculo, um pouco de diversão antes do trabalho de verdade.

Eu me sento na fila do fundo, com meu sorvete, que ainda tem duas colheradas, e vejo a cena de longe. Gin não me vê. Parece segura de si, tranquila, com as mãos nos bolsos. Não sei dizer a que grupo pertence, parece-me única. Sua amiga também não fica atrás. Move de vez em quando a cabeça em uma tentativa de jogar o cabelo para trás. O coreógrafo tem um microfone na mão.

— Bom, agora, deem um passo à frente e apresentem-se: nome e sobrenome, idade, e digam que trabalhos já fizeram. Olhem para a câmera central, a dois, a que tem a luz vermelha, onde está esse sujeito que nos cumprimenta agora. Cumprimente, Pino!

O sujeito sentado na câmera central, sem tirar a cara do monitor, levanta por um instante a mão e acena na direção das garotas.

— Muito bem. Entenderam? — Algumas garotas assentem de maneira incerta, com a cabeça. Naturalmente, Gin, como eu podia imaginar, não se mexe. Desiludido, o coreógrafo abaixa os braços e diz ao microfone: — Ei, garotas, deixem-me ouvir essa bonita voz, digam alguma coisa. Deixem-me pensar que eu existo.

Das garotas levanta-se um meio coro, sem coordenação, de sim, muito bem, o.k., e até algum sorriso.

O coreógrafo parece mais satisfeito agora.

— Muito bem, então, vamos começar.

Marcantonio se aproxima.

— Ei, Step, que faz aqui? Vamos lá para a frente, sentar nas primeiras filas, de onde se vê melhor.

— Não, prefiro desfrutar o espetáculo daqui.

— Como quiser.

Senta-se ao meu lado.

— Você vai ver que Romani vai nos chamar. Para qualquer coisa, quer nossa opinião.

— Quando nos chamar, iremos.

Uma de cada vez, as garotas passam o microfone e se apresentam.

— Olá, eu sou Anna Marelli e tenho dezenove anos. Participei de vários programas como assistente e estou estudando Direito. Fiz também um pequeno papel em um filme de Ceccherini.

Renzo Michele, o Víbora, parece realmente interessado.

— Que papel interpretou?

— Uma prostituta, mas não tinha fala.

— E gostou?

Todos riem discretamente.

Só Romani permanece impassível. Anna Marelli responde:

— Sim, gosto de cinema. Mas, em minha opinião, tenho mais futuro na televisão.

— Muito bem, seguinte.

— Bom dia, meu nome é Francesca Rotondi, tenho 21 anos e estou me formando em Economia. Fiz...

Romani se vira para a direita e para a esquerda, olhando em volta, e nos vê.

— Mazzocca, Mancini, venham mais para perto.

Marcantonio olha para mim, levantando-se:

— O que foi que eu falei?

— Vamos! É como estar no colégio, mas se faz parte do jogo...

As garotas dos testes estão com a luz no rosto e não podem ver nada. Outra garota se apresenta, e depois outra. Depois, fala aquela que está ao lado de Gin. Acabo me sentando na primeira fila, à direita. Ela ainda não me viu. Porém, Elle, sua amiga, sim, e, naturalmente, não deixa escapar a oportunidade.

— Ei, Gin — em voz baixa —, veja quem está na primeira fila.

Gin, cobrindo os olhos cegados pela luz com a mão, afasta-se um pouco e me vê. Levo a mão direita para perto do rosto e, sem que ninguém note, aceno. Não quero debochar dela, entendo que está ali a trabalho. Mas ela torna a levar a mal, como de costume, e com a mão esquerda estendida ao lado do quadril me mostra o dedo do meio.

— Sua vez, morena.

É a vez dela, mas, como está distraída, pegam-na de surpresa.

— O quê? Ah, sim, claro. — Pega o microfone que a garota a sua direita lhe passa. — Meu nome é Ginevra Biro, tenho dezenove anos e estudo Letras, especialidade: Espetáculo. Participei de vários programas como assistente. Também sou terceiro dan. — Gin leva as mãos para a frente e depois para cima, dando um passo e fazendo uma reverência. — Se estivesse com o livro de costume na cabeça, teria derrubado.

Volta a seu lugar. Todos riem animados.

— Corajosa, essa.

— Sim, simpática e também bonita.

— É, muito descontraída.

Fico olhando para ela também, empolgado. Ela me olha, descarada e segura, nada intimidada por estar na frente de todo mundo, sob os holofotes. Até me faz uma careta. Eu me aproximo de Romani:

— Com licença, doutor Romani — ele se volta para mim. — Posso fazer uma pergunta a essa garota, para conhecê-la melhor?

Olha para mim com curiosidade.

— É uma pergunta profissional ou quer o telefone dela?

— Profissional, obviamente.

— Então, claro, estamos aqui para isso.

Sento-me novamente, olho para ela e me concedo um instante. Falo:

— Quais são suas perspectivas para o futuro?

— Um marido e muitos filhos. Você, se quiser, pode ser uma das crianças.

Caralho, ela me nocauteou. Todos riem enlouquecidos. Além da conta. Até Romani ri e olha para mim esticando os braços como quem diz: "Ela ganhou". E ganhou mesmo. Se eu tivesse lutado com Tyson, teria me saído melhor. O.k., como quiser, Gin. Volto à carga.

— Então, por que está aqui fazendo testes em vez de se dedicar à saudável e correta busca desse homem?

Gin olha para mim e sorri. Finge ser boazinha e ingênua e responde como a mais santa das mulheres.

— E por que não poderia estar exatamente aqui meu homem ideal? Parece preocupado, mas não deveria, porque você, naturalmente, está excluído de minha busca.

Alguns continuam rindo.

— O.k., agora chega — diz Romani. — Já acabamos?

— Não, na realidade, ainda falta eu.

A amiga de Gin, Elle, dá um passo à frente, mostrando-se.

— Muito bem, apresente-se.

— Sou Eleonora Fiori, vinte anos. Tentei participar de vários programas, com poucos resultados, mas estudo design, onde, sim, obtenho ótimos resultados.

Alguém solta uma estúpida brincadeira em voz baixa.

— E então por que não continua lá?

Deve ter sido Sesto, o do Gato & o Gato, mas ninguém ri. Então Micheli, o Víbora, olha em volta. Romani finge não ter ouvido e, naturalmente, ele faz o mesmo também. Toscani, o outro Gato, ri um pouco. Quando entende que não convém, disfarça em uma espécie de tosse suave, falsa e improvisada.

— Muito bem, obrigado, moças.

Romani se aproxima do coreógrafo, olha a folha que ele tem na mão e aponta alguns nomes. Olha para nós e se aproxima.

— Vocês têm alguma preferência?

Olho a folha. Há alguns "x" ao lado dos nomes das garotas. Escolheu cinco ou seis. Olho embaixo, no final da lista. Ali está. Ginevra Biro já tem seu "x". Incrível, Romani e eu temos os mesmos gostos; sorrio. Na verdade, não é muito difícil. Sesto e Toscani apontam uma cada um. Romani os satisfaz. O Víbora aponta duas, mas Romani só anota uma. Chega Mazzocca e dá sua opinião.

— Romani, pode parecer absurdo, mas temos que pegar mais uma. Pode não gostar da escolha, mas, se pensar bem, é genial.

— Bem, quem é?

— A última.

O Gato & o Gato, seguidos do Víbora, dizem quase ao mesmo tempo:

— Buuu.

É uma indignação geral. Romani não diz nada, e os três se interrompem. O Víbora, por enquanto, já se pronunciou demais.

— Mas é absurdo. O que vamos fazer, uma miss Itália ao contrário? Mandem as legendas com a explicação para a casa.

Mazzocca balança a cabeça. Decide se manter firme.

— É uma ideia muito boa. Já estava pensando nisso, não é, Romani?

Romani fica um instante em silêncio. De repente sorri.

— Não, não havia pensado, mas tenho que reconhecer que é boa, muito boa. Está bem, ponha essa também, Carlo.

O coreógrafo não entende nada, mas põe o último e desanimado "x".

— Muito bem, garotas.

O coreógrafo abandona as primeiras filas e se dirige para o centro do palco.

— Em primeiro lugar, quero agradecer àquelas que participaram, mas não foram selecionadas.

Elle dá de ombros.

— Obrigada.

Gin lhe dá uma cotovelada.

— Não seja sempre tão pessimista; seja construtiva, positiva. Você é quem atrai o azar.

O coreógrafo começa a ler:

— Muito bem: Calendi, Giasmini, Fedri... — Algumas das garotas repentinamente coram, sorriem, dão um passo à frente. Outras, cujo nome foi pulado na lista, empalidecem vendo de novo se afastar o sonho de vencer na televisão, mesmo que só por um instante. — Bertarello, Solesi, Biro e Fiori.

Gin e Elle são as últimas a dar um passo à frente. Elle olha para sua amiga.

— Não acredito. Agora vão fazer como no *Chorus Line*: as que dão um passo à frente são mandadas para casa e as outras ficam.

— As que foram chamadas, começam na próxima segunda-feira. Por favor, ao meio-dia no escritório para assinar o contrato e às 14h00 aqui, no teatro, para começar os ensaios. Os ensaios serão de segunda-feira à tarde até o sábado. No sábado à noite é a gravação, ficou claro?

Uma das garotas escolhidas, uma das mais bonitas, com olhos enormes e uma expressão um pouco boba, levanta a mão.

— Sim?

— Na verdade, não entendi nada.

— O quê?

— Do que você disse.

— Começamos bem. Fique colada na ruiva que está ao seu lado e faça sempre tudo que ela fizer. Entendeu?

— Mais ou menos — diz a garota contrariada, olhando para a ruiva, que sorri tentando lhe dar um pouco de segurança. Talvez ela também não tenha entendido muito bem.

Elle leva a mão à cabeça.

— Não acredito, fui escolhida!

— Pois pode acreditar. Acabou essa história de ser eliminada.

Ginevra e Elle vão para a saída.

— Vou ser uma estrela! Que legal! Não acredito!

— Bom, eu seria prudente a respeito.

Tony as vê e cumprimenta animado.

— Como foi, garotas?

— Maravilhosamente.

— As duas?

Elle olha para ele fazendo uma careta.

— Sim, escolheram as duas pela primeira vez. — Saem rindo, animadas e dando-se empurrõezinhos. — De vez em quando, a gente tem que saber se vender bem, não é?

— Merda... O carro!

— Onde está?

— Não está — Ginevra olha em volta preocupada. — Estava estacionado aqui em frente. *Meuzinho,* roubaram meu Meu. Ladrões de merda!

— Ei, os ladrões não têm nada com isso — digo surgindo atrás delas com Marcantonio. — Quem ia querer roubar aquela carroça?

— Não ouse se meter com meu carro. Tenho que fazer o B.O.

— Você pôs nome nele? Acha normal chamar o carro de *Meu*?

— Mas é *Meu*!

— Era seu, agora é deles. Então, basta mudar o nome e está tudo certo.

— Eu acho que você só terá que pagar a multa, pois quem levou foi a polícia. De modo que, se quiser brigar com alguém, brigue com eles. E se quiser ser justa, brigue com você mesma.

— Ouça, estou superirritada e você está me atormentando mais ainda com essa avalanche de palavras! O que está dizendo?

— Que você estacionou na saída de emergência do teatro, só isso.

— Ele tem razão.

Uma policial passa ao nosso lado. Ouviu a conversa e decide participar, empolgada.

— Tivemos que levá-lo.

— Bem, acho que dizer "tivemos" é demais. Podiam ter esperado dois minutos. Eu estava dentro do teatro a trabalho.

A policial para de sorrir.

— Por acaso está questionando meu trabalho?

— Só estou lhe contando como as coisas são. — A policial se afasta sem responder. Ginevra não perde a oportunidade, mostra a língua e diz em voz baixa. — Tira de merda. Faça mais sexo à noite, assim de manhã vai ficar menos amarga.

Rio dando um assobio para o céu.

— Caraca! Finalmente uma garota que respeita nossas instituições! Muito bem, saudável e, acima de tudo, respeitosa. Gosto de você.

— Mas eu não gosto de você!

— Esse é um conselho que você também segue?

— Qual?

— O de fazer mais sexo para ser menos amarga. Pergunto porque, se quiser, posso ajudar, viu?

— Claro, como não?

— E faria isso só para melhorar seu humor.

— Já estou satisfeita, obrigada.

Marcantonio decide interromper:

— O.k., já deu. Temos a tarde livre, e como as duas passaram no teste, podemos ir tomar alguma coisa e brindar juntos, o que acham? Afinal de contas — Marcantonio sorri para Elle e balança a cabeça —, nós votamos em vocês, não é?

— Você tem razão. Então, vamos tomar alguma coisa.

Olho para Elle e estico o braço.

— Falando nesse tom, parece estar dizendo: "Vamos, infelizmente".

Gin para na minha frente com determinação.

— Ei, lendário Step do caralho, não se meta com minha amiga, está claro?

Por um momento, eu a levo a sério.

— O.k., então, vamos ver como você responde ao nosso convite.

— O que é isso? Outro teste? Também pagam?

Olho para ela sorrindo:

— Se quiser...

— Não tenho dúvida de que você o faria. Mas lamento, nem sonhe.

Marcantonio se coloca entre nós.

— Será possível que, não importa o assunto, sempre acabam discutindo? Só disse que vamos tomar alguma coisa. Um pouco de entusiasmo, caramba!

Elle grita feito louca.

— Isso! Sim, genial! Vamos beber, vamos nos divertir feito loucos. — Levanta o cabelo para cima e agita os braços em direção ao céu; começa a dançar e gira sobre si mesma. Para e olha para mim. — Assim está melhor?

Sorrio.

— Pode servir.

O que eu podia esperar? Afinal de contas, são amigas.

Marcantonio balança a cabeça e pega Elle pelo braço:

— Ande, vamos, senão vai ficar tarde. E há jeitos melhores de aproveitar a noite.

E a leva, quase arrastando. Ginevra fica ali, olhando para a amiga.

— Oh, oh! Levaram sua amiguinha.

— Ela é maior de idade e vacinada. O problema seria se fosse com você.

— Por quê? Ficaria com ciúmes?

— Mas que metido! Ficaria preocupada com ela. Muito bem, onde está sua moto?

— Por quê?

— Para me levar para casa, e com as mãos quietas; senão, leva outro safanão, como no restaurante.

— Incrível. Tenho que levá-la para casa e não posso nem encostar em você. Essa é boa. De enlouquecer!

Vinte e sete

Chegamos à moto, monto e dou partida. Ela ameaça montar, mas eu avanço.

— Sou um taxista inovador.

— O que significa isso?

— Que você paga a corrida antes.

— E isso quer dizer o quê?

— Que tem que me dar um beijo.

Eu me inclino para a frente com os lábios e os olhos fechados, mas, na realidade, o direito fica entreaberto. Não quero que me bata, como de costume. Gin se aproxima e me dá uma imensa lambida de cima a baixo na boca, tipo sorvete derretido.

— Ei, o que é isso?

— Eu beijo assim! Também sou uma garota inovadora. — E monta em um instante. — Vamos, com o que paguei, no mínimo, teria que me levar até a China.

Rio e saio em primeira levantando a roda dianteira. Mas Gin é muito rápida. Segura com força em minha cintura e apoia a cabeça em meu ombro.

— Vamos, lendário Step, adoro andar de moto.

Não me faço de rogado. Acelero, e ela junta as pernas, apertando-me. Na moto, parecemos um único corpo. Direita, esquerda, inclinações suaves e ágeis, acelerando. Viramos em frente ao Vanni e seguimos reto para a rua que corre junto ao Tibre. Uma curva no fundo, à direita. Reduzo por um instante no semáforo vermelho que, como por um passe de mágica, ao me ver, fica verde. Ultrapasso dois carros parados. Direita, inclinação, esquerda, inclinação, e já estamos junto ao Tibre avançando velozes, com o vento no rosto.

Vejo no retrovisor parte de seu rosto. Seus olhos semicerrados, a raiz do cabelo, o suave contorno de seu rosto branco. O cabelo comprido e escuro se confunde acariciando o sol, que se põe atrás de nós, tinge-se suavemente de vermelho, rebelde luta com o vento, mas quando acelero, acaba se rendendo e, vencido, deixa-se levar pela velocidade. Ainda está com os olhos fechados.

— Pronto, madame, chegamos.

Paro em frente a sua casa, ponho o cavalete e fico sentado na moto.

— Caceta, chegamos rapidinho.

Olho para ela divertido:

— Caceta? O que é isso?

— Invenção minha.

Nunca tinha ouvido isso.

— Caceta... vou usar.

— Não pode. É meu: tenho os direitos na Itália.

— Ah, é?

— Claro. Bem, obrigada por me trazer; usarei seus serviços outras vezes. Tenho que admitir que, como taxista, você não é nada mal.

— Bom, então teria que me convidar a entrar.

— Por quê?

— Porque assim ganha bônus e economiza um pouco em cada corrida.

— Não se preocupe, eu gosto de pagar.

Dessa vez, Gin acha que é mais rápida que eu e tranca o portão logo, pensando que vai me enganar.

— Ei, não!

Tiro do bolso da calça as chaves dela e as balanço diante de seus olhos.

— Você me ensinou, não foi?

— O.k., lendário Step, devolva!

Olho para ela divertido.

— Épico. Não sei. Acho que vou dar um giro por aí e voltar mais tarde, talvez faça uma corrida noturna.

— Não se esforce. Em meia hora, terei trocado todas as fechaduras.

— Vai gastar mais dinheiro que com dez corridas de verdade.

— Está bem, quer negociar?

— Claro.

— O que quer em troca de minhas chaves? — Levanto a cabeça e lhe lanço um olhar divertido. — Não diga, venha, vamos subir. É melhor acabar com um "quer tomar alguma coisa", como nos filmes. Mas, antes, devolva as chaves.

Abro a porta e mantenho as chaves apertadas na mão direita.

— Devolvo lá em cima; deixe-me fazer papel de *chaperon*.

Gin sorri animada.

— Caramba, você nunca para de me surpreender.

— Por causa do meu francês?

— Não, deixou a moto sem cadeado.

E entra andando altiva. Ponho o cadeado rapidamente e em um segundo estou com ela. Passo na frente e entro no elevador.

— A moça quer entrar no elevador ou tem medo e prefere ir a pé?

Entra segura e se põe na minha frente. Perto, muito perto. Perto demais. Que garota! Afasta-se.

— Bem, vejo que confia em seu *chaperon*. Que andar, senhorita?

Agora está apoiada na parede e me olha. Tem uns olhos grandes, imensamente inocentes.

— Quarto, obrigada.

Sorri divertida com a brincadeira. Inclino-me para ela fingindo que não encontro o botão.

— Ah, finalmente. Quarto, pronto.

Mas fica assim, esmagada na parede de madeira antiga, gasta pelo constante sobe e desce no coração desse vão da escada. Subimos em silêncio. Estou ali, apoiado nela, sem empurrar demais e respirando seu perfume. Afasto-me e nos olhamos. Nossos rostos estão muito perto, ela levanta os olhos por um instante e fica com o olhar fixo em mim. Segura, descarada, sem medo algum. Sorrio, olha para mim e move as faces; ameaça um sorriso. Aproxima-se e sussurra em meu ouvido, quente, sensual.

— Ei, *chaperon*...

Um arrepio.

— Sim?

Olho nos olhos dela, e ela ergue as sobrancelhas.

— Já chegamos. — Escorre dentre meus braços, ágil e veloz. Em um instante, está fora do elevador. Para em frente à porta. Alcanço-a e pego as chaves.

— Nossa, pior que as de São Pedro.

— Dê aqui.

Que frase batida, das chaves de São Pedro. Sinto-me um idiota por ter dito isso nesse momento. Não importa, quem sabe por que dizemos isso? São Pedro deve ter uma chave só e talvez nem sequer precise dela. Ou vão deixá-lo do lado de fora? Gin dá uma última volta. Eu estou pronto para pôr o pé e bloquear a porta se ela tentar me deixar de fora. Porém, ela se adianta; sorri alegre e abre gentilmente a porta.

— Vamos, entre e não faça bagunça. — Deixa-me passar e fecha a porta atrás de mim; passa a minha frente e começa a chamar. — Olá, cheguei! Alguém em casa?

O apartamento é bonito, modesto, não sobrecarregado, tranquilo. Há algumas fotos de parentes em cima de um baú, outras em cima de um pequeno móvel meio redondo apoiado em uma parede. Uma casa serena, sem excessos, sem quadros estranhos, sem muitos tapetinhos. Mas, principalmente, agora, às sete da noite, no meio do pôr do sol, sem ninguém ali.

— Você tem muita sorte, lendário Step.

— Quer parar com essa história de lendário? E por que tenho sorte? Se alguém tem sorte aqui, é você. Quem é que tem uma bunda tão arrebitada, fresca e perfeita?

Sorrindo, estendo a mão para o final de suas costas.

— Acabou? Parece um preso que acabou de sair da cadeia depois de seis anos sem ver uma mulher.

— Quatro.

Olha para mim franzindo as sobrancelhas.

— Quatro o quê?

— Saí ontem, depois de quatro anos na cadeia.

— Ah, é? — Não sabe se me leva a sério ou não. Olha para mim com curiosidade e, de qualquer maneira, decide brincar. — Claro que com certeza é inocente, mas, o que você fez?

— Matei uma garota que havia me convidado a entrar em sua casa exatamente às — finjo olhar o relógio —, bem, mais ou menos a esta hora, e que havia decidido não colaborar.

— Rápido, rápido! Ouvi um barulho, são meus pais. Merda!

Empurra-me para o armário.

— Entre aqui.

— Ei, eu ainda não sou seu amante e você nem sequer é casada. Qual é o problema?

— Sssh.

Gin me fecha lá dentro e sai correndo. Fico assim, em silêncio, sem saber muito bem o que fazer. Ouço um barulho distante de uma porta que abre e fecha. Depois, mais nada, silêncio. E mais silêncio ainda. Cinco minutos, nada. Ainda nada. Oito minutos. Nada. Olho o relógio. Caramba, passaram-se quase dez minutos. O que faço? Bem, já enchi. Por outro lado, também não aconteceu nada. Saio. Abro devagar a porta do armário e olho pela fresta. Nada. Alguns móveis e um estranho silêncio, pelo menos para mim. De repente, um pedaço de sofá. Abro um pouco mais a porta. Um tapete, um vaso e depois sua perna, assim, cruzada. Gin está deitada no sofá, com a cabeça para trás, fumando. Ri divertida.

— Lendário Step, você caiu direitinho. O que fez todo esse tempo dentro do armário? Divertiu-se sozinho, é? *Egoïste!*

Caralho, me pegou! Saio voando e tento pegá-la. Mas Gin é mais rápida que eu. Acaba de apagar o cigarro e escapa. Bate no canto de uma porta, quase escorrega no tapete, que se enruga, mas se recupera na curva. Dois passos, e está em seu quarto, volta-se de repente e tenta fechar a porta. Mas não consegue. Estou empurrando com os ombros. Gin tenta resistir um instante e desiste. Abandona a porta e se joga em cima da cama com os pés levantados para cima. Esperneia rindo feito louca.

— Ah, desculpe, lendário Step, desculpe, épico Step, ou melhor, Step só, Step o perfeito. Ou Step, como quiser. Vamos, eu estava brincando. Pelo menos, minhas brincadeiras são mais divertidas que as suas.

— Por quê?

— As suas são macabras! Você matando uma garota na casa dela. Ora!

Contorno a cama tentando furar sua defesa, mas ela continua dando pontapés para cima. Veloz e atenta, segue meus movimentos deitada na cama e rolando sem me perder de vista. Desvio para a direita, faço um drible e me jogo em cima dela. Furo sua guarda e ela logo retira os braços e os leva à frente do rosto.

— O.k., o.k., eu me rendo, paz! — Ri e apoia a face no ombro esquerdo. — Está bem — esboça um leve sorriso e se aproxima. A seguir, deixa-se beijar suave, doce e quente, ainda cansada, mas tranquila. Deixa-se beijar, sim, e ela beija também, entra e sai de meus lábios com atenção, com esmero, com paixão, com seu pequeno ser. Abro os olhos por um instante e a vejo navegar assim, tão perto de meu rosto, tão entregue, tão participante, tão empenhada. Não, dessa vez não há brincadeiras escondidas na manga. Fecho os olhos e me deixo ir com ela. Viajamos juntos, pequenos surfistas de nossa própria onda, línguas macias, mão na mão, que, rindo, se empurram e se pegam outra vez. Lábios que brincam de trombar tentando pegar o lugar do outro, encaixar-se o melhor possível, nesse estreito e macio carro chamado beijo. Gin começa a se agitar um pouco. Continuo beijando-a. Agita-se outra vez.

— O que foi, paixão?

Afasta-se de mim.

— Desculpe, desculpe. — Explode em uma gargalhada. — Não aguento mais... Onze minutos e 32 segundos preso dentro do armário da sala. Caramba, é para contar! Desculpe, por favor, desculpe. — E pula da cama antes que eu a possa pegar. — Mas se serve de consolo, você beija bem.

Fico deitado na cama, apoio o rosto no ombro e fico olhando para ela. É difícil encontrar uma garota tão bonita e também tão divertida e criativa. Não, eu me enganei. Tão divertida, criativa e tão bonita. Não, eu me enganei de novo. Lindíssima. Mas não lhe digo nada.

— Sabe o que é mais divertido? Vamos trabalhar juntos todos os dias durante sei lá quanto tempo, e, como tudo volta, você vai estar ali e eu vou castigá-la.

— Ah, muito bonito, agora está me ameaçando. O que você queria, que lhe mostrasse a casa e lhe oferecesse algo para beber? Pura formalidade? Isso é fácil! — Faz voz de falsete. — O que deseja, Stefano, um drinque? Talvez umas batatinhas... — e finge uma gargalhada. — Ha, ha, ha!

— Bem, como batata, você serve perfeitamente.

Continua com a voz de falsete:

— Oh, não acredito. Que brincadeira mais maravilhosa! Nem Woody Allen em seus melhores dias!

— É, talvez depois de fazer sexo com a falsa filha coreana!

— Por que você é tão chato? Não pode simplesmente imaginar que estão apaixonados? Às vezes acontece, sabia?

— Claro, nos contos de fadas, acho que em quase todos, não?

— Em todos!

— Parece que os conhece bem.

— Claro, e decidi viver minha vida como um conto de fadas. Só que esse ainda não está escrito. Sou eu quem escolho, passo a passo, momento a momento, sou eu quem escrevo a minha história.

Decido não responder. Olho o quarto a minha volta. Alguns bichos de pelúcia, a foto de Elle... pelo menos parece. Uma ou outra garota e dois ou três rapazes maravilhosos. Ela nota.

— São modelos publicitários. Trabalhamos juntos, só isso.

Continua muito Gin.

— Quem perguntou?

— Você parecia preocupado.

— Claro que não, não conheço essa palavra.

— Ah, claro, esqueci, você é um sujeito durão. Ui, que medo!

Levanto-me e dou uma volta pelo quarto.

— Sabe que dá para saber sobre uma mulher olhando seu armário? Deixe-me ver!

— Não!

— Do que você tem medo? De fantasma? Caramba, quanta roupa você tem! E toda nova! Ainda estão com as etiquetas. E tudo de marca! Dotada, e não só de curvas, hein?

— Vê como você é bobo? E superdesinformado. Eu não pago toda essa roupa.

— Ah, claro, você é garota-propaganda de alguma marca, não?

— Não, eu uso Yoox. Compro tudo pela Internet. É um *outlet*. Tem as maiores marcas. Escolho o que quero e me entregam em casa. Uso alguns dias com cuidado para não estragar e para não tirar a etiqueta e depois devolvo antes do décimo dia dizendo que não estou satisfeita, que o número é um pouco grande.

Continuo olhando a roupa. Há de tudo: tops da Cavalli e Costume National, uma *longuette* Jil Sander, saias Haute, duas bolsas D&G, uma blusa clara de caxemira Alexander McQueen, um agasalho Moschino, uma divertida jaqueta xadrez Vivienne Westwood, uma blusa Miu Miu, jeans Miss Sixty Luxury.

— Uma coleção infernal de marcas.

— É.

É demais. Bonita, divertida, sem preconceitos. Sabe como se virar para viver bem. E a artimanha que inventou: uma garota que navega na Internet com inteligência. Yoox para vestir sempre diferente, sempre na moda, sem gastar um euro. Gosto dela.

— Você está com uma cara absurda! Em que está pensando? — Pega algo da mesa e aponta para mim. — Sorria, sujeito durão! — Uma Polaroid. Levanto a sobrancelha exatamente enquanto bate a foto. — Você vai ficar maravilhoso entre esses modelos. Eles não têm suas histórias nas costas, mas vão ficar contentes de viver ao lado da "lenda"!

— É, como os dois ladrões na cruz.

— A comparação me parece um pouco atrevida, na verdade.

— O.k., mas eles também ficaram famosos.

— Mas não estavam muito contentes! Eles não estavam ali por amor.

Roubo a Polaroid dela e bato uma foto.

— Eu também não!

— Fique quieto! Eu saio mal em fotos!

Bato a foto e pego a impressão.

— Imbecil, devolva aqui.

Tenta tirá-la de mim de qualquer jeito. Tarde demais. Coloco-a no bolso da jaqueta.

— Se não se comportar direito e tentar contar a história do armário, vai encontrar cartazes com seu rosto por toda a Roma.

— O.k., era brincadeira!

— E essa tabela, o que significa?

Aponto uma folha perfeitamente dividida em dias, semanas e meses pendurada em cima da mesa, com vários nomes de academias escritos.

— Isso? São as academias de Roma. Uma por dia. Estão divididas por professores, aulas e regiões, entende?

— Sim e não.

— Caramba, Step, como você é bobo. É muito fácil. Uma aula grátis em cada academia, cada dia em um lugar diferente; há mais de cinquenta em Roma, e não muito longe umas das outras. Está a fim de treinar grátis?

— Amanhã, por exemplo — Olho a tabela, faço um "x" com o dedo no dia como se estivesse brincando de batalha naval. — Vai à aula em Urbani e não paga um tostão.

— Muito bem. É assim o tempo todo! É um sistema que inventei, legal, não é?

— Sim, como pôr cadeado na bomba de gasolina.

— Sim, faz parte de meu manual de economia. Nada mal, não é? Veja como você saiu bem. — Agora a Polaroid está mais nítida. — Vou colocar você entre estes dois. Você não destoa tanto. Estou vendo que olha muito para minha tabela. O que foi, "lenda", quer treinar também? O.k., entendi. Vou fazer uma tabela para você também, pulo um dia e você vai de um lado ao outro tranquilo sem que nunca nos encontremos.

— Não precisa.

— Você é rico?

— Que nada! É que as academias agora me usam como garoto-propaganda!

— Sim, claro! Eu acredito. Bom, a visita guiada acabou. Eu o acompanho, porque daqui a pouco meus pais vão chegar. Ou quer se esconder outra vez no armário? Já está acostumado... — passa por mim e me olha levantando as sobrancelhas. — Calma, já disse, não vou contar a ninguém.

Ela me acompanha até a porta e ficamos assim, em silêncio, um tempo. Ela fala:

— Bom, nada de despedidas chatas. Bye, taxista. Afinal, vamos nos ver de novo, não é?

— Claro.

Gostaria de dizer algo, mas nem sei o quê. Algo bonito. Às vezes, quando não encontramos as palavras, é melhor fazer isso: puxo-a para mim e a beijo. Gin resiste um instante e se solta. Suave como antes. Ou melhor, ainda mais. Alguém atrás de nós.

— Desculpem, mas estão se despedindo bem na porta.

É o irmão dela, Gianluca, que acaba de sair do elevador. Gin está mais que constrangida.

— Você sempre tão oportuno.

— Ah, agora a culpa é minha! Que irmã chata! Step, faça-me um favor: entre um beijo e outro, dê uns tabefes nessa aí!

E passa entre nós entrando em casa. Gin aproveita e me dá um soco no peito.

— Eu sabia que com você sempre acaba em confusão.

— Ah, agora, a culpa é minha.

— E de quem mais? Um beijo, outro beijo e outro beijo... O que é, não consegue se controlar? Já está tão apaixonado por mim?

E fecha a porta na minha cara. Divertido, pego o elevador e em um instante estou no vestíbulo.

Gianluca entra no quarto de Gin.

— Caramba, com Step. Estão juntos, então?

— O que está dizendo? Por que estaria?

— Bom, estão sempre se beijando.

— Então, por causa de um beijo...

— Dois, pelos que pude contar.

— Que é, vai dar uma de inspetor aqui também? Por que não vai fazer contagem de votos?

— Isso é política.

— É o que Step deve fazer.

— O que quer dizer?

— Que não confio em alguém como ele: é simpático e divertido, mas quem sabe o que esconde?

— Se você está dizendo...

— É, Luke. Em um beijo se vê tudo. E ele é... é estranho.

— Como assim?

— Ele não se entrega, não confia, e quando a pessoa não confia, quer dizer que é o primeiro que não merece confiança.

— Deve ser.

— É mesmo.

Gianluca sai e finalmente me deixa sozinha. O.k., chega. Agora quero reorganizar minhas ideias. Sacudo a cabeça e agito o cabelo. Gin, por favor, reaja. Não pode ter se deixado seduzir pelo mito, pela lenda. Step não é para você. Problemas, confusões... E quem sabe qual é seu verdadeiro passado? Além disso, cada vez que o beija, no melhor momento, no mais maravilhoso, no mais fantástico, no mais superfabuloso, chega Luke, seu irmão. O que será que isso quer dizer? Talvez seja um sinal do destino, um santo enviado do paraíso para evitar o inferno, uma tábua de salvação? Ou simples acaso? Merda, podíamos continuar nos beijando durante horas. Como beija! Como beija! Não sei como descrever! Um beijo é tudo. Um beijo é a verdade. Sem muitos exercícios de estilo, sem contorcionismos extremos, sem enroscamentos complicados. Natural, o mais bonito. Beija como eu gosto. Sem ter que representar, sem ter que se reafirmar, simples. Seguro, suave, tranquilo, sem pressa, com diversão, sem técnica, com sabor. Posso? Com amor! Minha nossa! Não, isso não. Vá à merda, Step!

Vinte e oito

— Olá, Pa.

— Stefano, onde esteve? Você sumiu.

Passo por ele a caminho de meu quarto.

— Sabe qual é a primeira lei que lhe ensinam nos Estados Unidos?

— Sim. Se quer sossego, cuide de sua vida.

— Muito bem. E a segunda?

— Essa não sei.

— *Fuck you*!

Entro em meu quarto e fecho a porta.

— Parece que aprendeu um pouco de inglês, muito bem. Espero que saiba mais alguma outra palavra.

Não respondo e me jogo na cama. Exatamente nesse momento ouço tocar o interfone. Saio depressa do quarto. Paolo já está na sala para atender.

— Eu atendo.

Quase arranco o interfone da mão dele, e ele fica alucinado.

— Não estou entendendo, Step! É minha casa, deixo que fique aqui e você se apossa de tudo!

Olho para ele com cara feia e sorrio.

— Ora, sou seu mordomo.

Outro toque.

— É Pallina!

— Olá, sou eu, o que faz aqui?

— Vim ver sua nova casa e depois arrastá-lo a um *local tour*.

— Isso veremos. O.k., suba. Quinto andar.

Aperto o botão para abrir a porta. Paolo olha para mim e sorri.

— Mulher?

Assinto.

— Quer que os deixe à vontade? Eu me tranco no quarto e finjo que não estou aqui.

Meu irmão. O que ele pode entender? O que realmente sabe de mim?

— É Pallina, namorada de Pollo.

Fica em silêncio, e parece ficar triste.

— Desculpe.

Vai para seu quarto, em silêncio. Meu irmão. Que sujeito, o homem inoportuno. Nisso é perfeitamente oportuno. Campainha. Vou abrir a porta.

— Ei!

— Caramba, Step!

Envolve meu pescoço com os braços e me aperta forte.

— Ainda não posso acreditar que você voltou.

— Se disser isso, vou embora de novo, hein?

— Desculpe.

Pallina se acalma.

— Mostre-me a casa.

— Claro, venha.

Fecho a porta e a guio.

— Esta é a sala, tecidos claros, cortinas, etc.

Descrevo tudo. Observo-a mover-se próxima a mim, olhar as coisas com atenção, de vez em quando tocar para avaliar melhor algum objeto. Pallina, como você cresceu, como emagreceu, como seu corte de cabelo está diferente. A maquiagem também parece um pouco mais intensa, ou são minhas lembranças que desbotaram?

— E esta é a cozinha. Quer tomar alguma coisa?

— Não, obrigada, agora não.

— Não faça cerimônia!

Ri.

— Não, sério.

Seu riso não mudou. Parece saudável, descansada, tranquila. Se Pollo pudesse vê-la agora, ficaria orgulhoso de si mesmo. Segundo ele, foi seu primeiro homem, Pallina. E Pollo não mentia para mim, não tinha necessidade disso, não tinha que exagerar para ficar bem, para se fazer de bonzão comigo, seu amigo, seu grande amigo. Pollo modelou o bloco de cera, ele, mais que um alento, um suspiro de amor para essa jovem borboleta em seu primeiro voo... Aqui está, em frente a mim. Caminha segura, Pallina. De repente, muda de expressão.

— Não vai me deixar ver o quarto?

Repentinamente diferente. Sensual e maliciosa. Meu coração dá um salto. Tem outro namorado? Depois dele houve outros? O que aconteceu depois de Pollo? Step, passaram-se quase dois anos. Sim, mas não quero ouvir. Step, ela é uma garota, é jovem, é atraente... Sim, eu sei. Mas não me interessa. Não quer justificar? Não, não quero pensar.

— Este é um.

Bato suavemente na porta.

— Posso entrar?

Paolo, que estava pondo a camisa, ajeita-se depressa e vem para a porta.

— Claro, olá, Pallina!

— Ele é o decorador de tudo que você viu.

— Olá.

Trocam um aperto de mãos. Pallina sorri um pouco apressada.

— Parabéns, é uma casa muito bonita, excelente gosto. Pensei que uma mulher havia escolhido tudo.

Paolo vai responder, mas não lhe dou tempo:

— Bom, ele é muito parecido com uma mulher.

E fecho devagar a porta, deixando-o fora de nosso percurso.

— Eu estava me referindo a seu quarto.

Ela me dá um tapa no ombro, empurrando-me para a frente.

— Não tinha entendido. Aqui está.

Abro a porta do meu quarto.

— Ei, nada mau!

Pallina entra e olha em volta.

— Mas um pouco nu. Falta cor.

Percebo que a Polaroid de Gin está sobre meu criado-mudo. Sem que ela perceba, cubro-a.

— Bom, mas assim também tem seu encanto. Além disso, sempre há tempo de lhe dar um pouco de cor.

Olha para mim com curiosidade procurando uma explicação para essa frase, mas exatamente nesse momento ouve-se um telefone. Pallina tira o seu do bolso, olha para ele e o leva à orelha.

— Não é o meu.

Pego meu celular, que está em cima da mesa ali ao lado.

— É verdade, é o meu!

Não conheço o número.

— Alô?

— Bem-vindo.

Coro. Ouço sua voz.

— Imagino que vamos nos ver, agora que você está em Roma de novo.

— Sim.

— Gosta de sua casa nova?

— Sim.

— Esteve bem fora?

— Sim.

Assinto, ouço outras palavras suas, sempre doces, gentis, cheias de um amor delicado, preocupado com quebrar esse fino cristal, nosso passado, nosso segredo. Continuo respondendo. Consigo dizer até algo mais, além de simples sim.

— E você, como está?

Ela continua falando. Pallina olha para mim, mas não diz nada. Esboça um "quem é?" movendo a cabeça. Mas não lhe dou tempo. Volto-me para a janela. Olho para a distância perseguindo sua voz.

— Sim, prometo, eu ligo e vou vê-la, sim.

Depois, um difícil silêncio buscando algo a dizer para a despedida.

— Tchau.

E desligo.

— Quem era? Outra namorada?

— Sim e não.

Sorrio falsamente animado, tentando me desfazer dessa difícil ligação. Mas não lhe dou tempo de insistir.

— Era minha mãe. E então? Vamos fazer esse *local tour*?

Vinte e nove

O sol está totalmente tomado pela luz do ocaso. Mas a luz que agora ilumina seu rosto não vem de seus raios. Babi sai de casa. Move-se leve, rápida. Como quando se vai ao encontro de algo que se espera há muito tempo, talvez desde sempre. Usa sua roupa nova, azul elétrico. Prendeu o cabelo, descobrindo duas faces levemente coradas. E com certeza não por conta da velocidade com que desceu a escada. Não pegou o elevador porque hoje lhe pareceu muito lento. As coisas, às vezes, não andam no ritmo de nossa felicidade. É por isso que agora está indo para a garagem, pegar a Vespa. A essa hora, com o trânsito, seria loucura usar o carro. A Vespa é mais rápida, ou, pelo menos, vai no ritmo de seu coração. Já dizia Cremonini quando cantava com os Lunapop: "*Ma com'è bello andare in giro con le ali sotto i piedi, sei hai una Vespa Special che ti toglie i problemi...*" (Mas é bom andar por aí com asas sob os pés, se você tem uma Vespa especial que acaba com seus problemas...)

Mas Babi não tem problemas. A única coisa que deseja é correr, não chegar tarde ao seu compromisso. Quem sabe como estará, se será como espera? Um estranho murmúrio interrompe seus pensamentos. Não parece um gato, nem o vento. E muito menos o porteiro.

— Olá.

Quantas vezes ouviu essa voz... só que hoje parece diferente, mais rouca. É como se chegasse de longe, de um lugar que talvez ela nunca tenha visitado. Onde se chega só quando nos sentimos sozinhos, muito sozinhos. E ali a voz já não serve, porque não há ninguém que nos escute.

— Alfredo, tudo bom? O que está fazendo aí atrás?

— Esperando você.

— Escondido?

— Não estava escondido, só estava ali atrás; era só olhar e teria me visto logo. Aonde você vai? Está muito bonita.

— Obrigada. Tenho um compromisso. Como você está?

— Por que não respondeu minha mensagem de ontem? Fiquei com o celular ligado a noite toda, mas não recebi nada.

— Eu sei, desculpe, mas é que acabou meu saldo; agora que você me fez lembrar, tenho que pôr créditos. Eu vi a mensagem ontem. Ouça, agora não tenho muito tempo para conversar, podemos deixar para outra hora? Talvez um dia desses possamos subir e conversar com calma.

— Com calma o caralho!

— Alfredo, o que foi? Que tom é esse?

— "Alfredo, o que foi? Que tom é esse?" Olhe só para ela. Posso saber aonde você vai? Marcou com algum sujeito na Vigna Stelluti? Ou na Corso Francia? Ou, melhor, em frente à Falconieri, para recordar os velhos tempos?

— Alfredo, não estou entendendo. E, de qualquer maneira, não gosto do tom que está usando. Pode me dizer o que aconteceu? Você está estranho.

— Na verdade, o que aconteceu você é que teria que me dizer, não acha?

— Ora, não é o caso de fazer drama.

— Ah, não importa! Afinal de contas, para você, o que importa, hein? Ela está contente, ela está bem. Ela sai de casa bem bonita, com pressa, e vai ver sei lá quem. Ou talvez eu saiba quem é esse quem.

— O que você quer? Que são todas essas perguntas?

— Por quê? Por acaso não posso lhe perguntar nada? É proibido? Lembra quem sou, não é? Sou Alfredo, aquele que...

— Aquele que o quê? Que se esconde atrás da moita e faz um interrogatório? Que está tentando me fazer sentir culpada e não sei por quê? Esse Alfredo?

A rajada de perguntas termina quase em um grito. As faces de Babi, agora, estão vermelhas de verdade. E não de entusiasmo.

— Sim, exatamente esse Alfredo. Que você mandou à merda. Maravilhoso, Babi!

— Se continuar assim, vai ser pior, entende? Pior também para você. Às vezes, simplesmente as coisas não saem como gostaríamos, só isso, não é culpa de ninguém, você não deve ficar assim. Não estrague tudo mais ainda.

Quando as palavras não bastam. Porque por dentro queima algo que não se pode, não se consegue dizer. Quando quem está na sua frente, em vez de lhe dar a resposta que você gostaria, diz outra coisa. Fala mais, fala demais. Esse demais que é nada, que não serve para nada e que machuca dobrado. O único desejo é devolver essa dor, machucar, esperando, assim, sentir-se um pouco melhor. Alfredo lhe dá uma bofetada no meio da cara, forte, precisa, raivosa, mal-educada.

— Alfredo, você está louco?

Não está. Está ali olhando para a mão como se não fosse sua, mas é. E acabou no lugar errado. Agora não tem certeza de estar melhor. Babi está alterada, com os olhos cheios de lágrimas e uma de suas faces mais vermelha que antes. E não por causa da raiva.

— Você está louco, você é um sujeito violento. Step nunca teria se atrevido, ele nunca teria nem sequer pensado em fazer uma coisa parecida! Você é um imbecil, o contrário de um bom rapaz, você é um animal, uma besta! Vou embora, é a única coisa que lhe digo. E, sim, se quer saber, vou fazer algo importante, muito importante. Que tem a ver com minha vida futura e com o amor. E nunca o perdoarei por ter me feito chegar tarde.

Vai embora com a mão no rosto, veloz, mas menos leve do que quando saiu de casa. Tenta se acalmar. Levanta a porta da garagem e se olha no retrovisor da Vespa. Quem sabe — pensa — talvez o vento consiga refrescar meu rosto. Talvez a vermelhidão vá embora. Senão, com que cara vou chegar? Lamento por ele, mas está louco de verdade. Levei séculos para me arrumar, e olhe para mim agora, com o rosto desfigurado e os olhos brilhantes.

Ela não lhe respondeu. Não revidou. Sua mão treme ainda, mas não é nada em comparação com o terremoto que o sacode por dentro. Não sabe o que dizer e não dirá nada. Esse silêncio em que vive há dias a está afastando, roubando essa última gota de esperança que o havia levado outra vez ali, a se esconder atrás de uma moita para esperá-la. Para saber uma verdade que já está mais do que clara.

Porque os fatos falam mais claramente do que as pessoas, mas ele não os ouviu. Nem antes nem agora. E, enquanto sobe a escada, ouve atrás de si o barulho da Vespa que vai embora a toda velocidade, tão nervosa quanto sua condutora.

Desculpe, Babi, não queria fazer isso. Realmente, não queria. Da próxima vez, vai ser melhor. Da próxima vez, vamos conversar com calma, talvez eu vá a sua casa tomar um chá. E você me contará aonde foi hoje.

Trinta

Vamos de moto, à noite, Pallina e eu. Deixo que a 750 vá sozinha. Uma velocidade tranquila, pensamentos ao vento. Ela se abraça a mim, mas sem exagerar. Dois equívocos humanos, conjunções astrais de um estranho destino. Eu, o melhor amigo de seu namorado; ela, a melhor amiga de minha namorada. Mas tudo isso pertence ao passado. Troco de marcha e corro veloz, o vento refresca. Leva meus pensamentos. Ah, suspiro. Como é bom, às vezes, não pensar. Não pensar. Não pensar... Vento, velocidade e ruídos distantes. Não pensar. Uma série de barzinhos. Akab como primeira etapa.

— Vamos, que aqui eu conheço todo mundo. Vão gostar de vê-lo.

Deixo-me guiar. Entramos, cumprimento. Reconheço um ou outro.

— Um rum, obrigado.

— Branco ou preto?

— Preto.

Outro barzinho. Café Charro. Deixo-me levar.

— Outro rum, com gelo e limão.

Depois, Alpheus. E outro rum, gelo e limão. Aqui tocam de tudo: música dos anos 1980 e 1970, hip-hop, rock, dance. Depois, o bar Ketum. Esqueço onde estacionei a moto. Não importa.

— Outro rum. Gelo e limão.

Rimos. Cumprimento alguém. Um pula em cima de mim.

— Caralho, Step, você voltou! Vai começar a confusão, hein?

Sim, vai começar. Mas quem caralho era esse? Outro bar e outro rum e depois outro e ainda outro. E mais dois runs depois. Quem era aquele que pulou em cima de mim? Ah, sim, Manetta. Dormiu uma vez na montanha. Sim, estávamos em Pescasseroli, embaixo do edredom, com os pés para fora. Colocamos fósforos entre os dedos dos pés dele e acendemos. Caralho, que pulo ele deu quando acordou sentindo-se queimar. E nós no chão rindo feito loucos, Pollo e eu. Ele pulando pelo quarto com os pés chamuscados, gritando: "Caralho, que pesadelo! Que pesadelo!" E nós rindo, até doer. Pollo e eu. Que gargalhadas!

Uma loucura. Pollo e eu. Mas Pollo agora não está mais aqui. Vem a tristeza. Outro rum, de um gole só, para dentro. Enquanto danço com Pallina, a dama dele, a namorada de meu amigo, o amigo que não está mais aqui. Mas danço, só danço e rio, rio com ela. Rio e penso em você. Outro rum e não sei como, estou na porta de casa.

— Chegamos.

Desço da moto meio cambaleante. Esse último rum a mais.

— Onde enfiou a SH?

— Vim de carro, agora tenho um Cinquecento novo.

— Ah, bonito.

Na realidade, é um dos carros que menos me agrada. Mas dizer isso serve para quê? Então fico calado, e ainda aumento a dose:

— Anda muito bem, não gasta nada e as peças não são caras.

— Sim, é mesmo.

— Uma noite divertida, hein?

— Demais. — Sobre isso sou sincero. — Os bares do Testaccio mudaram.

— O que quer dizer?

— Para melhor. Boa música, as pessoas parecem se divertir de verdade. Músicas fortes, dança-se bastante. Sim, uma noite bonita.

Pallina procura algo no bolso e na jaqueta.

— Acho que esqueci as chaves em sua casa.

— Tudo bem, vamos subir.

No elevador, um estranho silêncio. Nossos olhares se cruzam. Não falamos. Pallina sorri. Sorri com ternura. Eu tamborilo no metal da parede, no espelho. Caralho, às vezes o elevador parece não chegar nunca. Ou são os muitos runs que atrasam a viagem? Ou outra coisa? Já chegamos. Abro a porta de casa e Pallina entra. Olha em volta e vai para a mesa.

— Aqui estão!

Cobre meu ângulo de visão, de modo que não vejo nada. As chaves estavam mesmo em cima da mesa, ela as havia esquecido, ou era uma desculpa para subir? Mas em que está pensando, Step? Está errado. Por que você pensa essas coisas? Muito rum. As chaves estavam em cima da mesa, tinham que estar ali.

— Puxa, você tem até uma varanda.

— Sabe que nem havia reparado?

— Nossa, você continua distraído, como sempre.

Abro a porta da varanda, a lua está linda. Alta, redonda, entre os edifícios distantes, todos banhados por sua palidez. Silhuetas de velhas antenas, modernas parabólicas e depois, quase um contrassenso, roupa estendida do dia anterior. Respiro fundo, perfume de jasmins estivais, ar noturno de setembro, grilos distantes, silêncio em volta. Chega Pallina atrás de mim.

— Tome, trouxe outro.

Entrega-me um copo.

— Para acabar bem a noite.

Pego e o levo aos lábios, cheirando-o.

— Outro rum, e parece bom.

Paolo me espanta cada vez mais. Rum em casa... Está melhorando. Tomo um gole. Deve ser Pampero. Não, Havana Club, no mínimo, sete anos.

— Muito bom.

Volto a olhar ao longe. Depois, o barulho de um carro desaparece em alguma direção.

— Sabe, Step? Tenho que lhe dizer uma coisa.

Fico em silêncio. Continuo olhando à distância. Dou outro gole sem me voltar. Pallina continua falando. Sinto-a atrás de mim, perto de minhas costas.

— Você não vai acreditar, mas, desde que Pollo morreu, não fiquei com ninguém. Pode acreditar?

— Por que não acreditaria?

Fico de costas.

— Nem mesmo um beijo, juro.

— Não jure. Não acho que esteja mentindo.

— Eu disse uma mentira.

Volto-me e a olho nos olhos. Ela sorri.

— Minhas chaves estavam na jaqueta.

Uma lufada de vento quente da noite agita com suavidade seu cabelo escuro. Pallina, uma pequena mulher. Está arrepiada e fecha os olhos, respirando profundamente. Aproxima-se e me abraça. Apoia sua cabeça em meu peito. Doce amiga perfumada, deixo-a.

— Sabe, Step, estou muito contente por você estar aqui.

Meus braços estão inertes sem saber o que fazer. Apoio o copo na mureta e a abraço devagar. Percebo-a sorrir.

— Bem-vindo. Por favor, abrace-me forte.

Fico assim, sem encontrar força para abraçá-la ainda mais forte. Tento me desculpar.

— Ouça...

Mas é um instante. Ela levanta a cabeça de meu peito e me dá um beijo. Apoia seus lábios nos meus e entreabre a boca. Tenta mover-se, agita-se lenta, com os olhos fechados, buscando o encaixe perfeito, a posição, o desenvolvimento natural. Mas é impossível. Eu permaneço quieto, imóvel. Não sei o que fazer, não quero feri-la. Fico assim, com os lábios fechados, com certeza frios, talvez de pedra. Pallina lentamente afrouxa seu desesperado movimento. Inclina outra vez a cabeça sobre meu peito e começa a chorar. Em silêncio. Pequenas sacudidas da cabeça, depois soluços mais breves, desesperados. Abraça-me para não se afastar de mim, com vergonha de meu olhar. Eu, muito devagar, acaricio seu cabelo e depois sussurro em seu ouvido.

— Pallina... Pallina, não chore.

— Não, eu não devia ter feito isso.

— Não aconteceu nada. Nada de nada, está tudo bem.

— Não, eu tentei beijar você.

— Sério? Nem havia percebido. Vamos, que nosso amigo com certeza deve estar nos olhando e rindo de nós.

— De mim, talvez.

— Está irritado comigo porque não quis beijá-la.

Pallina ri. Mas é um riso nervoso; funga e seca as lágrimas com a manga da jaqueta. Ri e chora ao mesmo tempo.

— Desculpe, Step.

— De novo... O que é que tenho que desculpar? Se continuar com essa história, levo você para a cama.

— Quem dera.

Ri outra vez, mas agora mais tranquila. Agito o indicador na frente do rosto dela, ameaçador.

— Para dormir, o que está pensando, hein?

Sorri de novo.

— Vou fazer isso, sério. — E sem dizer mais nada, apressada, vai rumo à porta, mas para um instante. — Por favor, Step, esqueça isso e me ligue.

Sorrio e concordo com a cabeça. Fecho os olhos, e um segundo depois Pallina não está mais ali. Fico assim, em silêncio, em pé na sala. Olho em volta e vejo a garrafa de rum. Eu tinha razão. É Havana Club, mas só três anos. Como Paolo é mão-de-vaca. Saio para a varanda. Olho para baixo e só tenho tempo de ver o Cinquecento de Pallina virando no final da rua. Bebo o último gole da garrafa sem passar pelo copo e fico ali. Com os braços cruzados, apoiado na mureta, com a garrafa ao lado agora vazia.

— Puta que pariu!

Estou furioso e não sei a quem culpar. Merda, vá tomar no cu. Por quê? Por quê? Por quê? Merda. Não posso fazer nada. Nem mesmo xingar? Não, não adiantaria nada. Mas não quero pensar. Estou mal, porra. Olho para baixo. Ali está, obrigado. Agora estou mais contente. Pego a garrafa pelo gargalo, reúno todas as minhas forças e a jogo como um bumerangue, perfeito, veloz... só espero que não volte. A garrafa gira a toda velocidade e, bum, acerta em cheio o para-brisa do Twingo, desintegrando-o. Era um Twingo novo, perfeito. Acho que preto, ou escuro, de qualquer maneira. O conjunto de tudo o que odeio. Uma porrada só. Como *O franco atirador*.

Trinta e um

Um vento suave escapa entre casinhas arrumadas, entre o mármore branco e cinza, entre flores que acabaram de murchar e outras que acabaram de ser plantadas. A foto e as datas recordam alguém. Amores passados, vidas partidas ou naturalmente amputadas. Seja como for, passadas, arrebatadas, como a de meu amigo. Às vezes, tudo isso acontece sem um porquê, e a dor é ainda maior. Caminho por entre os túmulos. Levo um buquê de flores na mão, os girassóis mais bonitos que pude encontrar. Na amizade, como no amor, não se deve considerar os gastos. Pronto, cheguei.

— Olá, Pollo.

Olho aquela foto, aquele sorriso que tantas vezes me fez companhia. Aquela imagem pequena. Muito pequena, ao contrário de seu grande e generoso coração.

— Trouxe isto.

Como se não me visse, como se não soubesse. Agacho-me e tiro as flores murchas de um pequeno vaso. Pergunto-me quem as terá trazido e quando. Talvez tenha sido Pallina. Mas logo abandono essa ideia, afasto-a de mim como as flores que acabo de tirar. Ajeito os girassóis o melhor que posso. Parecem ainda fortes desses campos, saudáveis desses sóis. Coloco-os com cuidado, deixando espaço entre um e outro. Parecem quase se acomodar naturalmente. E logo se voltam para o sol, como um suspiro longo, de satisfação, como se sempre houvessem buscado esse vaso.

— Isso, pronto.

Fico um instante em silêncio, meio preocupado por poder ter sido mal interpretado, por ter tido algum pensamento equivocado, não puro como nossa amizade.

— Mas não é verdade, Pollo, e você sabe. Nem por um instante.

E depois, vou em defesa de Pallina.

— Você precisa entendê-la, é uma menina e sente sua falta. E você sabe, ou talvez não saiba, o que você significava para ela, quanto a fazia rir, como a fazia feliz. Podemos dizer quanto a amava. — Olho a minha volta, meio preocupado com o fato de que alguém possa ouvir essa confidência. Longe, muito longe, há uma senhora vestida de preto. Reza. Um pouco mais além, um jardineiro e seu rastelo tentam pegar algumas folhas já amareladas. Volto a meu amigo. E a ela.

— Precisa entendê-la, Pollo. Ela é uma garota bonita. Tornou-se mulher. É incrível como se transformam. Você as vê, as reencontra, e basta um pouco de tempo, um instante, para dar de cara com outra pessoa diferente. Ontem não tive dúvidas, não sei, não poderia, nunca. Eu sei que mil vezes rimos e brincamos sobre "nunca diga nunca", mas é legal poder ter algo na vida que represente uma certeza, não é? A verdade é que só nós podemos ter uma certeza que seja realmente nossa. E eu gosto muito de dizer "não", entende? Gosto muito de dizer "não". E gosto muito de dizer "nunca"! Caralho, gosto de dizer por você, pelo que foi e é nossa amizade. Porque é uma certeza, é minha certeza. Eu já imagino, você deve estar rindo. Acha que sou um imbecil, não é? É, sou mesmo. Se eu tivesse feito esse discurso enquanto estávamos em algum lugar juntos, você teria debochado de mim. Mas como não pode me responder, bom, você tem que entender toda essa história como é, o.k.? De qualquer maneira, eu sei o que teria me perguntado. Não, não a vi e não tenho intenção de vê-la, o.k.? Pelo menos por enquanto; não estou preparado. Sabe, às vezes, penso como seria se as coisas tivessem sido diferentes. Se ela tivesse morrido, em vez de você. Você e eu, como amigos, nunca teríamos nos deixado, e talvez eu nunca pudesse esquecê-la. Mas queria lhe falar sobre essa Gin: ela é um golpe de ar fresco. Eu juro; é alegre, simpática, inteligente, é demais. Não posso lhe dizer mais porque... porque... ainda não fui para a cama com ela.

Nesse momento, uma mulher passa ao meu lado. Acabou de fazer suas orações. Olha para mim com curiosidade e esboça um estranho sorriso. Não dá para entender bem se é um sorriso de solidariedade ou de simples curiosidade. Sorri e se afasta.

— Bom, Pollo, eu também vou embora. Espero poder lhe contar logo alguma novidade sobre a Gin, alguma coisa boa.

Não muito longe, acaba de chegar um novo inquilino. Algumas pessoas descem do carro em silêncio. Olhos úmidos, flores frescas, últimas lembranças. Palavras ditas a meia-voz, tentando saber o que fazer. Tudo é confuso por causa da dor. Agacho-me mais uma vez. Ajeito melhor esse grande girassol; concedo-lhe um pouco mais de espaço e a oportunidade de fazer companhia ao meu amigo do peito. Vem à minha cabeça uma frase de Winchell: "Amigo é aquele que entra quando todo mundo já saiu." Você, Pollo, ainda está dentro de mim.

Trinta e dois

— Saiu ontem, então?

Olho para ele sorrindo.

— Saí com uma velha amiga.

— E afogou o ganso no passado.

Olho para ele. Marcantonio está com uma cara tipo Jack Nicholson e tenta entender com simpatia meus segredos. Mas não conhece a história. Não sabe quem é Pallina. Não sabe nada de mim e de Pollo.

— Pois eu fiquei com Fiori.

— E?

— Ah, eu não entendo as mulheres. Um beijo, outro beijo, um toque, você começa a tocar como deveria, e no final, não é melhor diretamente transar? Ah, não, é cedo demais, cedo demais. Cedo para quê, caralho?

Um pouco mais além. Mesma cidade, mesma história. Ou melhor, na versão feminina.

— Vai me contar o que você fez?

Silêncio. Pego Elle por trás do pescoço e ponho minha pinça na garganta dela.

— Se não falar, degolo você.

Elle dá uma tossidinha.

— O.k., tudo bem. Está maluca? Quase me estrangula... Além disso, quem é que sempre lhe conta *pruditĕs*?

— O quê?

— *Prudités*: pequenas coisas. Você está totalmente por fora.

Elle balança a cabeça olhando para mim.

—Elle, além do fato de que nesse caso é *pruderies*, por que você não consegue falar três palavras em italiano sem introduzir um estrangeirismo?

—*Yes, I do.*

Levanto os olhos para o céu. Incorrigível.

— O.k., vai me contar ou não?

— Sabe o que ele fez? Convidou-me para jantar na casa dele.

— Quem?

— Marcantonio, o designer gráfico.

— O amigo de Step!

— Marcantonio é Marcantonio e ponto. Ele é tão encantador, e se esforçou tanto! Fez um jantar maravilhoso para mim.

Marcantonio sorri, como quem conhece todas as técnicas. Ou melhor, sabe todas de cor, tantas devem ser as vezes que as põe em prática.

— Para começar, fui ao Paolo, o japonês da Via Cavour, e comprei algumas coisas. Tempurá, sushi, sashimi, maracujá. Coisas que estimulam, de alto conteúdo erótico. Levei para casa, aqueci o tempurá, *et voilà*, pronto. Pus a mesa com os clássicos palitinhos japoneses, mais um garfo, caso ela estivesse pouco familiarizada com a comida oriental.

— Comprou as clássicas flores de cinco euros no marroquino da esquina?

— Ah, sim, essas são as ideais: gasto mínimo para um centro de mesa efêmero!

Elle parece entusiasmada com a noite.

— Ande, continue. Aposto que ele pôs a mesa com cuidado, tudo escolhido com bom gosto.

— Com muito bom gosto.

— Uma pergunta fundamental: havia flores?

— Claro! Rosas pequenas, lindas; fez até uma combinação com meu sobrenome.

Caímos na gargalhada, e logo volto a ficar séria.

— Elle, agora diga a verdade.

Ela levanta os olhos para o céu.

— Eu sabia... Rolou sexo, e adeus próximo encontro. — Pulo de novo no pescoço dela. — Dessa vez, vou degolá-la de verdade.

— Não, o.k., o.k., eu falo.

Libero-a. Elle olha para mim com olhos preocupados, arqueando as sobrancelhas.

— Mas, depois, não vai me degolar de verdade, não é?

Olho para ela preocupada.

— O que você fez?

— O.k... Eu fiz sexo oral nele!

— Não, Elle, não pode ser! No primeiro encontro? Nunca ouvi uma coisa dessas.

— O quê? Benedetta, aquela que você achava que era uma santa, Paoletti, lembra? Foi pega no banheiro do Piper ajoelhada em santa adoração oral com um tal de Max que havia conhecido na pista de dança. Tempo para se conhecer: meio disco de Will Young. A capa do The Doors, "Light my fire". Depois de ter sido vítima de um estranho fogo, cantou no microfone e se deixou pegar. E Paola Mazzocchi? Sabia que foi surpreendida no banheiro do colégio com o professor de educação física, Mariotti? Não sabia? Apenas uma semana depois de começarem as aulas. A devoradora dos canudos sicilianos de creme! Esse apelido circulou pelo colégio inteiro. E sabe por que a chamavam desse jeito? Porque Mariotti usa o cabelo tingido de louro e é de Catania.

— Sei, mas isso é lenda urbana. Mariotti continuou dando aula, acha normal que o tenham pego e não o tenham mandado embora?

— Ah, sei lá. Só sei que, de qualquer maneira, Mazzocchi tirava quatro em educação física.

— E o que isso tem a ver?

— O que tem a ver, o que tem a ver... Tem a ver que não sabia nem fazer sexo oral.

— Está maluca, Elle! Ainda por cima se orgulhando de suas habilidades. Vou degolá-la de verdade.

Marcantonio gosta de contar.

— Fiz *body art* nela.

— O que quer dizer?

— Você vem de Nova York e não sabe? Bom, eu teria uma desculpa: passei minhas férias em Castiglioncello. Mas você esteve na Big Apple e não sabe do que estou falando?

Suspiro e sorrio olhando para ele.

— Eu sei o que é. Mas a pergunta é: por que fez isso?

— Ah, certo, assim que eu gosto. Pintei todo o corpo dela; despi-a totalmente e depois comecei a pintá-la. Pincéis com têmpera quente, suave, sobre seu corpo, para cima e para baixo, mergulhando-os de vez em quando na água quente de um frasquinho. Escorregava para cima e para baixo dando-lhe prazer, olhando para ela. Até suas faces adquiriam cor sem que eu fizesse nada. Pintei a calcinha que eu havia acabado de tirar e depois, pouco a pouco, o claro-escuro em seus mamilos, que, cada vez mais durinhos, pareciam enlouquecer com as pinceladas quentes de prazer.

— E depois?

— Depois de um orgasmo cromático, ela quis dar cor ao meu pincel.

— Que, traduzido, quer dizer...

— Que me fez sexo oral.

— Ora, sendo assim...

— Tem esperanças com a amiga? É nisso que está pensando?

— Pensei em voz alta, equivocadamente. E depois?

— Depois nada, ficamos conversando disso e daquilo, beliscamos um pouco da comida japonesa que havia sobrado e a levei para casa.

— Ora! Depois não transaram?

— Não, ela não quis.

— Explique. Sacanagem, sim, mas transar não. Qual é o sentido?

— Ela tem uma filosofia própria. Foi o que me disse.

— E não disse mais nada?

— Sim, disse: "É preciso saber se contentar." Ou melhor, não: disse que quem se contenta aproveita. E riu.

— Desculpe, Elle, mas, para isso, podia ter ido para a cama com ele. Fazer sexo.

— Não tem nada a ver. Transar é outra coisa, é a união perfeita, o envolvimento total. Ele dentro de você, a hipótese de um filho... Não entende? Sexo oral é outra coisa.

— Claro, como não!

— Para mim, é como um cumprimento mais afetuoso. Exato, como um aperto de mãos.

— Um aperto de mãos? Conte isso a seus pais, para ver o que eles acham.

— Claro, se surgisse o papo. Além do mais, por acaso eles já não fizeram isso? Nós é que não conseguimos ver a normalidade do sexo; devia se falar de sexo como de qualquer outra coisa. Somos aburguesados. Por exemplo, imagine sua mãe fazendo...

— Elle!!!

— O que foi? Sua mãe também se faz de difícil?

— Odeio você!

— Bom, Step, vou indo. A que horas marcamos com Romani, Víbora e o resto do pessoal?

— Amanhã às onze. Só mais uma coisa: agora tenho que lembrar você das reuniões?

— Claro. Esse é seu trabalho como assistente. Então, até amanhã a essa hora menos alguns minutos.

Vejo-o se afastar assim, um pouco bamboleante, já com um cigarro na boca.

— Se tiver novidades com Biro, me avise. Não se faça de hermético, o.k.? Espero seu relato, e não invente nada. Afinal de contas, não é difícil superar a minha noitada incompleta!

Trinta e três

Uma tarde como tantas outras, mas não para ela. Raffaella Gervasi dá voltas inquieta pela casa. Algo não está bem. Um estranho mal-estar. Um mal-estar indefinido, algo que não consegue lembrar. Raffaella tenta se acalmar. Que boba, devo estar assim por causa de Babi. Ela mudou tanto, e para melhor. Finalmente sabe o que quer. Fez sua escolha e agora não tem mais dúvidas. Mas e eu? O que eu quero? De repente, está em frente ao espelho da sala. Aproxima-se de sua imagem preocupada, olha-se, tenta alisar a pele com as mãos, ajudar-se, puxa o rosto para trás para apagar o tempo passado, os anos que jazem ali, depositados em volta dos olhos. Isso mesmo, gostaria de menos rugas, mas isso é fácil, basta um pouco de botox. Agora está na moda. Fazem uma espécie de festa onde se corrigem essas "imperfeições estéticas". Passam com uma bandeja de prata, uma série de seringas. Pegam-nas e as aplicam como se fosse champanhe. Suaves, indolores, custam até menos que um Moët. Mas é esse realmente seu problema?

Raffaella se olha nos olhos e tenta ser sincera pelo menos consigo mesma. Não, tem 48 anos e pela primeira vez na vida tem uma dúvida a respeito de seu marido. O que está acontecendo com ele? Cada vez com mais frequência volta tarde do trabalho. Chequei até nossa conta conjunta. Há muitos pagamentos, muitos. E, como se fosse pouco, comprou um DVD player, logo ele! Olhei no carro, ele ouve *Maggese,* de um tal de Cesare Cremonini, um moleque; depois, uma coletânea de Montecarlo Nights, essa música noturna, estranha e sensual, e o cúmulo dos cúmulos, Buddha Bar VII, ainda pior! Para alguém que sempre ouviu só música clássica e, no máximo, se aventurou em um jazz delicado, tudo isso é uma espécie de revolução. Por trás de toda revolução só pode haver uma mulher. Mas como é possível? Claudio... com outra! Não acredito. Por que não acredita? Quantos casais conhecidos se separaram? E por que razão? Discussões sobre as escolhas de trabalho? Sobre aonde ir nas férias de verão, praia ou montanha? Diferenças sobre a educação dos filhos? Ou como mudar a decoração da casa? Não. Por trás há sempre e unicamente outra pessoa: uma mulher. E quase sempre mais nova.

Enquanto confessa a si mesma, Raffaella passa em rápida sucessão as fichas, as hipóteses, o rosto de todas essas mulheres, as amigas, verdadeiras ou falsas. Nada, não sai nada. Não lhe ocorre nada. Nem sequer uma mínima hipótese, um nome, um endereço qualquer. Então, dominada pelos ciúmes mais enlouquecidos, mergulha no armário de Claudio e fuça em cada jaqueta, nos casacos, nas calças, procurando uma prova qualquer, cheirando as lapelas, os interiores, para sentir o cheiro, tentar encontrar aquele perfume culpado, aquele fio de cabelo a mais, um tíquete, um cartão, uma frase de amor, um traço de desejo, um plano de fuga! Qualquer coisa que possa dar paz a sua loucura histérica, a essa insegurança raivosa que sente. Claudio com outra. Perder tudo o que lhe parecia uma certeza quase vulgar. Depois, repentinamente, uma luz, um relâmpago, uma ideia. Talvez a solução. Raffaella vai até a sala de jantar em busca da bandeja de prata onde fica a correspondência recém-chegada. Ali está, o pacote inteiro. E ainda não o abriram. Pega e começa a procurar, veloz. Para Babi, para Daniela, para mim, para Babi de novo. Aqui está, para Claudio! Mas é da Enel, uma promoção de ofertas e descontos. Isso não importa agora. Aqui está: Claudio Gervasi. O extrato do cartão Diners. Raffaella corre para a cozinha, pega uma faca e abre o envelope delicadamente. Se encontrar alguma prova, depois fecho outra vez, coloco-o de novo no lugar e finjo que não aconteceu nada. Assim, pego-o em flagrante e acabo com ele. Acabo, juro que acabo. Pega o extrato e começa a examiná-lo como se estivesse na maior partida de pôquer jamais jogada no mundo. Cada linha é um sobressalto. A hipótese de que o adversário possa ter quatro mulheres na mão. Mesmo que seja simplesmente uma, de qualquer maneira é outra. Raffaella analisa frenética todos os lançamentos. Nada. Todos pagamentos regulares: débito mensal do financiamento, combustível do carro... Aqui! Algo estranho. Compra em uma loja de DVDs. Quantos comprou? Bom, por esse valor, devem ser os três que estão no carro. Nada. Aqui está o terno da Franceschini, o da Via Cola di Rienzo. É o que comprou de oferta e que depois Teresa, a costureira, fez a bainha. Sim, está tudo em ordem. Raffaella olha agora mais tranquila as duas últimas linhas, pagamento do telefone de casa... Nossa, gastamos 435 euros. Mas não tem tempo de se aborrecer, de pensar no que dirá a suas filhas, as únicas culpadas por esse valor. Porque repentinamente seus olhos recaem em outro gasto: 180 euros por algo que ela nunca teria esperado.

Trinta e quatro

No bairro Prati, perto da sede da RAI, na esquina da Nicotera com a Mazzini, fica o Residence Prati, o hotel de muitas pequenas estrelas de cinema, as das séries de televisão, das novelas; o ambiente dos atores e de toda a televisão italiana. Há algo mais lá; há também uma academia embaixo, como num porão. Não parece, mas são 400 metros quadrados, se não mais, bem distribuídos; vários espelhos, janelas altas, ventilação perfeita vinda de um grosso tubo de aço que serpenteia do teto jogando lufadas de ar, respirando.

— Olá, está procurando alguém?

Uma garota de cabelo curto e um penteado divertido sorri para mim por trás de uma estranha mesa. Esconde um livro de Direito, fechado com um lápis no meio e dois marca-textos fluorescentes ao lado, um clássico do primeiro ano da faculdade.

— Sim, estou procurando uma amiga.

— Quem é? Talvez eu a conheça. Faz tempo que está matriculada?

Tenho vontade de rir e responder: "Nunca esteve!", mas isso seria como jogar no lixo qualquer possibilidade com Gin. Fazer que a descobrissem em sua rede de academias, o máximo.

— Não, ela disse que queria fazer uma aula experimental hoje.

— Diga o nome, que eu chamo pelo alto-falante.

— Não, obrigado. — Sorrio falso, ingênuo. — Quero fazer uma surpresa.

— O.k., como quiser.

A garota volta tranquila para seus assuntos e começa a estudar de novo. Código penal. Eu me enganei, deve estar no mínimo no terceiro ano, se não repetiu algum. Depois rio com meus botões. Quem sabe, talvez algum dia possa ser minha advogada, é provável.

Aí está, Ginevra Biro. De enlouquecer. Fazendo honra a seu sobrenome, descreve no ar trajetórias perfeitas antes de bater no saco. Saltita o tempo todo. Pugilista pseudoprofissional. De repente, me faz recordar Hilary Swank quando vai comemorar seu aniversário sozinha na academia. Anda em volta do saco veloz, e Morgan Freeman decide lhe dar alguns conselhos sobre como bater. Eu tinha ouvido dizer que as mulheres italianas estavam obcecadas com o boxe. Achei que era exagero, mas agora vejo que se trata de uma realidade.

— Um pouco mais, muito bem, assim, bata reto.

Alguém a treina, mas não se parece com Clint Eastwood. Parece satisfeito, talvez só queira levá-la para a cama. Eu realmente olho para ela. Digo "realmente" porque parece que a olho de um jeito diferente. Que estranho. Quando você olha uma mulher de longe, percebe os mínimos pormenores, detalhes, como mexe a boca, como se irrita, como morde o lábio, como suspira, como ajeita o cabelo... tantas outras coisas. Coisas que de perto você perde, coisas que a poucos passos talvez fiquem eclipsadas por seus olhos.

Gin continua arfando, batendo repetidamente no saco.

—Direita, esquerda, embaixo! Muito bem, meia-volta; direita, esquerda, embaixo... Um pouco mais...

Transpira enquanto bate, e seu cabelo preto se move para trás. A seguir, parece quase em câmera lenta, afasta o cabelo do rosto com a luva e o acomoda atrás das orelhas. Só falta retocar a maquiagem. Mulheres e boxe... coisa de louco. Eu me aproximo devagar, sem que me veja.

— Agora tente afundar, e embaixo.

Gin bate duas vezes com a esquerda e depois tenta afundar de direita. Afasto o saco de repente e bloqueio seu braço direito.

— Bum. — Vejo sua cara de surpresa, quase atônita. Veloz, fecho minha mão em um punho e bato com suavidade em seu queixo. — Olá, *Million Dollar Baby*. Bum, bum, estaria morta.

Solta-se.

— Que diabos faz aqui?

— Queria experimentar esta academia.

— Ah, é? Exatamente esta?

— É que pode ser prático para mim, e como meu trabalho também fica aqui perto...

— Consigo viver sem você.

— E quem disse alguma coisa?

— Insinuou.

— Você está doente!

— E você é um imbecil!

— Chega, calma... Não discutam aqui na academia.

O treinador se intromete.

— Além disso, Ginevra, esta é sua primeira aula conosco, não é? Você não é sócia da Gymnastic. Ele não podia saber, não podia ter certeza de que a encontraria. Deve ter sido uma coincidência.

Olho para ela e sorrio.

— Foi uma coincidência. A vida está cheia de coincidências. E acho absurdo buscar razões para mais essa, não é? É uma coincidência e pronto.

Gin suspira com as mãos nos quadris, ainda prisioneiras nas luvas.

— De que "coincidência" está falando?

— Muito bem, Ginevra — o treinador reage. — Há rancor demais entre vocês. Parece que se odeiam.

— Não, não parece. É isso mesmo!

— Então, devem ter cuidado. Você, que deve ter fresca a lembrança da escola, deve recordar: *"Odi et amo. Quare id faciam... nescio..."(*Eu odeio e eu amo. Por que faço isso... não sei*).*

Gin levanta os olhos para o céu.

— Sim, sim, obrigada, eu conheço. Mas, aqui, o problema é outro.

— Então, vocês têm que resolver isso fora da academia.

Olho para ela e sorrio.

— Exato, isso mesmo. Boa ideia. Está saindo?

— Tenha cuidado, não a subestime. Ginevra é forte, sabia?

— Eu sei de sobra. Até é terceiro dan.

— Ora — o treinador se faz de curioso. — Isso eu não sabia. Sério?

— Sim, estranhamente, ele está dizendo a verdade.

O treinador se afasta, balançando a cabeça.

— Rancor, muito rancor. Assim não funciona, assim não funciona.

Depois, volta atrás sorridente, como se houvesse encontrado a solução para todos os problemas do mundo. Pelo menos, para os meus e de Gin.

— Por que não fazem um pequeno combate? É o melhor, uma saudável descarga de tensões.

Gin levanta a mão com a luva aberta para mim, apontando.

— Esse aí nem deve ter trazido roupa para se trocar.

— Acontece que "esse aí" trouxe. — Sorrio animado e pego minha mochila atrás da coluna. — E agora, seguindo os conselhos de seu treinador, vou me trocar. Não se preocupe, volto rapidinho.

Gin e o treinador ficam olhando para mim enquanto me afasto.

— Legal. No fundo, esse rapaz parece simpático. Além do mais, assim você pode praticar alguns dos golpes que lhe ensinei.

— Sim, mas você sabe quem é esse aí?

O treinador olha para mim perplexo:

— Não, quem é?

— É Step.

Fica pensativo um instante, com os olhos semicerrados, buscando em sua mente, entre suas lembranças, o que ouviu dizer das muitas lendas urbanas. Nada, não encontra nada.

— Step, Step, Step... Não, nunca ouvi esse nome. — Olho para ele preocupada enquanto sorri para mim satisfeito. — Não, sério, nunca. Mas fique tranquila, você leva vantagem!

Nesse momento, entendo duas coisas. Uma, que com certeza ele não é um bom treinador, e duas, que exatamente por isso teria que começar a me preocupar.

Uma camiseta fina, bermuda, meias e os novos Nike comprados na Nike Town de Nova York.

— Ei, Step, olá. — No vestiário, encontro um garoto que conheço, mas cujo nome não me lembro. — Você treina aqui?

— Só hoje. Quero fazer uma aula experimental para ver como funciona a academia.

— Funciona bem, olhe para mim! E está cheio de mulher bonita. Viu a do saco? Uma delícia.

— Daqui a pouco, vou trocar uns socos com ela.

— Pare com isso!

O sujeito do qual não me lembro o nome olha para mim surpreso e um pouco preocupado.

— Acho que não devia ter dito aquilo.

— O quê?

— Que é uma delícia.

Fecho o armário com o cadeado e guardo a chave no bolso.

— E por que não, se é verdade?

Sorrio e saio.

— O.k., terceiro dan, vamos começar?

Gin olha para mim esboçando um falso sorriso.

— Você é meio chato com esse negócio de terceiro dan. Não consegue arranjar nada novo?

Rio como um palhaço e estico os braços.

— Não acredito. Estamos prestes a fazer um combate de boxe, um belo encontro desses rápidos, e você faz o quê? Provoca.

— Provoco? Muito bonito, era só o que me faltava.

E imediatamente... Bum. Isso eu não esperava. Ela me acerta no meio da cara com um de direita veloz, lindo, posso dizer inesperado, como justificativa. Seja como for, me acertou.

— Muito bem, maravilhoso.

O treinador pula empolgado.

— Direita, esquerda, afunda e se fecha.

Toco minha mandíbula e a mexo para a direita e para a esquerda, sentindo-a levemente dolorida.

— Nada quebrado?

Gin saltita olhando para mim e levanta as sobrancelhas.

— Se quiser, podemos começar de verdade.

Saltitando, aproxima-se ainda mais.

— Isso era só um ensaio, lendário Step. Aliás, meu treinador disse que nunca ouviu falar de você.

Olho para ela enquanto ponho as luvas.

— Bom, também não viu a foto que tirei de você com a Polaroid. Claro que se a visse...

— Se a visse?

— Talvez pensasse duas vezes. Nessa foto você está tão terrível que de repente ele até perderia a vontade de levá-la para a cama!

— Agora você me encheu de verdade.

Gin pula em cima de mim com fúria e começa a me bater. Rindo, bloqueio os socos que voam por todos os lados, com a luva aberta, depois fechada, largo, estreito. No final, entra com um pontapé que me pega em cheio.

— Ei!

Acertado e quebrado. Baixo-ventre. Ela me acerta em cheio. Dobro-me ao meio por causa da dor. Consigo encontrar um pouco de fôlego.

— Ai! Não vale!

— Com você, vale tudo.

— Como vê, Gin, se quisesse lhe mostrar meu amor, neste momento, não estaria à altura.

— Não se preocupe, confio em sua palavra.

Filha da puta, ela me distraiu, me fez rir e depois me acertou. Fico dobrado ao meio, tentando me recuperar.

O treinador se aproxima.

— Problemas?

Apoia a mão em meu ombro.

— Não, não, tudo em ordem... Ou quase.

Bato os pés e coloco as mãos na cintura, respiro profundamente enquanto me endireito.

— Pronto, agora poderia acabar com você, se não me desse pena.

— Que caridoso você é! Vamos para o ringue?

— Claro.

Gin sorri para mim tranquila. Passa segura por mim. O treinador se dirige ao canto do ringue e levanta as cordas para que passemos por baixo.

— Por favor, não quero nenhum golpe proibido, e vão com cuidado, o.k.? Vamos ver se podemos ter um belo combate, andem.

Gin se junta a mim no centro do ringue e nos saudamos batendo levemente as luvas. Os dois ao mesmo tempo, como nos filmes.

— Está pronta?

— Estou pronta para tudo. E não dê ouvidos a ele: ele não é meu treinador e você está acabado! Aviso que valem todos os golpes, principalmente os proibidos, pelo menos de minha parte!

— Ui, ui, que medo!

Como resposta, tenta me acertar no rosto, mas dessa vez estou preparado: bloqueio com a esquerda e lhe dou um belo pontapé na bunda, mas sem machucar muito.

— Ha, ha. Agora também estou no páreo. Vamos começar?

Pulamos para cima e para baixo, dando voltas, estudando um ao outro, enquanto Nicola, o treinador, começa a contar o tempo em um cronômetro Swatch ou algo parecido. Gin começa a me acertar e sorri enquanto faz isso.

— Acha divertido, é? Que bom, porque daqui a pouco...

Depois, um golpe em cheio na barriga me tira o fôlego por um instante. É rápida, a colega.

— Poupe o fôlego, lendário Step, que vai precisar dele. Eu já disse que também fiz *full contact*?

Continuo saltitando enquanto me recupero.

— Regra número um: sempre ataque depois de um golpe forte, senão...

Dou-lhe um de perto, mas não muito forte, não muito rápido. Direita, direita outra vez, depois driblo com a esquerda e bato de novo com a direita. Os primeiros três, ela bloqueia perfeitamente, mas o direito final entra. Vejo Gin receber o golpe; ela se afasta para a esquerda e quase escorrega. Bati forte demais. Tento pegá-la antes que caia no chão.

— Desculpe, machucou? — pergunto sinceramente preocupado. — É que...

Gin me responde com um *uppercut* no meu queixo. Quebra as palavras em minha boca; por sorte, só elas.

— Não foi nada.

Arfa orgulhosa, volta a cabeça veloz jogando o cabelo para trás e depois pula para o ataque. Uma dupla tesoura. Direita, esquerda e outra vez direita. Esquerda, direita, gancho; bloqueio como posso, para não bater ainda; paro sorrindo e, para ser sincero, de vez em quando também com algumas dificuldades. Estamos cada vez mais perto. Ela me encurrala na quadra e ataca de novo.

— Ei, muito ímpeto.

Cubro-me com as luvas e ela continua batendo; tenta um golpe em cheio de direita e pronto. Estico a esquerda depressa, bloqueio o braço direito embaixo do meu e o mantenho bem preso.

— Está presa!

Fica bloqueada assim, com a esquerda levemente mais afastada.

— Com ímpeto demais, viu o que acontece? — Gin tenta se livrar de todos os jeitos possíveis. Joga-se para trás, apoia-se nas cordas, joga-se contra mim, torna a se jogar para trás e se choca comigo para se soltar. Dou-lhe um soco suave no rosto com a direita. — Bum... Viu o que poderia lhe fazer? — Continuo batendo nela. — Bum, bum, bum. Gin *pungiball*... Está acabada!

Como resposta, feito louca, tenta me acertar com a esquerda livre. Detenho-a com facilidade, mas ela não se rende: bum, bum, bum; bloqueio todos, um após o outro. Gin tenta de baixo e depois com um de direita, um gancho, outra vez de baixo, sobe com um pé na corda e toma impulso para me bater com mais força ainda. Não há o que fazer, estou quieto no canto do ringue e mantenho sua direita bem presa. Gin está fora de si.

— Ai!

Tenta me acertar com o joelho, mas levanto o meu, detendo-a também. Tenta me acertar outra vez com um gancho esquerdo, mas com menos velocidade, talvez um pouco cansada. Esse é o erro que eu estava esperando. Estico o braço direito e bloqueio também seu esquerdo, mantendo-o bem colado a mim.

— E agora? — Ela fica olhando para mim assim por um instante, na minha frente, completamente bloqueada. — O que a tigresa Gin vai fazer agora? — Tenta se soltar. — Quieta, fique quieta. Você aqui, em meus braços. — Tenta soltar-se de novo, mas não consegue. Eu me aproximo e a beijo, e ela parece ceder por um momento. — Ai! — Me mordeu. Solto-a logo, liberando seus braços. — Filha da mãe. — Levo as luvas à boca para ver se estou sangrando. — Quase rasgou meu lábio. Quer me rasgar outras coisas também? Essas eu defendo com unhas e dentes...

— Já disse, não tenho medo de você.

E, para me mostrar, tenta um *waikiki*. Gira sobre si mesma para me acertar com um pontapé, mas eu sou mais rápido, deslizo pelo chão e dou-lhe uma rasteira, ela cai ao meu lado.

— É inútil, Gin, é como quando Apollo, em *Rocky IV*, diz: "Eu lhe ensinei quase tudo. Você combate em grande estilo, mas eu sou grande!"

E em um instante estou em cima dela, bloqueio seu corpo com as pernas enroscadas em volta da cintura e com a direita a mantenho no chão, com o rosto para baixo, exatamente ali, ao lado do meu.

— Sabia que você está linda assim? — Estou sendo sincero. Não sei por quê, mas me recorda muito *Máquina mortífera*, quando Mel Gibson e René Russo comparam suas cicatrizes e depois caem no chão. Mas nós somos mais bonitos, somos reais.

— Quer fazer amor comigo, Gin?

Ela sorri e balança a cabeça.

— Aqui? Agora, no chão da academia, na frente de Nicola e dos outros, que estão nos olhando?

— O truque é não pensar nisso.

—Step, está louco? Com certeza, iam até torcer, contando o tempo.

— Bem, como quiser, vamos voltar ao combate. Eu lhe dei uma oportunidade, que fique registrado.

Levantamo-nos juntos. Mas, dessa vez, animado, eu ataco. Encurralo-a no corner e começo a socar, mas sem exagerar. Gin é rápida e tenta sair. Com um empurrão, coloco-a de novo no canto. Ela se agacha, esquiva-se e tenta fugir, mas eu a bloqueio e a coloco de novo ali. Ela, muito rápida, fecha o braço bloqueando o meu direito. Imediatamente depois, quase em um segundo, faz o mesmo com o esquerdo.

— A-há! Bloqueei você. E agora?

Na realidade, com uma cabeçada, eu me libertaria logo, mas melhor não. Gin suspira.

— Como sempre... você é meu prisioneiro, mas nem pense em morder. Juro que se fizer isso lhe derrubo.

E então me beija. Deixo-a agir, empolgado, saliva e suor, beijos gentis e suaves, ansiosos e fugidios. Deixo-a agir, sim. Brinca com meus lábios, abraço-a com as luvas e ela se esfrega em mim, short e camiseta, suada na medida exata. Seu cabelo se cola em meu rosto protegendo-me de olhares indiscretos.

Nicola, que continua controlando o tempo, não pode perder esse estranho encontro.

— Antes queriam se matar e agora estão se pegando. Que juventude mais absurda.

E se afasta meneando a cabeça. Estamos nos pegando? Isso é arte, homem. Arte fantástica, supersutil, mística, selvagem, elegante e primordial. Continuamos nos beijando no canto do ringue, nos esfregando, agora mais livres no abraço e excitados, pelo menos eu. Fora do tempo... na glória. Deixo a luva escorregar, e acaba por acaso entre suas pernas, mas Gin se afasta. Depois, como se não bastasse, entram no ringue dois sujeitos de uns 40 anos com correntes no pescoço, cabelo cinza e aspecto cansado.

— Desculpem, garotos, não queremos interromper esse *match,* mas gostaríamos de boxear de verdade, então, se não se importam...

— É, levem esse idílio para outro lugar, vamos.

Riem. Pego Gin pelo braço segurando-a com o polegar da luva e a ajudo a descer do ringue. O mais gordo, que ainda cheira a cigarro, não perde a oportunidade:

— Que graça você vê em lutar com uma mulher, garoto?

Gin escapa de minhas mãos e entra veloz por baixo da corda, de novo no ringue.

— Quer experimentar?

E se coloca em posição, mas eu entro no meio antes que tudo vá para o brejo.

— O.k., o.k. Chega de lutar. Desculpem: a menina está nervosa.

— Eu não estou nervosa.

— Certo, mas é melhor irmos tomar um sorvete.

Então, digo em voz baixa a Gin, sussurrando em seu ouvido:

— Eu pago, mas, por favor, deixe para lá.

Ela estica o braço.

— O.k., tudo bem.

— Isso, sejam bonzinhos e vão tomar um sorvete.

— Isso, um sorvete de beijo.

Os dois riem, um deles, com uma tosse catarrenta. Só faltava a brincadeira. Gin tenta se voltar de novo, mas empurro-a para fora com força.

— Tirar essa roupa, chuveiro e depois sorvete. Rápido e sem discussão.

— Nossa, você me dá mais medo do que meu pai. Veja como estou tremendo.

E simula uma espécie de balé de bumbum imitando as mulheres africanas. Dou-lhe uma forte palmada na bunda.

— Eu disse rápido. Vá se trocar.

E com um último empurrão consigo, à força, mandá-la para o vestiário. Ufa, que canseira. É assim com tudo. Missão impossível. Não acredito, Gin aparece de novo na porta do vestiário.

— Só vou me trocar porque são onze horas e acabou minha hora de treino.

— Sim, claro.

Olha para mim por um instante perplexa, com a sobrancelha levantada, e depois amolece e sorri.

— O.k.

Percebe que a deixo ganhar.

— Não demoro. Encontro você no bar da academia, no fundo.

Eu também vou me trocar. Que combate! Não sei se ela é melhor dentro do ringue ou fora. Pego as chaves do armário. O que ela tem de especial? Entro no chuveiro. Sim, o.k., uma bela bunda, um belo sorriso. Encontro um xampu que alguém esqueceu ali e passo no cabelo. Sim, também é uma menina divertida, o negócio das academias grátis, a brincadeira sempre pronta. Mas é extenuante. Sim, mas quanto tempo faz que não tenho um relacionamento decente? Dois anos. Nossa, que gato, livre e bonito. Rio como um imbecil enquanto o xampu adocicado entra em meus olhos. Caralho, como arde. Nada de chatices: o que vai fazer hoje à noite? O que vamos fazer amanhã? O que vamos fazer no fim de semana? Eu ligo, você diz que me ama, já não me ama mais, mas como não amo? Quem era essa? Por que falou com ela? Com quem estava falando no telefone? Não, não dá. Eu me recuperei há pouco tempo, se é que me recuperei. Quero "garotas de calendário". No primeiro dia do mês, essa; no segundo, a outra; no terceiro, mais outra; no quarto, quem sabe, talvez nenhuma; no quinto, aquela estrangeira que você conheceu por acaso; no sexto... No sexto... Você está sozinho, sabe disso.

Sim, claro, mas e daí? Não quero me amarrar. Enxugo-me e coloco a calça. Não quero dar explicações. Abotoo a camisa e pego a mochila. Vou para a saída. Nem me despeço; afinal, vou vê-la mais tarde no Teatro delle Vittorie. Ah, não. Hoje elas não vão. O.k., falo amanhã quando a vir. Na verdade, essa aí é capaz de aparecer em minha casa e armar um escândalo. Se eu não estiver, pega Paolo, e com ele seria fácil: ia acabar com ele. Ele a tomaria por uma fera, uma tigresa. Que saco, tenho de esperá-la. Quem sabe quanto tempo vai demorar para ficar pronta? Que tipo de mulher será? Sofisticada, indiferente, gastadora, cuidadosa com o dinheiro, louca, viciada em coca, vadia, impossível? Chego ao bar e peço um Gatorade não muito gelado.

— De que sabor?

— De laranja.

Depois, as respostas chegam sozinhas. Gin é natural, selvagem, elegante, pura, apaixonada, antidrogas, altruísta, divertida. Rio. Que confusão! Talvez seja de atrasar e eu tenha que esperá-la.

Desembolso dois euros, tiro a tampa e bebo o Gatorade. Olho em volta. Um sujeito vestido de pós-treino lê *Il Tempo*. Come meio por inércia, curvado sobre um arroz insosso, colorido aqui e ali por um grão de milho e um pimentão que estão ali por acaso. Na mesa vizinha, outro pseudomusculoso conversa em tom falso com uma garota. Mostra-se excessivamente alegre com qualquer coisa que ela responda. Duas amigas planejam algo para umas hipotéticas férias. Outra conta a sua amiga íntima como um sujeito se portou mal com ela. Um rapaz no balcão, ainda suado pela série que acaba de fazer, outro que já se trocou. Uma garota toma uma vitamina e vai embora, outra espera quem sabe o quê. Busco o rosto dessa última no espelho em frente ao balcão, mas o garoto do bar a encobre. Depois lhe serve algo e vai embora, deixando-a exposta. Como a carta que chega para um pôquer ansiado, como o último salto da bola de uma roleta que talvez pare no número que você apostou, aparece ela. Ali está. Olha para mim e sorri. O cabelo sobre os olhos levemente maquiados, esfumaçados por um cinza suave. Os lábios cor-de-rosa e um pouco zangados. Volta-se para mim.

— Não está me reconhecendo?

Bingo! É Gin. Usa um *tailleur* azul. Em uma lapela, duas pequenas letras: D&G. Sorrio, Yoox. Sandália de salto da mesma cor. Elegantíssimos: René Caovilla. Correias finas envolvem seus tornozelos. Nos dedos dos pés, unhas pintadas de um pálido azul-claro, como pequenos sorrisos divertidos, surgem de um suave bronzeado. Óculos Chanel também azuis na cabeça. É como se um véu de mel houvesse deslizado, perfeitamente modelado, sobre seus braços, sobre suas pernas nuas, sobre seu rosto sorridente.

— E então?

Então... Então todos os meus propósitos vão se foder. Procuro alguma palavra. Tenho vontade de rir e ao mesmo tempo me vem à cabeça aquela cena de *Pretty woman*: Richard Gere procurando Vivien no bar do hotel. Encontra-a, pronta para ir à ópera. Gin está tão perfeita quanto ela, mais ainda. Estou mesmo numa fria. Pega a mochila e vem para mim.

— Está pensando em alguma coisa?

— Sim. — Minto. — Que o Gatorade estava gelado demais.

Gin sorri e passa por mim.

— Mentiroso, estava pensando em mim.

Decidida e divertida, afasta-se, sem rebolar muito, confiante, pela escada que leva para fora da academia. As pernas descem da saia fina, levemente plissada, e se perdem, tonificadas e escorregadiças, talvez um pouco meladas de creme, desaparecendo graciosas mais embaixo para dar lugar a um salto decidido e quadrado.

Para no final da escada e se volta.

— E agora, o que está fazendo? Olhando minhas pernas? Vamos, não fique aí parado. Vamos tomar um drinque ou o que quiser, que depois tenho que ir almoçar com meus pais e meu tio. Uns chatos. Senão, não teria me arrumado assim.

Mulheres. Você as vê na academia. Pequenos *bodies*, estranhos agasalhos inventados, bermudinhas apertadas e camisetas brilhantes. Aeróbica a não mais poder. Suadas no rosto sem maquiagem, o cabelo ensebado, colado no rosto. E depois, pluft... quase como a lâmpada de Aladim. Saem do vestiário transformadas. O patinho feio se maquiou. Está escondido na roupa bem escolhida, nos cílios mais longos, arqueados por um rímel caro. Lábios perfeitamente desenhados, às vezes até tatuados, fazem sobressair ainda mais essa boca que ainda não foi picada pela vespa cara do colágeno. As mulheres, jovens cisnes mascarados. Claro que não estou falando de Gin. Ela é...

— Em que está pensando?

— Eu?

— Quem mais? Estamos só você e eu aqui.

— Em nada.

— O.k. Bom, deve ser um nada muito especial. Você estava com cara de bobo. Apanhou bem, hein?

— Sim, mas estou me recuperando.

— Eu vou com meu carro.

— O.k., siga-me.

Subo na moto, mas não resisto. Ajeito o retrovisor para poder vê-la entrar no Micra. Ultrapasso-a. Está no centro de minha visão. Ali está, entrando no carro. Gin se inclina para a frente e se senta, suave e leve, levantando do chão uma perna após a outra. Velozes e enérgicas, quase unidas, exceto por um instante, esse pequeno fotograma de renda que para mim é como um filme. Um sensual *fotoflash*. Volto à realidade. Engato a primeira e arranco. Gin me segue sem problemas. É uma motorista hábil. Não tem problemas com o trânsito: acelera, ultrapassa e volta para sua pista. Toca a buzina de vez em quando para evitar um ou outro erro alheio. Inclina-se com o carro nas curvas, movendo a cabeça, imagino, ao ritmo da música. Gin, selvagem urbana. De vez em quando me dá sinal de luz, quando percebe que a estou vigiando pelo retrovisor, como quem diz: "Ei, calma, estou aqui." Algumas curvas mais, e chegamos. Paro, deixo-a passar e ela se aproxima.

— Estacione aqui, que por ali não dá para passar.

Não pede mais explicações. Fecha o carro e sobe na moto atrás de mim, puxando a saia para baixo, para essa estranha operação de ginete.

— Que moto legal, gostei. Vi poucas assim.

— Nenhuma. Foi feita exclusivamente para mim.

— Ah, claro. Sabe quanto custaria um modelo único para uma pessoa só?

— Quatrocentos e quinze mil euros.

Gin olha para mim sinceramente espantada.

— Tanto assim?

— Sim, mas me deram um bom desconto.

Ela me vê sorrir no retrovisor que virei para ela para cruzar com seu olhar. Tento fazer uma pequena guerra de olhares; depois me rendo e sorrio. Ela me bate com força no ombro.

— Quanta bobagem, você é um mentiroso!

Desde a época das lendárias brigas na Piazza Euclide, das corridas na Cassia até chegar à Talenti e voltar, não me haviam dito isso: Step, mentiroso. E quem se permitiu me dizer isso? Uma mulher. Esta mulher, que está atrás de mim. E continua:

— Preço à parte, gosto realmente dessa moto. Um dia você tem que me deixar pilotar.

Que loucura, alguém que pede minha moto, e quem? Também uma mulher. A mesma que me chamou de mentiroso! O mais incrível de tudo é que respondo:

— Claro.

Pegamos a Villa Borghese, dirijo veloz, mas sem muita pressa, e paro em frente ao pequeno bar junto ao lago.

— Chegamos. Não vem muita gente aqui, é mais tranquilo.

— O que foi? Tem medo que o vejam?

— Nossa, hoje você está com vontade de discutir, hein? Se soubesse, teria sido mais duro na academia.

— Não tenho medo de você.

— De novo.

— O.k., o.k., vamos beber "o drinque da paz".

Trinta e cinco

Claudio estaciona o carro na garagem. Felizmente, a Vespa não está ali. Nenhuma de suas filhas voltou ainda. Melhor, pelo menos não corre o risco de estragar mais a lateral. Mas é difícil que lhe ofereçam menos ainda pelo Mercedes. E com esse último pensamento de liberdade, dedicado ao sonho de seu Z4, fecha a garagem e entra em casa.

— Alguém em casa?

O apartamento parece em silêncio. Um suspiro de alívio. É agradável se conceder um momento de tranquilidade. Também para planejar melhor sua saída noturna. Não vai ser fácil. Ficou pensando a tarde toda, mas quer repassar o plano, aperfeiçoá-lo até nos últimos detalhes. Quer ter certeza de que não haverá nenhum imprevisto. Mas exatamente nesse momento surge Raffaella a suas costas.

— Eu estou em casa, e isto também.

Sacode na frente do rosto dele o extrato do cartão de crédito, com a penúltima linha destacada com marca-texto. Claudio tenta tirá-lo das mãos dela aterrado. Raffaella o aproxima ainda mais.

— Posso saber o que significa isto? Pode me dar uma explicação?

Claudio sente uma tontura. Seu extrato do cartão de crédito aberto e jogado ali, na frente de todos. De todos... de sua mulher. Oh, não, que será que ela encontrou? Faz uma rápida análise mental. Não, não devia haver nada. Depois a vê. Embaixo, no extrato, a penúltima linha destacada dentre todas as outras. Prova irrefutável de sua culpa, de ter querido voltar ao local do crime. Mas ela não pode saber, não pode imaginar.

— Ah, isso... Nada, não é nada.

— Cento e oitenta euros por nada? Não me parece um bom negócio.

— É que comprei um taco de bilhar.

— Ah, é? Isso eu sei. O extrato diz exatamente: A Loja do Bilhar. O que não sei é desde quando você joga bilhar. E, principalmente, quantas outras coisas também não sei.

— Raffaella, por favor, você está enganada. Não é para mim.

Depois, uma espécie de iluminação, um farol na escuridão, a possibilidade de sair ileso desse mar tormentoso, desse navegar a vela entre bancos de areia escondidos pelo furacão Raffaella.

— Eu não sabia o que dar de presente ao doutor Farini, e como sei que ele tem uma mesa de bilhar na casa de praia, pensei que talvez fosse um bom presente! De fato, ele gostou muito. Esta noite, combinamos de jantar e depois jogar uma partida!

Não era exatamente esse o plano sobre o qual havia pensado durante a tarde toda, mas às vezes a improvisação cria mentiras milagrosas. Raffaella não sabe se acredita ou não.

— Você e ele vão jogar bilhar?

— Sim, e sabe o que mais? Ele disse que o taco que lhe dei de presente despertou de novo uma antiga paixão. Desde que voltou a jogar, até a empresa vai melhor, entende? O bilhar relaxa, não é demais? — Depois, imensamente orgulhoso, quase envaidecido, acrescenta: — Ele me confiou a gestão de centenas de milhares de euros graças a um taco de bilhar que vale só 180. O que você acha disso?

Percebe que ela ainda está hesitante. Então, decide apostar tudo, imprudente artista da mentira, equilibrista profissional, especialista na falsidade mais absurda.

— Não sei como convencê-la de que é verdade. Já sei, podemos fazer o seguinte: venha conosco! Vamos jantar e depois você controla a pontuação na sala de bilhar, que tal?

Raffaella fica um momento em silêncio.

— Não, obrigada.

Diante desse salto no vazio, fica mais calma. E Claudio também. E se houvesse dito que sim? Onde encontraria Farini às sete horas da noite? Faz pelo menos um ano que não sei dele, teria sido difícil organizar um jantar assim, improvisado, e principalmente uma partida de bilhar, pois Farini não tem exatamente jeito de jogador. Claudio decide não pensar mais nisso. A simples ideia o faz sentir-se mal. De modo que sorri para ela, tentando espantar completamente qualquer mínima perplexidade. Mas Raffaella tem uma última lembrança:

— Se era um presente de trabalho, por que não usou o cartão do escritório?

— Você não sabe como Panella é, ele investiga tudo. E se depois Farini não decidisse confiar em nosso escritório? Eu sei muito bem, teria me jogado isso na cara o ano inteiro! Achei que por 180 euros eu podia arriscar!

Exatamente enquanto fala, Claudio percebe quanto se arriscou dessa vez. Tira o paletó, está transpirando, e vai para o quarto esconder de algum jeito a tensão dramática do momento.

— Raffaella, não se preocupe. Agora que Farini nos contratou, farei que me reembolsem esses 180 euros, viu?

Raffaella o segue para o quarto. Vai dizer alguma coisa, mas Claudio não aguenta mais. Aproxima-se dela e a pega pelos braços.

— Sabe de uma coisa? Gosto de ver que, depois de tantos anos, você ainda sente ciúmes. Isso significa que nossa relação está viva.

Raffaella sorri. Sente que volta a ser uma mocinha, pelo menos mais jovem do que realmente é; como se em um instante as rugas vistas no espelho houvessem desaparecido. Claudio se aproxima e a beija. Pouco a pouco, começam a se despir, como não faziam havia tempo, muito tempo. Claudio se sente excitado de uma forma culpada. Raffaella olha para ele.

— É mesmo. Achei absurdo que você pudesse fazer uma coisa dessas, e agora sinto um desejo louco — a raiva transformada em desejo.

Claudio baixa suas calças e levanta a saia dela. Deixa que se deite lentamente na cama e tira sua calcinha, levantando suas pernas ainda de sapatos. Na penumbra do quarto, com o ar ainda incerto, inebriado de dúvidas e mentiras, de enganos, da desesperada busca da verdade, começam a se tocar. Claudio abaixa a cueca, afasta as pernas dela e toma sua mulher. Sobe e desce. Arfa e sua a camisa. Raffaella percebe.

— Tire a roupa.

— E se as meninas chegarem?

Raffaella sorri e fecha os olhos, desfrutando, atraindo-o para si.

— Tem razão... assim é gostoso... Continue, mais, isso...

E Claudio empurra com força, tentando satisfazê-la, excitado, mas ao mesmo tempo preocupado. Como será mais tarde seu desempenho na mesa de bilhar/cama com o oposto de Farini? Prefere não pensar. Leu um artigo sobre a ansiedade do desempenho, precisa evitar pensar nisso. Uma coisa é certa: os arranhões da semana passada estão bem escondidos pela camisa completamente suada.

De repente, do fundo do corredor, ouve-se a voz de Babi.

— Papai, mamãe, estão em casa?

Raffaella, do quarto, com a voz um pouco rouca, tenta ganhar tempo.

— Um instantinho, já vamos.

E, exatamente nesse instante, Claudio, excitado pelo absurdo da situação, goza. Raffaella fica assim, interrompida na melhor hora, e se vê obrigada, para seu pesar, a sorrir. Claudio lhe dá um beijo na boca.

— Desculpe — e vai para o banheiro.

Lava-se rapidamente. O rosto também. Foi por pouco. Mas deu tudo certo. Agora só espera estar à altura da noite, pois, finalmente, o plano é perfeito. Mas lembra que não tem que pensar nisso. Senão, já sabe, ansiedade de desempenho.

Trinta e seis

Gin sorri, e nos sentamos a uma mesinha. Não muito longe, um intelectual de óculos com um livro na mesa bebe um capuccino e retoma a leitura de um artigo da *Leggere*. Um pouco mais além, uma mulher de cerca de 40 anos, cabelo comprido e um cachorrinho debaixo da cadeira, fuma um cigarro, desanimada, triste e saudosa, talvez, do que não volta mais.

— Ambiente animado, não?

Gin percebe o que eu estava olhando.

— Bom, nós o animaremos. O que vamos tomar?

Atrás dela surge um garçom.

— Bom dia.

Tem uns 60 anos e nos trata com modos elegantes.

— Para mim, um Ace.

— Para mim, uma Cola-Cola e uma *focaccia* de presunto e mozarela.

O garçom faz uma pequena inclinação com a cabeça e se afasta.

— Depois da academia, você se trata, hein? *Minipizza* e Coca-Cola, a dieta dos atletas!

— Falando em atletas, você, que é uma atleta viciada, tem que me dar a lista de suas academias para o ano todo.

— Sim, claro. Agora mesmo faço uma cópia para você.

— De qualquer maneira, parabéns, é uma excelente ideia.

— E não só isso. Se ficar atento, consegue fazer o mesmo tipo de aula toda semana. A única coisa é que precisa fazer amizade com os instrutores, porque, senão, cedo ou tarde pegam você.

— É?

— É, depois da aula você os convida para tomar uns Gatorades, explica suas dificuldades financeiras e tudo dá certo. Fácil, não?

— Alguém mais usa esse método?

Volta o garçom.

— Prontinho, o Ace para a moça, e para você *minipizza* e Coca-Cola.

O garçom deixa tudo no centro da mesa, põe a comanda embaixo do prato de falsa prata e se afasta.

— Que eu saiba, não.

Gin morde uma batata frita grande e a come. Depois, rindo, cobre a boca com a mão.

— Pelo menos, espero que não.

Ficamos assim, conversando, nos conhecendo, rindo e tentando adivinhar o que temos em comum.

— Então, você nunca saiu da Europa?

— Não. Grécia, Inglaterra, França e, uma vez, Alemanha, na Oktober Fest, com duas amigas.

— Eu também estive lá.

— Quando?

— Em 2002.

— Eu também.

— Que legal!

— O mais absurdo é que uma das minhas amigas era abstêmia. Você não imagina o que aconteceu: ela pediu uma cerveja de litro, uma dessas jarras cheias até a boca. Bebeu metade e antes de meia hora estava em cima de uma mesa dançando uma espécie de tarantela; daí, começou a gritar "o chafariz, o chafariz!", e se mijou toda, um desastre.

Olho para ela enquanto bebe o Ace. Lembro-me que havia uma garota que dançava em uma mesa na sala onde estávamos. Mas quem não dançava naquela noite na Oktober Fest? Lembro-me que quando disse a Babi que eu ia com Pollo, Schello e outro carro de amigos para Munique, ela ficou muito brava.

— Vocês vão para Munique, e eu?

— Você não. Só os homens.

— Ah, é? Queria ver isso.

E o imbecil do Manetta faz o quê? Vai e leva a namorada no outro carro. Na volta, toca discutir com Babi, porque, como tudo mais, isso também acabou sendo descoberto.

— Em que está pensando?

Minto:

— Em sua amiga dançando em cima da mesa. Deveria ter filmado. Iam rir muito depois.

— Já rimos bastante na hora, que importa depois? Depois, depois... Agora!

Bebe outro gole de Ace com atitude provocante. O que ela quis dizer? A coisa fica estranha. Gin quer o "agora". Mas agora não, agora ainda não. Talvez amanhã, sim, ou daqui a pouco, depois...

— Em que está pensando? Ainda em minha amiga dançando em cima da mesa? Não acredito. Acho que você conheceu uma garota na Oktober Fest e está se lembrando de uma das suas vadiagens.

— Não está enxergando direito.

— Não, minha vista é perfeita. Não tenho nem um grau de miopia.

— Não, enxerga mal nosso grupo. Nos toma pelo que não somos. Somos pessoas tranquilas, serenas. É verdade que somos alegres, não como esses caras que vão aos restaurantes e só pensam em se comportar direito: "Isso não se faz, isso também não...". Um saco, não acha?

Olho em volta e dou sorte. Um casal acaba de se sentar. Estão com um *setter* inglês, roupa de marca e, como o mais natural dos contrassensos, os dois carregam *Il Manifesto* debaixo do braço. Chega o garçom, e eles fazem seu pedido.

— Veja esses dois, por exemplo. Não se dirigem a palavra.

De fato, pedem separadamente, sem dar a vez ao outro, sem perguntar ao outro o que quer nesse momento. Distraidamente, dando tudo por certo, flutuando assim à deriva.

— Veja, o garçom vai embora e eles começam a ler *Il Manifesto*. Não que eu tenha nada contra esse jornal, mas...

Ou melhor, tenho, sim, mas como não sei o que Gin acha, não toco no assunto. Alguém poderia dizer: quer dizer que não quer se expor? Um saco, é exatamente isso.

— Nem sequer comentam que compraram o mesmo jornal. O que é pior que isso, a indiferença total?

O garçom volta logo à mesa deles. Os dois pediram um simples café.

— E agora o homem paga só porque é a vez dele, essa é a norma.

O sujeito se ergue um pouco na cadeira, desloca o peso para a perna direita — a carteira está, evidentemente, na esquerda —, coloca a mão no bolso e paga enquanto a mulher, sem sequer olhar para ele, continua bebendo seu café.

— Distraídos e entediados. Bem-vindos sejam meus amigos, não? Criam confusão, arrotam, brigam, não pagam ou o fazem gritando e pedindo um euro por cabeça e outras coisas do gênero, mas pelo menos não se limitam a sobreviver, porra!

Gin sorri.

— É, você tem razão, pelo menos nisso você tem razão.

Isso me basta, não quero mais. Pelo menos por enquanto.

— O.k., mas agora relaxe, Step. Além do mais, você tem outras coisas a fazer.

— O quê?

— Você tem que resolver o problema com este homem.

Eu me viro: atrás de mim está o garçom, que sorri. Eu não havia percebido.

— Permite?

Não me dá tempo de responder. O sujeito se inclina para a frente e pega a comanda, debaixo do prato. Não o ouvi chegar. Estranho, isso não é próprio de mim. Quer dizer que com Gin estou relaxado pela primeira vez. Isso é bom?

— São onze euros, senhor.

Faço exatamente o mesmo movimento que o sujeito esquálido do casal apático fez e tiro a carteira do bolso. Abro-a e sorrio.

— Ainda bem.

— O quê?

— Que somos diferentes dessas múmias.

— Ah, é? — Gin olha para mim levantando as sobrancelhas. — Por quê?

— Você vai ter que pagar: estou sem dinheiro na carteira.

— Não é necessário ser extravagante só para ser diferente. Preferiria ser como esses dois e que você pagasse.

Gin, elegante e sorridente, perfeitamente vestida e maquiada, faz uma careta falsamente irônica. Sorri para o garçom, desculpando-se pela espera. Pega a bolsa, tira uma carteira, abre-a e para de sorrir repentinamente. Um pouco sem graça, cora.

— Acho que somos muito diferentes desses dois. Eu também não tenho dinheiro na carteira — e olhando para o garçom, acrescenta: — Eu me arrumei porque tenho um almoço com meus pais e, como eles pagam, não pensei em pegar dinheiro.

— Fez mal.

O garçom muda de tom e de expressão. Sua gentileza parece desaparecer no nada. Talvez — homem mais velho, quase idoso — ache que esses dois jovens estão debochando dele.

— Isso tudo não me interessa.

Tomo as rédeas da situação.

— Ouça, não se preocupe. Vou acompanhá-la até o carro, tiro dinheiro no caixa eletrônico e volto para pagar.

— Sim, claro. E eu sou Joe Condor! Por acaso tenho cara de idiota? Peguem o dinheiro ou chamo a polícia.

Sorrio para Gin.

— Com licença.

Eu me levanto e pego o garçom pelo braço, gentilmente no início e, depois, diante de sua rebeldia ("O que está fazendo? Fique quieto!"), aperto um pouco mais e o levo mais longe.

— O.k., chefe. Tem razão, mas não exagere. Não queremos roubar onze euros. Está claro?

— Mas eu...

Aperto mais forte, dessa vez de maneira decidida. Vejo em seu rosto uma careta de dor e solto.

— Por favor, estou pedindo por favor. É a primeira vez que saio com essa garota.

Talvez comovido e convencido, mais que outra coisa, por essa minha última confissão, assente.

— O.k., então espero você mais tarde.

Voltamos à mesa e sorrio para Gin.

— Tudo resolvido.

Ela se levanta e olha para o garçom, sinceramente chateada.

— Lamento de verdade.

— Oh, não se preocupe, essas coisas acontecem.

Eu sorrio para o garçom também. Ele me olha. Acho que tenta descobrir se voltarei ou não.

— Não muito tarde, por favor.

— Não se preocupe.

E vamos embora assim, com um sorriso gentil e um fio de nobre esperança.

Trinta e sete

Estou atrás de Step, na moto dele, com as ideias ao vento. Onde você se meteu, Gin? É absurdo. Primeira saída, ou melhor, segunda. Na primeira, ele e seus amigos saíram correndo daquele lugar. Como se chamava? Il Colonnello. E agora, hoje de manhã, quando ocorre a grande exclusividade de sair com você, Gin, a única, a ímpar, a formidável, o que ele faz? Sai sem dinheiro. Faltou pouco para que nos prendessem. Coisa de louco. Meu tio Ardisio diria: "Cuidado, cuidado, Ginevra, esse aí não é o príncipe encantado." Já imagino sua voz, toda rouca, toda impostada, com os "es" fechados e os "t" que se transformam facilmente em "d". "Adenção, adenção, princesa." Tio Ardisio. "Esse é o príncipe dos porcos. Nem sequer uma flor para minha princesa. Tem que fechar os olhos e se obrigar a sonhar. Adenção, adenção, princesa." Balanço a cabeça, mas ele percebe, e finjo olhar para o outro lado. Segue-me pelo retrovisor e se inclina para trás para que o ouça.

— O que foi? Pegou mal, não é?

— Por quê?

— Primeira saída, não pago e quase a faço pagar. Pior ainda: por pouco não fomos presos. Sei o que está pensando — Step sorri e faz voz de falsete para me imitar. — Eu sabia, esse cara é um canalha. — E continua. Eu fico na minha. — Veja só com quem estou. Ah, se meus pais soubessem. — Step sorri e continua firme. — Oh, ele adivinhou todos os meus pensamentos. Mas é simpático. — Tento não sorrir, mas não consigo. — Te peguei, não é? Diga a verdade, vamos.

— Não, estava pensando no que meu tio Ardisio diria.

— Viu? Algo de verdade havia nesse seu sorriso.

— Ele diria que você é o príncipe dos porcos!

— Eu? — Finjo me fazer de durão. — Melhor que nem tente.

Paro. Gin desce diante de seu carro. Está serena, divertida, realmente elegante. Permanece assim, com as pernas levemente separadas, o cabelo cai sobre seus olhos enquanto busca as chaves na bolsa. É uma bolsinha pequena, mas dentro deve haver um monte de coisas. Gin fuça, revira, afasta as coisas de um lado para o outro. Fico olhando para ela, emoldurada por um arco de travertino na entrada da Via Veneto. Toda sua beleza moderna resplandece nessa moldura antiga.

Um vento leve acaricia as transparências de sua saia. Debaixo desse suave azul celeste, dentre esses desenhos de flores, aparece um azul liso e decidido que esconde mais acima, entre suas pernas ainda bronzeadas, sua flor proibida.

— Aqui estão! Não sei o que acontece, mas sempre acabam no fundo.

Tira do bolso um chaveiro com uma ovelha negra.

— É um presente de Elle, a ovelha Beee! Bonita, não é? Mas tenha cuidado com a ovelha Beee.

— Por quê?

— Por que ela dá pontapés em todos os lobos que se aproximam.

— Calma, eu praticamente já comi essa.

— Imbecil! Bem, obrigada pelo drinque. Foi... como dizer? Único. Quer que eu leve alguma coisa para você comer quando acabar de almoçar com meus pais?

— A história sem fim, pior que o filme. Todo mundo pode esquecer o dinheiro, não é?

— Claro, mas o estranho é que tudo sempre acontece com você.

E, com essa bela frase, afasta-se e entra no carro.

— Vá ver o garçom. Ele está esperando, lembra? Não é bonito esse negócio de enganar as pessoas.

Depois arranca quase derrapando, dirigindo do seu jeito. Tenho vontade de gritar: "Ei, linda! Ainda me deve vinte euros de gasolina", mas acabo me arrependendo até do pensamento.

Trinta e oito

— Chegou! Gin!

Aceno de longe. Que grupo estranho todos juntos, que alturas mais descompensadas, que roupas mais diferentes. Meu irmão, jeans e camiseta Nike; minha mãe, um vestido escuro florido com uma echarpe azul por cima; meu pai, impecável de terno e gravata, e meu tio Ardisio, com um paletó laranja e uma gravata preta com ratinhos brancos. É incrível como consegue encontrar certas roupas. Os figurinistas da televisão, até mesmo Fellini, enlouqueceriam ao vê-lo. Com esse cabelo branco e caprichoso, que emoldura seu rosto divertido sublinhado por uns óculos pequenos e redondos. Como o ponto de exclamação depois da frase: Que sujeito, meu tio!

— Olá.

Beijamo-nos com afeto, com amor, com ternura, e mamãe, como de costume, me beija pondo a mão em meu rosto para transmitir ainda mais amor a esse simples beijo, como se quisesse detê-lo por um instante. Meu tio, porém, como de costume, exagera, e enquanto me beija brinca com meu queixo pegando-o com o polegar e o indicador e me obrigando a balançar a cabeça para a direita e para a esquerda.

— Aqui está minha princesinha.

Solta-me, deixando-me um pouco dolorida. Tenho que passar a mão pelo queixo para acalmá-lo, e meu tio me dá uma olhada um pouco raivosa, mas é só um instante. Devolvo-lhe o sorriso. Meu tio é assim.

— E então? — Nossos encontros sempre começam assim. — Quem escolheu este lugar?

Levanto a mão timidamente.

— Eu, tio.

E fico à espera. Ele olha para mim com uma sobrancelha levemente levantada, uma expressão meio dubitativa e o lábio trêmulo. Passam-se alguns instantes a mais e começo a me preocupar.

— Muito bem, é bonito, muito bem, minha filha. Sério. Tempos atrás, comia-se no meio da arte.

Suspiro, ufa. Deu certo, e embora eu não seja "sua filha", gosto de meu tio. Esperava que gostasse de almoçar conosco no Caffè dell'Arte, que fica perto da Viale Bruno Buozzi.

Tio Ardisio começa uma de suas histórias.

— Lembro-me de quando voava sobre o acampamento onde estavam meus soldados — sua voz fica mais rouca, meio modulada pela pressão das lembranças, trêmula pela força da nostalgia. — Eu gritava sempre: "Estudem, leiam!" Mas eles estavam muito preocupados com a morte. Depois, dava uma volta com meu avião bimotor e voltava para dar notícias, aterrissava ali ao lado, no gramado. Bum, bum, chegava fazendo barulho com aquele avião que era um milagre da *avação*.

Luke, que naturalmente fica detalhista nos poucos momentos em que não deve, diz:

— Aviação, tio, aviação com i.

— E o que eu disse? *Avação*, não?

Luke balança a cabeça e sorri. Ainda bem que dessa vez desiste.

Chega um garçom jovem e arrumadinho, de cabelo curto, mas não muito, com um olhar ingênuo, mas inteligente. Ousaria dizer quase perfeito, não fosse pelo fato de empurrar um carrinho com umas taças brilhantes, como novas, e uma garrafa já colocada em um balde de gelo. É um Moët, excelente champanhe; claro que é, só podia ser, e nós é que vamos ter de pagar.

— Desculpe, mas acho que não é para nós. Ninguém pediu...

Vejo mamãe olhando para mim preocupada. O jovem garçom intervém sorrindo.

— Não, senhora, esta garrafa é...

— Obrigada pelo senhora, mas não insista.

— Se puder me deixar explicar... Aquele rapaz ali está oferecendo a vocês.

O garçom, agora mais sério, aponta para umas mesas mais afastadas, quase no fundo do restaurante. Emoldurado pelas árvores atrás, com a varanda às suas costas, está ele, Step. Levanta-se da mesa e, sorrindo, move a cabeça esboçando uma inclinação. Não acredito, ele me seguiu até aqui. Claro, queria ver aonde eu ia, quis descobrir se estava realmente com minha família. Esse é o pensamento de Gin, a vingativa, de Gin Selvagem. Gin, não é assim! Uma parte de mim se rebela. Talvez só queira se desculpar pelo negócio do dinheiro, e no fundo você também fez papel feio. Esse é o pensamento de Gin, a Sábia. E alguma coisa, não sei muito bem por que, faz que eu goste mais da Gin Serena.

— Este bilhete é para você.

O garçom me estende um bilhete, e isso me faz pensar ainda mais que minha escolha é justa. Abro-o um pouco constrangida, com os olhos de todos em cima de mim, papai, mamãe, Luke e tio Ardisio. Antes de ler, coro. Que chato. Por que agora? Leio: "É maravilhoso ver você de longe, mas de perto é melhor. Esta noite? P. S.: Não se preocupe, encontrei um caixa eletrônico e já paguei o garçom."

Fecho o bilhete e sorrio, quase me esqueço que todos os olhares estão em mim. Tio Ardisio, papai, mamãe, Luke, todos querem saber o que está escrito, a que se deve essa garrafa. Naturalmente, o mais inquieto, o que resiste menos que qualquer um, é o próprio tio Ardisio.

— E então, princesa? A que devemos esta garrafa?

— Bem, esse rapaz, eu o ajudei... não conseguia... Não sabia... em resumo, está se preparando para um exame.

— Ardisio, não é da sua conta — mamãe me salva. — Ganhamos um bom champanhe, vamos beber em paz!

— Isso mesmo.

Olho para Step e sorrio, ele me vê de longe; sentou-se de novo. E agora, o que está fazendo? Por que não vai embora? Foi bonito, mas já chega. Vá, Step, o que está esperando?

— Desculpe.

O garçom olha para mim sorrindo; ainda não abriu a garrafa.

— Sim?

— O rapaz espera a resposta.

— De quê?

— Não sei, acho que do bilhete.

Todos me olham outra vez, ainda mais atentos que antes.

— Diga que sim. — Depois olho para todos. — Queria saber se o inscrevi para o exame.

Todos dão um suspiro de alívio. Naturalmente, exceto mamãe, que me olha, mas evito seu olhar. Acabo olhando para o garçom outra vez, que puxa outro bilhete.

— Então, tenho que lhe dar isto.

— Outro?

Todos se remexem na cadeira.

— Dessa vez, vai nos dizer o que está escrito?

— O que é isso? Uma caça ao tesouro?

Naturalmente, coro de novo e abro o bilhete: "Então, às oito na sua casa. Espero você, não se atrase, não crie confusão. P. S.: Traga dinheiro, nunca se sabe."

Sorrio com meus botões. O garçom finalmente abriu a garrafa e acaba depressa de servir o champanhe nas taças para ir embora.

— Ei, com licença...

— Sim?

Dá uma pequena volta sobre si mesmo e me olha.

— Se eu respondesse que não, tinha outro bilhete?

O garçom sorri e balança a cabeça.

— Não, nesse caso, disse para eu levar a garrafa embora.

Trinta e nove

Raffaella encontra Babi na sala.

— Olá, Babi, o que foi?

— Nada, só queria lhe mostrar isto. Mamãe, o que você tem? Parece acalorada — Babi a olha preocupada. — Vocês brigaram?

— Não, ao contrário.

Raffaella olha para a filha sorrindo. Mas Babi não lhe dá atenção e lhe mostra um jornal.

— Bom, como estava dizendo, gosta disso para a mesa? Não acha bonito? Ou prefere esses outros, que são mais naturais? Espiga e grãos, bonito, não? Melhor este, não é?

— Posso pensar à noite?

— Vai sair?

— Sim, vou à casa dos Flavi.

— Mamãe, temos que decidir, você está tranquila demais com isso!

— Amanhã decidimos tudo, Babi, agora estou atrasada.

Raffaella vai para o banheiro e começa a se maquiar com rapidez. Exatamente nesse momento chega Daniela também.

— Mamãe, preciso falar com você.

— Estou atrasada.

— Mas é importante!

— Amanhã! Não há nada que não se possa ajeitar amanhã!

Nesse instante, passa Claudio. Ele também está com pressa. Daniela tenta detê-lo.

— Papai, você tem um segundo? Tenho que lhe contar uma coisa, é muito importante!

— Tenho um jantar com Farini. Já disse a sua mãe. Desculpe, mas é um assunto de negócios importantíssimo, e depois tenho também uma partida de...

Claudio beija Daniela apressadamente. Raffaella o alcança na porta.

— Claudio, espere, vamos descer juntos.

Daniela fica assim, no meio do corredor, vendo seus pais irem embora. Vai até o quarto de Babi, mas a porta está fechada. Daniela chama.

— Entre.

— Oi... Desculpe, mas tenho que lhe contar uma coisa. Podemos conversar?

— Vou sair. Mamãe saiu, e tínhamos que decidir um monte de coisas importantes. Desculpe, mas não é uma boa hora. Vou para a casa de Smeralda, pelo menos ela vai me dizer alguma coisa. Se precisar de mim, estou com o celular.

E, assim, sai de cena também. Daniela, que ficou sozinha, vai até o telefone fixo e disca um número.

— Olá, Giuli. Tudo bem? O que está fazendo? Ah, tá... Posso passar na sua casa? Tenho que lhe contar uma coisa, sim, uma coisa importante. Eu prometo, só vou roubar dois minutos. Sim, desculpe, mas é que não sei o que fazer. Eu juro, o.k., falamos durante os intervalos. O.k., obrigada.

Daniela desliga, fecha depressa a porta de casa e desce a escada voando. Abre o portão e sai. Exatamente nesse momento, de trás de uma moita:

—Dani!

É Alfredo.

— Nossa, que susto você me deu. Nossa, meu coração está a mil. O que foi, por que está escondido aí?

— Desculpe, vi Babi sair agora.

Daniela nota que ele está pálido, magro e nervoso.

— É que... queria falar um pouco com você, que é irmã dela.

Daniela olha para ele. Essa não, vai ficar falando de Babi, com certeza.

— Não, Alfredo, desculpe, mas eu não sei de nada. Você tem que falar com ela.

— O.k., desculpe, você tem razão. E você, como está?

— Bem, obrigada.

Daniela olha para ele melhor. Alfredo poderia ser a pessoa adequada com quem falar. É médico, é maduro, e talvez possa dar um bom conselho.

— Desculpe se a assustei.

— O.k., não se preocupe, já passou.

— Mas para mim não passa. Continuo pensando em sua irmã e estou mal. Até tomando ansiolíticos.

— Sinto muito.

Ficam um pouco em silêncio. Depois, Daniela decide acabar com essa conversa impossível.

— Bom, agora, desculpe, mas tenho que ir, uma amiga está me esperando.

— O.k., eu é que peço desculpas.

Daniela vai correndo pegar a Vespa na garagem. Espera chegar à casa de Giuli antes que comece o filme. Pensa em Alfredo. Coitadinho, veja como ele está. É evidente que a paixão por Babi acaba com ele. Ele é um homem acabado, instável, paranoico. E, sobre sua decisão, Daniela não tem dúvidas: Alfredo é a última pessoa a quem poderia contar que está grávida.

Quarenta

À vontade e tranquilo, elegante como nunca, pelo menos é o que eu acho. Olho no retrovisor e não me reconheço. O cabelo ainda úmido do banho recente, jaqueta azul, camisa branca e calça de linho bege com mocassins marrons-escuros, com costuras marcadas que, embora não se destaquem muito, dão uma imagem moderna. Cinto largo com fivela grossa, do mesmo marrom dos sapatos. Ah, estava esquecendo, camisa fechada até o penúltimo botão e o celular no bolso. Eu de celular, ainda não acredito. Sempre localizável, esteja onde estiver, nunca livre, já que naturalmente sempre toca, seja por arte de magia ou por acaso. Caralho, exatamente agora. Atendo, talvez Gin esteja com algum problema. Se for isso, não tem problema, passo para pegá-la em sua casa; ou melhor, vou subir e raptá-la. Continuo frenético com meus pensamentos.

— Alô?

— Step, ainda bem que você atendeu.

É Paolo. Mas, claro, como não pensei nisso?

— O que foi?

— Step, aconteceu uma coisa terrível: roubaram meu carro.

— Caralho. Achei que havia acontecido algo com papai ou mamãe.

— Não, eles estão bem. Fui pegar meu Audi A4 e não estava lá. Caramba, como conseguiram? Não há nenhum vidro pelo chão, quer dizer que não quebraram a janela. Além disso, a garagem estava aberta, mas a fechadura não foi forçada. Como conseguiram?

— Hoje em dia os ladrões têm técnicas perfeitas, Pa. Ninguém quebra essas portas de controle remoto. Eles têm um variador de frequência, ficam tentando até que a porta abre.

— Ah, não havia pensado nisso. Merda!

Gosto de ouvir meu irmão tão irritado, parece que está mais vivo, até que explode! Mas sempre por pouca coisa. Bom, claro, mas com seu carro, era de se esperar.

— E o roubaram justamente agora. Porra! Semana passada, paguei a última parcela do financiamento. Podiam tê-lo roubado antes, pelo menos teria economizado esse dinheiro.

Bah, que nojo! Maldito calculista. Assessor financeiro até a medula.

— O.k., Pa, e o que você quer fazer?

— Bem, eu esperava que...

— Que eu o houvesse roubado?

— Não, caralho! Mesmo porque as chaves e as cópias estão aqui.

— Ah, mas por um momento você pensou, hein?

— Não, quer dizer...

— Como não? Se foi procurar a cópia, é porque pensou. Só as podia pegá-las.

Uma pausa.

— Bem, sim, por um momento, pensei. Mas teria gostado, quer dizer, teria sido melhor que você...

Meu irmão.

— Pa, calado você fica mais bonito.

— Hein? Por quê?

Ainda por cima pergunta por quê. E eu sou um estúpido tentando fazê-lo entender.

— Nada, Pa, tudo certo.

— Então, Step, eu queria saber... Mas não se ofenda, o.k.?

— O quê? Fale.

— Bem, como você conhece um monte de gente por aí, se não for muito problema, se der, pergunte se sabem quem o levou.

— Sim, mas esse pessoal quer dinheiro. Não espere que eu troque socos com essa gente por um carro qualquer.

— Qualquer? Por um Audi A4!

— O.k., o.k., por um Audi A4.

— Não, isso não, de jeito nenhum. Eu pensei... Eu estaria disposto a pagar 4.300 euros.

— E por que exatamente esse valor?

— Pensei que com a garantia e todo o resto...

Meu irmão, grande assessor financeiro, o melhor.

— O.k., Pa, vou tentar.

— Obrigado, Step, sabia que podia contar com você.

Meu irmão, que pode contar comigo, é o máximo. Mais duas curvas e estou na casa dela. Vou chamá-la pelo interfone, mas lembro que tem celular. Dou só um toque para avisá-la. Será que ela entendeu? Na dúvida, espero um pouco. Cedo ou tarde, vai descer, cedo ou tarde. As mulheres e seus preparativos. Talvez seja melhor chamá-la pelo interfone. Espero um minuto. Concedo-me outro minuto para esperá-la. Acendo um cigarro. Isso, vou acabar de fumar o cigarro e depois toco o interfone. Rua tranquila. Olho em volta. Um carro passa ao fundo, outro freia de repente porque o primeiro deu uma de prepotente não o deixando passar. Depois, esse último anda de novo e tudo flui, tranquilo, perdido nessa grande cidade. Que chatice! Que reflexões do caralho. Aonde vou levá-la hoje? Que estranho, pensei em tudo menos nisso. Aonde vou levá-la? Era algo em que devia ter pensado. Tenho uma ideia, mas depois me preocupo. Fico preocupado com o que estou pensando. Eu me preocupando com o local onde vou levá-la para jantar? Será que não estou me preocupando demais? Quando você sai com uma garota, se ficar organizando a noite, aí é que caga tudo.

E caga mesmo, hein! Não pode ser assim. É preciso ter desenvoltura, improvisação, que aconteça o que tiver que acontecer. Depois, repentinamente me ocorre uma coisa. Gosto da ideia. Outra tragada e toco o interfone. Mas nesse momento o portão se abre. Um barulho de fechaduras. Ao fundo, o portão se abre lentamente. A luz entra do vestíbulo, levemente alaranjada. Ilumina as folhas do jardim, os degraus distantes, as motos estacionadas. Sai uma senhora. Caminha lenta, sorridente, com as pernas levemente arcadas pelo peso dos anos. Atrás dela, ela, que deixou a senhora passar, que ainda segura o portão, ela, que a ajuda a sair, fala sorrindo, assente para uma pergunta ocasional, ela, gentil, bonita, sorridente... Ela. A mulher passa por mim e, embora não me conheça, dá boa-noite.

Sorri para mim como se me conhecesse desde sempre.

— Boa noite — e se afasta deixando-me sozinho com Gin.

Ela está com o cabelo preso, uma jaquetinha de couro com zíperes e correias, um divertido cinto azul 55 DSL, calça escura de cintura baixa, com cinco bolsos e costuras marcadas. Uma bolsa grande de pano Fake London Genius. Tem estilo. E para isso não gastou nada. É incrível como você repara em todos os detalhes quando gosta de alguém. Está com uma expressão alegre. Bonita.

— E a moto? Não veio de moto?

— Não.

— E eu que me vesti assim... — Dá uma voltinha. — Não me pareço um pouco o "Selvagem" Marlon Brando?

Sorrio.

— Mais ou menos.

— Então, como veio?

— Com este carro, pensei que ficaria mais confortável.

— Um Audi A4! De quem você roubou?

— Está me subestimando. É meu.

— É, e eu sou Julia Roberts.

— Depende do filme. Imagino que em *Pretty Woman.*

— Ora!

Gin vai para a porta e me dá um soco no ombro.

— Ai!

— Começamos mal. Não gostei dessa piadinha.

— Não, *Pretty Woman* no sentido de que vai atrás de um sonho.

— E?

— Então, encontrou seu sonho.

— Um Audi A4?

— Não, eu.

Sorrio, entramos no carro e saio derrapando.

— Mais que um sonho, isso me parece um pesadelo. Vamos, diga a verdade, roubou de quem?

— Do meu irmão.

— Isso, assim que eu gosto. Ainda é uma mentira, mas pelo menos é mais crível.

Acelero levemente e nos perdemos na noite. E penso nas cópias das chaves compradas daquele sujeito no bar dos Sorci Verdi, na Corso Francia, que tem cópias de todas as chaves de todos os carros possíveis e imagináveis. Penso em Pollo e na primeira vez em que me levou lá, penso nas brincadeiras que fazíamos, penso em meu irmão preocupado com seu carro roubado, penso na noite, penso em minha ideia e penso em meu passado. Um pensamento qualquer veloz, mais forte que os outros. Passo em frente à Assunzione. Quero me distrair. Volto-me para Gin. Ligou o rádio e cantarola uma canção. Depois olha para mim e sorri.

— Então, aonde vamos?

— Surpresa.

— Era o que eu esperava que dissesse.

Sorri e inclina a cabeça para um lado, solta o cabelo. E nesse momento percebo que a verdadeira surpresa é ela.

Quarenta e um

— Então, qual é a surpresa? É uma bela surpresa?

— São várias surpresas.

— Diga uma.

— Não, senão não seria surpresa.

Estaciono e saio do carro. Um marroquino, ou coisa parecida, vem até mim com a mão estendida. Pego-a e aperto.

— Olá, chefe — ri divertido e exibe uma espécie de dentição estilo "É que aqui os dentistas são muito caros!".

— São dois euros.

— Certo. Mas pago na volta. — Aperto sua mão um pouco mais forte. — Assim tenho certeza de que encontrarei o carro em perfeitas condições, não é? Pagamento depois do serviço. — Olha para mim preocupado. — Estou de olho em você, não quero nem um arranhão, entendido?

— Mas depois da meia-noite eu...

— Voltaremos antes.

E me afasto.

— Então vou esperar, viu?

Não respondo e olho para Gin.

— Seu irmão tem muito carinho por esse carro, não é?

— É obcecado por ele. Agora mesmo, está desesperado porque acha que foi roubado.

— A polícia não vai nos parar e vamos acabar na cadeia?

— Ele me deu uma noite para encontrá-lo.

— E depois?

— Depois fará um B.O. Mas não se preocupe, já o encontrei, não?

Gin ri e balança a cabeça.

— Coitadinho do seu irmão, imagino o tipo de coisas que o fez passar.

Na verdade, ele não sabe, mas eu o salvei de muitas situações.

Por um instante, penso em minha mãe. Tenho vontade de lhe contar. Mas é nossa noite, dela e minha. E isso basta.

— Em que está pensando?

— Que estou com fome. Venha!

E a levo comigo, pela mão. No Angel's, um drinque, um Martini gelado para os dois, agitado, gelo e limão, ao estilo James Bond ou algo parecido. Com o estômago vazio cai uma maravilha. Gin ri e me conta coisas. Histórias do passado, de suas amigas e de Elle, como se conheceram, as discussões e os ciúmes da amiga. Eu a pego pela mão, aceno para um sujeito de brinco que parece me conhecer e a levo ao banheiro.

— Ei, o que pretende fazer? Não me parece um lugar muito apropriado, não é?

— Não, veja!

Dou-lhe vinte centavos, ou talvez cinquenta, ou um euro, dois, nem sequer olho. Ponho a moeda em sua mão. Penso no sujeito do estacionamento, quando voltar e lhe disser que não tenho mais moedas.

— Este é o poço dos desejos, vê quanto dinheiro há ali no fundo? — Gin olha para dentro de uma espécie de poço nesse banheiro cheio de plantas e tapetes coloridos, vermelho, violeta, laranja e uma luz azul e amarela, paredes brancas e vermelhas. — Vamos... Já pensou?

Ela sorri, volta-se e joga minha moeda com um desejo que acaba no fundo, com a esperança de que se realize. A seguir, imito-a e faço a minha voar sobre seu ombro. Voa que dá gosto e desaparece formando ondas no meio da água com um estranho ziguezague, depois pousa no fundo entre outros mil sonhos e um ou outro desejo talvez realizado.

Saímos em silêncio, e um sujeito entra depressa e quase se choca conosco enquanto desabotoa as calças; mas pensa bem e se curva na pia vomitando. Olhamo-nos e explodimos em uma gargalhada, enojados. Ufa! Fechamos a porta atrás de nós e vamos embora.

Deixo quinze euros em cima da mesa e em um instante estamos fora. Encontro Angel, que me cumprimenta.

— Olá, Step, quanto tempo!

— É mesmo. Talvez eu volte logo.

Na verdade, ele se chama Pier Angelo, ainda me lembro, e vendia estranhos quadros na Piazza Navona para os estrangeiros, telas duvidosas por valores ainda mais duvidosos. Um alemão, um japonês, um americano e uma estranha explicação em um inglês não exatamente perfeito, macarrônico e inventado, e mais dinheiro para poder comprar um dia, como realmente fez, seu Angel's.

— Então, pronto?

— Calma. Parece que não quer se cansar.

Pego-a em um segundo e a coloco em meu ombro.

— O que está fazendo?

Ri divertida e tenta me bater, mas sem maldade.

— Eu carrego você. É só não fazer mais perguntas.

— Ande, ponha-me no chão!

Passamos por um grupinho de rapazes e garotas que nos olham mais ou menos animados, envergonhados os primeiros, sonhadoras as últimas. Isso é o que pareço ler em suas expressões. E desaparecemos. Cul de Sac.

— Agora pode descer. Aqui, um aperitivo, queijos e vinhos.

Gin abaixa a jaqueta, que havia se levantado, e também a camiseta, que deixou sua barriga de fora; macia, mas compacta, sem estranhos *piercings* no umbigo, natural e redondinha.

— O que está olhando? Minha barriguinha não é o que tenho de melhor.

Bonita e insegura.

— Quer dizer que tem coisa melhor?

Gin suspira.

— Estou imantado, atraído, inevitavelmente absorvido e...

— Sim, sim, o.k. Entendi o conceito.

Sentamo-nos na primeira mesa e peço a um negro vagamente francês de avental branco:

— Um queijo de cabra forte e seco e duas taças de Traminer.

O sujeito concorda com a cabeça, e eu, diante de sua incerteza, espero que tenha realmente entendido.

— Onde leu esse negócio de Traminer e queijo de cabra? Seu irmão sugeriu?

— Traidora!

Aponto para ela com dois dedos.

— Víbora! Fiz um curso com um *sommelier* francês. Uma *sommelier*, para ser exato. Em Epernay, em Champagne. Meias cinza transparentes, finíssimas, e sempre, rigorosamente, de ligas. Quer mais detalhes?

Suspira incomodada.

— Não, obrigada, ou vai começar a dizer que se sente naturalmente atraído e outras bobagens do tipo.

O sujeito vagamente francês deixa uma tábua de madeira em cima da mesa e, *voilà*, acertou: queijo de cabra e Traminer gelado. Incrível. E a coisa não acaba aí.

— Trouxe também mel natural.

— Obrigado.

É fantástico quando a pessoa gosta de seu trabalho. Mas não há nada mais bonito que uma garota que come com gosto. Como ela. Sorri e passa o mel no pão ainda quente, recém-torrado, perfeitamente dourado, não queimado. Põe um pedaço de queijo em cima e dá uma grande mordida, decidida, mas lenta, enquanto com a outra mão se protege da queda livre de migalhas enlouquecidas. Depois, limpa a palma com a ponta dos dedos e, como se interpretasse um estranho tema musical, deixa-as cair no pequeno prato, perto do pão que restou, enquanto com a outra mão pega o Traminer e acompanha tudo com um pequeno gole.

É perfeita, caralho, é perfeita, eu sei. Pequenos formigamentos. Não sei qual o sentido disso. Na realidade, sei, sim. O Traminer sobe depressa, frio. Gelado. Uma taça após outra. Sim, eu sei, é perfeita. E pelo que penso, pelo modo como me perco no equilíbrio, por esse "sei, não sei", percebo que já estou meio bêbado. Espero que acabe o último pedaço, deixo o dinheiro em cima da mesa e a rapto.

— Vamos.

— Para onde?

— Um lugar para cada especialidade.

E saímos depressa, assim, um pouco de vinho, alguns risos. Em meio a olhares indiscretos, pessoas nas outras mesas, cabeças que se esticam para olhar, espiar, observar esses dois desconhecidos. Nós dois, meteoros de uma noite qualquer, em um lugar qualquer, em um momento mais que qualquer, mas só nosso. Como esse *tour* culinário.

— Step...

— Sim?

— A quantos lugares vamos?

— Por quê?

— Como vamos comer uma coisa em cada lugar, preciso saber quantos vão ser. Tenho medo de explodir. Em quantos lugares vamos parar?

— Em 21!

Respondo decidido, levemente incomodado, porra. Nem sequer um comentário gentil, sei lá: ideia legal, original, divertida. Repentinamente, Gin para. Para no meio da rua e crava os pés no chão.

— O que foi?

Pega-me pela jaqueta e me atrai para si com as duas mãos, pela lapela.

— Diga de quem roubou.

— O Audi A4? Já disse, do meu irmão.

— Não, essa viagem, comer uma coisa diferente em cada lugar, de quem pegou a ideia?

Rio balançando a cabeça, mais bêbado que nunca, mas de diversão etílica.

— Foi ideia minha.

— Quer dizer que é uma ideia totalmente sua, que não a roubou de lugar nenhum? De algum livro estúpido, de algum filme romântico, de alguma lenda urbana?

Estico os braços e levanto os ombros.

— Totalmente minha. — Sorrio. — Ocorreu-me de repente.

Estalo os dedos. Gin ainda me segura pelas lapelas e olha para mim desconfiada.

— E já não fez isso com outra?

— Não, só com você. Aliás, nunca estive com outra nos lugares que escolhi.

Solta-me de repente, empurrando-me para trás.

— Pare com isso! Essa, sim, é uma mentira cabeluda! Bum! — Finge estourar um balão inchando as bochechas. — Bum. Idiotice! Ha, ha, Step disse uma idiotice!

Parece um discurso. Pego-a pela lapela e viro-a sobre si mesma antes que se afaste demais. Dá meia-volta e acaba junto ao meu rosto. Sua boca.

— O.k., disse uma mentira. Mas sempre vim em grupo. Nunca sozinho como estou agora com você.

— O.k., melhor assim. Assim posso acreditar.

— Você tem que acreditar.

Baixo a voz e até eu me surpreendo ao ouvi-la assim abafada, quase sussurrada, em seus ouvidos, em seu pescoço, em seu cabelo. Olho nos olhos dela e sorrio sincero. Ela aprecia e acredita em mim. Mas quero concluir:

— Juro.

E dessa vez me desafia. Ela também sorri e relaxa. Beijo. Beijo suave, beijo lento, beijo não impetuoso. Beijo de Traminer, beijo leve, beijo de línguas em luta, beijo *surf*, beijo na onda, beijo com mordida, beijo "quero mais, mas não podemos". Beijo "não aguento mais". Beijo "tem gente aqui".

Quarenta e dois

Não acredito. Eu, Gin, aqui, na Via Governo Vecchio, beijando no meio da rua. Gente que passa, gente que olha, gente que para, gente que me observa... E eu no meio da rua. Sem pensar, sem olhar, sem me preocupar. Olhos fechados. Gente em volta. Imagino que pode haver alguém nos olhando a cinco centímetros de nosso beijo. Abro um pouco o olho direito. Nada, tudo tranquilo. Fecho-o de novo. Quem sabe se do outro lado... Mas não me importa! Step e eu. Disso tenho certeza. Abraço ele mais forte e ficamos nos beijando assim, sem problemas, sem pensar. Rimos, sei lá por quê. Talvez porque desceu um pouco a mão e tocou meu quadril, escorregando sabe-se lá para onde. Mas sou honesta. Eu nem sequer havia pensado nisso. Só me deu vontade de rir e pronto. E ele também. E rimos! Explodimos em uma gargalhada. Apoio minha face direita no ombro, sorrindo, de lado, deixando passar um calafrio. Ou talvez um desejo.

— Vamos, I Primi della Classe nos espera.

— Quem é esse, um amigo CDF seu?

— Engraçadinha! É um lugar onde só se come massa.

O proprietário se apresenta como Alberto. Cumprimenta, é gentil, acomoda-nos e nos recomenda um trio: *trofie* ao pesto, *tortelloni* de abobrinha e arroz com champanhe e camarão.

Olhamo-nos e assentimos com a cabeça. O.k., está bem, sim. Em resumo: "Ei, Alberto, por que não cai fora?"

— E para beber?

Step pergunta se tem um vinho branco, pelo menos me pareceu. Mas não entendi bem... Farfallina ou algo parecido.

— Maravilhoso.

Porém, Alberto entendeu, afasta-se.

Olho o local a minha volta. Arcos feitos de tijolos antigos, pedras que sobressaem das paredes, brancas, marrons, vermelhas, e focos de luz dirigidos ao teto. Olho para o chão. Lajotas de barro cozido, perfeitas e novas. Um pouco mais para lá, a cozinha. Falsa antiguidade, ferro, pedaços mais escuros, ferro fundido ou algo parecido e uma porta tipo *saloon*. Sai um rapaz com um prato quente, fumegante, e ninguém atira nele. Em uma mesa as pessoas se animam, contentes de vê-lo. Quem sabe há quanto tempo estavam esperando?

— Aqui está seu Falanghina.

Alberto deixa uma garrafa de vinho branco na mesa e abre com facilidade. Falanghina... Não *farfallina*. Que mancada. Step pega a garrafa e serve um pouco em minha taça. Espero que faça o mesmo com a sua, e as erguemos para beber.

— Espere, vamos fazer um brinde.

Olho para ele preocupada.

— Então — sorrio —, a quê vamos brindar?

— Ao que você quiser.

Cada um decide e brindamos juntos. Concentro-me um instante. Ele olha para mim, nos olhos. Aproxima sua taça da minha e bate levemente.

— Talvez seja o mesmo desejo.

— Talvez um dia contemos um ao outro.

— Veremos. — Olho para Step tentando entender. Ele sorri. — Veremos, veremos.

E bebo o vinho de um gole só, com a certeza de que cedo ou tarde esse desejo, pelo menos o meu, será descoberto. Vamos fazer amor. Socorro! O que estou dizendo? Estou distraída, olho em volta. Como parecem diferentes os casais que comem em outras mesas. Não sei por que, mas sempre nos achamos os melhores. Pelo menos, no meu caso. Sim, Gin, a presunçosa. Eu nunca poderia estar na mesa com alguém sem lhe dirigir a palavra. Comer em silêncio, que sentido tem isso? Como aqueles dois. De vez em quando, entre um bocado e outro, olham para fora, para fora de sua vida, de seus pensamentos, em busca de outra coisa. Entediados com o que têm ao lado. Com essa mesma vida que exatamente eles escolheram! Olham de relance para as outras mesas, as outras pessoas, e continuam mastigando em busca de curiosidade. Percebe?

— Ah!

— O que é isso? Por que está gritando? — Step olha para mim preocupado, mas eu rio. — Está louca?

— Não, estou feliz! — E grito outra vez enquanto a mulher entediada da mesa ao lado para por um instante de mastigar e olha para mim surpresa, com curiosidade. E eu... bem... aceno. Provo um bocado dos pratos recém-chegados. — Hum, que delícia!

Giro o indicador na cabeça sempre olhando para a vizinha entediada, que balança a cabeça sem entender nada. E pensar que o homem que está em frente a ela nem sequer percebeu nada. Step ri, olha para mim e balança a cabeça. E eu sorrio.

— Essa noite não vai sair muito cara?

— Meu irmão está pagando. Ele é um pouco mão-de-vaca, mas na realidade não tem problemas com dinheiro.

— Caramba, e por que ele está pagando?

— Talvez para me ajudar, seu irmão mais novo, que tem problemas com as garotas.

— Pare de falar bobagem! Com certeza, é por isso.

Outra vez vamos embora correndo, depressa, rindo. Entramos no carro. Não sei como, mas encontro mais dois euros no bolso. Entrego-os ao marroquino, que talvez esperasse um pouco mais. Mas logo pensa, considera-se satisfeito de qualquer maneira, e agora, já como um romano, ajuda-me a fazer a manobra.

— Pode vir, pode vir, doutor, tudo certinho, olhei esse como se fosse uma florzinha.

Só o que recebe de mim é um gesto com a cabeça. O.k., tudo certo.

Música. 107.10. Tmc. As palavras do DJ deixam espaço para as notas do U2. E Gin, obviamente, conhece a canção.

— *And I miss you when you're not around, I'm getting ready to leave the ground...* (Eu sinto sua falta quando você não está por perto. Estou me preparando para deixar a terra...)

— Você sabe todas!

— Não, só as que falam de nós dois.

Avançamos ao lado do Tibre. Cruzamos a ponte. Direita, esquerda, Piazza Cavour, Via Crescenzo. Papillon. Mario, o proprietário, cumprimenta-nos.

— Olá! Duas pessoas?

— Sim, mas dois especiais, hein?

Sorrio para Gin apertando-a em mim. O sujeito olha para nós. Aperta um pouco os olhos. Deve estar pensando: "Conheço você? Quem é? É alguém importante?" Mas não encontra resposta, dentre outras coisas, porque não existe uma.

— Por favor, sigam-me, vou colocá-los aqui, ficarão mais confortáveis.

— Obrigado.

Na indecisão, optou por sermos duas pessoas que devem ser bem tratadas. Cruzamos uma sala com uma mesa grande cheia de gente, na maior parte, garotas, bonitas até. Louras, morenas, ruivas sorriem, todas elas maquiadas, falam em voz alta, mas comem educadamente, beliscam pedaços de pizza quentinha de um prato central. Um pouco mais além, os garfos famintos voam em algumas fatias de presunto recém-fatiado, vermelhas e finas.

— Porco...

— O que foi?

Gin acaba de me dar um golpe certeiro na costela.

— Você me pegou desprevenido.

— Eu vi como você olhava para essa aí.

— O quê? Estava pensando no presunto.

— Ah, claro. Acha que sou idiota?

Mario finge que não ouve nada. Acomoda-nos em uma mesa de canto e nos deixa.

— No presunto, claro! Eu sei no que estava pensando. Essas aí devem ser as bailarinas do Bagaglino. Estão comemorando a estreia ou algo parecido. Aquele ali com pouco cabelo é o diretor, e essas duas que estão ao lado dele são as primeiras bailarinas.

— E como você sabe?

— Por coincidência, de vez em quando, faço testes. O infiltrado no mundo do espetáculo aqui é você.

Uma garota do grupo se levanta da mesa, vai para o banheiro, passa em frente a nós, sorri e se volta, perdendo-se no fundo da sala, mas deixando um panorama perfeito; duas pernas musculosas e um bumbum redondo aprisionado com alguma dificuldade em uma saia apertada demais.

— Veja só como baba! E você pensando no presunto, que pena!

— Pena, por quê?

— Perdeu a noite.

— Como?

— Se tinha uma mínima possibilidade comigo, e veja que havia *feeling*, acabou de perdê-la.

— E por quê?

— Porque sim. Vou lhe dar um conselho: entre no banheiro, siga essa aí e vá conseguir uma transada ou duas entradas para o Bagaglino.

— E vamos juntos.

— Nem morta.

— Não gosta do Bagaglino?

— Não gosto de você.

— Muito bem.

— Que quer dizer "muito bem"?

— Que tenho uma possibilidade.

— Como?

— Que você é ciumenta e um pouco chata, mas, enfim...

— Enfim?

— Gosto de você!

Gin está prestes a ir embora quando a detenho com a mão.

— Espere, pelo menos vamos pedir.

Mario apareceu atrás dela.

— O que desejam?

— Viemos experimentar esses deliciosos filés, grandes e mal passados. Ouvimos falar deles.

— Perfeito.

Mario sorri contente por ser famoso pelo menos pelos filés.

— E traga um bom *cabernet*.

— Pode ser um Piccioni?

— Como queira.

— Maravilhoso.

E se sente ainda mais satisfeito pelo fato de se poder contar com ele também para a escolha do vinho.

— Gin, ei, não vamos brigar. Quer mudar de lugar? Quer sentar aqui?

— Por quê?

— Assim você olha as garotas, as bailarinas.

— Não, não. — Sorri. — Acho divertido que você olhe; até gosto.

— Gosta?

— Claro, não há casal mais aberto que este. Primeiro, porque não somos um casal, e segundo, porque depois desse panorama de peitos e bundas vai ficar mais sereno ao ouvir um "não" de uma reles mortal.

— Terceiro dan em tudo e para tudo, hein?

A garota que havia ido ao banheiro passa outra vez por nós para voltar a sua mesa. Volto-me por instinto, sem querer. Gin não espera outra coisa e a chama.

— Com licença.

— Sim?

— Pode vir aqui um instante?

A garota, surpresa, concorda.

— Vamos, Gin, pare com isso. Vamos passar pelo menos uma noite tranquila.

— Por que está preocupado? Eu simplesmente estou trabalhando para você.

A garota se aproxima de nossa mesa, gentil e curiosa.

— Está vendo este rapaz? Stefano, Step, o mito para alguns. Ele queria seu número de telefone, mas não tem coragem de pedir.

A garota fica surpresa, de boca aberta.

— Na verdade...

Gin sorri.

— Não, não se preocupe comigo. Eu sou prima dele.

— Ah.

Agora parece mais relaxada. A menina me olha, avalia se é questão de dar o número ou não, e eu, talvez pela primeira vez na vida, fico vermelho.

— Pensei que estivessem discutindo, ou que talvez fosse uma brincadeira.

— Não, de jeito nenhum.

Gin permanece firme em sua afirmação.

— O.k., pensou demais. Não importa. Que bonita, essa saia, é Ann Demeulemeester?

— Quem?

— O.k., eu já imaginava. Manequim 40, cintura com fivela, botões escondidos, um bolso...

— Não, é Uragan.

— Uragan?

— Sim, é uma marca nova de um amigo meu.

— Ah, entendo, e você é uma espécie de garota-propaganda.

A garota sorri alisando a saia e tentando se ajeitar um pouco.

— Sim, digamos que sim.

Esforço inútil. A saia permanece fixa, simplesmente colada a seus quadris, por um fio não mostrando a calcinha.

— Bom.

Tento tomar as rédeas da situação.

— Desculpe, mas acho que a estão chamando na mesa.

A garota se volta. Efetivamente, estão indo embora.

— Ah, sim, desculpem.

— Certo, tchau.

A garota se afasta.

Ficamos assim olhando para ela em seu majestoso andar, e, não se sabe por que, rebola mais que antes.

— Parabéns.

— Por quê?

— É a primeira vez que uma mulher consegue me fazer passar vergonha, e ainda por cima com outra.

— Bom, eu me esforcei. Mas se não quis lhe dar o telefone, imagine o resto.

— Bom, de qualquer maneira, vou poder brincar com esse sentimento de culpa.

— Por quê?

— Não é todo dia que um mito como eu é derrubado. Step não consegue o número de telefone de uma garota que veste Uragan. Isso não acontece todos os dias.

— Se lhe serve de consolo, tinha silicone.

— Não reparei. Estava mais fascinado por sua bunda natural. — Sorrio malicioso. — Sobre isso você não tem nada a dizer, não é?

— Realmente, tenho algumas dúvidas também sobre ela. Lamento que você nunca vá ter a oportunidade de vê-la de perto.

— Nunca diga nunca.

Exatamente nesse momento, Mario coloca os dois pratos com os filés em frente a nós.

— Prontinho.

— Obrigado, Mario.

— É meu trabalho.

Sorri para nós, e Gin começa logo a cortar a carne.

— Enquanto isso, Step vai ter que se conformar com a carne do prato.

— Se essa não for natural, estamos fodidos.

Diante dessas palavras, Mario fica petrificado.

— O quê? Estão brincando? Aqui só servimos carne com certificado de qualidade. Não saiam por aí contando histórias estranhas, por favor.

Rimos.

— Não, não se preocupe. Estávamos falando de outra coisa, sério!

E continuamos comendo, servindo *cabernet*, comendo lentamente, rindo, contando fatos insignificantes, mas que nos parecem muito importantes. Pedaços de vida, de um e de outro, dos quais nunca participamos. Momentos eufóricos e diferentes com amigos do passado que hoje, pensando bem, não parecem grande coisa. Ou talvez seja o medo de não ser divertido o suficiente. Gin me serve vinho. E só o fato de ser ela me faz esquecer tudo.

Quarenta e três

Giuli olha para Daniela de boca aberta.

— Feche a boca, você faz eu me sentir ainda mais culpada!

Giuli fecha a boca. Engole em seco e tenta se recuperar.

— Entendo... Mas como é possível?

— Como é possível? Você deveria saber, porque também fez, e antes que eu. Quer que eu lhe explique?

— Não, boba, isso eu sei. Você é quem não sabe. Quis dizer: como é possível que tenha engravidado?

— Ouça, Giuli, peço por favor que não repita isso, estou muito mal. Por favor. Eu estou contando a você. Imagine quando for contar aos meus pais!

— Por quê? Vai lhes contar?

— Claro que vou, o que você quer que eu faça?

— Isso não é nada. Basta só um dia no hospital e o problema, puf, desaparece. Entende?

— O que está dizendo? Está maluca? Eu quero ter o bebê.

— Quer? Então, está completamente louca!

— Giuli, não esperava isso de você. Você me obriga a ir todos os domingos à missa e depois tem a coragem de dizer uma coisa dessas!

— Ah, perfeito, agora vai me fazer um sermão! Você quis fazer de qualquer jeito antes dos 18 porque se sentia uma infeliz, e foi castigada, viu? Isso parece um discurso religioso? Ora, por favor! De qualquer maneira, faça o que achar que deve, a vida é sua.

— Está enganada. É também vida dele. Vê, é nisso que você não pensa. Agora há outra pessoa além de mim.

— E em todo o resto você pensa, não é? Por exemplo, contou a ele?

— A quem?

— Como a quem? Ao pai!

— Não.

— Perfeito! E não pensou em como Chicco Brandelli vai ficar quando receber a notícia, hein? Não, não pensou. Claro, nada lhe importa! Tenho certeza de que o coitado vai querer cometer suicídio.

— Acho que ele não é o pai.

— O quê? E de quem é? Por favor, diga que não é de André Palombi. Ele se transformou em um monstro, é terrível, um infeliz; pense em como será essa pobre criança.

— Meu bebê vai ser lindo, vai se parecer em tudo comigo.

— Isso você não sabe, não pode saber. Talvez saia idêntico a Palombi. Nossa, se for assim, eu não serei a madrinha, já vou avisando, eu não vou ser madrinha!

— Ah, não se preocupe, não vai sair igual a ele.

— Como sabe?

— Porque ele não é o pai.

— Ele também não é o pai? Então quem é? Caramba, quando você desapareceu da festa, achei que tinha ido com Chicco.

— Não, só lembro que tomei um *ecstasy* branco da garota que você me indicou, e depois...

— Um *ecstasy* branco? Você tomou um *scoop*!

— Um *scoop*? O que é isso?

— Claro que não se lembra de nada. Ainda bem que não acabou embaixo d'água. Isso deixa você louca, tira toda a inibição, você faz de tudo, se transforma na vadia mais vadia do mundo e, depois, não se lembra nem de como se chama!

— É, acho que foi exatamente assim. Acho...

— Não acredito, você tomou um *scoop*!

— Isso foi coisa de Madda, que quis castigar minha irmã de algum jeito.

— É, deixando você se ferrar! Caralho, você sempre consegue me espantar.

— É, eu sou demais...

— Mas como é que não se lembra de nada, nem de uma pista?

— Nada, eu juro, escuridão total. Foi bonito, sim, disso eu lembro!

Giuli fica por um momento em silêncio no sofá. Bebe um gole de água, olha para Daniela e encontra forças para falar.

— Bom, há uma coisa que posso imaginar.

— O quê?

— A cara de seus pais.

— Pois eu não.

— Acho que vão deixar sua cara tão inchada que nem vai se parecer mais com eles.

— Não, eu acho que vão aceitar bem. É nesse tipo de situação que se vê o verdadeiro amor de uma família, não é? Se sempre tudo anda maravilhosamente bem, qual é o mérito? Seria até fácil demais, não é?

— É, claro. A mim, você convenceu, vamos ver se consegue convencer a eles!

— Bom — Daniela se levanta do sofá —, vou embora. Quero contar a eles hoje mesmo; não suporto guardar segredo por mais tempo. Vai ser uma libertação. Tchau, Giuli.

Um beijo no rosto. Giuli se despede e, enquanto a amiga sai, diz:

— Depois me conte, viu? E ligue se precisar.

— O.k., obrigada.

Giuli ouve a porta de sua casa se fechar. Aumenta o volume da televisão e tenta ver o filme. Logo em seguida, desliga. Decide ir para a cama. Uma coisa é certa: depois da história de Daniela, qualquer filme é muito chato.

Quarenta e quatro

Mario chega preocupado à nossa mesa.

— Como assim, já estão indo? Só comeram um prato. Tenho uma torta caseira deliciosa, feita com minhas próprias mãos. Bom, para ser sincero, com as de minha mulher.

Essa última confissão me pega desprevenido. Gostaria de lhe contar tudo, explicar que não é que tenhamos comido mal, mas que eu tive uma grande ideia... Um prato especial em cada lugar, em cada lugar famoso, um determinado prato. O cabernet também fez seu efeito e participa da festa. De modo que prefiro uma simples mentira:

— É que marcamos com uns amigos, e, se nos atrasarmos, irão embora.

Mario parece aceitar minha explicação com tranquilidade.

— Então, até a vista. Voltem em breve.

— Claro, claro.

Gin também participa.

— O filé estava delicioso.

Mas, enquanto saímos, acontece algo imprevisto.

— Esperem um momento!

Um garoto de aspecto divertido, com uma touca de cozinheiro no cabelo armado, sai a nosso encontro.

— Step, você é Step, não é?

Concordo.

Sorri satisfeito por ter acertado.

— Tome, isto é para você.

Pego um bilhete, mas não tenho tempo de lê-lo, porque Gin, mais rápida que eu, arranca-o de minhas mãos enquanto o garoto continua:

— Uma garota loura, uma bailarina, me entregou. — Sorri contente. — Uma das do Bagaglino. Ela disse para entregar a você ou a sua prima.

Mario olha para ele preocupado e quase se desculpando conosco:

— É meu filho. Ande, vamos embora, ainda há mesas a servir.

— Mas já acabamos todos os pedidos.

Mario lhe dá um puxão.

— Você não entende nada?! — E o empurra para a frente. — Rápido! Mexa-se.

O garoto, arrasado, abaixa a cabeça pronto para ouvir a reprimenda do pai, perguntando-se por que sempre briga só com ele.

— Tome.

Gin me passa o bilhete.

— Mastrocchia Simona. Escreve primeiro o sobrenome e depois o nome.

Gin olha para mim com certo ar de suficiência.

— Celular, fixo e e-mail no bilhete. Ela quer que a encontre. E parece que também sabe usar computador. É tecnológica. Como a saia Uragan. Ainda bem que sua noite deu uma guinada.

— Realmente, ainda não houve guinada nenhuma. De qualquer maneira, em tempos de escassez, não se deve jogar nada fora!

Dobro o bilhete e o guardo no bolso.

— Ha, ha, muito divertido, sério.

Ficamos um tempo em silêncio, andando. Vento de início de outubro, uma folha aqui e ali nas calçadas. Esse silêncio me irrita.

— Você é terrível, hein? Deu um showzinho, pediu o número dela, se fez de prima preocupada, ela sorriu e finalmente deu o número, e agora você fica brava. Você é insuperável.

— Insuperável, foi você quem disse. E então? Acabou esse *tour* gastronômico ou como diabos se chame? Nem sequer deu um nome a essa sua grande ideia!

Põe excessiva ênfase em tudo e continua olhando para mim. Abre a boca, faz uma careta como se imitasse um peixe estúpido, ou um simples sujeito qualquer que não encontra palavras para responder. Em resumo, seja peixe ou gente, está se referindo a mim. Até se antecipa a mim. Eu havia pensado em chamá-lo exatamente de *tour* gastronômico. Pego o bilhete com o número de Mastrocchia Simona, o celular que Paolo me deu e começo a digitar. Na realidade, faço isso ao acaso, sem olhar. Com os olhos, mas sem parar, estou vigiando Gin. E a pequena tigresa dá o bote.

— Como você é idiota!

Pula em cima de mim. Fecho logo o celular e o coloco no bolso enquanto com a direita aparo um soco dela, forte, direto no rosto, enquanto Mastrocchia Simona, com seu número escrito de maneira incerta, cai no chão. Pego-a pelo punho e, depressa, giro-a segurando seu braço atrás das costas. Uma meia-volta, e está colada em mim.

— Ai!

Está meio surpresa por causa da velocidade e da dor. Afrouxo um pouco o abraço. Atraio-a para mim. Com a mão esquerda, pego-a pelos cabelos e encaixo os dedos em suas mechas. E como um pente selvagem, um pouco brusco, um pouco natural, puxo seu cabelo para trás. Libero sua testa. Seus olhos são grandes, intensos, dilatados. Olha para mim. Como gosto dela! Fecha os olhos. Abre-os outra vez e se rebela. Tenta se soltar, mas a seguro mais forte.

— Seja boazinha... Ssshh... — sussurro. — Você é muito ciumenta.

Diante dessa palavra, parece quase enlouquecer; esperneia, agita-se, tenta me acertar com os pés, com os joelhos.

— Eu não sou ciumenta! Nunca fui e nunca serei. Sou famosa exatamente por não ser ciumenta!

Rio, detendo seus golpes. Voa com a boca aberta em meu rosto e tenta me morder. Começa uma guerra de faces, uma alternância de esfregação, seus dentes se abrem e se fecham, buscando-me, não me encontrando, eu me aproximo e me afasto, sua boca me persegue e eu me movo para baixo, afastando a cabeça, livrando-me, escondido em seu cabelo até chegar ao pescoço. Abro a boca, muito, tudo que posso. Queria engoli-la inteira e ao mesmo tempo respiro capturando sua pele, o pescoço, a jugular, e com uma suave mordida gigantesca bloqueio-a, tomo-a, possuo-a.

— Ai, ai! O.k., chega! — Explode em uma gargalhada. — Está fazendo cócegas, por favor, no pescoço, não.

Inclina a cabeça para mim tentando se libertar. Articula um estranho balé, pequenos passos que se afastam para a esquerda enquanto continua rindo. Entre arrepios e sorrisos, inclina a cabeça sobre o ombro, fecha os olhos, fraca, derrotada, abandonada, conquistada por essas cócegas sensuais. Eu a beijo. Mole, com uns lábios quentes como nunca saboreei. Como uma febre. De desejo. Ou por causa da luta. Mas todo o resto parece fresco, até ali, embaixo da jaqueta, embaixo da camiseta que ela me deixa visitar. Depois, seus seios. Acaricio por um instante com minha mão, suave e gentil. Mas é só um instante, sinto seu coração bater depressa, mais depressa. E não sei por que, juro que não sei, deixo-os ali, não quero incomodar. Pego sua mão.

— Venha, falta a sobremesa.

Deixa-se levar tranquila. De repente, para. Bloqueia-me, segurando minha mão, e leva os lábios para a frente, gatinha melindrosa, em um biquinho.

— Por quê? Eu não sirvo como sobremesa?

Tento dizer alguma coisa, mas não tenho tempo. Escapa de minha mão e me ultrapassa correndo, com o peito para a frente, esse peito que era meu prisioneiro, com as pernas para trás, rindo, livre. E eu a persigo enquanto lá atrás, agora na mão do vento, talvez de outro destino, ficam um número de telefone e um nome; ou melhor, um sobrenome e um nome: Mastrocchia Simona.

Quarenta e cinco

Claudio está parado em seu Mercedes na Via Marsala. Olha em volta preocupado. Pergunta-se: qual é o problema de ficar no carro? A pessoa pode estar cansada, talvez tenha dirigido muito e corre o risco de dormir no volante. Ou quer fumar um cigarro. Isso, vou fumar um bom cigarro. Não há nada de errado. Tira um cigarro do maço, mas devolve-o logo. Não, melhor não. Li no jornal que atrapalha o desempenho. Não, não tenho que pensar nisso. Tenho que afastar esse pensamento porque, senão, a ansiedade aumenta. Pronto, já está chegando. Anda saltitando. Um MP3 na mão e os fones nos ouvidos. Sorri acompanhando o ritmo com a cabeça, o cabelo solto e a pele levemente bronzeada, como é natural nela. Um vestido leve esverdeado com girassóis amarelos e os seios pequenos. Bonita, como sempre. Como a viu na primeira vez. Jovem como continuou desejando-a desde aquela noite, desde aquele beijo que trocaram no carro, depois da partida de bilhar que ele ganhou junto com Step, o rapaz com quem Babi saía na época. Simpático esse garoto, um pouco violento, talvez. Mas que partida a daquela noite! Claudio continuou jogando desde então. Uma paixão recuperada. Não pelo bilhar, mas, sim, por ela, Francesca, a jovem brasileira que acabou de chegar. No fundo, foi por causa dela que entrou para esse clube, foi por ela que comprou um taco novo, um Zenith, é por ela que gostaria de ganhar esse torneio na Casilina. Que loucura. Mas não menos que esta: ir quase todas as semanas ao hotel Marsala com ela. Já faz mais de um ano que essa história dura. É um pequeno hotel, fora do círculo de suas amizades, frequentado só por jovens turistas, marroquinos ou albaneses, que talvez queiram gastar pouco. Mas o que se há de fazer? Ele a quer, e essa é a única maneira de se verem. Naturalmente, pagando o quarto à vista.

— Francesca!

Chama-a de longe. A garota, com o Sony nas orelhas, parece não ouvir. Então Claudio aciona duas vezes as luzes, fazendo-as piscar. Francesca percebe, sorri, tira os fones e corre depressa em sua direção. Entra no carro. Joga-se em cima dele, quase um mergulho em seus lábios.

— Quero você!

É sincera. Ri e se faz de louca, beija-o com força, com desejo, com paixão, suave, lambendo-o, surpreendendo-o como sempre. Como nunca.

— Francesca, onde você se meteu? Estava atrás de você.

— Eu sei. Vi seu número, mas não queria atender.

— Como não queria atender?

— Não pode se acostumar. Eu sou a música e a poesia, livre como o mar, como a lua e suas marés.

E, dizendo isso, Francesca começa a tirar a camisa dele e beija seu peito. Depois, desabotoa seu cinto e continua beijando-o, e o botão, o zíper, depois mais embaixo, ainda mais embaixo, até afastar a cueca e avançar, sem medo, sem problemas, como a lua e suas marés. Isso é uma marejada, pensa Claudio, e olha em volta, deslizando para baixo no banco, escondendo-se o máximo que pode. Se o pegarem agora, não vai colar a história do cigarro e do descanso. Atos obscenos em lugar público. A única certeza é que não há nem rastro de problemas com desempenho. Só espera que Raffaella não ligue nesse momento para saber como vai a partida de bilhar, não saberia o que dizer. É uma partida maravilhosa. Claudio fecha os olhos e relaxa. Sonha com um pano verde e com as bolas que vão para a caçapa, uma após a outra, sem sequer encostar nelas, como em um passe de mágica. E então, por último, vê a si mesmo sobre esse pano. Rola docemente, escorrega, para cima e para baixo, até desaparecer dentro do último buraco do fundo... Oh, sim, que jogo!

Francesca sai de baixo do painel.

— Ande, vamos! — Pega-o pela mão e o tira do carro sem nem fechar o vidro. Claudio, a duras penas, consegue fechar a calça e acionar o alarme do Mercedes de longe. Que importa? Afinal, por 4 mil euros... Mas com o Z4 seria diferente. Esse, sim, é um sonho. Exatamente como ela, como Francesca, que cumprimenta o porteiro.

— Boa noite, Pino, o dezoito, por favor.

— Claro, boa noite! — Mal dá tempo ao porteiro de responder. Francesca lhe rouba as chaves da mão e empurra Claudio para dentro do elevador.

— Temos que ter cuidado.

Francesca ri e o faz calar, beijando-o, sem nem querer ouvi-lo.

— Ssshhh, silêncio!

Mas não pode imaginar em quê Claudio está pensando. Já fizemos no carro; poderíamos ir simplesmente tomar um sorvete ou uma cerveja, ou até um *prosecco*, sei lá. Mas e o desempenho? Claudio sente que está se excitando de novo. Tenta afastá-la.

— Francesca...

— Sim, meu tesouro!

— Por favor, nunca comente com ninguém, viu? Nem mesmo com as pessoas que você ache que nunca vão me conhecer.

— Comentar o quê?

— De nós.

— Nós, quem? Não sei do que está falando. — Ri e o beija outra vez. — Vamos, já chegamos.

Arrasta-o pelo corredor, e Claudio quase tropeça. Segue-a e, por fim, se deixa levar, balançando a cabeça. Enquanto caminha, olha a bunda dela. É muito "brasileira": dura, forte, alegre, viva, dançarina, louca. Imagine se vai ter problemas de desempenho! O que tem é vontade de marejada, de cavalgar as ondas, de fazer surfe, perder-se nesse mar brasileiro... Um último lampejo.

— Sabe o que foi? É que minha mulher descobriu que comprei um taco de bilhar.

— E daí?

— Eu disse que era um presente para uma pessoa que conheço.

— Muito bem, viu? Acha que ela vai lembrar daquela noite em que você jogou bilhar e nos conhecemos? Passou-se muito tempo, o que ela pode saber? Além disso, aquele lugar já fechou, por isso, agora estou na Casilina.

— Não, você não entendeu. Não é que ela saiba, é que é adivinha!

— Então, vamos ver se adivinha o que vou fazer agora mesmo.

E, dizendo isso, abre a porta, empurra Claudio para dentro e fecha o quarto dezoito. Claudio acaba na cama, e ela pula em cima dele, dona, selvagem, mais além da lua e das marés. Claudio se esquece de todas as preocupações, incluindo em que local está. Deixa-a agir. E tem uma única certeza: não, isso nunca ninguém teria adivinhado, nem mesmo sua mulher.

Quarenta e seis

— Então, vamos entrar?

— Claro, por que não?

— Acho que não vão nos deixar entrar. Veja, tem uma lista ali.

— Eu conheço o pessoal do Follia.

— Nossa, você conhece todo mundo.

— O.k., se estiver a fim, podemos entrar na fila e pagar. Afinal de contas, a festa é por conta do meu irmão.

— Coitadinho! Mesmo que seja rico, não dilapide sua fortuna.

Uma garota sai empurrada por trás. Os dois leões de chácara só têm tempo de levantar a corrente. Uma espécie de energúmeno de cabelo comprido sai atrás dela e lhe dá outro empurrão.

— Mexa-se, estou de saco cheio de você!

A garota tenta dizer algo, mas não dá tempo. Outro empurrão interrompe suas palavras e ela cai em cima do capô de um carro estacionado. O sujeito, suado, cabelo com gel, põe a mão no rosto dela.

— Eu vi você olhando para aquele loiro!

Gin não consegue falar e observa incrédula o que acontece. O touro furioso fecha a mão, transformando-a em um punho raivoso, e range os dentes; tem cara de louco.

— Eu já lhe disse mil vezes, puta nojenta!

E, sem piedade, soca-a no peito.

A garota se dobra ao meio e leva os braços ao rosto, cobrindo-se assustada. Gin não pode se conter e explode; parece fora de si.

— Pronto, já chega! Pare de uma vez por todas!

O sujeito se volta para nós, aperta os olhos e olha fixamente para Gin, que o observa com desprezo.

— E você, que caralho quer?

— Que a solte, porco repugnante!

Ele dá um passo em direção a ela, mas não lhe dou tempo. Puxo-o pelo braço e mantenho Gin atrás de mim.

— Ei, calma! Sua cena a está incomodando, o.k.?

— E você? Que caralho há com você?

Fico um instante em silêncio, tento contar até dez; não quero confusão. É meu primeiro encontro de verdade com Gin. Não me parece o momento certo.

O sujeito diz:

— E então?

Afasta as pernas. Está pronto para brigar. Que saco. Os dois leões de chácara se metem no meio.

— Calma, já chega!

Parecem preocupados. Que estranho. Não me conhecem. Talvez conheçam o sujeito. É grandalhão, durão. Devem ter medo dele. Está nervoso, furioso, é ruim. Não parece lúcido. A raiva às vezes ofusca e faz perder a calma, a frieza. O mais importante. De qualquer maneira, é um cara enorme.

— Calma, Giorgio. Eu não disse nada. Ele está brigando com a namorada na frente de todo mundo e pode ser que alguém...

Eles o conhecem. Isso não vai acabar bem.

— Pode ser, não. É! Ele está massacrando essa pobre garota.

Gin não consegue manter a boca fechada. E continua, piorando cada vez mais:

— Você se acha muito valente? Pois, para mim, parece um imbecil.

Os dois seguranças empalidecem. Olham para mim como quem diz "Como vamos ajeitar isso agora?". O touro parece ter ouvido. Está atônito, sem palavras; balança a cabeça aturdido, como se essas palavras fossem um soco no meio da cara, uma capa vermelha agitada na praça. Atrás dele, a garota esfrega o peito, chora e funga. Parece que não consegue respirar direito, seu peito vai para cima e para baixo com uma estranha assincronia nesse grande silêncio que se criou.

— Ei, Step, o que está acontecendo? Vamos, entrem. Você sumiu! Conte-me...

Volto-me; é o Bailarino. Ele está sempre aqui, no Follia, nunca se afastou.

— Quando voltou?

— Há mais ou menos um mês.

— E nem ligou! Vamos, entre, temos uma festa aqui hoje, estamos cortando um bolo delicioso. Pegue um pedaço para você e para sua garota. É uma delícia, doce e ainda por cima grátis, que tal?

— Minha garota?

— Não, o bolo!

Ri e começa a tossir. Será que os mil cigarros apagados e adormecidos em seus pulmões também se divertem com sua absurda tirada?

Vou entrar, seguido de Gin e dos dois seguranças, mas na realidade é como se ainda olhasse para trás. É como se meus olhos não o perdessem de vista. Estou com os ouvidos aguçados, os sentidos em alerta, em guarda. Efetivamente, não havia me enganado. Três passos velozes atrás de mim, um ruído de sapatos estranho e, por instinto, dobro-me para a frente girando sobre mim mesmo. Chega como uma fúria. O touro furioso afasta com os ombros os dois seguranças e vem para mim, mas eu me afasto. Acerto-o de lado, pela esquerda, e o sujeito acaba na parede. Grita e, veloz, volta-se para mim. Está com o rosto manchado do pó da parede amarela misturado com os arranhões. Um pouco de sangue começa a escorrer do olho esquerdo, de cima da sobrancelha. Está prestes a voltar a atacar. Mas ele não espera minha reação. Pulo para a frente, acertando-o com a direita, muito rápido, dentre outras coisas, porque ele é enorme e é a única coisa que posso fazer. Dou-lhe no meio da cara, no nariz e na boca. Leva as mãos ao rosto. Não perco tempo e lhe dou um pontapé no saco, melhor que qualquer chute que já dei em um jogo de futebol. Bum! Amolece e desaba, e, por instinto, acerto-o assim que toca o chão. Na cara. Um pontapé forte, surdo, definitivo. Mas o sujeito é durão. Poderia se recuperar. Então, vou chutar outra vez e...

— Chega, Step, o que você tem com isso? — Bailarino me puxa pela jaqueta. — Venha comer bolo antes que acabe.

Ajeito a jaqueta e respiro profundamente duas vezes. Sim, já chega. O que houve comigo? Que me importa esse bronco?

Ali está ela, um instante depois, a vejo. Está olhando para mim em silêncio, Gin. Tem um olhar... não sei como defini-lo. Talvez não saiba o que pensar. Sorrio tentando quebrar o gelo.

— Quer um pouco de bolo? — Concorda sem responder. Sorrio.

Gostaria que esquecesse que existe gente assim. Mas Gin ainda acredita em tantas coisas... Percebo que vai ser difícil. Então a sacudo, abraço-a, empurro.

— Vamos!

E finalmente sorri. Deixo-a passar. Levo-a pela mão, com elegância, talvez um pouco desconcertada por tudo que aconteceu, e a ajudo a passar por cima do sujeito que continua no chão.

Quarenta e sete

Raffaella para o carro no pátio do edifício. Sua garagem está aberta. Claudio ainda não voltou. Olha o relógio: é meia-noite. Isso significa que a partida de bilhar foi longa. Bom, se isso trouxer trabalho, tudo bem. Fecha o carro e olha para cima. A luz do quarto de Babi ainda está acesa. Raffaella se dirige para a portaria. Não sabe por que, mas ultimamente não consegue ficar totalmente serena, talvez pense demais. Alfredo ainda está escondido no jardim, atrás de um arbusto. Ao vê-la, dá um passo para trás e se esconde na vegetação, na escuridão do jardim. Raffaella ouve o *crac* de um galho. Vira-se de repente.

— Alguém aí?

Alfredo quase para de respirar. Está imóvel, paralisado. Raffaella procura frenética as chaves na bolsa, encontra-as, abre a porta e a fecha depressa depois de entrar. Alfredo relaxa. Suspira aliviado e volta a respirar. Não, não pode continuar assim. Mas, se a notícia for verdadeira, nada pode continuar como está.

— Babi, você está aí? — Raffaella vê a porta encostada e um facho de luz saindo do quarto. — Posso entrar?

Babi está na cama, folheando umas revistas.

— Olá, mamãe. Desculpe, não ouvi você chegar. Veja, escolhi estes, gosta?

Mostra-lhe algumas fotos.

— Muito. Acabo de levar um susto enorme. Ouvi um barulho no meio das plantas, ao lado da portaria.

— Ah, não se preocupe, é Alfredo.

— Alfredo?!

— Sim, há dois dias se esconde, à noite, ali atrás.

— Mas ele não pode fazer isso, assusta as pessoas. Além disso, na próxima semana, vou dar um jantar aqui em casa. Muitos dos convidados o conhecem, o que vão pensar se o virem ali?

— Tanto faz — mas, ao ver que Raffaella continua preocupada, Babi prossegue: — O.k., se na semana que vem ele continuar ali, vou falar com ele, está bem, mamãe? — Mostra-lhe outra revista. — Veja, Smeralda me ajudou a escolher. Vamos pegar estes: espigas e sementes, que dão sorte, o.k.?

— Sim, mas...

— Não, mamãe. Você saiu e foi jogar, eu sei. Chega, já decidi, o.k.? Senão, não vamos sair do lugar. Por favor, estou preocupada, acho que ainda está tudo indefinido, por favor!

Raffaella olha para ela e sorri.

— O.k., Babi, acho perfeito.

Babi vê sua mãe relaxar, ficar mais tranquila.

— Sério?

— Sim, sério.

— Não está dizendo isso só para eu ficar contente?

— Não, realmente, são os mais bonitos.

Babi está radiante. Raffaella decide se dar um presente também.

—Babi, queria lhe perguntar uma coisa.

— Sim, diga.

— Você se lembra daquela vez, que papai tinha que se encontrar com Step, em que teve que lhe pedir para que deixasse de vê-la?

— Mamãe, ainda está pensando nessa história? Já se passaram mais de dois anos, estamos decidindo algo muito importante e você ainda pensa nisso!

— Eu sei, eu sei, mas não estou pensando, é só uma curiosidade. Lembra se aquela noite, por acaso, jogaram bilhar?

— Sim, claro que lembro, e ganharam! Acho que duzentos euros.

— E com quem estavam?

— Como, com quem estavam?

Babi olha para sua mãe. Acha-a estranha, absorta. Sorri balançando a cabeça.

— Mamãe, você acha que com essa idade tem que ficar com ciúmes? Vamos, mamãe!

— Desculpe, você tem razão. É que seu pai comprou um taco de bilhar há pouco tempo, mas parece que foi para dar de presente a alguém.

— Então, o que há de mal nisso? Além do mais, aquele lugar já fechou!

Com a notícia, Raffaella fica mais tranquila.

— O.k., você tem razão. Bem, mostre-me as outras coisas bonitas que você escolheu.

Abre a revista, e Babi mostra suas preferidas.

— Veja, gosto demais dessas, mas acho que são caras.

Exatamente nesse momento, Daniela aparece na porta.

— Mamãe, tenho que falar com você.

— Nossa, não ouvi você chegar, você me assustou. Hoje é meu dia! De qualquer maneira, agora não dá, Daniela, estamos decidindo coisas importantes.

— Acho que o meu caso é muito mais importante. Estou grávida!

— O quê? — Raffaella se levanta da cama, seguida de Babi. — Isso é alguma brincadeira?!

— Não, é verdade.

Raffaella leva as mãos à cabeça e anda para cima e para baixo pelo quarto. Babi desaba na cama.

— Justo agora...

Daniela olha para ela.

— Justo agora, justo agora... Quer parar? Desculpe se escolhi uma hora ruim!

Raffaella se aproxima dela e a chacoalha.

— Como aconteceu uma coisa dessas? Eu nem sequer sabia que você saía com alguém! — Percebe que a está tratando com muita dureza. Então, deixa cair os braços e lhe faz um carinho. — Você me pegou desprevenida. Quem é ele?

Daniela olha para sua mãe e depois para Babi. As duas esperam a resposta. Estão de boca aberta, naquela espera espasmódica, exatamente como Giuli ficou. Mas elas vão aceitar melhor, tenho certeza. Pelo menos, minha mãe. Giuli vai se surpreender com a reação delas, eu sei.

— Então, mamãe, veja... há um pequeno problema... quer dizer, para mim, não é nenhum problema, e espero que não seja para vocês também.

Exatamente nesse momento, Claudio acaba de entrar no apartamento. Viu o carro de Raffaella e o de Babi estacionados, e a Vespa também. Estão todas em casa. Já deveriam estar dormindo. Sua noite foi perfeita... mais que isso, muito diferente do *Desafio à corrupção*. Foi a mais linda partida de bilhar de sua vida. Mas não tem tempo de acabar de pensar; um grito quebra sua noite. Um grito na noite, uma sirene, um alarme. Pior: o grito de Raffaella. Claudio examina todas as possibilidades: ligaram do hotel porque fizemos muito barulho; uma amiga dela que a odeia nos viu e lhe contou tudo; colocou um detetive atrás de nós e ele acaba de lhe entregar as fotos... Não lhe ocorre nada mais além de fugir. Tarde demais, Raffaella o vê.

— Claudio, venha logo, venha aqui! — Raffaella continua gritando feito possessa. — Venha saber o que aconteceu!

Claudio não sabe o que fazer. Obedece, totalmente dominado por esse grito que neutraliza qualquer possível reação sua, toda certeza ou toda tentativa de defesa.

— Quer saber o que aconteceu? Daniela está grávida!

Claudio suspira aliviado. Olha para ela. Daniela está calada. Com o olhar baixo. Mas Raffaella não para.

— E espere, espere! A coisa não acaba aqui! Quer ouvir tudo? Está grávida e não sabe de quem!

Então, Daniela levanta os olhos e olha para seu pai, implorando qualquer tipo de perdão, um pouco de amor, solidariedade de qualquer tipo. Depois para Babi, que olha desdenhosa para sua irmã, pensando que ela decidiu deliberadamente arruinar seu momento. E do outro lado do quarto está Raffaella. Ela também espera algo de Claudio. Um bofetão, um grito, uma reação qualquer. Mas Claudio está completamente vazio. Não sabe o que dizer, o que pensar. Em parte, se sente aliviado. Por um instante, temeu ser descoberto. Então, decide sair dali, embora tenha certeza de que vai pagar por isso durante muitos anos:

— Eu vou dormir. Desculpem, mas também perdi no bilhar.

Quarenta e oito

Música. Primeira sala. Gente que entra, gente que sai, gente que brinca, gente que bebe, gente que ri. Garotos que tentam se fazer ouvir, garotas que ouvem e, de vez em quando, uma gargalhada. Gente imóvel, gente que olha, gente que espera, gente que pensa sabe-se lá o quê.

Segunda sala.

Um estranho DJ, muito normal para ser realmente um, põe música boa. Todos dançam e é difícil abrir caminho. Um ou outro exibicionista subiu em um balcãozinho. Em outros, abandonados ao acaso não se sabe por qual arquiteto, umas garotas dançam. Uma está nua. Uma mulher marinheira. Uma vestida só de redes, outra, de militar. Bonitas. Pelo menos parecem. Mas às vezes a música e as luzes aprontam. Bailarino abre caminho, empurra com gentileza outros bailarinos menos musculosos que ele, mas talvez com mais ritmo. Pouco a pouco, avançamos nessa espécie de trincheira humana.

Alguns vips suficientemente desconhecidos estão sentados em um sofá no mezanino. Na entrada desse pequeno ringue, um sujeito vigia para que ninguém entre nesse paraíso particular. Ou, talvez, para que esses poucos vips que entraram não vão embora antes de certa hora. Bailarino nos traz dois pedaços de bolo.

— Walter já vai lhes dar uma mesa e duas taças de champanhe. Desculpe, Step, mas tenho que voltar para a entrada.

Pisca para mim e sorri. Tenho que dizer que melhorou. Não recordava que tivesse essa estranha ironia.

Ficamos assim, no meio do salão, com os dois pedaços de bolo na mão. Com o garfo de plástico, Gin, em um estranho equilíbrio, tenta comer um pouco.

— O que foi? Está chateada?

Ela sorri.

— Não, por quê? Aquele sujeito era um imbecil. Se eu pudesse, também o teria derrubado. Mas, talvez, com menos violência.

Olho para ela e fico sério. Ela me inspira ternura. Tento ser gentil.

— Às vezes, não se pode escolher. Então, é melhor se conter, fingir que não aconteceu nada. Mas, nesse caso, foi você quem escolheu.

— E não fiz bem?

— Claro. Estou começando a lhe conhecer. Só sei que, para sair com você, tenho que estar em forma.

— Você acha que isso vai lhe servir de lição?

— Acho que não, mas eu não podia fazer outra coisa. Talvez ele estivesse doidão de coca. Não dá para falar com gente assim. Ou ele ou eu. Com quem queria comer este bolo?

Pega depressa outro pedaço.

— Está gostoso.

Sorri, comendo com gosto. Está com a boca cheia e mal se entende o que diz.

— Quero comê-lo com você.

Chega Walter, um sujeito de uns 40 anos, camisa branca e um ou outro enfeite supérfluo e extravagante. Parece saído do século 18 francês.

— Isso é para vocês.

Deixa em cima da mesa duas taças de champanhe. Eu deixo o bolo e bebo a minha. Gin também bebe a sua de um gole só. Pegamos outras de uma garota que passa com uma bandeja. Gin bate a sua sem querer e quase a derruba, mas a pego no ar. Estou um pouco bêbado, mas ainda lúcido.

— Vamos.

Pego-a pela mão e a levo para a saída de emergência. Em um instante, estamos na rua. Vento noturno, vento leve, vento de outubro. Algumas folhas pelo chão e pouca coisa mais. Olho a minha volta. Não muito longe, está a entrada do Follia, e o sujeito ainda continua caído no chão. Agora está apoiado nos cotovelos, enquanto sua namorada permanece na frente dele, olhando-o com as mãos na cintura. Quem sabe o que está pensando... Talvez, no fundo, esteja satisfeita por alguém ter batido nele desse jeito. Claro que não pode deixar que notem. Talvez as coisas entre os dois mudem. Talvez, sim, talvez... É difícil. Mas não me importa muito. Ela escolheu, não eu.

— Posso saber em que está pensando? Não me diga que ainda está se deleitando com a surra que deu no cara. Foi só azar, você disse. Ou ele ou você. Questão de segundos. E ele arrancou depois. Você o pegou desprevenido. Em um confronto normal, não sei como teria acabado.

— O que não sei é como você vai acabar se não parar. Entre no carro, ande.

— E agora, para onde vai me levar? Já comemos a sobremesa, e, além de tudo, de graça.

— Falta a cereja.

— Que seria...

— Você. — Aumento o volume da música para que Gin não possa responder, ponho no máximo e dou sorte. — "*Un'altra come te ma neanche se l'invento c'è... Mi sembra chiaro che...*" (Outra como você, mas mesmo se não tiver sido inventada... Parece claro que...)

Gin sorri balançando a cabeça. Consigo pegar sua mão e levá-la aos lábios. Beijo-a docemente. É suave, fresca, está perfumada. Vive uma vida própria, apesar de tudo que já tocou. E a beijo de novo. Só com os lábios, entre seus dedos. Cheirando, esfregando, escorrendo, sem frear, deixando-me levar, caindo. Vejo que fecha os olhos, abandona a cabeça para trás no encosto. Agora, até o cabelo está abandonado. Viro sua mão e beijo a palma. Pega meu rosto docemente enquanto respiro em suas linhas. A vida, o destino, o amor. Respiro devagar sem fazer barulho. De repente, ela abre os olhos e olha para mim. Parecem diferentes, cristalinos, levemente embaçados por um véu leve. Felicidade? Não sei. Olha para mim de soslaio na penumbra. Seus olhos também parecem sorrir.

— Olhe para a rua — me repreende.

Eu obedeço e pouco depois volto a cabeça para baixo, para o rio, junto ao Tibre, entre os carros, entre os outros, veloz, com a música e sua mão na minha, que de vez em quando se move, bailarina, convidada sabe-se lá para qual dança. O que estará pensando? E se eu adivinhar, qual será sua resposta? Sim, não... É como uma partida de pôquer. Ela está ali, na minha frente. Olho para ela um instante. Seus olhos, levemente semicerrados, sorriem de baixo, doces e divertidos. Será um sim? Será um não? É cedo demais? Nunca é cedo demais. Para essas coisas não existe tempo. Como é bom ficar na expectativa como ela. Uma pequena mulher na janela que está ali, olhando para mim, pensa, argumenta, diverte-se. Ri desse jovem que caminha embaixo de sua varanda, que não sabe o que fazer, que finge que nada está acontecendo, que simplesmente sorri ou pede a ajuda de uma trança para subir. Bendita sorte sua, que pode esperar meus movimentos.

— Minha cabeça está girando.

Sorri enquanto diz isso. É uma pequena justificativa, caso acontecesse alguma coisa? Ou é uma grande justificativa porque já sabe que alguma coisa está acontecendo? Talvez simplesmente queria me dizer que sua cabeça está girando. Simplesmente. Mas o que é fácil? Nada que valha a pena. Quem disse isso? Não me lembro. Estou me enroscando, rodeios complexos e complicados, reflexões extremas para ver as possibilidades reais. Que porcentagem de sucesso tenho? Chega, caralho. Não gosto de pensar nisso.

— A minha também.

É minha resposta. Simplesmente. Gin aperta um pouco mais forte minha mão, e eu, estupidamente, vejo nisso um sinal. Ou talvez não. Que saco! Bebi demais.

Aventino. Uma curva, e pego a subida. Este carro anda que é uma maravilha. Meu irmão vai ficar contente porque o encontrei. Tenho vontade de rir. Ela olha para mim, eu me viro e percebo.

— O que foi? Em que está pensando?

Gin, com as sobrancelhas um pouco baixas, de olhar meio franzido. Gin, preocupada.

— Nada, coisas de família.

Gianicolo. Jardim botânico. Paro, puxo o freio de mão e saio do carro.

— Aonde você vai?

— Não se preocupe, volto logo.

Pega a porta, esticando-se para o meu lado, e se tranca por dentro. Gin, serena. Gin, precavida. Olho a minha volta. Nada. Perfeito, ninguém. Um, dois... e três. Pulo a grade e já estou dentro. Avanço em silêncio. Perfumes suaves, perfumes mais fortes, um pouco picantes. Futuras colônias que ainda não existem. Destilados em frasquinhos, essências caras. Ali, ali está minha presa. Escolho-a instintivamente, pego-a com cuidado e a arranco devagar, sem maltratá-la. Um desejo que sempre tive e que agora... Agora você é minha. Um, dois, três passos e estou fora outra vez. Olho a minha volta. Nada. Perfeito, ninguém. Volto para o carro. Gin me vê de repente. Assusta-se, e depois abre a porta.

— Onde você se meteu? Eu me assustei.

Então, abro a jaqueta, mostrando-a. Como uma vela que se incha de repente em mar aberto. E em um instante, todo seu perfume inunda o carro. Uma orquídea selvagem. Surge assim, em minhas mãos, com um simples gesto, mais próprio de um prestidigitador do que de um ladrão alucinado.

— Para você. Uma flor para uma flor, diretamente do jardim botânico.

Gin a cheira e mergulha no miolo da orquídea selvagem para respirar o perfume mais intenso. Ela, mulher jovem mergulhando, aparece de novo entre essas grandes pétalas. Faz-me lembrar um desenho animado: Bambi, isso mesmo, Bambi. Esses olhos grandes, brilhantes, emocionados, que aparecem atrás das pétalas delicadas da flor. Olhos assustados e incertos sobre um futuro próximo. Não um qualquer, mas o seu.

Primeira, segunda, terceira, e já estamos de novo em marcha. Pequenas curvas e uma subida. Desvio de uma valeta que nos obrigaria a parar e estaciono um pouco mais longe. Capitólio.

— Venha!

Faço-a descer do carro e ela me segue encantada.

— Sabia que...

— Ssshh! Fale baixo, mora gente aqui.

— O.k., está bem. Eu ia dizer que à noite não celebram casamentos aqui. Além disso, ainda não falamos sobre o assunto. Mas eu quero o de conto de fadas, já disse.

— Como seria?

— Vestido branco, um pouco decotado, um buquê de flores variadas e uma bonita igreja no campo, não, melhor, à beira do mar.

Ri.

— Viu como ainda está indecisa?

— Por quê?

— No campo ou na praia?

— Ah, achei que dizia que estava indecisa quanto a me casar com você.

— Não, quanto a isso, está muito decidida.

Atraio-a para mim e tento beijá-la.

— Presunçoso e pouco romântico.

— Por que pouco romântico?

— Não se fazem perguntas indiretas. Ha, ha!

Finge rir e escapa de meus braços, como um peixe que pula de minha rede e vai embora veloz, dobrando a esquina. Persigo-a. É um instante. Estamos na Piazza Campidoglio. Luz mais alta. Uma estátua central com uma placa. Naturalmente, estão fazendo obras. Paramos perto, mas separados. Tudo parece lindo, principalmente ela. Sua cabeça surge de trás da estátua.

— O que foi? Não consegue me pegar?

Saio correndo, e ela desaparece de novo atrás da estátua. Corro para o outro lado e, bum, pego-a. Ela grita.

— Não... Não, pare!

Levanto-a do chão e a levo, estilo Rapto das Sabinas ou algo parecido. A caminho da luz, a caminho do centro. Acabamos embaixo dos pórticos, na penumbra. Devolvo-a ao chão e ela ajeita a jaqueta, cobrindo a barriga, lisa e compacta, levemente descoberta. Toco seu cabelo e o afasto de seu rosto, levemente corado pela corrida, por alguma preocupação secreta ou quem sabe o quê. Seu peito sobe e desce depressa, e pouco a pouco reduz a velocidade.

— Seu coração bate forte, hein?

Minha mão em sua cintura. Embaixo da jaqueta, embaixo da camiseta, leve, quase como um simples arrepio em sua pele. Ela fecha os olhos, e eu, pouco a pouco, subo pelas laterais, para cima, nas costas. Abro a mão e a atraio para mim, abraçando-a, estreitando-a contra mim, beijando-a. Atrás de nós uma coluna mais baixa que as outras, de diâmetro maior. E ela se deixa levar. Seu cabelo e suas costas perdidos nessa base tão antiga, desgastada pelo tempo, de veios desbotados, de mármore poroso já cansado, quem sabe quantas coisas que já viu. Abraça minha cintura com as pernas, apertando-me em uma mordida suave, balançando para a direita e para a esquerda. E eu me deixo levar, enquanto minhas mãos naufragam tranquilas em sua cintura, sua calça, seus botões. Sem pressa, sem... Sem libertar nada. Sem desespero. Por enquanto. De repente, Gin se volta para a esquerda e arregala os olhos.

— Há alguma coisa ali!

Assustada, decidida, talvez um pouco constrangida. Olho melhor para a sombra, ainda tonto pelos suaves eflúvios do amor.

— Não é nada. É um mendigo.

— E isso não é nada? Você está louco.

Levanta-se decidida. E eu, que não ouvi nada, e principalmente que não tenho vontade de discutir, pego-a pela mão. Ajudo-a. Vamos embora assim, deixando essa meia coluna antiga e essa figura mais ou menos presente esquecidas na sombra. Como em um labirinto, avançamos por entre a vegetação oculta e as luzes mais ou menos difusas do Fórum romano. Embaixo de nós, na distância, antigas colunas, vigas e monumentos. Um caminho que serpeia da Piazza do Campidoglio. Varandas com pequenos parapeitos, pedras pelo chão, vegetação bem cuidada, matagais selvagens. A nossa volta, tudo está mais abaixo, em outra profundidade.

Assim, suspensos no vazio dessas ruínas, sob um murinho, em um cone de sombra perfeitamente projetada, um banco escondido. Gin, agora mais tranquila, olha a sua volta.

— Aqui ninguém pode nos ver.

— Você pode me ver.

— Se quiser, fecho os olhos.

Não diz sim nem não. Não diz nada. Mas respira perto de minha orelha enquanto se deixa despir. Fora a jaqueta, fora a camiseta; em desordem, caem do banco em uma sombra ainda mais escura. Fora os sapatos, fora as calças. Cada um tira algo do outro. Paramos. Ela está em frente a mim e cobre os seios com seus braços, as mãos nos ombros, filetes da luz da lua em seus cabelos, coberta mais embaixo apenas pela calcinha. Não acredito. Ela, Gin. A mesma Gin que queria me roubar vinte euros.

— Está me olhando?

— Você não disse que não era para olhar. Mas está enganada, estou de olhos fechados.

De algum lugar, ou de alguma janela aberta, se ouvem as notas de um aparelho de som na distância. "*Won't you stop me, stop me, stop me...*" (Você não quer me parar, me parar, me parar...) Não, você não quer, Gin. Até o Planet Funk sabe.

— Como você é mentiroso.

E estica os braços, deixando-se olhar, sorrindo. Aproxima-se com as pernas meio abertas. E fica assim, olhando para mim.

— Ouça...

— Ssshh... Não diga nada.

Beijo-a e, pouco a pouco, tiro sua calcinha.

— Não, quero falar. Em primeiro lugar, você trouxe... aquilo... o necessário?

— Sim, trouxe — rio. — Está aqui.

— Viu? Eu sabia! Está no bolso ou na carteira? Comprou antes de passar para me pegar? Porque talvez você já tivesse certeza de que a noite acabaria assim! Bom, se quiser, não usamos.

— Diga a verdade: com certeza, você adoraria ter um bebê lindo, bonito, inteligente e forte como eu.

— Com licença, mas de mim não teria nada?

— O.k. E com algum defeito seu.

— Como você é bobo. Brincadeiras à parte, trouxe ou não trouxe?

— O.k., na verdade, antes não tinha.

— Sim, mas agora tem? E quem lhe arranjou? O mendigo?

— Não, o Bailarino, meu amigo do Follia. Aproximou-se, colocou-a em meu bolso e disse...

— Disse o quê?

— Boa sorte. É realmente bonita, mas acho que não vai conseguir.

— Como você é mentiroso!

— É verdade! Bom, não usou exatamente essas palavras, mas o significado era mais ou menos esse.

— O.k. E outra coisa.

— Não, agora chega de falar.

Atraio-a para mim. Beijo seu pescoço, ela joga o cabelo para trás e eu, pequeno vampiro, continuo lambendo-a enquanto a saboreio, seu perfume, sua respiração. Minha mão parece avançar sozinha, por seus quadris, por sua cintura, entre suas pernas, em sua fonte de calor. Sinto-a suspirar devagar, depois levemente mais depressa, enquanto se agita em meus braços quase dançando, docemente, para cima e para baixo, sem pensar, sem falsos pudores, sorrindo, abrindo os olhos, olhando para mim, com uma tranquilidade e uma serenidade que me fazem sentir constrangido. E, como se não bastasse, quando desloco a mão para pegar nossa segurança...

— Deixe, eu quero pôr.

— Eu tenho que pôr.

— Eu sei, imbecil. Quer saber quantas já coloquei? Espere, deixe-me pensar...

— Não quero saber.

— Esta é a décima sexta que coloco.

— Ah, ainda bem.

— Por quê?

— Se fosse a décima sétima, eu me preocuparia, dá azar!

Não me convence, mas faz que me divirta. Abre-a como se fosse uma bala, tenta com as unhas, mas não consegue, leva-a à boca, dessa vez com malícia.

— Fique tranquilo, não vou comê-la.

Um puxão decidido e está ali, em suas mãos. Vira-a várias vezes, sorrindo.

— É ridícula!

É tudo o que diz. Depois move a cabeça para mim.

— E agora?

Nu, estico as pernas e ela me acaricia devagar, para cima e para baixo, e coloca a camisinha tranquila.

— Está certo?

— Perfeito!

Não digo mais nada. Agora, astronauta perfeito dessa viagem entre conjunções astrais sob um céu estrelado, em cima de uma mulher encantada, entre ruínas do passado e no prazer do presente.

Galáxia. Espaço. Natureza. Perfumes. Nada selvagem. Um pouco de resistência, talvez demais. É estranho. Avanço enquanto ela fecha os olhos.

— O banco está gelado.

Mas se deixa ir, esticando completamente as costas, e levanta um pouco as pernas, ajudando-me.

— Ai...

— Dói?

— Não, não se preocupe.

Não se preocupe. Não acredito, eu, Gin, estou fazendo... Fico em silêncio, suspensa, ouvindo a energia que flui sobre mim, embaixo de mim, dentro de mim. Neste momento decisivo, tão importante para minha vida, único, para sempre. Nunca poderei apagá-lo. Minha primeira vez. E eu escolhi você, escolhi você. Parece aquela canção. Mas não é. É a realidade. Estou aqui, eu, neste momento. E Step. Eu o vejo, sinto. Está em cima de mim. Abraço-o, aperto, aperto forte, mais forte. Tenho medo, como sempre que se faz algo que não se conhece. Mas é um medo normal, mais que normal. Ou não? Que saco, Gin, agora não é hora de todas as suas obsessões, as cenas que você cria, enfim, tudo... Foda-se, Gin, o que está fazendo? Gin Sábia e Gin Selvagem... Onde estão? Nada, foram para o caralho. Não pode ser! Elas também! Que brincadeira! Eu as odeio, não. Que a terra me engula. Estou com medo, socorro. Fecho os olhos, respiro, suspiro, de qualquer jeito, gosto. Estou apoiada em seu pescoço, em seu ombro, e já não estou tensa, já não estou preocupada. Em silêncio, assim, levada, abandonada, naufragada. E eu gosto. Sinto. Sinto suas mãos, sinto que me toca inteira, que me tira até as últimas peças de roupa, docemente, quase sem que eu perceba. E agora, o que está fazendo? Não, socorro. Está entrando. Nossa, que palavra, não quero nem pensar. Não quero estar aqui pensando, vendo-me de fora, me examinando, desdobrando-me, com essa mente que continua falando, dizendo... Oh, o que você quer? Chega, solte-me! Não! Quero relaxar. No berço de seu amor, nesse mar, no desejo, lentamente deixar-me levar por suas correntes. Perdida. Sim, sem pensamentos. Perder-me assim em seus braços... Agora, assim.

Sinto-a ainda tensa, não, está relaxando. Um último movimento acompanhando a tempo uma música que não se ouve, mas ainda mais bonita talvez por isso. Corações e suspiros.

Um repentino silêncio. Agora, Gin, ele vai gozar. Sinto o perfume de sua respiração, de seu desejo. E busco a boca de Step, seu sorriso, seus lábios. Encontro-os e quase mergulho neles para me esconder, para me encontrar, em um beijo mais longo, mais profundo, mais envolvente, mais... Mais tudo.

Um gemido mais forte, e agora ela é minha. É estranho pensar. É minha, minha. Minha hoje, minha agora. Minha neste momento, só minha. Penso: minha. Minha para sempre. Talvez. Mas agora, sim. Agora é amor. Dentro dela. E ainda mais, e outra vez, e ainda mais, sem parar... Agora sorri docemente, sem pensar muito.

Exatamente nesse momento eu o sinto, é ele, está dentro de mim. É só um instante. Um salto, um mergulho ao contrário. Uma dor aguda, um furo na orelha, uma pequena tatuagem, um dente caído, uma flor que brota, uma fruta arrancada, uma queda esquiando. Sim, isso, uma queda esquiando na neve fresca, gelada, branca, que acabou de cair diretamente do céu, é você que está ali, com o rosto levantado, escorregando ainda, rindo, com vergonha, abrindo a boca ainda cheia de neve, você, divertida, você na primeira queda, em seu escorregão. Naquela neve, macia e limpa, assim como eu me sinto neste momento. Finalmente. Está dentro de mim, eu o sinto em meu ventre, socorro, socorro! Que bonito. E sorrio, afasto a dor, volto a sentir, a experimentar, e experimento o prazer, uma pequena mordida... Estou bem, gosto, quero. Como letras na pele, desde hoje, gravadas para sempre dentro de mim.

— Step, quero você.

— O que você disse?

— Não deboche de mim!

— Não, juro, não entendi.

Step continua se movimentando em cima de mim, dentro de mim. Olho nos olhos dele e me perco encantada por seu olhar, por esses olhos que contêm amor, ou talvez não, mas não me pergunto, agora não. Me fala e não entendo, suspira em meu ouvido, e o vento, e o prazer que rouba, que leva suas palavras, e sorri, e ri, e continua se mexendo, e eu gosto, gosto muito, e não entendo, beijo suas mãos, estou faminta e repito:

— Step, quero você.

Mais tarde, não sei quanto mais tarde, Gin me abraça sentada em minhas pernas enquanto tento tirar nossa proteção. Tiro. Um rastro de suave tinta vermelha nos dedos. Não acredito. Marca indelével. Minha... Para sempre minha. Para sempre minha.

— Mas...

— Era isso que eu queria lhe dizer.

— Você nunca havia...

— Não, nunca havia...

— Diga!

— Nunca havia feito amor. Que foi? Sempre há uma primeira vez para tudo, não é? Então, esta foi minha primeira vez.

Fico sem palavras, não sei o que dizer. Talvez porque não há nada a dizer.

Gin se veste. Minha... Olha para mim e sorri dando de ombros.

— Que estranho, não? Entre tantos, e justamente com você. Não vai se sentir culpado, não é? Mas espero que também não saia por aí alardeando.

Põe a camiseta e a jaqueta, sem o sutiã. Ainda não consigo dizer nada. Coloca o sutiã no bolso.

— Além disso, sei lá, deve ter sido a noite. Mas, a partir de amanhã, não pense coisas estranhas: tenho que recuperar o tempo perdido. Dentre outras coisas, porque estatisticamente estou quatro anos atrasada. A maioria das garotas transa com quinze.

Agora já está completamente vestida, na escada, debaixo do poste de luz, enquanto eu acabo de abotoar a jaqueta. Ela ri. Segura, serena, à vontade.

— Mas também é verdade que, hoje em dia, recuperamos certos valores do passado. Digamos, então, que estou no nível intermediário.

Junto-me a ela e andamos. Dessa vez, finalmente em silêncio, dentre outras coisas, porque eu não consegui dizer mais nada. Em um certo momento, ela passa o braço pelas minhas costas. Eu a abraço, estreitando-a contra mim. Seguimos assim, enquanto a respiro. Ela, Gin, ainda perfumada de seu primeiro amor. Minha. Minha. Minha...

— Sabe, Step, estava pensando...

Pronto, eu sabia. Era bom demais! As mulheres e suas reflexões. Acabam sempre estragando até os momentos mais bonitos, os únicos que merecem ser vividos em silêncio. Finjo não estar preocupado.

— No quê?

Apoia a cabeça em meu ombro.

— Tive uma ideia estranha, quer dizer, na realidade, é uma curiosidade. Você não pensou, quem sabe, se desde os tempos da antiga Roma até hoje, alguém já havia feito isso neste lugar?

— Ninguém.

— E como pode ter tanta certeza?

— Certas coisas se sentem, e pronto.

Para e me olha. Seu olhar é muito intenso. E sorri de uma forma...

— Tenho certeza... ninguém. Confie em mim.

Então, apoia de novo a cabeça em meu ombro. Convenci-a de verdade. Talvez pelo modo como falei. Caramba, eu realmente gostaria de saber se alguém já fez isso nesse lugar. Não há como descobrir. Mas, não sei como, até eu estou convencido. Gin volta a falar.

— Então, escrevemos um pedaço da história... a nossa.

Sorri para mim e me dá um beijo na boca. Suave. Quente. Amorosa. Nossa história... Muito mais que vinte euros. Acho que, no final, roubou-me de verdade.

Quarenta e nove

— Pare aqui, freie.

Não penso duas vezes e paro. Rápido, veloz, como ela. Ainda bem que não há nenhum carro atrás. Meu irmão... Quem o aguentaria depois? Claro que sempre poderia culpar o ladrão. Gin desce depressa.

— Venha.

— Aonde?

— Siga-me. Quantas perguntas!

Estamos diante da ponte Milvio, em uma pequena praça junto ao Tibre, de onde sai a Via Flaminia, que chega até a Piazza del Popolo. Gin corre pela ponte e para no meio, em frente ao terceiro poste.

— Chegamos, é este aqui.

— Este o quê?

— O terceiro poste. Há uma lenda sobre esta ponte, a ponte Milvio ou Mollo, como Belli a chamava.

— Agora vai dar uma de culta?

— Eu sou culta! Sobre pouquíssimas coisas, mas sou. Como, por exemplo, esta. Quer ouvir a lenda ou não?

— Antes, quero um beijo.

— Vamos, ouça. É uma história linda.

Gin se volta e suspira. Abraço-a por trás. Ficamos apoiados na mureta e olhamos ao longe. Um pouco mais além, há outra ponte, a da Corso Francia. Perco-me com o olhar. E nenhuma lembrança altera esse momento. Os fantasmas do passado sabem respeitar determinados momentos? Parece que sim. Gin deixa-se beijar. Embaixo de nós, o Tibre, escuro e lúgubre, corre silencioso. A luz fraca do poste nos ilumina levemente. Ouve-se o lento barulho do rio nos diques. Seu curso se quebra de repente em volta das colunas da ponte. A água gorgoleja, levanta, ferve, borbulha. Em seguida, une-se outra vez e segue em silêncio sua corrida rumo ao mar.

— Vai contar ou não?

— Este é o terceiro poste que dá para a outra ponte. Dá para ver?

— Sim. Parece que alguém se enganou na hora de prender a motocicleta.

— O que está dizendo, bobo? É o "cadeado dos apaixonados". Você engancha um cadeado nessa corrente, fecha-o e joga a chave no Tibre.

— E depois?

— Nunca perde seu amor.

— E quem inventou essa história?

— Não sei. Existe desde sempre.

— Você debocha de mim porque não a conheço.

— É verdade. Acontece que você tem medo de pôr um cadeado.

— Eu não tenho medo.

— Isso é de um livro de Ammaniti.

— Ou de um filme de Salvatores.

— De qualquer maneira, você tem medo.

— Já disse que não.

— Claro que tem, e fala assim porque não temos um cadeado.

— Fique aqui, não se mexa.

Volto em um minuto com um cadeado na mão.

— De onde tirou isso?

— É do meu irmão. Tem um cadeado e uma corrente para bloquear o volante.

— Claro, ele não podia pensar que o próprio irmão roubaria seu carro.

— Você é tão responsável quanto eu. Além disso, ainda me deve vinte euros.

— Mão-de-vaca!

— Ladra!

— O quê? O que você quer, o dinheiro do cadeado? Se quiser, fazemos as contas no final.

— Então, vai me dever muito.

— O.k., chega. Então, vai fazer ou não?

— Claro que sim.

Ponho o cadeado na corrente, fecho e tiro a chave. Mantenho-a um momento na mão enquanto olho para Gin. Ela me olha. Me desafia, sorri para mim e levanta uma sobrancelha.

— E agora?

Pego a chave com o indicador e o polegar. Deixo-a pender um pouco mais, suspensa no vazio, indecisa. De repente, solto-a, voa para baixo, de pernas para cima no ar, e se perde nas águas do Tibre.

— Jogou mesmo!

Gin olha para mim com um jeito estranho, sonhador, um pouco emocionada até.

— Já disse. Não tenho medo.

Pula em cima de mim, de cavalinho, me abraça, me beija, grita de alegria, está eufórica, está louca, está... linda.

— Ei, você está muito feliz. Essa lenda funciona de verdade?

— Bobo!

Sai correndo, gritando na ponte. Cruza com um grupo de homens. Puxa o casaco do mais sério, faz que gire sobre si mesmo e o obriga a dançar com ela. Depois vai embora correndo outra vez, enquanto os outros riem. Empurram o sujeito, brincando; ele está irritado e quer brigar com ela. Passo perto do grupo e dou de ombros. Todos compartilham a felicidade de Gin. Até o sujeito sério finalmente sorri. Sim, é verdade, ela é tão bonita que todo mundo, ao vê-la, não consegue evitar sorrir.

Cinquenta

De manhã.

— Não acredito! — Paolo entra como um furacão em meu quarto. — Demais, eu não tinha nenhuma dúvida, sabia que você continuava sendo o lendário Step. Como diabos conseguiu?

Ainda não estou entendendo; só sei que a palavra "caralho" teria sido mais apropriada. "Diabos" é algo que não suporto. Dou meia-volta na cama e surjo dentre os travesseiros.

— O quê?

— O carro... Você o encontrou, e em tão pouco tempo. Bastou uma noite. Você é demais.

— Ah, sim. Fiz algumas ligações. E tive que "dar" o que você já sabe.

— Sei? Não, não sei — Paolo se senta na cama. — O que você teve que dar?

— Não se faça de bobo. O dinheiro.

— Ah, claro. Isso não importa. A felicidade... Como era o cara que me roubou? Um espertinho, um imbecil, um sujeito durão, um desses com cara de...

Interrompo essa falsa hipótese de retrato falado.

— Não o vi. Um sujeito que eu conheço trouxe o carro, mas ele não tinha nada a ver com o roubo.

— Bom, melhor assim. Caso encerrado.

Viro na cama e coloco a cabeça embaixo de um dos travesseiros. Esse meu irmão... Noto que se levanta da cama.

— Obrigado outra vez, Step.

Já vai sair do quarto quando me levanto.

— Paolo.

— Sim?

— O dinheiro.

— Ah, sim. Quanto tivemos que pagar?

— Tivemos? Você teve que pagar 2.300 euros. Muito menos do que havia previsto.

— Tanto? Caralho!

Quando se trata de dinheiro, aí, sim, solta palavrões de verdade.

— Ladrões! Dá vontade de não pagar.

— Sim, mas é que eu já paguei. Porém, se quiser, fazemos a denúncia e devolvo o carro para o cara.

— Não, não, está brincando? Obrigado, Step, você não tem nada a ver com isso. Vou deixar em cima da mesa.

Pouco depois, me levanto. A manhã já começou e estou a fim de tomar café da manhã. Cruzo com Paolo na sala. Está sentado, acabando de preencher o cheque.

— Aqui está. — Aperfeiçoa sua assinatura com um último retoque. — Acrescentei algo para você pelo incômodo.

Pego o cheque e o guardo. Paolo sorri como quem diz "Está contente?". Dois mil e quatrocentos euros. Ou seja, cem euros a mais do que teria tido que dar ao ladrão, para alguém que arriscou a pele para encontrar o carro dele; pelo menos, isso é o que ele pensa. Que mão-de-vaca! Se você vive bem, dê pelo menos 2.500, não? Mas como na realidade ele me deu uma gorjeta enorme por me "emprestar" seu carro e por uma maravilhosa noite, um bom jantar e todo o resto, só posso dizer:

— Obrigado, Paolo.

— Que é isso? Eu que agradeço.

Odeio esse tipo de frase.

— Sabe de uma coisa? O mais absurdo é que me roubaram também um cadeado.

— Um cadeado?

Faço-me de desentendido.

— É. Estava tão preocupado com o carro que, quando estacionava, colocava também uma corrente em volta do volante. Mas ontem não a coloquei. Como ia pensar que iam roubar o carro na garagem? Para que um ladrão vai querer um cadeado?

— Para quê? Não faço ideia.

Realmente não sei como responder a essa pergunta. "Para o cadeado dos apaixonados."

— Mas a coisa não acaba aí, Step, veja.

Joga-o em cima da mesa. Pego-o e olho melhor para ele. Delicado, simples. Reconheço o fecho que abri ontem à noite. Um sutiã. O sutiã dela.

— Entende?! Esses desgraçados roubaram meu carro para transar! Só espero que ela não tenha se entregado a esse ladrão de merda. Aliás, espero que ela tenha colocado o cadeado nela mesma.

— Bom, se você encontrou um sutiã no carro, acho que as coisas não foram desse jeito.

— É, faz sentido.

Levanto-me e vou para a cozinha.

— Ei, vai ficar com ele?

Faço cara de quem não entende.

— O quê?

— O sutiã!

Sorrio e o balanço diante de meu rosto.

— E por que não? Vou fazer uma nova edição de Cinderela! Em vez do sapatinho, vou procurar a garota na qual este sutiã sirva direitinho.

— Então, vai tentar com todas que usarem tamanho médio.

— Que olho você tem! Melhor, assim não vai ser tão difícil encontrá-la.

Paolo olha para mim e levanta as sobrancelhas.

— Você se acha um príncipe encantado, não é, Step?

— Depende de quem for a Cinderela desta vez.

Cinquenta e um

— Então?

Elle vem e quase pula em cima de mim. Parece enlouquecida.

— Conte tudo, ande. O que você fez?

Depois me abraça, quase me torturando.

— Tenho certeza de que...

— Como sabe?

— Posso perceber. Posso sentir. Você sabe que eu sou sensível.

Senta-se séria a meu lado.

— Sensível, sei. Bom, vou lhe contar, mas não conte a ninguém, hein?

Elle assente, sorrindo, e arregala os olhos; não cabe em si de alegria.

— Fizemos amor.

— O quê?

— Você ouviu.

— Não acredito.
— Pode acreditar.
— Claro, em uma mentira dessas...
— Bom, o.k., então não fizemos nada.
— Ah, nada! Não acredito.
— Viu? Você não acredita em mim, não importa o que eu disser.
— O.k., mas também há um meio-termo, não é?
— Sim, mas e se não foi isso que aconteceu, o que posso fazer?
— Diga a verdade.
— A verdade é o que eu disse.
— O quê?
— O primeiro!
— Quer dizer que você transou?
— Por que você tem que falar sempre assim?
— Porque é o que vocês fizeram, não?
Olha para mim ofendida, sem acreditar ainda.
— Então, você mentiu para mim.
— Está bem, transamos, fizemos amor, fizemos sexo... chame como quiser. Mas fizemos.
— Assim, de repente, transou com ele.
— Sim! Claro que com ele!
— É que, como você havia esperado tanto...
— Exatamente! Como você é boba! Quantas vezes disse: "Faça, transe com fulano, transe com ciclano, que diferença faz? Se não gostar, não saia mais com ele e pronto!" E agora se queixa porque transei com Step. Você é estranha para cacete.
— É que acho estranho. E como foi?
— Como foi? Sei lá, não tenho com que comparar.
— O.k., mas você ficou à vontade, doeu, sentiu prazer, de quantos jeitos fizeram... Aonde foram?
— Essa não, não acredito, parece um rio transbordando com todas essas perguntas.
— Eu sou!
— O quê?
— Um rio transbordando.
— O.k.! Fomos ao Capitólio. Ali começamos... e depois fomos para o Fórum romano.
— E ele comeu você lá?
— Elle!!! Por que sempre tem que estragar tudo? Foi lindo! Se continuar assim, não conto mais nada.

— Se continuar assim, vou requerer direitos autorais.

Não acredito. É a voz dele. Elle e eu nos voltamos de repente. Estão exatamente ali, sentados duas filas mais atrás. Step e Marcantonio. Ouviram tudo. Desde quando estão ali? O que eu disse? Do que falei? Em um décimo de segundo, percorro rapidamente toda a última meia hora. Minha vida, minhas palavras. Minha nossa! O que será que eu contei? Contei alguma coisa. Desde quando estão aí? Estou perdida, acabada, gostaria de desaparecer embaixo da cadeira. Por outro lado, aqui é o TdV, o Teatro delle Vittorie, o templo da televisão. Quem era aquele boneco? Provolino. Como era aquela frase? "Bocaça minha, calada." E se fosse Carrà, gostaria de fazer como o personagem daquela canção, *Maga Maghella*, e desaparecer. Cruzo meu olhar com Step, que levanta a sobrancelha:

— Bom, foi legal, não, Gin?

Sorri divertido. Não sei o que dizer. Não deve ter ouvido tanto. Pelo menos, é o que espero.

Marcantonio quebra esse silêncio dramático.

— O que vamos fazer hoje à noite? Depois de todos esses belos relatos, poderíamos ir a um clube privê. — Marcantonio olha para mim. O olhar muito intenso. Está brincando. Pelo menos, é o que espero. — Que tal uma troca de casais?

Elle explode em uma gargalhada, olhando para mim.

— Não seria nada mal. Com você, Gin, uma loucura!

Marcantonio se aproxima e brinca com meu cabelo. Step permanece sentado na cadeira e brinca com o assento, fazendo-o balançar para a frente e para trás. Eu não sei o que fazer. É como se estivesse sem ar. Sinto que coro. Baixo os olhos, suspiro. Fico arrepiada. E acontece o milagre.

— Então, todos prontos? Vamos começar o ensaio!

Debandada geral diante das palavras do assistente de estúdio. Ou talvez supervisor, não sei. Seja quem for, ele me salvou. Saio em disparada, mas um instante depois volto atrás. Pego-o desprevenido com meu gesto, melhor assim. Eu me aproximo e o chamo.

— Step?

Ele se volta. Dou-lhe um beijo suave nos lábios. Pronto. Step olha para mim e esboça um sorriso como só ele sabe fazer.

— Só isso?

Não quero lhe dar razão.

— Sim, só isso. Por enquanto.

E, sem dizer mais nada, afasto-me tranquila. O supervisor do estúdio se aproxima de Step.

— Que atitude tem essa garota, hein?

— Sim, cheia de atitude.

— Qual é o nome dela?

— Ginevra, Gin, para os amigos.

— Ela é demais.

O supervisor do estúdio se afasta. E eu, por via das dúvidas, chamo-o de novo.

— Ei!

— Sim?

— É verdade, ela é incrível. E é minha.

Cinquenta e dois

Tarde de ensaio. Estou na sala de direção artística com Marcantonio. Perto de nós, separados simplesmente por um vidro, estão Mariani e todos os outros. Víbora se movimenta nervoso. O Gato & o Gato estão sentados como abutres atrás de Romani. Olham o monitor enlouquecidos, pulam de um canto a outro da sala procurando o enquadramento perfeito, ideal para oferecer ao público de casa, de forma que o que vão ver seja reproduzido o melhor possível. Romani, não; Romani está tranquilo. Fuma lentamente um cigarro, fica com ele suspenso no ar a poucos centímetros do rosto em um estranho jogo de equilíbrio. A cinza desenha um trajeto que parte de seus dedos, prolonga-se no ar, ficando assim, suspensa no vazio, sem cair. Com a outra mão, Romani faz uns movimentos leves e estala os dedos. Alterna as câmeras que sem demora lhe são oferecidas pelo sujeito que faz as mixagens. O sujeito é impassível. Aperta algumas teclas como se tocasse um pequeno piano, tira as imagens do monitor menor e as passa para o monitor grande em frente a Romani. Um, dois, três, fundido, quatro, cinco, seis, vista aérea.

— Viu, Step, isso é tevê. — Marcantonio me dá um tapa no ombro. — Venha, vamos para nosso lugar, já vamos começar.

— E agora, o que fazemos?

— Nada em especial. É só um teste antes do ensaio geral. Estamos atrasados, mas quase sempre é assim.

— Ah, entendo.

Dou de ombros. Não que tenha ficado muito claro, mas deve ser um momento importante, porque se percebe um pouco de tensão. Os câmeras começam a pegar os fones e o colocam na cabeça como soldados prontos para adentrar uma trincheira.

Velozes, movimentam a alavanca do zoom, um golpe seco, fazendo que balance, e empunham as câmeras, esticam as pernas e se põem em posição, proprietários de metralhadoras prontas para atirar em qualquer imagem que o general Romani solicitar.

— Três, dois, um... Siglas!

Começa a música. O monitor colorido, imóvel diante de nós, ganha vida repentinamente. Entram os logos coloridos que fizemos. De repente, desaparecem. Embaixo deles uma série de cortinas se abre, uma após outra, perfeitamente sincronizadas. A câmera dois, em que um único operador tem o prazer e a possibilidade de estar sentado, avança lentamente para o centro do estúdio. No monitor colorido, vejo o que enfoca. A luz vermelha está acesa: é o sinal de que está gravando. Avança inexorável como um perfeito fuzil de caça. Focou a última cortina, essa pequena porta do fundo que repentinamente se abre. Lá estão. Uma após a outra, loura, morena, ruiva, saem como pequenas borboletas dessa pequena porta, como folhas coloridas caindo de uma árvore televisiva outonal, elas, as bailarinas. Vestidas, desvestidas, veladas. Com os músculos escondidos, sorrisos improvisados, cabelo penteado ou tingido, rosto maquiado. Avançam leves até o centro e ocupam seu lugar com elegância. Depois, com um único passo, movem-se ao mesmo tempo como pequenos soldadinhos delicados. Dançam sobre si mesmas, afastando-se e se aproximando de novo, esticam os braços e sorriem, apagando-se e acendendo-se diante de cada câmera que se ilumina de vermelho, pondo-as no ar. E as câmeras, impecáveis, dançam com elas, mudam o enquadramento, pegam nas mãos delas, soltam-nas e as recuperam. Romani dirige o conjunto, perfeito maestro de uma música recém-criada, formada por imagens e luzes. Em silêncio, Marcantonio controla no tempo as teclas do computador, liberando, um após o outro, os títulos que aparecem e desaparecem movimentando-se em 3D agora sobre o rosto daquela garota morena, agora sobre uma vista aérea, agora sobre uma panorâmica que se funde. Muito bem. Não erra nem uma única vez. Uma última tecla, e a música para. Silêncio. As garotas em fila esticam os braços e, com um único gesto, apontam para o fundo do teatro. Por uma pequena porta aparece o apresentador.

— Boa noite, boa noite! Aqui estamos. O que significa o título "Os grandes gênios"? Quer dizer, por exemplo, ser genial, quer dizer estar aqui com estas lindas garotas e, ainda por cima, ganhar por isso.

Olho para Marcantonio.

— Ele vai dizer todas essas coisas?

— E o que importa? Ele faz isso para se divertir, para ser simpático, ou talvez para ganhar uma das bailarinas, mas quando está no ar é muito diferente: é um apresentador muito sério.

Tomara que seja. Ele não percebe que todo mundo acharia melhor outro discurso? Hoje em dia, as pessoas leem de tudo, acompanham tudo e sabem tudo. Mas ele acha que só idiotas o assistem.

— Bem, quem o assiste muito deve ser um pouco idiota.

Marcantonio se volta e levanta uma sobrancelha.

— Hum, vejo que está aprendendo. Nada mal. Sente-se aqui, vou lhe explicar o que você tem que fazer.

— Eu é que tenho que fazer? E você?

— Um dia, posso não estar aqui, posso ter coisas para fazer, e além do mais, você está fazendo estágio, mas no futuro estará tudo em suas mãos, e você tem que dominar o trabalho.

Dominar o trabalho. Isso me cai mal. É como ter sido absorvido por um enorme aspirador que me prende e não solta mais. Sento-me ao lado de Marcantonio, que começa a explicar:

— Este é o botão de *reset*, este envia outra vez o logo em 3D.

Tento acompanhar a explicação, mas me distraio por um momento. Gin aparece no monitor; levou alguma coisa para o apresentador, que sorri e agradece. Olho o close que Romani gentilmente lhe concede. Depois Gin se afasta e o apresentador continua explicando algo. Marcantonio também explica alguma coisa. Eu penso em Gin e no contrato que assinei para esse trabalho. Maldito aspirador. Nos dois casos, me sinto fodido.

Mais tarde, os testes são concluídos. Atrás dos bastidores, as garotas se trocam depressa, ligando os celulares, que começam a tocar. Gin se aproxima de Elle, que está encolhida em um canto do vestiário.

— Elle, o que foi?

— Nada, estou recuperando o fôlego, estou com vontade de vomitar. Que canseira! Mas é divertido. É sempre assim?

— Isso não é nada, você tem que ver ao vivo. Isso foi só um ensaio.

— As outras também estão quebradas. Dá para ver que faz tempo que não ensaiam. Com mais dois ensaios, estarei perfeita. Talvez porque estou em boa forma física.

Sorri, dá-lhe um tapinha no ombro e pisca para Elle. Ela está nas nuvens. Finalmente a escolheram. Pelo menos dessa vez. Quem sabe se foi por causa daquele intrometido? Gin não quer nem pensar. Olha para ela enquanto se troca. Elle tira a roupa de um jeito... sempre achei engraçado seu jeito de se vestir e despir. Não tanto pelo que veste, mas pelo jeito mesmo. Parece uma luta entre ela e a roupa. Tudo sempre cai mal, ajeita a roupa o melhor que pode, ajusta um pouco, toca o cabelo, coloca-o para trás e já está pronta.

— Gin, o que vai fazer depois?

— Não sei.

— Diga a verdade.

Olha para mim levantando a sobrancelha.

— Você já tem planos?

— De quê?

Jogo o moletom nela e acerto em cheio.

— Você acha que se eu tivesse planos não lhe diria?

— Quer dizer que você já tem planos.

Pega o moletom como se fosse um lenço e finge assoar o nariz. As outras olham para ela de boca aberta, como de costume. É sua brincadeira preferida, faz isso desde que nos conhecemos. Mas eu não digo nada. Ellc fingc sccar o nariz com a mão enquanto as outras, enojadas, continuam olhando para ela.

— Obrigada, minha amiga.

E, dizendo isso, me joga o moletom de volta, sorri e vai embora. Um pouco depois, já tomei banho. Esse teatro é demais! Todo o conforto respirando o que foi a estreia de Carrà, de Corrado, de Pippo Baudo, de Celentano e sei lá de quantos artistas. Saio com a mochila no ombro e olho em volta. Nada, não o vejo.

— Suas amigas já foram.

O guarda parece sinceramente chateado. Que ingênuo, como se eu as estivesse procurando.

— Quer que a leve para algum lugar? Daqui a pouco, saio; meu colega já está chegando.

E ri mostrando uns dentes amarelos, tortos lutadores de algum cigarro barato. Tropeça em um riso grosseiro.

— Para mim, seria um prazer.

Ele não é tão ingênuo; é até um tanto depravado.

— Não, obrigado, é muito gentil.

E, como minha mãe me ensinou, afasto-me sem dar muita confiança.

Cinquenta e três

Encontrei minha Cinderela. Step, que caralho está pensando? Perdeu o juízo? Sua Cinderela... Nossa, você está deplorável. O.k., gosto dela. Tem atitude, é simpática, é divertida e é bonita! Está demorando. Estou na frente da sua casa, dei um toque no celular e ela respondeu do mesmo jeito. Quer dizer que entendeu que estou aqui embaixo. Chega! Penso em tocar o interfone, não me importa que seus pais não possam saber de sua vida privada! Gianluca, o irmão, já nos viu beijando. Duas vezes. Imagine se os pais dela sabem que saímos juntos. O que foi? Se nos pegassem transando, até entendo! Isso, sim, seria um problema. Chega, vou interfonar.

Vou até a portaria e procuro Biro, seu sobrenome, no interfone.

— Quieto, o que está fazendo?

— Chamando uma atrasadinha.

— Eu sou pontualíssima! Você me avisou e eu desci imediatamente. Achei que estava com o Audi, mas veio de moto, e eu de saia.

— Bom, os outros motoristas vão ficar contentes. Está de calcinha?

— Imbecil!

Dá-me o soco no ombro de sempre. Já devo estar com um hematoma.

— Lamento, mas discuti muito com o ladrão, pactuei o preço e depois o devolvi a meu irmão, que ficou felicíssimo.

— Coitadinho.

— Como coitadinho? Além de estar muito bem financeiramente, ele estava disposto a pagar até 4.300 euros para recuperar o carro, e graças a mim saiu muito mais barato.

— Quanto?

— Um pouco mais da metade.

— Então, em sua opinião, você se deu bem.

— Claro. Vamos, suba.

— Grande negócio ter um irmão como você!

— Fale mais alto.

Gin ergue a voz.

— Grande negócio ter um irmão como você!

— Fui irônico, já tinha ouvido.

Ela me beija e sobe na moto, ajeitando a saia embaixo das pernas.

— Que senso de humor, hein? Estava brincando.

Entrego-lhe o capacete.

— Ei, tive uma ideia. Como seu irmão anda de dinheiro?

— Mal. Além disso, quem põe a mão em minha família está fora, entendido? Só o fato de você pensar uma coisa dessas muda tudo.

Gin desce da moto e para diante de mim.

— É, vamos mudar tudo logo!

— Como assim? Vai me vai dar outro beijo melhor que o de antes, que era um pouco esquivo e não exatamente longo?

— Que bobagem! Mudança de planos!

— Não me diga que temos que lutar outra vez. Para isso, vamos à academia.

— O que você entendeu? Mudança de planos quer dizer que eu vou pilotar.

— O quê? — Penso com meus botões que ela, Gin, quer pilotar a moto. Minha moto. Pilotar minha moto. E quem? Uma mulher. Sim, o.k., é Gin, mas continua sendo minha moto, e ela, embora seja Gin, continua sendo uma mulher. Percebo o absurdo. Não acredito no que ouço. — Está bem, quero ver como se vira.

Sou eu quem diz isso, Step. Ficou maluco? Nada. Já não raciocino, não acredito. Puta que pariu, estou mal. Deslizo no selim mantendo as pernas retas. Deixo a moto escorregar embaixo de mim e acabo no banco de trás, deixando espaço para Gin, que se senta na frente. E eu, para cúmulo, ajudo-a! Ah... fiquei louco.

— Sabe pilotar?

— Claro! O que acha que sou? Antes de conhecer você, fiz muitas coisas na vida.

— Sim, claro... — Quero sorrir, mas me controlo. Penso no banco, na escuridão da outra noite, em "nossa história". Gostaria de lhe dizer: "Sim, como na outra noite", mas não digo. Seria de mau gosto. — Ai!

Me deu uma cotovelada na barriga.

— Já sei o que você pensou.

— O quê?

— Pensou: "Sim, claro, como na outra noite. Estou vendo quantas coisas fez. Nunca esteve com nenhum garoto, e se não fosse por mim...". Não é? Diga a verdade, pensou isso.

Não há nada a fazer, ela pega todas. Minto descaradamente:

— Você não está bem da cabeça. Claro que não, não pensei nada disso! Você está obcecada, achando que só penso nisso. Mas está enganada!

— Sei! Então, no que estava pensando? Eu vi você sorrir pelo retrovisor.

— Em nada. Na gasolina. Em que vou deixar você pilotar a moto.

— O.k., está bem, eu acredito. Vamos, é melhor! Como se liga isso?

— Isso é uma Honda Custom 750 com roda raiada. Chega a duzentos por hora rapidinho e se liga assim.

Inclino-me para a frente, seguro o guidão com Gin em meus braços, como se a estivesse abraçando por trás. Com o polegar direito, ligo a moto. Acelero um pouco e respiro profundamente em seu cabelo. Suave e perfumado, leve, quase me acaricia. Fecho os olhos. Perco-me.

— Ei!

Abro os olhos de novo.

— O que foi?

— Se ficar assim, não vou poder pilotar.

Sorri.

— Ah, claro.

Afasto os braços e me inclino para trás na moto. Gin põe o capacete. Eu faço o mesmo.

— Está pronto, Step?

— Sim. Sabe engatar as mar...

Não me dá tempo de acabar a frase. Gin já engatou primeira e pulou para frente acelerando. Quase caio da moto por causa do impacto. Ela me pegou desprevenido. Não vai acontecer de novo, espero. Seguro forte, abraço sua jaqueta com os braços em volta da cintura dela. Caramba, não pilota mal. Incrível. Passa as marchas tranquilamente, brincando com a embreagem. Já pilotou mesmo. E talvez com frequência. Vermelho, freia no semáforo com uma marcha muito alta. Como não podia ser diferente, a moto para de repente e quase desaba no chão. Cairíamos para a direita se eu não abaixasse depressa a perna e segurasse as duas, ela e minha moto. Minha moto...

— Como está indo? Tem certeza de que quer levar?

— Não vi que estava vermelho. Não vai acontecer de novo.

Aciona as marchas para pôr a moto em ponto morto.

— Tem certeza de que...

— Já disse, não vai acontecer de novo. Já decidiu aonde vamos?

— Ao Warner. Tem um monte de salas e fazem...

Não me deixa acabar.

— O.k., maravilha. Assim posso acelerar.

E sai muito depressa, em primeira, pegando-me outra vez desprevenido.

Warner Village. Umas catorze salas, filmes diferentes que começam em horários diferentes. Dois restaurantes, um *pub* e um monte de gente.

— Gin, achei que não íamos chegar.

— Porque ficaríamos sem gasolina ou porque não encontraríamos o cinema?

— Digamos que minha preocupação era se chegaríamos vivos!

— Ha, ha! Não gostou do trajeto? E com sua moto. Não lhe transmiti emoção e tranquilidade ao mesmo tempo? Acelerava, pegava uma curva muito fechada... Quando passava entre dois carros e sentia você apertar minha jaqueta, desacelerava, freava um pouquinho e sentia você relaxar. Foi lindo pilotar assim. Você e suas emoções. Era como se estivesse pendente de um fio, o fio da aceleração.

Caminho em silêncio enquanto nos dirigimos à bilheteria.

— Ei, Step, entendeu ou não?

— O quê?

— A história do fio da aceleração.

— Bom, também não precisa tanta confusão, não é?

— Sei lá! Você ficou calado, como se tivesse perdido o controle da situação. Vamos, compre as entradas que eu vou buscar pipoca!

— Para qual sala?

— Sei lá!

— Que tipo de filme quer ver? Uma comédia, um romântico, terror?

— Escolha você. Eu o trouxe até aqui, e ainda por cima tenho que escolher o filme? Isso é demais! Alguma coisa você pode fazer, não? Ah, o filme de terror acho que você já viu.

— Acho que está enganada, Gin, não vi.

Olho para o cartaz e encontro: *A múmia*. Não, não vi. Além disso, como ela sabe se eu vi ou não?

— Como não? Você foi até o protagonista: *Sobre o asfalto atrás de Gin*, um filme assustador! Uuuh! Ainda está tremendo, posso ver. Melhor um romântico, que se cair, cai bem e não se machuca!

Na minha frente, duas garotas riem. Gin se afasta balançando a cabeça.

— Coisa de maluco.

Coloco as mãos nos bolsos. As garotas da frente me olham ainda um tempo e sorriem outra vez. Depois, felizmente, uma das duas começa uma conversa que as leva a outro lugar. Pela primeira vez entendo o que significa sentir-se como um "homem objeto". E, ainda por cima, transformado em objeto por uma garota, por Gin, a Gin que pilotou minha moto, que a pilotou direitinho, tranquila, segura, veloz, que sabia o caminho, que chegou até aqui. Ao longo de todo o trajeto, à noite, de saia, com o trânsito rodando depressa. Gin, a primeira garota que pilotou minha moto. E a primeira que me transformou em objeto! Tenho vontade de rir. Vai ter troco. Fico sério e compro as entradas, sem dúvidas sobre a escolha.

Gin está em frente à entrada da sala com dois grandes baldes de pipoca e uma Coca-Cola com dois canudos.

— Conseguiu!

Pego a Coca-Cola, dou um gole e me antecipo.

— Vamos.

Gin balança a cabeça e me segue, tentando não deixar a pipoca cair.

— Que filme escolheu?

— Por que quer saber? Você vai rir, de qualquer jeito.

— Eu? Isso não é verdade. Eu me adapto a tudo, não sou uma chata. Além disso, não vi nenhum desses. Nem a comédia, o romântico ou o de terror, qualquer um servia.

— Então, escolhi todos.

Tiro seis ingressos do bolso.

— Primeiro, o de terror, depois, a comédia, para que você se recupere, e depois, o romântico, para que assim talvez eu me recupere.

— Com o romântico? De quê?

— Recupere você, no sentido físico, quero dizer. Explico: nós nos encontramos, você pilota minha moto, vamos ver três filmes em vez de um; entre o segundo e o terceiro há um intervalo de vinte minutos, e talvez possamos tomar alguma coisa. E o que eu ganho com tudo isso? Nada? Não é justo, então, no final, espero que minha recompensa seja "uma coisa", quer dizer, "aquela coisa", o.k.?

— Uma coisa só? Você vale muito mais. Tome, você merece todas!

Gin me joga o balde de pipoca. Eu tento pegar, tendo em conta que estou com a Coca-Cola na mão. O resultado não é dos melhores. Fico com algumas pipocas grudadas na blusa, uma no ombro até, e muitas, demais, aos meus pés. Gin se afasta dando de ombros.

— Não se preocupe, é por conta da casa!

Exatamente nesse momento, passam as duas garotas que estavam na minha frente na fila e começam a rir outra vez. Sacudo algumas pipocas de cima e sorrio também.

— Vocês têm que entender, ela não quer admitir, mas está apaixonada!

Bom, parece que gostaram da minha explicação. E, um pouco mais satisfeito, entro na primeira sala. Está escura.

— Gin... Gin, onde está você?

Chamo em voz baixa, mas de qualquer maneira sempre há um melindroso.

— Sshh.

— O filme nem começou! O que foi?! — ergo a voz. — Gin, faça um sinal!

Chega uma pipoca da direita, que me acerta no rosto.

— Estou aqui!

Sento-me ao seu lado e ela me oferece sua pipoca.

— Se já comeu toda a pipoca, pegue da minha. Sou generosa, você sabe.

— Sim! Mais que oferecê-las, você as joga diretamente!

Coloco a mão no balde e pego algumas, antes que acabem igual às outras.

— Step, diga-me uma coisa: você copiou essa ideia de ver três filmes de Antonello Venditti?

— Antonello Venditti? Quem é esse?

— Um cantor e compositor! Você sabe, daquela canção que fala também de Milan Kundera, que fala do colégio, de Júlio César...

— Nunca ouvi.

— Não?

— Não, nunca!

— Em que mundo você vive? Não presta atenção nas palavras!

— Não, não presto atenção em um cantor e compositor romano.

Diante de nós, um sujeito se volta decidido.

— Mas nós prestamos atenção às palavras de vocês, só que gostaríamos de ouvir o filme. Ou, em sua opinião, agora também o filme não começou?

Preciso, pedante e vingativo. Esperou que falássemos exatamente para soltar sua gracinha. Poderia ter se voltado e feito simplesmente "sshh". Teríamos nos calado e pronto. Mas ele se excedeu, e muito. Levanto-me.

— Com licença, mas...

Não tenho tempo de acabar a frase; Gin me puxa pela jaqueta e me faz sentar de novo.

— Step, faça-me um carinho, ande.

Ela me atrai para si sorrindo, e eu não me faço de rogado.

Depois do primeiro filme, vamos tomar uma cerveja no *pub* do Warner antes que comece a comédia.

— Diga a verdade, Gin, você sentiu medo?

— Eu? Não conheço essa palavra.

— Então, por que me apertava tanto e, depois, quando não dava medo, afastava a mão?

— Estava com medo.

— Ah, viu? Eu disse!

— Estava com medo de que o sujeito de trás nos denunciasse. Por brigarmos ou, pior ainda, por atentado ao pudor.

— Melhor a segunda opção.

— Claro, assim eu também teria ficado melhor.

— Não, não é isso. É que eu coleciono denúncias, mas falta a de atentado ao pudor!

— Se é por isso, comigo, nunca vai acabar a coleção.

— Tem certeza? Ainda faltam dois filmes.

Faz um movimento veloz. Imobilizo sua cerveja antes que a jogue em mim.

— Calma. Só ia beber para acabar, porque o outro filme vai começar. Se perder tempo, o que fará com sua coleção?

Sorri e acaba a cerveja de um gole só. Levanta-se limpando de propósito a boca na manga da jaqueta.

— Vamos... Não está a fim?

Ofendida, entra na sala. *Todo mundo em pânico*. Primeiro, um de terror; agora, uma comédia sobre filmes de terror. Quem sabe o que ela acha de minha escolha? Não lhe pergunto, chega de tantas perguntas. Gin se mexe na cadeira. De vez em quando, ri durante alguma cena meio delirante. Bom, o fato de ela rir já anima. Ri de mim? Muitas perguntas, Step. O que você tem? Por que tanta insegurança?

Gin se levanta.

— Vou ao banheiro.

— O.k.

— Entendeu?

— Sim, você disse que vai ao banheiro.

Gin balança a cabeça e sorri, saindo da fila de poltronas, agachando-se para não incomodar os de trás. Ou para não chamar muita atenção? Volto-me. Atrás está vazio, não há ninguém. Volto a ver o filme. Um sujeito de máscara corre tropeçando por todos os lados. Mas não acho graça. Talvez porque estou pensando em Gin. E no banheiro. Ou talvez porque não seja engraçado. De qualquer maneira, eu também tenho que ir ao banheiro. Bom, "tenho" é meio exagerado. Estou a fim, é melhor, no mínimo para saber se entendi ou não.

Se Gin disser "Mas o que você entendeu?", eu direi "O que você entendeu? Simplesmente tinha que ir ao banheiro. O que foi? Não posso ter vontade de mijar?" Hum... ela nunca vai acreditar. Saio da fila sem fazer muito barulho. As risadas de alguém mais à frente encobrem a trombada que dei com uma poltrona meio abaixada. Esfrego o músculo anterior da coxa e entro no lavabo. Não a vejo. Será que está dentro do banheiro feminino?

— Ufa, finalmente.

Surge de repente por trás da pesada cortina grená.

— Por um momento, pensei que não havia entendido — ri.

Não lhe digo que por um momento eu realmente não havia entendido.

— Você me assustou!

Gin vem e me beija. Está quente, suave, bonita, perfumada, desejável... e pronta para completar minha coleção!

— Não vai dizer nada?

— Sim. O que vamos fazer? Entrar na cabine?

Ela sorri.

— Não, vamos ficar aqui.

Apoia as mãos atrás, dá um impulso com os antebraços e sobe na pia, sentando-se. Estica as pernas e me abraça com elas. Quando vou beijá-la, vejo sua calcinha saindo do bolso de sua jaqueta. Ela já a tirou, e isso me excita ainda mais. Uma gargalhada chega da sala, imprevista, enquanto desabotoo minha calça. Isso também me excita ainda mais. Logo estou dentro dela. Inteiro. Rimos juntos enquanto a penetro. De repente, ela geme e suspira enquanto do outro lado estouram em uma nova gargalhada. Apoio as mãos em suas nádegas, me agarro a ela, e empurro para dentro para que seja ainda mais minha. Do outro lado, riem outra vez. Ela também. Não, não ri, sorri. E depois suspira. Apoia a cabeça em meu pescoço e me morde com suavidade.

— Step, continue, não pare!

Eu continuo lentamente e ela se mexe na pia. Vejo suas pernas. A saia cai para o lado. Sua pele sobre a porcelana branca e fria da pia. Gin estremece. Leva as mãos para trás e apoia a cabeça no espelho. Eu levanto as coxas dela e entro ainda mais. Suspira. Cada vez mais forte. Suspira, e vejo que está prestes a gozar. Chega uma grande gargalhada da sala. O barulho da porta ao lado. Fecho os olhos, gozo também. Mas Gin perde o equilíbrio e quase cai de lado no chão. Para não cair, segura-se na torneira, que se abre, molhando sua saia por trás.

— Ai, está gelada!

Rimos. Fecho rapidamente a torneira. Imediatamente, abotoo a calça e me ajeito o melhor que posso. Gin se olha no espelho. Atrás, a saia completamente molhada. Cruzo meu olhar com o seu.

— Gostou?

Uma gargalhada chega da sala no momento oportuno.

— Que engraçado!

— Bom, fez que eles rissem.

A pesada cortina grená se move e depois, ploft! Como se saísse da cartola de um prestidigitador desajeitado, aparece uma mulher.

— Ah, eu não conseguia abrir; essa cortina pesa demais. O banheiro é aqui, não é?

— Sim, o feminino é na porta da direita.

Gin informa sem cruzar o olhar com ela por muito tempo. Ela também desaparece atrás da cortina.

— Obrigada! — responde a mulher, e passa por mim sem perceber nada.

Eu percebo. Agacho-me e sigo Gin para a sala.

— Ei, você perdeu isto.

Ela arranca a calcinha da minha mão.

— Dê aqui!

Sentada em seu lugar, Gin coloca a calcinha empurrando os ombros para trás na poltrona.

— Nossa, que vergonha se aquela mulher a encontrasse!

— É! E se houvesse conseguido abrir a cortina antes?! Sabe o que teria acontecido então?

— Sim, você teria completado sua coleção!

E também dessa vez a sala ri.

Um pouco mais tarde, após o segundo filme. Em um restaurante do Warner estilo californiano ou algo parecido. Peito de frango na chapa com parmesão e espinafre fresco. Dividimos uma Salada Ceasar.

— Ei, essa folha era minha!

Gin me acerta com o garfo.

— Como eu ia saber? E essa?

Espeto uma exatamente do lado dela.

— Essa também.

Mas não tem tempo de me deter, já está em minha boca. Rio mastigando de boca aberta como um estranho cão herbívoro, mas divertidamente voraz.

— Que nojo!

— Buh! — respondo a sua acusação dando um pulo para a frente, para assustá-la. E exatamente nesse momento...

— Vocês se dão muito bem. Todos os casais deviam ser assim! O amor não é bonito se não for briguento.

Ficamos de boca aberta. Ou melhor, eu a fecho logo, pois está cheia de espinafre. Não tenho confiança alguma nessa mulher. Só a vi uma vez, e no banheiro. É a mesma de antes, a que quase nos descobriu em atitude erótica. Gin a reconhece e baixa o olhar, corando. Que boba! Ela quis, e agora fica com vergonha.

— Desculpem incomodar, mas sabem onde há um banheiro por aqui?

Gin parece ter encontrado no prato um espinafre interessante, mas o abandona imediatamente e aponta com o garfo para o fundo da sala. Eu faço o mesmo, mas sem o garfo.

— Por ali! — dizemos ao mesmo tempo, e imediatamente depois começamos a rir.

— Por que estão rindo? Vocês também têm que ir?

Olho para Gin irônico.

— Temos?

Ela nega com a cabeça, faz uma estranha careta e consegue não corar.

— Não, agora não. Daqui a pouco começa nosso filme!

— Vão ver outro? Que belo casal, como são unidos!

— Sim... — Olho para Gin sorrindo. — Devo dizer que o cinema nos une muito. Principalmente o banheiro do cinema!

— Não entendi.

Gin olha para mim e balança a cabeça. Sorri para a mulher, enternecida com sua ingenuidade.

— Nada, é só uma brincadeira!

— Bem, desculpem. Estou apertada. Talvez tenha bebido demais, ou pode ser a idade.

— Fique à vontade. Nós também vamos com muita frequência ao banheiro.

Gin me dá um tapa no ombro.

— Chega! Rápido, o filme vai começar, vamos embora!

E em um instante, depois de nos despedirmos da mulher, estamos em outra sala. É um filme de alguns anos atrás, mas no Warner é uma novidade. Ela me abraça e acompanha o filme com uma mão na boca. Aconchega-se, rói um pouco as unhas e se apoia de novo em mim. *Uma carta de amor*. Kevin Costner perdeu sua mulher e não quer recomeçar a vida. Não quer continuar vivendo. Escreve cartas e as coloca em garrafas que se perdem no mar, uma após outra; é seu amor que naufraga. Mas não escreve a ninguém. Mais tarde, alguém encontra a mensagem na garrafa. Uma jornalista. A carta a comove também e se transforma em um acontecimento. As luzes se acendem. Primeira parte. Gin ri fungando, cobre o rosto com o cabelo e não me deixa ver. Volta-se para o outro lado, depois olha para mim por baixo, explode em uma gargalhada outra vez e funga de novo.

— Você chorou!

Aponto para ela: culpada.

— Claro! Não tenho por que me envergonhar.

— Está bem, mas é só um filme!

— Sim, e você é um insensível.

— Eu sabia... Como sempre, é culpa minha! Vamos ao banheiro fazer as pazes?

— Trouxa! Agora não vem ao caso.

Gin me dá um soco no ombro.

— Por que às vezes vem ao caso e às vezes não?

— Como você é um inoportuno! Sempre fazendo brincadeirinhas, chato! Eu... Sshh! Silêncio, o filme vai começar!

E desliza poltrona abaixo, jogando-se em cima de mim. Abraça-me rindo e segura minha mão, que buscava alguma distração.

Um pouco mais tarde, diante de uma cerveja.

— Gostou?

— Muito, ainda estou mal.

— Gin, não exagere!

— O que quer que faça? Eu sou assim. Claro que se não houvesse afundado com o barco e todo o resto... Agora que havia voltado a se apaixonar, a amar a jornalista... Que péssimos, esses diretores.

— Por quê? É perfeito! Agora a jornalista é quem vai escrever cartas de amor e colocá-las em garrafas. Assim outro vai encontrá-las e a história vai recomeçar. Ou colocará um peso dentro, assim as garrafas vão acabar no fundo do mar e Kevin Costner vai lê-las.

— Nossa, como você é macabro!

— Estou tentando suavizar esse drama que você está vivendo.

— Não estou vivendo nenhum drama. Além disso, chorar é liberador, faz bem, esvazia as glândulas, sabia? É um equilibrador, exatamente como o beijo.

— O beijo?

— Sim. O beijo libera umas sustâncias estranhas, tipo endorfinas, acho. Em resumo, é como uma droga. O beijo acalma. Por que acha que eu beijo você?

— Achei que era pura atração sexual.

— Não, é puro efeito calmante.

— Você está me mostrando um aspecto novo de mim mesmo; teria que beijar mais mulheres, talvez descobrissem que sou melhor que camomila. Deviam me vender no supermercado! Sabe que grana que...

— Sabe quanta porrada eu lhe daria?!

— Viu? Só de pensar, já fica com ciúmes.

— Step, você já pensou...

— Em quê? Em ser ciumento?

— Não, em escrever, sei lá, um bilhete, um poema...

— Sim, e colocá-lo em uma garrafa.

Na realidade, tentei escrever para Babi. Era Natal. Lembro-me como se fosse ontem. As folhas de papel reduzidas a bolas embaixo da mesa, tentativas desesperadas de encontrar as palavras certas. Certas para um desesperado. Eu, eu que corria arfante a inútil corrida, na impossibilidade de reconquistar um amor que vai embora, que já foi. E depois, tornar a vê-la, com outro, e não encontrar nem sequer a palavra mais simples. Sei lá... Olá. Olá, tudo bem? Olá, está frio. Olá, é Natal. Olá, feliz Natal. Ou pior ainda... Olá, mas como... Ou: olá, eu nunca lhe disse... Olá, eu te amo. Mas o que isso tem a ver agora? Não tem nada a ver.

— Não, nunca escrevi nada. Nem mesmo um cartão de aniversário.

— E nem sequer tentou?

— Não, nunca.

O que ela quer? Por que insiste? Olha para mim de soslaio.

— Hum... — diz perplexa. E ataca de novo: — Bom, é uma pena! Em minha opinião, seria lindo!

— O quê?

— Receber algo escrito por você. Um poema seria bom; um lindo poema.

— Ainda por cima tem que ser bonito! Não basta escrever, tem que ser bonito.

— Claro, principalmente bonito! Não precisa ser longo. Um belo poema sincero, cheio de amor... talvez para se desculpar.

— Veja só! Ainda não escrevi o poema e já fiz algo errado!

— Claro. Por acaso antes não mentiu para mim? — Sorri, ergue uma sobrancelha e se levanta deixando-me na mesa. — Falso!

Acabo o último gole de cerveja e em um instante estou ao seu lado.

— Diga uma coisa: como soube? — digo, confirmando que ela acertou.

— Seus olhos, Step. Lamento, mas seus olhos dizem tudo. Pelo menos, o bastante!

— O que quer dizer?

— Que me deram a entender que pelo menos uma vez tentou escrever uma carta, um poema ou outra coisa. Eu não sei, você sabe.

— Ah... claro.

— Viu? Você disse "claro".

Enrolei-me com esse "claro". E o que isso tem a ver? Caminhamos um ao lado do outro, perto, em silêncio, para a moto. Uma coisa é certa: tenho que andar mais de óculos. Óculos de sol. Talvez até à noite. Ou não mentir. Não, é mais fácil usar óculos.

Cinquenta e quatro

10 de outubro

O primeiro programa foi maravilhoso! Eu, Gin, não falhei em nada. Era só o que me faltava. Tinha uma única entrada no final do programa, simplesmente para levar um envelope com o nome do ganhador. Como podia errar? Bom, podia tropeçar. Elle esteve genial. Tinha que entrar na metade do programa para dar o envelope com a classificação provisória. Entrou, chegou até o apresentador na hora certa e se colocou no lugar certo, só que... esqueceu de levar o envelope! Genial! Mais que genial! Elle é sempre Elle. Mas todos riram, o apresentador fez uma brincadeira (talvez não tenha sido muito boa, já que agora nem me lembro). E todo mundo gostou de Elle! No final, em vez de se aborrecerem com ela, aplaudiram-na e riram. Alguém até disse que ela fez de propósito! Elle... imagine. O mundo do espetáculo... Quer forçosamente ver algo de ruim nele. Como disse meu tio Ardisio quando soube que eu trabalhava nisso: "Cuidado, minha sobrinha, que lá o mais limpo tem sarna." Talvez seja verdade. De qualquer maneira, Step sempre se perfuma.

5 de novembro

Agora sou mais uma delas! Tive que ser uma das garotas adjuntas ao balé. De enlouquecer! E até acompanhava o ritmo nos ensaios! Amanhã vai haver programa, vamos ver como me saio. Disseram que o peso de ser ao vivo é outro. "Aí você erra com mais facilidade e seu erro chega diretamente às casas dos telespectadores!" Socorro! Não quero nem pensar. Até minha mãe vai me ver. Ela não perde um. Assiste até o final e sempre consegue me ver. Da outra vez, disse: "Hoje vi você!" "Está enganada, mamãe, hoje não entrei." "Como não? Entrou no final para o encerramento. Você era a última da direita, no final do palco." Minha mãe! Não deixa escapar nada. Bom, quase nada.

6 de novembro

Perfeita! O coreógrafo disse: "Perfeita!" Levantei a sobrancelha e disse: "Quem, a que está na minha frente?" Carlo, o coreógrafo, começou a rir como um louco. "Você é muito simpática", disse. Mas não parou por aí. Pediu meu número de telefone. "Assim eu ligo para ensaiarmos. Pode melhorar se vier aos ensaios com as outras." Perfeito, gosto de dançar! Teria sido perfeito se exatamente quando Carlo anotava meu telefone no celular Step não tivesse passado por ali. Step e seu senso de oportunidade. Perfeito, ele também. Só que ficou furioso. Step, com ciú-

mes. Como tenho que interpretar isso? Elle diz que Step é fantástico, maravilhoso. É verdade, com ela! Não só isso. Elle diz que Marcantonio está obcecado com esse negócio de casal aberto. Step, porém, com o de casal blindado! Será que não pode haver um termo intermediário? Felizmente, sobre seu senso de oportunidade, fizemos as pazes. Último andar do meu prédio, a melhor maneira de fazer as pazes... e de melhorar, como diz Step. Felizmente, o elevador não chega ali, e também não acho que às duas da madrugada alguém decida estender roupa no terraço. Dessa vez meu irmão não apareceu. Ah, e nem a mulher do banheiro do cinema. "Bom — disse Step —, boa noite, minha coleção de denúncias vai ter que esperar." Mas, se continuarmos assim, cedo ou tarde vai completá-la de verdade!

10 de dezembro

Ufa! Por que sempre acaba assim! Não pode existir uma relação serena e tranquila e, principalmente, profissional entre um homem e uma mulher que trabalham juntos? Evidentemente, não. Carlo, o coreógrafo, se excedeu. Demais. Roçou em meu seio. Ele achou que eu teria um arrepio sensual, mas ganhou um empurrão, e dos fortes. Caiu na barra do espelho e ficou dobrado ao meio. Talvez eu tenha exagerado. Não, não exagerei, longe disso. Só que ele pediu para que eu não volte à sala de ensaios. "A menos que...", acrescentou. A menos que o quê? Percebe? Bah! Eu devia ter dito: "Sim, a menos que venha com Step!" Então não levaria só um empurrão. Já decidi. Não direi nada sobre Carlo a Step. Repetição não serve para sua coleção.

20 de dezembro

Não acredito. Ele está sempre distraído, principalmente e acima de tudo com o que diz respeito ao trabalho. Porém, nisso, Step reparou. "Por que não está no balé?" "Bom, eu disse, Carlo quis tentar com outra garota." Não acreditou. E não parou nem um só segundo de insistir até o final dos ensaios. Preocupante, na verdade. "Sim, e veja quem Carlo escolheu. Arianna, a mais fácil de todas!" "E o que você sabe?", gostaria de ter respondido, mas pensei que era melhor não levantar mais suspeitas. Mas me encheu de perguntas: "Como pode ser? Você gostava muito de dançar. Você nem fala mais com ele. Não será porque ele passou dos limites?" Com essa última pergunta, tive uma reação imprevista. Não queria que Step notasse. No fim, ele disse: "Está bem, chega!" Ainda bem, pensei. E estava relaxando quando acrescentou: "Vou perguntar diretamente a ele. Ele deve saber me dizer algo mais, não?" "Faça o que quiser", disse. Não aguentava mais. E depois pensei: não sei o que Carlo vai dizer e, sinceramente, não me importa. Uma coisa é certa: se falar, vai sentir falta de meu empurrão.

24 de dezembro

Ensaiamos até as seis e depois fomos para casa comemorar o... Natal! Carlo está inteiro ainda, quer dizer que não falou. O mais estranho é que agora me cumprimenta muito simpático. Bah... os milagres de Step. Talvez. De qualquer maneira, melhor não indagar. Step e eu tivemos uma ideia maravilhosa: primeiro cada um na casa de seus pais para a grande ceia, e depois, após a meia-noite, todos na casa de Step, ou melhor, na casa de seu irmão, para abrir os presentes. Elle e Marcantonio também irão; estranhamente, ainda continuam juntos! Estranhamente para Elle, a quem conheço bem, e estranhamente para Marcantonio, a quem conheço pouco. Bah, de qualquer maneira, não achava que durariam tanto. Bom! Talvez tenham levado à prática o esquema de casal aberto. Bah! Melhor para eles. Releio agora o que escrevi e vejo que está cheio de "bah"... Será que me tornei insegura? Bom, talvez, bah! De uma coisa tenho certeza: na vida, é melhor não ter muitas certezas. Por enquanto, está dando certo com Step. E funciona que é uma maravilha!

25 de dezembro

Acordei ao meio-dia e preparei um café da manhã fantástico, com panetone e capuccino! *Nossa, sou muito feliz! Um monte de gente diz que as festas de Natal entristecem, mas a mim, porém, deixam maluca. A árvore com as luzinhas, o presépio, a ceia juntos, cheia de coisas gostosas. Claro que se ganha um ou outro quilo, mas onde está a tristeza? Depois você os perde. Um pouco de movimento, e você os perde. E com Step você tem vontade de perder quilos, mas quando engorda? Que piadinha ruim! Espero que ninguém encontre este diário. De qualquer maneira, se por acaso você, que agora o pegou, estiver lendo, saiba que está enganado! Entendeu, maldito(a) ladrão(a), curioso(a)?! De qualquer maneira, não quero nem pensar. Ontem foi tudo lindo, demais! À meia-noite e meia estávamos todos na casa do irmão de Step. Paolo, o irmão, não estava. Foi passar o Natal com a namorada, uma tal de Fabiola. Estávamos sozinhos. Foi lindo! Marcantonio levou um CD maravilhoso. Atmosfera perfeita, sugestiva, mas não demais, eu diria até que suave. Rum, aguardente, champanhe, havia de tudo. Tomei dois goles do rum de Step e já estava bêbada! Sorteamos para ver quem ia abrir os presentes primeiro. Saiu Marcantonio. Só que ele aproveitou a brincadeira, como ele disse, "dos velhos tempos", e agarrou Elle, tipo um polvo. Beijou-a toda, e Elle ria... Estão maravilhosamente bem! Realmente bem! Fico muito feliz por Elle. E além de tudo, que belos presentes, lindos. Elle, sempre exagerada, deu-lhe um programa de design gráfico muito especial que acaba de chegar dos Estados Unidos e lhe custou os olhos da cara (Step disse isso, ele o havia usado quando estava fora). Ao vê-lo, Marcantonio literalmente enlouqueceu, abraçou-a e começou a gritar: "Você é a mulher da mi-*

nha vida, é você!" Mas Elle, em vez de se alegrar, irritou-se e disse: "Quer dizer que seu amor pode ser comprado. Basta um programa de design gráfico!" "Ei, não! Não é um programa de design gráfico, é um Trambert XD americano!" Como resposta, ela pulou em cima dele, caíram no sofá e começaram a lutar. Depois, Marcantonio a segurou e disse: "Não faça isso. Você tem que ser mais simpática, mais gentil, mais submissa, deixa você mais bonita. Isso, assim está mais bonita, você fica ainda mais bonita." Em resumo, paparicou-a de tal modo que no fim Elle até gostou do presente! E que presente! Uma roupa de gueixa! De seda azul-marinho, lindo, estilo coreano, muito elegante. Elle colocou a roupa na frente do corpo e se olhou no espelho. Ficou com os olhos brilhantes e disse para mim: "Era meu sonho." Seu sonho. Ser uma gueixa. Nossa! Voltaram as dúvidas, mas passaram em um instante. Dentre outras coisas porque era minha vez. Abri o presente que Step me deu. "Não! Não acredito, não tenho palavras." "O que foi? Não gostou?", disse ele. Eu olhei para ele e sorri. "Abra o seu..." Step começou a abrir o pacote, mas enquanto isso dizia: "Você pode trocar. Se não servir, troque, viu? Ou se não gostar da cor..." "Abra, ande", disse eu. "Não! — exclamou ele. — Não acredito!" Ele copiou minha frase, e não só isso. Demo-nos duas jaquetas Napapijri azul-marinho idênticas, totalmente idênticas. Nossa, ele não tinha palavras. "É fantástico, Step! Isso é o que se chama de simbiose! Não percebe? Tivemos a mesma ideia. Ou, como de costume, você me seguiu?" "Que bobagem!" Ri demais! Ele não queria parecer ciumento diante de seu amigo Marcantonio! Como se Elle não contasse a Marcantonio tudo que eu conto a ela. Todos sabemos tudo de todos! Mas o que importa? Nós nos gostamos! Isso é o que importa! O encerramento da noite foi lindo. Música, torrone, conversas... e depois Elle e Marcantonio foram embora. Tiro as botas, deito no sofá, encosto em Step e coloco os pés embaixo de uma almofada, buscando o calor. Posição de sonho. Conversamos muito. Ou melhor, eu falo muito. Falo dos brincos que meus pais me deram, do presente de tio Ardisio, do das tias, do da avó... Depois, quando pergunto a ele como foi, noto que fica tenso. Insisto e, no fim, com esforço, descubro que ele e Paolo jantaram com o pai e a nova namorada. Step me conta que seu irmão lhe deu um par de sapatos pretos, muito bonitos, e seu pai, um pulôver verde, a única cor que não suporta (É bom saber! Ainda bem! Havia uma jaqueta verde Napapijri. Mas eu também não gosto de verde! Ufa! Deu certo. Sorte simbiótica). Step explica que o cartão do presente de seu pai foi assinado também pela namorada. Tento justificá-lo, mas ele não tem dúvidas: "Se nem sequer a conheço. Você gostaria de ganhar um presente de alguém que não conhece?" Sob esse ponto de vista, tem certa razão. Depois, que absurdo (depois de minha longa insistência), disse que também ganhou um presente de sua mãe, mas que não o abriu. E com minha brincadeira — "Bom, sua mãe você conhece, não?" — acho que pisei na bola. "Achava que a conhecia." Essa não, estraguei o Natal dele. Por sorte, recupero-o. Com doçura, com tranquilidade, com paixão, com o tempo...

Ouvimos até Paolo entrar. É verdade que fazer no Natal vai um pouco contra meus princípios, eu me sentia culpada. Bom, é uma pequena justificativa. Digamos que outro aspecto entrou em jogo, além do cristianismo. Mas esperamos que nada mais tenha entrado em jogo. Dentre outras coisas, porque um nascimento... exatamente no Natal! Bom, seria o máximo. Rimos sobre isso. Por sorte ele estava tranquilo, e já brincou sobre a escolha do nome. Fácil! José ou Virgem, depende, se for menino ou menina. Blasfemo. "Você é tão irreverente quanto a Madonna", eu respondi. De qualquer modo, não abriu o presente de sua mãe.

Cinquenta e cinco

Capuccino e *croissant*, o mais tranquilo que se encontra no Vanni.

— Step! Não acredito.

Pallina corre a meu encontro. Não dá tempo de me virar, e quase derruba tudo em cima de mim. Ela me abraça. Algumas pessoas olham para nós. Cruzo o olhar com o de uma mulher refletida no espelho a minha frente. Come um *croissant* e suspira. Olhos levemente brilhantes. Fã nostálgica do *Carramba, che sorpresa!* e de outros programas de televisão parecidos. Ou talvez esteja impressionada com o *capuccino* quente demais. Bah!

— Pallina, calma. — Sorrio abraçando-a. — Só falta nos convidarem para participar de um *reality show*.

Ela se afasta e me olha. Está com o braço em minha cintura e deita levemente a cabeça.

— *Reality show*? Do que está falando? Step, você está muito mudado! Meu pai diria que você entrou no funil.

— Como assim? Que funil?

— Olhe para você. — Ela me faz dar uma volta e me detém diante dela com uma gargalhada. — Vestido quase na moda.

— Sim, mas...

— Bom, seja como for, abandonou a jaqueta cafona de delinquente.

— Por quê? — Olho para minha jaqueta azul-marinho, que visto com uma calça jeans e uma blusa de lã de gola alta. — Que foi, não estou bem?

— Não, não acredito. Step buscando aprovação! Ai, estamos mal!

— A gente muda. A gente se transforma, fica mais flexível, ouve...

— Então, estamos realmente mal. Você entrou totalmente no funil!

— De novo? O que quer dizer esse negócio de funil?

— Meu pai compara a vida social com um funil. No início, nos movemos livremente pela parte larga, sem pensar, sem muitas obrigações, sem ter que refletir. Mas depois, quando adentramos o funil, passamos para a parte mais fina, e então temos que seguir para a frente, as paredes se estreitam, não se pode voltar atrás, não se pode andar, os outros empurram, tem que ficar na fila, em ordem!

— Nossa, que pesadelo! E tudo isso porque troquei de jaqueta? O que ia acontecer, então, se você me visse amanhã?

— Por quê?

— Temos programa ao vivo e tenho que me vestir com ordenança: terno e gravata!

— Não, não acredito. Amanhã vou lá ver. Como posso perder isso? Step de terno e gravata! Incrível! Nem que Boy George e George Michael fossem fazer um show em minha casa e decidissem se deitar comigo!

— Se você está dizendo, Pallina... Pode me explicar a comparação? Dois célebres gays do mundo da música, que relação têm com o fato de eu usar terno e gravata? Se houvesse dito algo como meter-se em camisa de força...

— Sei lá. É verdade. Como essa comparação é estranha, vou ter que pensar nisso. Mas, nesse sentido, no que lhe diz respeito, você não mudou nada, não é? Porque dizem que na televisão, depois do mundo da moda, é onde se encontra a porcentagem mais alta de...

Por um instante, penso no encontro que tivemos na varanda outra noite. Mas é só um instante. Rio. Já passou. Rio de verdade.

— Não, não, fique tranquila. E tranquilize principalmente suas amigas!

— Presunçoso!

Ela me dá um leve empurrão. Quem sabe se ela também pensou na outra noite?

— A propósito, o que você faz nesse programa?

— O que estudei nos Estados Unidos. Logos, design gráfico, títulos de abertura, legendas com os resultados ou o dinheiro que se pode ganhar. Você sabe, os textos que aparecem embaixo dos apresentadores. Eu cuido disso.

— Caramba, televisão! Bailarinas, assistentes, garotas gostosas de todo tipo e mulheres que se entregam em troca de trabalho. E quando mudar de ideia... imagino que isso é um paraíso de encontros.

— Bem, não. Digamos que esse é o lado mais agradável do trabalho.

Exatamente nesse momento passa uma das bailarinas por nós. A mais gostosa.

— Olá, Stefano.

— Olá.

— A gente se vê lá dentro.

— Claro.

Vai embora sorrindo, bonita e segura, com passo decidido, tranquila, consciente das atenções mais ou menos delicadas, dos pensamentos, os mais diferentes, que acompanham seu afastar-se de costas.

— Já entendeu tudo, não?

Pallina está em uma forma excelente, não deixa escapar uma.

— Stefano? É a primeira vez que ouço alguém chamá-lo assim. Nossa, anda até incógnito.

— Step é muito íntimo, entende?

Exatamente nesse momento ouço me chamarem.

— Step!

Volto-me. É Gin. Avança sorridente e maravilhosa, bonita em sua transparência selvagem. Pallina ergue uma sobrancelha.

— Sim, é verdade. Step é muito íntimo!

Gin chega e me beija depressa na boca. Para ao meu lado como quem diz: estou pronta para conhecer sua amiga. Porque é uma amiga, não é? Mulheres...

— Ah, sim, desculpe, esta é minha amiga Pallina. Pallina, esta é Ginevra.

— Olá — Gin lhe dá a mão. — Se quiser, pode me chamar de Gin.

— Pois eu sou sempre Pallina, para os amigos e os não amigos.

Observam-se por um instante de cima a baixo, velozes. Depois, não se sabe como nem por quê, mas, felizmente, decidem agradar uma à outra. Riem.

— Step — diz Gin—, eu vou embora. Não se atrase, estão procurando você lá dentro.

— O.k., obrigado, já vou.

— Tchau, Pallina — cumprimenta sorridente e se afasta. — Prazer em conhecê-la.

Ficamos um momento em silêncio vendo-a ir embora. Pallina, curiosa, pergunta:

— É atriz?

— Não, tem um papel muito simples, de assistente.

— Faz o quê?

— Leva os envelopes.

— Que pena, é um talento desperdiçado.

— O que quer dizer?

Pallina faz voz de falsete:

— "Prazer em conhecê-la"!

— Talvez Gin tenha gostado de você de verdade.

— Viu? Seria uma atriz perfeita! Enganou até você.

— Você é muito desconfiada.

— Vocês, homens, são muito pouco desconfiados. Vai ver como tenho razão. Quando voltará a vê-la?

— Daqui a pouco.

— Então, ou ela ficará calada e de bico ou vai bombardeá-lo com perguntas: "Quem era essa Pallina? O que ela faz? Desde quando a conhece?" E preocupe-se principalmente se lhe perguntar: "Você já teve alguma coisa com ela?"

— Por quê?

— Porque então não é só curiosa. Está apaixonada.

E Pallina se afasta assim, como ela faz, como sempre fez, brincando. Junta-se a uma amiga que não conheço e desaparece. E me deixa ali, mais uma vez, simplesmente preocupado.

Pouco depois, estou dentro do Teatro delle Vittorie. Cumprimento Tony, o segurança da entrada, e olho em volta procurando por ela.

— Tome — jogo o pacote. Tony o pega no ar como o melhor *quarterback* de um time americano. Tudo bem, não fosse pelo porte físico e pelo fato de que, em geral, são negros.

— Ah, obrigado, Step. Você se lembrou.

Olha contente para seu maço de MS.

— Quanto lhe devo?

— Não se preocupe. Se os meus acabarem, você me oferece alguns.

Falsos, os dois. Eu nunca fumaria um MS, nem mesmo se o meu acabasse. E até parece que ele não sabe quanto custa um maço, se, pelo que vejo, fuma quase dois por dia. Bom, de qualquer maneira, não tem problema. Gosto dele. Olho a minha volta. Talvez esteja na máquina de Coca-Cola ou na de café. Não tenho tempo de verificar.

— Se está procurando Gin, foi se trocar.

Tony sorri, piscando para mim. Não há o que fazer, ninguém deixa escapar nada. Claro que, para um segurança, seria um contrassenso.

— Obrigado.

É inútil dizer: "Não, na realidade estava procurando Marcantonio". Só faria piorar a coisa.

— Olá, Step. Vi você no Vanni falando com uma morena baixinha.

É Simona, uma das assistentes do programa.

— Era Pallina, uma amiga minha.

— Sim, sim, claro! Olha que eu conto para Gin!

Simona se afasta. E exatamente nesse momento chega Marcantonio.

— Estava procurando você, vamos para nosso lugar que os autores querem falar conosco.

— Está bem, vou em cinco minutos.

— Dois.

— Três.

— O.k., mas nem um a mais!

Marcantonio joga o cigarro bem na frente de seus pés, apaga-o quando toca o chão e desaparece por um dos corredores. Não tenho nem tempo de dobrar a esquina e trombo com alguém. Bum, como uma fúria. Ela quase cai para trás, mas a seguro.

— Gin! Aonde você vai assim?

— Estou correndo para fazer um pouco de exercício. Não pude ir à academia. Para ser sincera — aproxima-se e sussurra em meu ouvido, depois de olhar em volta para se certificar de que não há ninguém. — Hoje me expulsaram da Urbani.

— Não!

— Sim. Veio um sujeito com uma folha e disse: "Você já veio fazer aulas grátis em fevereiro e em junho, não é?".

— Não!

— Pois, sim! Que foi, tenho que jurar?

— Não. É que não pode...

— Por quê?

— Porque você passa despercebida.

— Hum, que simpático! Eu acho que você estragou tudo.

— Eu? Por quê? Está maluca?

— Não, o maluco aqui é você, que me responde. Ei, ouça...

Agora vai começar com as perguntas. Eu sabia, Pallina tinha razão. Pallina sempre tem razão.

— Viu Marcantonio? Ele estava lhe procurando, disse que haverá uma reunião importante!

— Sim, obrigado, já o vi antes.

Olho para ela e sorrio. Gin já vai embora, mas a detenho.

— Você não tem mais nada a dizer?

— Não, por quê? Ah, sim...

Eu sabia. Pallina sempre tem razão. Gin olha para mim de soslaio, dando-se por aludida. Agora, eu sabia.

— Hoje à noite meu tio vem jantar em casa, de modo que, infelizmente, depois não vamos poder fazer nosso "ensaio geral".

— Ah!

Fico decepcionado. Não tanto pelo ensaio, mas por sua falta de interesse.

— O que foi? — olha para mim com curiosidade.

— Não, nada...

— Step, lembre-se dos olhos.

— O quê?

— Você não tem que mentir, e está mentindo.

— Não, quer dizer, sim. É que estava me perguntando...

— Sim, eu sei. Como pode ser que Gin não me pergunta "Quem era aquela? De onde a conhece?". O que foi? Você teve uma história com ela, não é?

— Sim, exato.

— Bom. Primeiro, seja quem for, o que importa? Você quer estar comigo? Isso é o importante. Segundo, você poderia me contar ou não, seja a história que for. Então por que correr o risco com seus olhos? Uma coisa é certa: ela gosta de você.

— De mim? Mas ela é namorada de um amigo.

Sai quase natural usar o presente para meu amigo Pollo, e isso me faz sentir melhor.

— Ela gosta de você, Step, confie em mim! Talvez você até tenha flertado com ela. Lembre-se: uma mulher conhece a outra. Confie em mim, Step. Às vezes, mesmo contra minha vontade, não me escapa nada.

Afasta-se assim, tentando compensar com uma corrida veloz sua falta de academia. É verdade, Gin, você não deixa escapar nada. Bom, vamos a essa reunião de autores. Ah, e outra coisa: Pallina nem sempre tem razão. Entro na sala a tempo de ver a cena. Renzo Micheli, o Víbora, está em pé diante de Marcantonio. Segura uns papéis na mão e os agita em perfeita sintonia com sua voz. Agitada. Sesto e Toscani, o Gato & o Gato, estão ali atrás, encolhidos, rindo em silêncio e trocando de vez em quando olhares divertidos, sei lá por quê.

— Entendeu? Não pise na bola de novo. Você não pode se permitir errar! Não pode se permitir. Se eu digo uma coisa, escute. Os resultados se apresentam da esquerda para a direita, não em colunas.

— Mas é que, como não havíamos falado com Romani sobre como exibi-los, pensei...

Micheli, o Víbora, o interrompe de imediato:

— Esse é o erro. Pensar! Eu sabia que você havia se excedido, mas não entendia onde. Você tem que obedecer e pronto. Não se atreva a pensar! — E, dizendo isso, Micheli, o Víbora, joga as folhas ainda quentes da impressora na cara dele. — Tome, refaça isso e me mostre, então!

Marcantonio consegue pegar as primeiras folhas, mas as outras acertam seu rosto e, como uma violenta chuva de papel, abrem-se em leque. Toscani, com seu habitual palito na boca, finge um estranho espanto divertido.

— Oh!

Não satisfeito com isso, lambe o palito como se fosse um pirulito. Sesto, apoiado em uma mesa próxima, levanta-se curioso para ver como Marcantonio vai reagir. Mas não acontece nada. Micheli ainda espera um momento, depois diz:

— Ande, vamos...

Parece meio chateado por não obter resposta para sua provocação. Essas simples folhas de papel, como luvas de seda de um espadachim que pertence ao passado, não obtiveram resposta ao esbofeteá-lo. Marcantonio recolhe algumas folhas espalhadas pela mesa. Renzo Micheli, seguido pelo Gato & o Gato, está saindo da sala quando me encontra no caminho. É um instante, uma hesitação. Olha para mim levantando uma sobrancelha e aperta um pouco os olhos, como quem diz: por acaso você quer responder? Mas é só um instante. Afasto-me de lado, deixando-os passar. Esses estranhos padrinhos de um duelo que não deu certo saem animados da sala. Imediatamente, me inclino para pegar as folhas espalhadas em volta, para quebrar esse silêncio constrangedor, para dar uma mão, como puder, a Marcantonio. Teria sido absurdo, em seu lugar, decidir reagir a esse inútil desafio. E é Marcantonio quem me ajuda.

— E foi assim, querido Step, que hoje você aprendeu outra lição. Às vezes, no trabalho, sua força e suas razões têm que ser deixadas de lado quando você se choca com o poder. Brigar com Micheli seria como ser apagado do mapa, jogar no rio uma hipoteca para o futuro. Ele vai ser o substituto de Romani.

Suas palavras começam a ficar turvas.

— E eu, sabe... acabei de comprar um apartamento, tenho uma hipoteca, e já não sou o nobre de outros tempos. Em resumo, naquela época era diferente.

Assinto com a cabeça, continuo fingindo que ouço. Fragmentos de palavras um pouco balbuciantes. Uma estranha justificativa plantada ali, no ar. Parecem as letras de um anônimo, diferentes umas das outras, coladas e depois enviadas para pedir um resgate. Mas eu não tenho esse dinheiro. Eu não posso fazer nada. Recolho as últimas folhas, coloco-as na mesa e as deixo ali, delicadamente. Depois de um "Claro, Marcantonio, eu entendo, você tem razão", saio de cena com um "Sim, talvez eu também tivesse reagido desse jeito". E deixo assim, com esse talvez, uma dúvida tranquilizadora nele, um pequeno espaço para sua dignidade. Gin não teria tido dúvidas. Ela teria descoberto minha mentira logo. Talvez. Tomara! Quem dera os três ao mesmo tempo houvessem jogado os papéis em mim. Só espero isso. Estão me dando no saco. E cultivando esse pequeno sonho, eu me afasto. Fecho a porta e ponho os óculos. Tenho vontade de rir. Que imbecil, Gin não está aqui.

Cinquenta e seis

Entro em casa e deixo a mochila. Tiro a jaqueta e ouço Paolo conversar ao longe. Está com alguém ou é a televisão? Paolo vem até mim sorrindo.

— Olá! Tenho uma surpresa para você.

Não é a televisão. Há alguém ali, que aparece de repente. Emoldurada pela porta da sala, um pouco da luz da janela atrás desfoca aos meus olhos sua silhueta. Uma delicada visão, forte e presente em minha vida, em toda minha vida passada. Minha mãe. Mamãe.

— Fiz alguma coisa, caso esteja com fome, Step — diz Paolo pegando o casaco do armário e vestindo-o. — Se quiser jantar, está tudo ali, na mesa.

Insiste, preocupado com essa situação, nem tanto por imaginar que eu esteja com fome, mas com certeza por ter me servido esse prato que talvez, nesse momento, não me apetecia: encontrar mamãe. Talvez ele não tivesse vontade, ele poderia ter pensado, ou talvez não. Mas é só um instante. Paolo saiu deixando-nos assim, sozinhos. Sozinhos como ficamos desde aquele dia. Pelo menos, eu. Só, sem ela. Sem a mãe que havia me desenhado, inspirando-me em todas as suas histórias, naquelas fábulas que havia lido para mim quando pequeno, em todas as histórias que havia me contado ao lado de minha cama, onde eu, com apenas alguns décimos de febre, gostava de me refugiar me aconchegando nesse calor, o das mantas e o dela. Sabendo que ela estava ali, ao meu lado, contando-me uma história, pegando minha mão, tocando minha testa, trazendo-me um copo d'água. Esse copo d'água... Quantas vezes, só para tê-la perto mais um segundo, já quase adormecendo, havia lhe pedido esse último favor, para vê-la entrar de novo, emoldurada pelo batente de outra porta, de outra casa, de outra história. Aquela com meu pai. E esse maravilhoso desenho, exatamente criado por ela, cheio de amor, de fábula, de sonhos, de encanto, de luz, de sol... puf, apagado em um segundo. Tê-la descoberto ali, na cama com outro.

— Olá, mamãe!

Um qualquer, um desconhecido, um homem diferente de meu pai com minha mãe e, desde então, a escuridão. Completa escuridão. Estou mal. Sento-me à mesa, onde os pratos já estão colocados. Nem vejo o que há, e só a ideia de comer me dá vontade de vomitar. Mas é minha única possibilidade de escapar. Calma, Step. Vai passar. Tudo passa. Não, não tudo. Com ela, a dor ainda não passou. Esse copo d'água... Calma, Step. Você cresceu. Bebo um pouco de água.

— Sei que está trabalhando. Está contente? — Contente? Dita por ela, essa palavra me dá vontade de rir. Mas não rio. Respondo qualquer coisa, como para o resto de suas perguntas. — Como foi nos Estados Unidos? Teve problemas? Há muitos italianos? Pretende voltar? — Respondo. Respondo a tudo mais ou menos bem, acho, tentando sorrir, ser gentil. Exatamente como ela me ensinou. Gentil. — Trouxe isto para você.

Tira algo de uma bolsa, não aquela que eu lhe dei de presente no Natal ou no seu aniversário, não me lembro. Mas me lembro de que encontrei aquela bolsa no local, no sofá daquela casa. Na sala. A cama de outro que a havia convidado, ela, minha mãe. Convidar. Convidar. Convidar... Chega, Step. Deixe isso para lá.

— Reconhece? São os *morselletti* de que você gostava tanto.

Sim, gostava muito. Gostava de tudo vindo de você, mamãe. E agora, pela primeira vez, depois de ter olhado para ela várias vezes, vejo-a de novo. Minha mãe. Sorri com o pequeno saquinho transparente nas mãos. Deixa-o com suavidade em cima da mesa e sorri para mim outra vez inclinando a cabeça para o lado. Minha mãe. Agora usa o cabelo mais claro. Agora sua pele parece também mais clara. Ela, delicada como sempre, parece ainda mais frágil, mais magra. E sua pele está levemente encrespada por um vento leve. Seus olhos, um pouco embaçados, é como se tivessem menos luz. Como se alguém, num gesto cruel, tivesse apertado esse interruptor, deixando nosso amor na penumbra. Meu amor. Bebo um pouco mais de água.

— Sim, eu me lembro. Gostava muito.

Uso o passado sem querer, sem saber, com medo de que até esses simples biscoitos tenham perdido o sabor de que eu tanto gostava.

— Abriu meu presente?

— Não, mamãe.

Não consigo mentir para ela. Mesmo agora, não consigo lhe dizer uma mentira. E não é só pelo medo de ser descoberto. Lembro-me de Gin e da história dos olhos. Por um instante, tenho vontade de sorrir. E é uma sorte.

— Não, mamãe, não abri.

— Isso não é bonito, sabia?

Mas não espera que lhe peça perdão, não é necessário. Seu sorriso me dá a entender que tudo está no lugar, já é passado, e ela não deixa que pese em mim.

— É um livro, e eu gostaria muito que o lesse. Está aqui?

— Sim.

— Então, vá buscá-lo.

Suas palavras são tão gentis que consigo me levantar, ir para meu quarto e voltar imediatamente com o pacote, colocá-lo em cima da mesa e desembrulhá-lo.

— Pronto. É de Irwin Shaw: *Lucy Crown*. É uma história muito bonita. Caiu em minhas mãos por acaso e me impressionou muito. Se tiver tempo, gostaria que o lesse.

— Sim, mamãe. Se tiver tempo, vou ler.

Ficamos um momento em silêncio, e embora seja só um instante, parece muito longo. Baixo o olhar, mas a capa do livro também não me ajuda. Dobro o papel de presente, mas isso também não faz diminuir o peso dos segundos que parecem não passar nunca. Minha mãe sorri. É ela quem finalmente me ajuda a vencer esse pequeno embaraço que parece uma eternidade.

— Minha mãe também sempre dobrava o papel dos presentes que ganhava. Sua avó. — Ri. — Talvez tenha herdado isso dela. — Levanta-se. — Bom, vou embora.

Eu me levanto também.

— Eu a acompanho.

— Não, não se incomode.

Ela me dá um beijo leve no rosto e sorri.

— Eu me viro. Meu carro está aí embaixo.

Vai para a porta e sai, sem se voltar. Parece cansada, e eu me sinto esgotado. Não encontro toda essa força que sempre julguei ter. Esse beijo, talvez não tenha sido tão leve.

Cinquenta e sete

Um pouco mais tarde.

— Estava justamente pensando em você. Que simbiose! Sério, estava ligando para você!

Sempre tão alegre, Gin desarma.

— Onde você está?

— Aqui embaixo. Abra.

— Acabei de jantar agora; meu tio ainda está aqui. O que você quer? Subir e que eu lhe apresente a família toda?

Ri alegre.

— Ande, Gin, invente alguma coisa. Sei lá, que você tem que pegar roupa no terraço, que tem de ir buscar algo na casa de sua amiga que mora no andar de cima, que tem de fugir comigo, diga isso se quiser, mas abra. Quero você.

— Você não disse "quero vê-la", mas, sim, "quero você".

— Sim, e repito!

Tenho a impressão de estar participando de um desses concursos imbecis. Espero não ter errado a resposta. Gin faz uma pausa longa, muito longa. Talvez eu tenha me enganado...

— Eu também quero você.

Ela não diz mais nada, e ouço a porta se abrir. Não pego o elevador. Subo os degraus veloz como um raio até o último andar, sem parar, às vezes até de quatro em quatro. Quando chego, o elevador se abre. É ela, simbiose até nisso. Mergulho em seus lábios e busco ali minha respiração. Beijo-a sem trégua, sem deixá-la respirar. Roubo à força seu sabor, seus lábios, roubo até suas palavras. Em silêncio. Um silêncio feito de suspiros, de sua blusa que se abre, do fecho de seu sutiã que pula, de nossas calças que descem, do corrimão que balança, dela que ri fazendo "Ssshhh" para que não nos ouçam, que suspira para que eu não goze, pelo menos não logo. E estranhas posições naquela armadilha de pernas, nesse emaranhado de jeans que me excita ainda mais, me fascina, me extasia. Paro um pouco e, de joelhos, no frio mármore do descanso da escada, beijo-a no meio das pernas. Ela, Gin, *cowgirl* estranhamente decomposta, imita um rodeio muito pessoal para não cair de meus lábios. E depois cavalgá-la outra vez e gozarmos juntos, nós, bobos, selvagens, apaixonados, cavalos apaixonados presos ao chão por um corrimão de ferro, que vibra em silêncio, como nossa paixão. Por um instante, suspensos no vazio. Ruídos distantes. Ruídos das casas. Uma gota que cai. Um armário que se fecha. Passos. Depois nada mais, só nós. Sua cabeça para trás, seus cabelos soltos, abandonados em queda na escada. Agitam-se frenéticos, gostariam de pular, como nosso desejo. Mas um último beijo nos faz gozar juntos, voltar ao chão exatamente quando chamam o elevador.

— Ssshh — ela ri desabando no chão. Exausta, suada, molhada, e não só de suor, com o cabelo colado no rosto. Nós nos abraçamos assim, combatentes esgotados, acocorados no chão, vencidos. Esperando um inútil veredicto: empatados. E sorrindo nos beijamos. — Sssshhh — diz ela outra vez. — Sssshhh — regozija-se nesse silêncio... Sssshhh.

O elevador para um andar abaixo. Meu coração e o dela batem velozes, mas não de medo. Eu me escondo em seus cabelos. Apoio-me em seu suave pescoço. Descanso tranquilo. Meus lábios cansados, felizes, satisfeitos em busca só de uma última resposta.

— Gin...

— Sim?

— Não me deixe.

Não sei por que, mas já disse. E quase me arrependo. Ela fica um momento em silêncio, afasta-se de mim e me olha curiosa. E então fala devagar, quase sussurrando:

— Você jogou a chave do cadeado no rio.

E, carinhosa, pega minha cabeça com suas mãos e me olha. Não é uma pergunta nem uma resposta. Ela me dá um beijo, e outro, e mais outro. E não diz nada mais. Só continua me beijando. Eu sorrio e aceito encantado essa resposta.

Cinquenta e oito

Uma tarde quente, estranhamente quente para dezembro. O céu azul, intenso, como esses dias em que você morre de vontade de esquiar. Só que eu tenho que trabalhar. Como diz Pallina, entrei no funil, mas é o último programa, ou melhor, o último dia de ensaio antes do último programa. Porém, parece um dia especial para mim. Sinto algo estranho e não entendo por quê. Talvez seja um sexto sentido, mas nunca teria imaginado.

— Bom dia, Tony.

— Bom dia, Step.

Entro apressadamente no teatro. Um grupo de fotógrafos meio lamentáveis, com câmeras fotográficas tão diferentes quanto suas roupas, interceptam meu caminho. Não são, claro, como esses grupos chatos de japoneses que você encontra pelas praças de Roma. Eles não deixam escapar nenhuma imagem.

— Por ali, ela foi por ali. Rápido, que a pegaremos.

Fico espantado, e isso Tony, naturalmente, não deixa escapar.

— Estão perseguindo Claudia Schiffer. Ela chegou mais cedo porque precisa ensaiar a entrada no palco. O que ela tem para ensaiar se só tem que andar? Se pelo menos tivesse uma escada! O que ela precisa ensaiar? Bah! Talvez seja para justificar o dinheiro que cobra. — E Tony acrescenta. — Se está procurando Gin, foi justamente ao camarim da Claudia. Um dos autores a chamou. Talvez a faça entrar com a Schiffer. Se ela também aprender a andar, vai ver o dinheiro que vai ganhar. Mais que andar, prepare-se para dar logo a volta ao mundo. Viagens grátis com você e com o motorista.

Tony ri, meio descarado, tropeçando com uma estranha tosse cheia de fumaça e nenhuma saúde. Apesar disso, acende logo outro MS e joga o maço acabado. É o que lhe dei ontem ou outro novo? Que importa? Afinal, se ele não se importa... Bom, melhor eu ir ver como está Marcantonio e como vai nosso trabalho. Isso, mesmo que seja por contrato, deveria me interessar. Lá está. Sentado na frente do computador, concentrado. Olho para ele de longe pela porta entreaberta. Ele sorri com seus botões, aperta uma tecla, manda o arquivo para a impressora e, satisfeito, acende um cigarro, bem a tempo de me ver chegar.

— Ei, Step, quer um?

Ele, diferentemente de Tony, oferece, e não parece estar tão mal.

— Não, obrigado.

Fecha de novo o maço.

— Muito melhor! — Guarda-o no bolso do paletó e alisa o pouco cabelo dos dois lados da cabeça, jogando-o para trás. — Consegui. Consegui mostrar tudo, exatamente como queriam.

— Ah, muito bem.

Percebo que evita voluntariamente dizer "como os autores queriam", mas não é o momento de fazer comentários. No mínimo, porque me ofereceu um cigarro. Ficamos um momento em silêncio olhando as páginas que saem da impressora uma após a outra. Precisas, limpas, organizadas. Cores claras e suaves, perfeitamente legíveis, exatamente como queriam, imagino. Marcantonio espera a saída da última página, depois pega todas delicadamente na máquina e sopra suavemente para que a última tinta recém-impressa seque.

— Pronto. Acho que está perfeito. — Olha para mim buscando minha aprovação. — Sim, acho que sim.

Na verdade, não tenho muita certeza. O fato de terem jogado aquelas folhas na cara de Marcantonio me fez esquecer totalmente qual era o motivo da discussão.

— Sim, perfeito! — Limito-me a dizer, querendo, assim, não dificultar. Mas não basta. Infelizmente, não é suficiente.

—Step, pode me fazer um favor? Pode levar isto para os autores?

Finalmente conseguiu pronunciar essa palavra. Mas é uma vitória sofrida porque, de qualquer maneira, eu é que tenho que enfrentar os autores. Que embrulhada! Mas não posso dizer não. Agora já estou no funil. Além disso, Marcantonio, meu mestre, me pediu um favor. Como posso dizer não?

— Claro, sem dúvida!

Olha para mim aliviado. Entrega-me os papéis e, assim que saio da sala, volta a se acomodar na cadeira, apaga o cigarro e acende outro em seguida. Caraca! De uma coisa, tenho certeza: ele fuma demais. Bom, tenho que fazer isso. Não há nada melhor que uma coisa que você tem que fazer. Você "tem"; primeira lei do funil. Estou começando a odiar esse funil. Tony me cumprimenta com seu sorriso divertido de costume. Sempre o mesmo, cada vez que passo.

Onde disse que estão os autores? Ah, sim, no primeiro andar, onde fica também o camarim de Claudia Schiffer. Subo depressa a escada. Ali estão. Os fotógrafos estão todos sentados, ou melhor, espalhados em pequenas poltronas desbotadas. Esperam a saída da diva sonhando em poder surpreendê-la sem maquiagem, mas sempre bonita. Tudo para dar um pouco mais de valor a suas eventuais fotos roubadas. Trabalho estranho. Cansativo e ferozmente ligado a muitas hipóteses. Quando chego, não me dirigem nem sequer um olhar. Só um fotógrafo, ou melhor, uma fotógrafa, dedica-me por um instante sua atenção. Curiosidade feminina, talvez. Com certeza, os autores vão ter algo a dizer. Olho à minha volta procurando onde podem estar. "Schiffer." A placa, perfeitamente impressa com letras grandes por uma *laser write*, destaca-se nítida na primeira porta. A segunda porta não tem nenhuma indicação. A escolha é bastante natural. Bato. Não ouço resposta. Alguns segundos depois, abro. Nada. Silêncio. Excetuando o fato de que surge um pequeno corredor. No fundo, outra porta. Do mesmo tipo, da mesma cor. Avanço com os papéis nas mãos. Talvez estejam ali, nessa outra sala. Bom, como têm que estar em algum lugar, é melhor verificar. Mas, enquanto eu me aproximo, ouço um barulho estranho. Risos abafados. Depois, movimentos desordenados, surdos, rebeldes. Como pontapés sem coordenação de uma criança erguida no ar que tenta acertar uma bola. Mas a bola está muito longe para dar-lhe o prazer desse chute. E, assim, abro a porta. Sem bater. Simplesmente mal-educado, mas o ato sai espontaneamente. Do mesmo modo que me parece irreal o que vejo. Toscani prende Gin com os braços por trás. Sesto está apoiado em uma mesa com seu palito de sempre na boca e sorri empolgado com a cena. Micheli está em frente a Gin e se move em um ritmo estranho. De repente, entendo a cena. Gin está com a camiseta rasgada. Seu seio está nu, descoberto por um sutiã retorcido. Um pedaço de fita adesiva na boca. Toscani está lambendo seu pescoço com sua língua áspera. Michele, o Víbora, está com a calça abaixada diante dela, o pau para fora, se masturbando. Gin, com o cabelo molhado de suor pela luta, volta-se de repente para mim. Está desesperada. Ela me vê, suspira. Parece sentir um instante de alívio. Toscani cruza com meu olhar e para de lambê-la. Sua língua fica suspensa no ar como a boca aberta. Sesto não fica atrás. Pela sua cara, está aterrado, e também abre a boca. Seu estúpido palito fica pendurado no lábio inferior. Por fim, esses papéis têm sua razão de ser. É só um instante. Jogo-os com força na cara de Sesto, o único que poderia ser o primeiro a intervir. Acerto-o em cheio. Tenta evitar o golpe, mas escorrega da mesa e acaba no chão. Michele, o Víbora, nem precisa se virar. Dou-lhe um soco da direita para a esquerda com o braço aberto, para afastá-lo. Acerto em cheio, bem na traqueia. Ele voa para trás e acaba com as pernas para o ar, deixando escapar um estranho estertor, enquanto seu tímido pau encolhe.

Toscani solta Gin. Em um instante, estou em cima deles. Liberto-a definitivamente, arrancando de sua boca o pedaço de fita.

— Você está bem?

Assente com a cabeça, com lágrimas nos olhos, as sobrancelhas inchadas. Seus lábios tremem, em uma tentativa desesperada de falar.

— Sssshhh — digo.

Afasto-a gentilmente, empurrando-a com doçura para a porta de saída. Vejo-a ir embora assim, de costas. Intuo que está pondo o sutiã no lugar. Ajeita a camiseta, organizando as ideias na medida do possível. Quer encontrar um lugar para sua dor. Tenta chorar, mas não consegue. De qualquer maneira, não se vira. Simplesmente se afasta, insegura sobre seus passos, hesitante sobre as pernas, pensativa sobre o que fazer. No que me diz respeito, porém, não tenho dúvidas.

Bum! Volto-me de repente e soco Toscani com uma violência da qual não achava que era capaz. Acerto-o na cara, de baixo pra cima, bem no lábio, no nariz, na testa, quase arrebentando-o, apoiando todo meu peso, toda minha fúria. Acaba na parede, e não tem tempo de recuperar o equilíbrio; já estou em cima dele. Acerto-o em cheio com o pé direito no estômago, deixando-o sem ar, dando-lhe só tempo de cair; dou uma breve corrida e acerto-o como se fosse uma bola. Bum! No meio da cara. Um chute bem dado, como o melhor Vieri, ou Signori, ou Ronaldo e todos os outros juntos, sem excluir nenhum. Com um único grito e uma ameaça. Para que não se engane. Bum! Outra vez. Na parede. Seu rosto fica deformado, há uma mancha de sangue muito melhor que a de qualquer raivoso intérprete da mais suja *pop art*.

Pulo por cima de Micheli, que, embora respire entrecortadamente, está recuperando o fôlego. Sorrio involuntariamente para ele. Que bom que está se recuperando. Precisa estar em forma para aquilo que, naturalmente, decido guardar para o final. Depois vou para Sesto. Ele cobre o rosto com as duas mãos, esperando algum milagre. Mas não rola. Bum! Soco-o com a direita, um soco generoso, bonito, tenso, aberto. Da direita para a esquerda, com todo o peso de meu corpo. Bum! Outra vez. Na orelha, com tanta violência que me surpreende que não voe longe. Mas me acalmo. Bom, está sangrando. E ele, estúpido, surpreso, ainda incrédulo, tira as mãos do rosto e as leva à frente dos olhos. E olha sem querer acreditar, buscando uma absurda explicação para a dor, para o sangue, para o barulho. Mas não tem tempo de fazer nada. Bum! Agora seu rosto está livre. Bum. Bum. Um após outro, acerto uma série de repentes na cara dele. Um após o outro, em cheio e sem trégua, nos olhos, no nariz, na boca, nos dentes, nas bochechas. Bum! Bum! Bum! Um após outro, cada vez mais depressa, cada vez mais depressa, cada vez mais depressa, como um louco. Bum! Bum! Bum! São meus socos que o mantêm em pé, que sustentam esse rosto que está se apagando. Bum! Bum! Bum! Não sinto dor nem piedade; não sinto nada além de prazer. Já não sei a quem pertence todo esse sangue em minhas mãos. Sorrio. Paro. Respiro, enquanto ele cai como um saco vazio. Escorrega, mole, tonto, talvez feliz, embora não diga, de ainda estar vivo. Talvez. Mas é só um detalhe. Por acaso, vejo o encerramento adequado. Agacho-me, pego-o com os dedos, com nojo e desprezo. E bum, cravo seu palito no que restou de seu lábio inferior. Não tenho tempo de me virar. Crash. Chega de trás uma cadeira, acerta-me em cheio na nuca. Sinto a pancada e me viro. Micheli está em pé diante de mim; recuperou o fôlego. Atrás dele apareceram todos esses fotógrafos inúteis. Famintos, reanimados, incrédulos, quase se jogam, ávidos, sobre esse imprevisto prato quente recém-servido. Movimentam vorazes suas câmeras fotográficas inundando-nos de flashes. Devem ter visto Gin sair. Devem tê-la visto alterada, com a camiseta rasgada, chorando. Mas a viram ir embora, isso me faz sentir melhor. Arregalo os olhos, tento focar depois do golpe recebido. Bem a tempo. Vejo a cadeira chegar de novo. Agacho-me por instinto, deixando que passe por cima de minha cabeça. Fshhh, sinto um vento suave no cabelo. Esquivada. Por pouco, mas esquivada. Levanto-me de repente bloqueando o braço dele, aperto seu punho fazendo a cadeira cair e o atraio para mim; dou-lhe uma cabeçada perfeita, no meio do nariz, quebrando-o. Repito o golpe, bum! na sobrancelha. E outra vez, bum! no meio da cara. Desaba diante dos flashes dos fotógrafos, que continuam impávidos batendo fotos. Micheli está no chão. No ímpeto de sua ideia, segundo ele, genial, de me bater com uma cadeira, não pensou em esconder o estúpido utensílio que o levou a fazer tudo isso: ainda está com o pau para fora. O responsável por aquele sujo atentado que deu errado pende enrugado para fora da inútil calça cinza. Como se um pouco de flanela bastasse para outorgar elegância. Eu não tenho dúvidas: ele é o verdadeiro culpado. Então, é justo que pague. Não espero mais, preparo-me, o tempo vai acabar. O pivô está quieto com a bola na mão. É o último jogo de basquete, decisivo para a vitória do campeonato. E repentinamente ele lança... Ou como um saltador que se prepara para o último salto: oscila sobre seus passos, tenta encontrar o ritmo exato dentro de si, de bater o recorde do atleta anterior. Ou como na amarelinha, essa brincadeira de pátio de colégio. "Cuidado com o que procura, porque pode encontrar." Pois vocês me encontraram. Não tenho dúvidas; eu me preparo, me elevo e pulo, sincronizado com o flash dos fotógrafos. Não estou nem aí. Bum! Pulo em cima dele de novo. Bum! Bum! Pulo bem no centro, enquanto Micheli se agita e esse ridículo utensílio no meio de suas pernas se dobra cada vez mais. Bum! Outra vez, sem piedade, esmagando com meu peso essa sombra de pau agora com suas eventuais asas arrancadas. Bum, o pau, ou o que resta dele, sangra... Pego impulso e... Bum! Acabo assim, em perfeita sintonia com os últimos flashes dos fotógrafos, desintegrando seus colhões, supondo que alguém que age assim os tenha de verdade. Mas eu, na dúvida, prefiro me garantir. Nunca se sabe se um sujeito como Micheli pode querer repetir a dose. E faço isso para selar o encontro, sou sortudo. Vejo-o: pequeno, vermelho, de ferro. Chama minha atenção, quase brilhando. Pego-o. Agacho-me sobre Micheli. Um ou outro flash me acompanha curioso. O que ele vai fazer? E então os satisfaço. Clanc! Um único golpe, com força, determinado, preciso, perfeito. Micheli grita feito louco, enquanto o grampeador sela totalmente a vontade desse estúpido pau de sair e fazer "cuco". Micheli desaba. Procura desesperado no meio das pernas o que restou dessa improvável ave fênix. E não consegue uma resposta. Mas como pode ser? Meu grampeador rebelar-se justamente contra mim, que sou um autor. Sei. Sorrio enquanto saio da sala. Mas eu não, eu não sou um autor. Alguns fotógrafos preocupados se afastam, deixando-me passar. Sorrio divertido para um ou outro flash. A fotógrafa que antes havia me olhado com certa curiosidade dedica-me agora toda a sua atenção. Está fascinada com a exclusiva. Depois continua, de imediato, profissional, a imortalizar a cena. Faz uma última foto. Mas é demais para ela. Vomita apoiando-se na porta. Alguém se mexe. Alguém consegue bater uma foto minha de perto. Já vejo a grande manchete de uma hipotética revista: "Última notícia. Step saiu do funil!" Sim, bravo. É exatamente isso. E estou contente. Saio de cena.

Cinquenta e nove

Não tenho tempo de descer. A notícia chegou antes de mim. Uma estranha agitação deixou o teatro febril. Parece que estamos em um improviso ao vivo. Todos correm de um lado para outro. Curiosos, enlouquecidos, gritando, ansiosos por saber, já donos de uma história. Colorem-na como acham melhor, acrescentando dados, exagerando, mudando o início, o final. "Você soube?" "O que aconteceu?" "Uma briga, um marroquino... um polonês... os albaneses de sempre... um guarda atirou... Alguém ferido? Todos!" Pergunto por Gin. Uma garota me diz que foi embora para casa. Melhor. Vou para a saída. Tony vem a meu encontro. Ele também parece nervoso. Deve estar mesmo, visto que não está com o cigarro na boca.

—Step, a polícia está chegando. — Parece o único que entendeu alguma coisa. — Seja como for, você fez bem. Esses três sempre me deram no saco.

E ri divertido com sua sinceridade. Ele, simples porteiro na entrada do funil, pode se permitir. Vou para a moto. Ouço que me chamam.

— Step, Step! — É Marcantonio, que corre para mim. — Tudo bem?

Olho por um instante minhas mãos ensanguentadas e, sem querer, esfrego-as. Que estranho, não doem. Marcantonio percebe. Acalmo-o.

— Sim, tudo bem.

— O.k., melhor. Então vá para casa. Eu fico aqui. Ligo mais tarde e lhe conto tudo. Gin está bem?

— Sim, foi para casa.

— Perfeito. — Depois tenta quebrar o drama. — Será que não gostaram do trabalho que eu fiz e jogaram os papéis em seu rosto também? Sabe, eu me sentiria culpado se tudo isso tivesse acontecido por minha causa.

Rimos.

— Não, eles gostaram muito. Só tinham uma pequena mudança a fazer. Talvez até consigam lhe dizer.

— Sim, talvez.

Volta a sua atitude profissional.

— Bom, este último programa pode até entrar no ar sem mudanças, não é?

— Sim, acho que sim. Você só tem que imprimir essas folhas de novo, as que me deu antes se estragaram um pouco.

— Ah, as folhas? Pelo que ouvi, eles é que estão estragados, e não só fisicamente. É uma história feia essa. Você vai ver como você vai ficar bem na fita.

Ligo a moto.

— Obrigado, Marcantonio. A gente se fala.

Engato a primeira e me afasto. Bem na fita? Por quê? Sinceramente, tanto faz. Gin está bem, isso é o que importa.

Um pouco mais tarde. Estou em casa e ligo para ela. Falamos por telefone. Ainda está nervosa. Falou com os pais, contou tudo. Fala devagar. Não recuperou toda a força. Ouço suas palavras um tom mais baixo que de costume. Mas é normal.

— Felizmente, chegou um cara e me salvou. Eu disse isso aos meus pais.

Ri um pouco. E isso me alegra. Penso: "Ela não disse: meu namorado chegou." Acho que é demais. Ainda é cedo para brincar com isso. Continuo escutando-a tranquilo.

— Disseram para eu fazer a denúncia. Você será testemunha, não é?

— Sim, claro!

Acho divertido ter mudado de papel. Estava farto do filme de costume, no qual eu sempre interpretava o mesmo personagem. Bom, de acusado a testemunha. E, além de tudo, do lado da justiça. Contra o sistema! Nada mal. Mas devia começar a mudar de gênero, porque meus filmes sempre falam de julgamentos.

Ouço-a mais um pouco. Aconselho-a a tomar um chá quente e tentar descansar. Mal desligo, e o telefone fixo começa a tocar. Não estou a fim de atender, e, além do mais, Paolo está em casa, talvez seja para ele.

— Já vou.

Parece contente de atender.

— Claro.

Passa por mim. Decido tomar um banho. Enquanto me dispo, percebo que não era para ele. Ouço-o falar na sala.

— Como? Sério? E como estão? Ah, nada grave... O quê? Gravíssimo? Ah, bastante grave. Estava ficando preocupado... Mas como foi? Ah... Como? Querem convidá-lo para o programa de Mentana? E o Costanzo Show também? E o de Vespa? Ele deve ter tido uma razão para fazer o que fez... — Pelo tom, percebo que tenta me salvar. — Bom, ele é assim... Ah... quer dizer que fez bem? Como? Querem apresentá-lo como um herói? Ah, uma espécie de herói, um paladino, o justiceiro no trabalho... Bom, não sei se vai aceitar... Não, eu não sou agente dele... Sou só o irmão.

Tenho vontade de rir e entro no chuveiro. Que idiota, Paolo; poderia ter dito que era meu agente. Hoje em dia, todos os irmãos são agentes dos astros. Há só um problema. Abro mais a torneira de água quente. Eu não sou um astro e não tenho intenção de ser. Mas, sobre essa última decisão, ninguém parece estar de acordo comigo.

No dia seguinte, às sete da manhã, o telefone começa a tocar. Fazem as perguntas mais absurdas, uma após a outra. Todas as rádios fazem contato, as mais diversas redes de televisão, convites para todo tipo de programas, de qualquer formato, de qualquer gênero, a qualquer hora, sobre qualquer tema. E depois mais jornalistas, críticos, comentaristas, simples curiosos... E Paolo atende a todos. Depois da ducha de ontem à noite, meu irmão quis saber a história com detalhes. Ficou mais de uma hora me fazendo um interrogatório, mas me oferecendo, em vez da lâmpada de costume na cara, um prato de espaguete. Nada mal. Cozinha bem, meu irmãozinho. Falei e comi com prazer. Também tomei uma boa cerveja gelada. Estava precisando. Tomo o café da manhã enquanto olho para ele. Está no telefone. Anota tudo e responde; anota os números de telefone, os compromissos, os horários para participar de eventuais programas.

— Ah, vão mandar o motorista. Sim, sim... E, como retribuição, 1.500 euros. Sim... Não... Não... O.k... mas "Fatti e fattacci" nos ofereceram 2.500.

Olha para mim sorrindo e pisca. Balanço a cabeça e mordo o *croissant*. Ouvi dizer que, em geral, os advogados cansados do Direito se transformam em agentes. Mas um assessor financeiro que se torna agente, isso nunca ouvi; pode ser uma boa ideia.

O advogado que se torna agente, no fundo, parte de um conceito do Direito e da justiça para depois perdê-lo de vista. Porém, o assessor financeiro não, parte do conceito de fisco, fraude e economia, e tornando-se agente não faz mais que aperfeiçoá-lo. Meu irmão. Com certeza, seria um excelente agente, mas eu seria um péssimo astro.

— Tchau, Pa, estou saindo.

Paolo fica assim, com o telefone suspenso no ar e a boca aberta.

— Não se preocupe, vou ver Gin.

Ele parece entender.

— Sim, sim, claro.

Observo-o precipitar-se sobre a folha. Faz uma conta rápida do que poderia ser seu hipotético lucro. Olha para mim e em um instante vê tudo desaparecer. Fecho a porta. Tenho certeza de que está pensando no dia de folga que tirou no escritório. Meu irmão, o assessor financeiro que se transforma em meu representante. Como a vida é absurda.

Sessenta

Gin está bem. Seus olhos ainda estão um pouco vermelhos, está um pouco abatida, mas está bem. Colocou a camiseta rasgada e o sutiã em um envelope. Como prova, diz ela. Não os quero ver. Dói tornar a pensar na cena. Dou-lhe um beijo suave. Não tenho vontade de ver seus pais, não saberia o que dizer. Mas eles entenderam quem eu sou. "O da garrafa de champanhe", disse Gin a seus pais para que entendessem.

— Querem lhe agradecer.

— Sim, eu sei. Diga que já me dou por satisfeito por... Não, melhor, diga que estou com problemas, que preciso ir para casa... Bom, diga o que quiser.

Não tenho vontade de ouvir seus agradecimentos. "Obrigado", às vezes, é uma palavra constrangedora. Não se devem agradecer certas coisas. Tento fazê-la entender com gentileza. Acho que consegui.

Mais tarde, já estou em casa. Paolo intui que precisa me deixar em paz. Não me propõe reuniões nem a ideia de lucro fácil. Não me passa o telefone nem quando papai ou mamãe ligam. Saíram fotos em alguns jornais e um monte de gente me ligou para saber como eu estava. Para me apoiar, ou talvez só para dizer: "Eu o conheço bem". Mas eu não quero falar com ninguém. Quero ver o programa. Isso. São nove e dez. Começam os letreiros. Depois só dois rótulos com os títulos de sempre e a surpresa. Os nomes dos três autores não estão mais. As bailarinas continuam dançando perfeitamente sorridentes e tranquilas, apesar do que aconteceu. O que elas têm a ver com isso? Além do mais, já se sabe que o show tem que continuar. É o último programa. Por que não entraria no ar? Razões de mercado. Aprendi uma coisa: é fácil entender de que material é feito o funil: de dinheiro. Seguem-se os títulos. As garotas dançam. A música é a mesma. O público sorri. Outra surpresa: meu nome ainda está lá. Toca meu celular, vejo o número. É Gin. Atendo. Ri. Parece muito mais alegre, em plena recuperação.

— Viu? Eu tinha razão. Pensei, mas não disse nada, e isso é como dizer que não haverá problemas. Estou contente por você.

Está contente por mim. Ela está contente por mim. Que garota. É incrível. Sempre consegue me surpreender. Despeço-me.

— Quando acabar, a gente se fala.

Desligo. Não haverá problemas. Que problemas eu poderia ter? No máximo, uma denúncia pela briga. Mais uma. O único problema é que não completo a coleção. Abro uma cerveja e nesse momento toca o celular. É um número restrito. Não deveria confiar, porém, não sei por que, atendo. Não me enganei. É Romani, reconheço sua voz. Dou uma olhada na tevê. Pausa para propaganda. A primeira do programa, quase sempre às 9h45. Olho para o relógio. Estão alguns minutos adiantados. Quem será que fez a escala? Talvez aqueles três já a houvessem feito. Com certeza, não a puderam refazer. Mas esqueço todos esses pensamentos. Tento prestar atenção no que está me dizendo e fico surpreso escutando-o.

— Stefano, quero lhe dizer que sinto muito. Eu não sabia. Nunca poderia imaginar. — E continua com sua calma de costume, sua elegância, sua voz tranquila e firme, redonda. Uma voz que transmite segurança. Ouço-o em silêncio e fico sem palavras, mas gostaria de ter dito algo. Mais duas garotas denunciaram o mesmo fato ocorrido faz tempo. Não tiveram coragem de falar por medo de perder o emprego ou, pior, simplesmente de sair na mídia. E talvez haja mais. — Depois do que você fez, Stefano, elas estão se sentindo mais seguras. Não teríamos descoberto tão cedo, talvez nunca. De modo que me sinto culpado por ter feito que você se encontrasse em uma situação como essa. Além disso, justo com sua namorada. — Balanço a cabeça. Não há nada a fazer. Até Romani sabe. Deve ter sido Tony. — Por isso, peço que aceite minhas desculpas, e obrigado, obrigado de verdade, Stefano.

Mais outro obrigado, vindo de Romani. Obrigado. A única palavra que não queria ouvir.

— Bom, agora vou desligar, tenho que voltar ao programa. Mas venha me ver. Tenho uma coisa para você. É um presente. Afinal de contas, eu não poderei aproveitar. Tenho outro programa que começa daqui a dois meses e não posso parar.

Tenta não dar muita importância a seu gesto. Não há o que fazer, é um grande sujeito.

— Assim vocês passam um tempo tranquilos. Depois, se der certo, trabalharemos outra vez juntos.

Faz uma pausa.

— Se quiserem... Eu gostaria. Espero-o. Stefano?

Por um instante, teme que tenha caído a linha. Eu não disse nada. Nem sequer um comentário, mas encerro a conversa com elegância:

— Sim, Romani, o.k., passarei amanhã, obrigado.

Acabamos assim a ligação. Olho para a tevê. Como um passe de mágica, a propaganda termina e a transmissão recomeça. Acabo a cerveja. Bom, pelo menos um obrigado eu consegui dizer também.

Sessenta e um

No TdV estão desmontando tudo. Pedaços de palco são tirados um após o outro, com uma facilidade extrema. Uma equipe de destruidores atua implacável, com determinação, sem nenhuma dúvida, quase com raiva. Riem bastante e parecem sentir prazer no que fazem.

— É mais fácil destruir do que construir.

Sua voz às minhas costas me surpreende, mas é sempre tranquilizadora. Sorrio dando-lhe a mão. Até seu aperto é bom. Sincero, sereno, forte, que não precisa provar nada. Não mais. Romani. Foi a pessoa mais interessante que já conheci. A mais diferente, a mais inesperada. O verdadeiro senhor desse funil, frustrante e preocupante por tantos lados; finalmente consigo apreciá-lo. Andamos. Pedaços de cenário continuam caindo do alto. Pequenos desabamentos de Colossos de Rodes pictóricos, amanhã já esquecidos. Seguir adiante pela força, a importância e a estupidez do sucesso, a droga do sucesso, a beleza do sucesso. Acreditar por um instante que não seremos esquecidos. Mas não será assim.

— Tome. — Entrega-me um envelope. — São os contratos para você e para Ginevra para o próximo programa que farei. Se quiserem, já estão dentro. Em março, um concurso de música. Um programa muito fácil que já passa em vários países da Europa. Atinge mais de 35% na Espanha. Marcantonio e o mesmo coreógrafo também vão participar. Confirmei algumas bailarinas e excluí outras pessoas. — Sorri, aludindo àqueles três. — Também porque não creio que voltem a trabalhar neste mundinho. Pedi uma campanha de imprensa contra esses três de tirar o fôlego. Não por nada, só para destacar os que são bons! — Ri. — Também escrevi um artigo especial sobre você. Vai sair daqui a alguns dias. Vai fazê-lo famoso. — Outra vez. Não há o que fazer. Estou condenado a ser famoso graças a uma briga. — Gostaria que Ginevra e você aceitassem esse contrato. Pedi que aumentassem o pagamento dos dois. Digamos que é um contrato... reparador. Não por nossa culpa, mas já que a emissora aceitou minha sugestão, por que vocês a rejeitariam? — Ri. A seguir, fica em silêncio. — Bom, pensem bem.

— Romani, posso lhe perguntar uma coisa?

— Claro.

Olho para ele um instante. Qual o problema? Pergunto.

— Por que usa sempre um dos botões da gola desabotoado?

Olha para mim e faz um momento de silêncio. Sorri.

— É muito simples: para conhecer quem está comigo. Todos têm essa curiosidade, vontade de me perguntar, de saber. Mas muitos não o fazem. Por isso, divido as pessoas em dois grupos: quem não ousa me fazer essa simples pergunta e quem se atreve. Os primeiros ficarão para sempre com a curiosidade. Os segundos, porém, descobrirão a razão dessa idiotice! — Rimos. Não sei se é verdade, mas gosto da explicação e decido aceitá-la.

— Este, porém, é um envelope de minha parte. Um lugar excelente aonde ir para pensar no contrato. A praia e o calor ajudam a dizer sim.

E sorri. Depois se afasta veloz, fingindo que tem algo a fazer, e dá uma ou outra ordem inútil à equipe. Afinal de contas, agora, já destruíram tudo. Mas, assim, ele me enrolou. Dessa vez, não tive tempo de lhe agradecer.

Sessenta e dois

Não acredito. Gin disse sim. Teve de inventar que, além de mim, vão mais três ou quatro pessoas, mas seus pais concordaram. Não só isso. Uma frase tranquilizadora: "Além disso, se ele vai..." Esse "ele" sou eu. Que absurdo. Pela primeira vez os pais de alguém imaginam que a filha está segura ao meu lado. Bom, o funil serviu para alguma coisa. Gin segura. Sim, em meus braços! Um sonho. Como o envelope de Romani. Outro sonho. Voo de primeira classe: Tailândia, Vietnã e Malásia. Tudo pago, tudo organizado. Às vezes, fazer as coisas direito vale a pena. Mesmo em um mundo muito indiferente e injusto. Às vezes. Quando você encontra alguém valente e honesto como Romani. Os melhores voos. Os melhores bangalôs. As praias mais bonitas. O sol, o mar e um contrato que nos espera quando voltarmos para dizer sim ou não. E a liberdade. A liberdade de dizer sim a cada minuto se quisermos ou não fazer algo, sem compromissos, sem "a mesa está pronta", sem "ter" que fazer, sem ligações inesperadas, sem problemas, sem encontros com quem você não quer se encontrar. Entramos no avião livres, tranquilos.

Eu, um pouco menos. Olho à minha volta. Que bobo. Não, ela não está ali. Não pode estar. Eva, a comissária de bordo, não trabalha para a Thai. Uma moça de olhos amendoados, pele cor de âmbar e um uniforme perfeito nos acomoda em nossas poltronas. Sorrio para ela. É muito gentil. Também é muito bonita. Serve-nos alguma coisa para beber. Quando vai embora, Gin me dá uma cotovelada.

— Ai!

— Quero ver você mal-educado e antipático com a comissária de bordo.

— Claro, sempre fui.

— Olhe nos meus olhos.

Coloco os óculos de sol rindo.

— Muita luz aqui!

Tenta tirar meus óculos.

— Agora, sério, diga-me uma coisa: você já teve algo com uma comissária de bordo?

Sorrio. Bebo um gole do copo que a moça da Thai gentilmente nos ofereceu. Beijo Gin rapidamente. O suave champanhe tinge nossos lábios. Faço-o durar um pouco. As borbulhas parecem tranquilizá-la. Talvez meu beijo também. Principalmente minha resposta: "Nunca". O avião começa a decolar e Gin me abraça com força, esquecendo meu eventual passado e se preocupando com o iminente presente. Estamos voando. Recolhem o trem de pouso. O aparelho chega às nuvens. Um entardecer mais próximo nos acaricia da janela. Gin afrouxa seu abraço e deita a cabeça em mim.

— Incomoda se eu ficar assim?

Nem tenho tempo de responder. Ela adormece, abandona as últimas tensões, deixa-se ir em meus braços, em um avião em pleno voo, em nossas nuvens, leves. Sente-se segura. Doce. Tento me mexer o mínimo possível. Tiro da mochila o *Lucy Crown,* o livro que minha mãe me deu, e começo a ler. Gosto do jeito como está escrito. Pelo menos nas primeiras páginas não machuca. Por enquanto.

— *Oh, happy day...*

Uma música inesperada. Percebo que adormeci. O livro está apoiado na mesinha. Gin está ao meu lado, olhando para mim, e sorri. Tem uma câmera fotográfica na mão.

— Bati algumas fotos enquanto você dormia. Estava lindo, parecia até um bom garoto!

Abraço-a atraindo-a para mim.

— Eu sou bom.

Eu a beijo. Mais ou menos convencida de minha afirmação, decide de qualquer jeito participar. Notamos a presença de alguém e nos ajeitamos, nada intimidados. Pelo menos eu. Ela cora. É a comissária de bordo de antes, com duas taças na mão. Gentil e profissional, nos deixa à vontade.

— Para vocês. Falta pouco.

Pegamos as taças, curiosos. A comissária de bordo, delicada e suave, afasta-se assim como veio.

— Não lembrava! É 31 de dezembro. — Gin olha para seu relógio. — Faltam só alguns segundos.

Uma estranha contagem regressiva com sotaque americano sai da cabine do avião.

— Três, dois, um... Feliz ano-novo!

Aumentam a música. Gin me dá um beijo.

— Feliz ano-novo, Step, o bom!

Brindamos com as duas taças, que chegaram bem a tempo. Nos beijamos de novo. Mais um beijo. E outro, já sem medo de que nos interrompam. Todos no avião cantam e festejam contentes pelo ano passado ou pelo que virá, contentes por estar de férias ou por voltar para casa. Seja como for, contentes com seu champanhe. O avião desce um pouco, e não por acaso.

— Veja — diz Gin apontando para fora da janela. Em algum país lá embaixo estão comemorando. Os fogos de artifício abandonam a Terra para vir nos cumprimentar, celebrar nossa passagem. Estouram embaixo de nós como flores recém-abertas com mil cores imprevistas, mil desenhos pensados. Pólvora, perfeitamente coordenada, libera-se acendendo no céu. Uma após outra. Uma dentro da outra. E pela primeira vez os vemos de cima. Gin e eu abraçados, com o rosto emoldurado na janela, divisamos o final, a parte sempre escondida, conhecida só pelas estrelas, pelas nuvens, pelo céu... Gin olha extasiada os fogos de artifício. — Que bonito!

Luzes distantes conseguem pintá-la. Delicadas pinceladas de uma cor luminosa acariciam suas faces. E eu, tímido pintor improvisado, abraço-a e a beijo. Ela sorri. Ficamos olhando para fora. Um estranho jogo de fusos horários, de horas oficiais, passando veloz sobre países distantes, nos dá de presente outro fim de ano, e outro, e mais outro. A cada hora é de novo meia-noite, e de novo fim de ano, outra vez e mais outra. Fogos diferentes, de diferentes cores, lançados de um país diferente, vêm até nós. Sorriem se aproximando, trazendo os cumprimentos de algum pirotécnico. E a música continua. O avião avança, veloz e tranquilo. Atravessa o céu, a felicidade e as esperanças de tantos países. E a comissária de bordo, precisa e organizada, aparece e desaparece pontual a cada fim de ano, trazendo champanhe. Nós, bêbados de felicidade, e não só disso, comemoramos todas as vezes. Brindamos várias vezes por esse mesmo ano-novo, com uma única grande certeza: "Que será um ano feliz."

Depois de tanto comemorar, cansados de todos esses anos passados em um instante, adormecemos serenos e tranquilos. Acordamos na praia. E quase parece que continuamos sonhando. Em frente a esse mar, em frente a essa água vítrea sempre quente, esse sol e esses entardeceres.

Tailândia, Koh Samui.

— Viu, Step? É igual aos postais que recebo. Sempre achei que talvez um estranho falsificador os houvesse retocado no computador.

Gin.

— Mesmo com esforço, não poderia ter imaginado tanto.

— Que imaginação enorme Deus tem. E, ainda por cima, do nada. Ele não tinha exemplos de referência. Grande pintor!

E sai assim, deixando-me na água, entre milhares de peixes coloridos e nenhuma resposta. Penso uma coisa: devemos um agradecimento a Romani.

Em sua pequena proporção, ri e vai para o bangalô. Sem canga, serena e tranquila como poucas. Rebolando de propósito, divertida, cumprimentando uma menina pequena tailandesa, que a chama pelo nome, já amigas, e não só porque Gin lhe deu uma camiseta de presente.

Vietnã. Phuquoc.

Outra vez na água, agora abraçados, espirrando água, em uma pequena batalha na areia diante dos olhos divertidos de crianças curiosas com esses dois estranhos turistas, que primeiro brigam e depois se beijam! E ficamos assim, nos beijando um pouco mais, embalados pelo sol, molhados de desejo e, antes que a curiosidade de todas essas crianças se torne malícia, entramos no bangalô. Uma ducha. Cortinas fechadas dançam ao ritmo do vento, mas sem se afastar muito dos vidros. Uma ou outra onda se quebra nas rochas, e nós, perto, seguimos seu ritmo.

— Você é um milagre da natureza. Ficou boazinha.

— Idiota!

Ela me dá um soco suave na barriga.

— Sempre me esqueço que você é terceiro dan.

— Agora eu dirijo.

— Lembre-se da vez em que você quis pilotar minha moto. Quase caiu no semáforo.

— Bobo! Mas depois a levei bem, não? Confie em mim.

— Está bem, quero confiar.

Sai de baixo de mim e vem para cima, selando essa passagem com um grande beijo, muito longo. Senta-se encaixada em mim, pega-me com a mão e me coloca dentro dela, suave e decidida, com segurança. Sempre me beijando. Inclinada sobre mim, com os braços abertos, empurra para baixo a pelve com força, acolhendo-me até o fundo em seu ventre mais íntimo. Fiz bem em confiar. Aperta forte meus punhos e abandona por um instante o beijo. Abre a boca, que fica suspendida sobre meus lábios. Suspira várias vezes e depois pronuncia essa frase fantástica: "Vou gozar". Fala devagar, lentamente, quase separando cada pequena letra, com uma voz baixa... muito baixa. Eroticamente insaciável. E em um instante gozo também. Gin joga o cabelo para trás, empurra uma ou duas vezes a pelve para mim, depois para e abre os olhos. Ploft. Como se voltasse de repente. De novo reluzente de encanto.

— Você também gozou?

— Claro!

— Você está louco? — Ri. — Está completamente louco. — Desliza ao meu lado, apoia-se em um ombro e olha para mim divertida. — Você gozou dentro de mim?

— Claro, de quem mais? Só estamos você e eu aqui.

— Mas eu não tomo nada, não tomo pílula.

— Nossa! É mesmo? Não é você que toma pílula? Eu me confundi! Achei que fosse outra!

— Cretino, imbecil!

Volta para cima de mim e me bate.

— Ai! Ai! Chega, Gin, estava brincando.

Acalma-se.

— Estava brincando também quando disse que havia gozado?

— Não, sobre isso, não! Claro que não!

— Como assim "claro que não"?

— Era um momento tão bonito, tão único, tão fantástico, que achei estúpido interrompê-lo.

Deita-se de novo ao meu lado e afunda, quase com um mergulho, no travesseiro.

— Você está louco! E agora, o que vamos fazer?

— Bom, vou recuperar um pouco o fôlego e começamos de novo. Você dirige de novo?

—Pare, você entendeu! Não brinque sempre com tudo! Onde vamos encontrar a pílula do dia seguinte no Vietnã? Isso é absurdo, não vamos encontrar nunca!

— Então, não vamos procurar.

— Como?

— Se não vamos encontrar, é inútil procurar, não é?

Beijo-a. Fica um instante perturbada, mas se deixa beijar. Não participa muito. Afasto-me e olho para ela.

— Então? — Tem um ar divertido. Está surpresa e perplexa ao mesmo tempo. — Seu raciocínio é impecável.

— Então, já disse: não vamos procurar. — Recupero o fôlego e começamos de novo.

Balança a cabeça e sorri, louca ela também, e me beija. Ela me acaricia e me beija de novo. E o fôlego volta logo. E decido guiar, sem pressa, sem sacudidas no motor, acelerando. E enquanto o entardecer mais uma vez brinca de esconde-esconde, nós gozamos de novo, dessa vez sem nos escondermos, rindo, unidos, como antes, mais que antes. Loucos de absurdo, loucos de amor, e de tudo que virá.

Mais tarde, em um estranho *pub* chamado pelos irônicos donos vietnamitas de Apocalipse Now, tomamos uma cerveja. Gin escreve a toda velocidade em seu diário.

— Posso saber que espécie de *Divina comédia* você está escrevendo? Desde que estamos aqui sentados, você só fez escrever. Onde fica a conversa, então? Um relacionamento também é diálogo, sabia?

— Sssshhh! Estou imortalizando o momento.

Escreve uma última coisa rapidamente e fecha o diário.

— Feito! Muito melhor que Bridget Jones. Vai ser um *best-seller* mundial!

— O que você escreveu?

— O que fizemos.

— E demorou tanto para descrever uma transada?

— Idiota!

Em um instante, Gin joga sua cerveja em mim. Alguns vietnamitas se voltam. Primeiro riem e depois ficam em silêncio, preocupados, um pouco indecisos sobre o que acontecerá. Eu limpo a cerveja do rosto e me seco na medida do possível com a camiseta. E rio, tranquilizando-os.

— Tudo em ordem. Ela é assim! Como não sabe dizer "eu te amo", joga a cerveja na minha cara.

Eles não entendem nada, mas sorriem. Gin também esboça um sorriso "simpático", mas falso. Bebe outro gole.

— Quer saber o que escrevi? Tudo! Não só que fizemos amor, mas também o que aconteceu. É um fragmento de nosso destino. Talvez graças a esse instante tenhamos um filho. Estaremos juntos para sempre.

— Para sempre? Sabe, andei pensando, acho que no Vietnã talvez exista a pílula do dia seguinte. Vamos procurar logo!

Agacho-me veloz exatamente quando Gin me joga a pouca cerveja que resta em seu copo. Dessa vez, não me atinge. Os vietnamitas riem animados e aplaudem. Entenderam o jogo, mais ou menos. Não tenho tempo de me levantar, o copo de cerveja me acerta na barriga.

— Ai!

Dessa vez é Gin quem se inclina, e as mulheres vietnamitas explodem em um grito. Não sei se vamos ter um filho, mas uma coisa é certa: se as coisas não derem certo, podemos montar uma companhia de teatro e fazer espetáculos.

Malásia. Perentian. Tioman.

Dourados, saudáveis, levemente torrados por um sol que nunca nos abandona. Caminhamos. Uma tarde de um dia qualquer, como são todos os dias quando você está de férias. Paramos na frente de um pintor deitado à sombra de uma palmeira e escolhemos sem pressa.

— Aquele!

Um dos muitos quadros cravados na areia como grandes conchas coloridas deixadas a secar ao ar. Escolhemos juntos, empolgados por que exatamente o mesmo quadro nos impressionou.

— Que simbiose a nossa, não é, Step?

— É!

Pago cinco dólares, o pintor nos dá o quadro e o levamos caminhando lentamente ao bangalô.

— Estou preocupada.

— Por quê? Por causa da barriga? É cedo ainda.

— Cretino! Acho estranho. Dez dias e ainda não nos irritamos! Nem uma vez sequer. O dia todo juntos e nem uma discussão.

— Bom, então é melhor dizer: "Todas as noites juntos e sempre...".

Gin se volta de repente. Faz cara séria.

— Fizemos amor! Não se irrite. Por que me olha desse jeito? Eu ia dizer exatamente isso. Todas as noites juntos e sempre fizemos amor.

— Sim, sim, claro.

— Mas — continuamos andando —, desculpe, Gin, mas dizer que transamos sempre reflete melhor a ideia.

Saio correndo.

— Cretino. Então diga que quer discutir!

Começa a correr também, tentando me alcançar. Abro depressa a porta do bangalô e entro. Pouco depois ela chega também.

— Então, quer discutir.

— Não vê — aponto para a janela — que é quase noite? Já é tarde, se é para discutir, tem que ser de dia! — Atraio-a para mim. — Porque à noite...

— À noite? — diz ela.

— Se faz amor, o.k.? Vou falar como você preferir.

— Está bem.

Sorri. Beijo-a. É linda. Afasto-a um pouco de meu rosto e sorrio também.

— Mas, agora, vamos transar!

Ela me bate outra vez. Mas é só um instante. Logo nos perdemos entre os lençóis frescos com cheiro de mar. E fazemos amor, transando.

Sessenta e três

Passamos vários dias na ilha. E é verdade, não discutimos. Até nos divertimos. Nunca teria imaginado que isso fosse possível, e com uma garota como ela. Outra noite fiquei perdido olhando as ondas do mar. Pareciam doces, de tão suaves e quentes que eram, naquelas águas baixas, sem correnteza. Ou talvez tenha sido pela beleza e simplicidade desse beijo que trocamos. Assim, em silêncio, olhando nos olhos, abraçados sob a lua, sem ir além. Rimos, conversamos, ficamos abraçados. O mais bonito de uma ilha como essa é que você não tem compromissos. Tudo o que faz é simplesmente porque está a fim, não porque tem que fazer. Jantamos toda noite em um pequeno restaurante, todo de madeira, exatamente sobre o mar, de modo que se você descer três degraus já está na água. Lemos o menu sem entender muito bem o que diz realmente. No fim, sempre pedimos explicações. As pessoas que trabalham ali são muito gentis e sorriem. Após ouvir suas explicações mais ou menos compreensíveis, feitas de gestos e risos, entramos em acordo cada vez sobre um prato diferente. Talvez porque queremos provar um pouco de tudo, porque esperamos que pelo menos um nos agrade. Mas principalmente porque estamos bem.

— Por favor, sem molhos estranhos, sem nada em cima. *Nothing, nothing.*

As pessoas, ao nos ouvir falar assim, assentem com a cabeça. Sempre. Mesmo quando dizemos coisas absurdas. No fim, nunca sabemos o que vão nos trazer realmente. Às vezes, pedimos bem, às vezes, mal. Tento aconselhar Gin.

— Esteja onde estiver, prefira o peixe na chapa, é sempre mais seguro.

Ri.

— Nossa, você já fala como um velho. É tão legal experimentar tudo.

Olho à minha volta. Não há quase ninguém nessa ilha. Em uma mesa afastada de nós está outro casal. São mais velhos e silenciosos. É normal que ao envelhecer haja menos coisas para se dizer? Não sei, e não quero saber. Não tenho pressa. Vou descobrir quando for a hora. Gin, porém, fala bastante, disso e daquilo, de coisas divertidas e interessantes. Conta-me retalhos de sua vida que eu nunca teria conhecido, nem sequer imaginado, se ela não contasse. E eu a ouço, olhando em seus olhos, sem perdê-la de vista nunca. Além disso, sempre tem mil propostas.

— Tive uma ideia maravilhosa. Amanhã vamos para uma ilha que fica aqui em frente; melhor não, vamos pegar um barco e sair para pescar; não, não, melhor fazer um pouco de *trekking* no interior. O que me diz?

Eu sorrio. Não digo que a ilha tem um diâmetro de apenas 1 quilômetro.

— Claro, excelente ideia.

— Qual é excelente? Eu fiz três propostas!

— As três são excelentes.

—Às vezes, parece que você debocha de mim.

— Por que diz isso? Você está linda.

— Viu? Está debochando.

Levanto-me, sento-me ao seu lado e lhe dou um beijo. Longo, muito longo, de olhos fechados. Um beijo totalmente livre. O vento tenta passar entre nossos lábios, nosso sorriso, nossas faces, nosso cabelo. Nada, não consegue, não passa. Nada nos separa. Só ouço pequenas ondas que se quebram embaixo de nós, a respiração do mar, que faz eco em nossas respirações com sabor de sal. E a dela. E por um instante sinto medo. De ter vontade de me perder outra vez. E depois? O que vai acontecer? Bah. Relaxo. Perco-me nesse beijo e abandono esse pensamento. Porque é um medo que me agrada, saudável. De repente, Gin se afasta e olha fixamente para mim.

— Por que está me olhando assim? Em que está pensando?

Pego seu cabelo que o vento jogou para a frente. Recolho-o docemente em minha mão. Coloco-o para trás, liberando seu rosto, ainda mais belo.

— Estou a fim de fazer amor com você.

Gin se levanta. Pega a jaqueta. Por um instante, parece irritada. Depois se volta e esboça um lindo sorriso.

— A fome passou. Vamos?

Levanto-me, deixo dinheiro na mesa e me junto a ela. Caminhamos pela orla. Abraço-a. A noite, a lua. Um vento ainda mais leve. Barcos distantes, no mar aberto. Velas brancas que esvoaçam alto. Parecem lenços que nos saúdam. Mas não, não vamos embora. Ainda não. Pequenas ondas nos acariciam nos tornozelos, sem fazer muito barulho. São quentes, lentas, silenciosas. São respeitosas. Parecem o prelúdio de um beijo que quer ir além. Têm medo até de se deixar ouvir. Um garçom chega com os pratos a nossa mesa. Mas já não nos encontra. Depois nos vê, agora já longe. Chama.

— Amanhã, vamos comer amanhã.

O sujeito balança a cabeça e sorri. Sim, esta ilha é linda. Aqui todos respeitam o amor.

Sessenta e quatro

Quando eu era pequeno e voltava de férias, Roma parecia diferente a cada vez. Mais limpa, mais organizada, com menos carros, com uma mão de circulação repentinamente mudada, com um semáforo a mais. Dessa vez, parece-me idêntica a quando a deixamos. É Gin que me parece diferente. Olho para ela sem que perceba. Espera na fila nossa vez de pegar o táxi. Toca de vez em quando o cabelo, afastando-o do rosto, e ele, ainda com sabor de mar, obedece. Não, diferente, não; simplesmente mais mulher. Está com sua mala entre as pernas e uma mochila não muito pesada no ombro direito. Austera e ereta, mas suave nos traços. Vira-se, olha para mim e sorri. Vai ser mamãe? Minha nossa, pode ser que esteja mesmo esperando um bebê? Fui um louco. Olha para mim curiosa, tentando talvez adivinhar meus pensamentos. Porém, eu a olho tentando adivinhar algo sobre sua barriga. Lembro-me, então, de uma peça de teatro que vi quando era pequeno, a história de Ligabue. Mas não o cantor, o pintor. Ele olhava uma de suas modelos, pintando-a em uma tela e, pela luz diferente de seus olhos, pelos suaves traços de seu corpo, sabe que está grávida. Eu não sou pintor, mas talvez tenha sido mais louco que Ligabue.

— O que está pensando?

— Vai achar absurdo, mas estava pensando em Ligabue.

— Adoro ele, como cantor e como homem.

Cantarola alegre, perfeitamente afinada. Sabe todas as palavras de *Certe notti*, mas não adivinhou um dos meus pensamentos. Felizmente. Pelo menos dessa vez.

— E sabe o que mais? Gosto de Ligabue também como diretor. Você viu *Radiofereccia*?

— Não.

Chegou nossa vez. Colocamos a bagagem no porta-malas e entramos no táxi.

— Que pena! Em certo momento, há uma frase bonita: "Acho que tenho um grande buraco dentro de mim, mas o rock 'n' roll, uma ou outra amiguinha, o futebol, as satisfações profissionais e as farras com os amigos enchem-no de vez em quando."

— Caramba, você tem mesmo boa memória!

Gin insiste:

— E *Da dieci a zero?*

— Também não.

— Tem certeza de que estava pensando no cantor, e não no Ligabue pintor?

Olha para mim com curiosidade e insolência. Essa garota me preocupa. Digo ao taxista onde Gin mora, ele concorda com a cabeça e parte. Oh, todo mundo sabe de tudo. Coloco os óculos de sol. Gin ri.

— Peguei você no pulo, hein? Ou não sabe nem quem é?

Não espera a resposta. Decide me deixar em paz. Apoia-se em meu ombro como durante os voos no avião. Como todas essas últimas noites. Vejo-a refletida no retrovisor do taxista. Fecha os olhos. Parece descansar, mas logo os abre outra vez. Cruza meu olhar com o seu mesmo através dos óculos. Sorri. Talvez tenha entendido tudo. Mas uma coisa é certa: se for menina, vai se chamar Sibilla.

Um último beijo:

— Tchau, a gente se fala depois.

Com a mochila no ombro e a mala na mão, entra no prédio. Vejo-a ir embora assim, sem poder ajudá-la. Ela não quis: "Não quero que me ajude e, acima de tudo, não gosto de despedidas muito longas. Vá!"

Gin é demais. Entro de novo no táxi e dou meu endereço. O taxista concorda com a cabeça. Também conhece. Bom, por outro lado, é seu trabalho. Em um instante me vêm à mente muitos momentos da viagem. É como um álbum folheado velozmente. Então, escolho as cenas mais bonitas. Os mergulhos, os beijos, as brincadeiras, os jantares, as conversas sem pressa, o amor sem pressa, os despertares sem pressa. E agora? Estou preocupado, e não só por causa do fuso horário. Sinto falta dela. Deixá-la em casa depois de uma viagem é como partir de novo, mas sem saber aonde ir e, principalmente, com quem. Sozinho. E já sinto saudade de Gin. Estou preocupado com isso. Será que fiquei romântico demais?

— Chegamos, doutor.

Por sorte, o taxista me traz de volta à realidade. Desço. Não espero o troco, pego minhas coisas e entro em casa.

— Alguém aí?

Silêncio. Melhor assim. Preciso entrar muito devagar, sem muito barulho, sem muitas perguntas, em minha vida diária. Ponho parte da roupa da mala no lugar, deixo no cesto de roupa suja do banheiro o que tem para lavar e tomo um banho. Não sinto a mudança de horário; ouço o celular por acaso. Saio do chuveiro. Seco-me um pouco antes de atender. É ela, Gin.

— Caramba, liguei o celular faz um segundo, antes de entrar no chuveiro. Eu sabia que você não resistiria.

— Só liguei para saber como está se virando sem mim. Já está batendo a cabeça na parede? Está com síndrome de abstinência... de amor?

— Eu? — Afasto o celular um pouco e finjo me dirigir a um grande público feminino à minha frente. — Calma, garotas, calma, já vou!

Gin finge ficar irritada.

— Que estranho você não ter dito "já fui". "Acabo em um instante, garotas!" Teria sido mais sincero. Não as iluda! Ai! Ai!

— Hum! Venenosa. Se continuar falando assim, falamos com Romani: duas participações em qualquer programa como o caso do ano e vamos de novo dar a volta ao mundo.

— Sem ir muito longe, comece a preparar o discurso para meus pais, vai ser daqui a alguns dias.

— O quê?

— Bom, se "ela" não chegar, é melhor você aparecer, não?

— Como?

— Isso mesmo, não há nem rastro "dela", quer dizer que estou grávida! Prepare a promessa de casamento, as desculpas e todo o resto.

Fico em silêncio.

— Muito bem! Parece que entendeu! Agora vá se divertir com as garotas que estão aí, resta-lhe pouco tempo!

— Eu achei que só teria que escolher o nome.

— Claro, o mais fácil! Não, disso cuido eu. Você cuida de todo o resto. Sabe o que minha mãe sempre diz? "Você não queria uma bicicleta? Pois agora pedale!"

— Bicicleta... Se for menina, podemos chamá-la assim. Com certeza, vai ser uma garota muito esportista, e sei lá, em homenagem a sua mãe...

— Ainda bem. Achei que já estava deprimido, mas estou vendo que ainda tem forças para dizer idiotices.

— Sim, mas são as últimas. Você sabe, como pai, vou ter que ser ainda mais sério. Mas tem certeza de que sou o pai? Meu avô sempre dizia: *"Mater semper certa est, pater numquam."*

— Muito bem, viva na incerteza. Mas pode ter certeza de que, se for bobo, só pode ser seu!

— Ainda bem que eu estava com síndrome de abstinência de amor!

— Step, não vamos discutir.

— E quem quer discutir?

— Estou com saudades.

Afasto outra vez o celular.

— Garotas, querem saber o que ela disse? Que está com saudades.

— Ande, não seja trouxa.

— Mudou.

— O quê?

— Em geral, você me chama de bobo.

— E o que é melhor, bobo ou trouxa?

— Bom, digamos que prefiro trouxa. Além disso, você disse que ia chamar meu filho de bobo, então tem que me chamar de trouxa, porque senão vai ser uma confusão!

— Cretino!

— E cretino quem é, então? O outro?

Rimos. E ficamos rindo assim, falando sem saber muito bem de quê nem por quê. Decidimos desligar, prometendo que ligaremos amanhã. É uma promessa inútil: ligaríamos de qualquer jeito. Quando você perde tempo ao telefone, quando os minutos passam sem que você perceba, quando as palavras não têm sentido, quando você pensa que se alguém o ouvisse acharia que está louco, quando nenhum dos dois tem vontade de desligar, e depois que ela desliga você verifica se desligou mesmo, então está perdido. Ou melhor, está apaixonado, o que, na realidade, é a mesma coisa.

Sessenta e cinco

Em Roma, os dias seguintes voltam lentamente à normalidade. As horas ocupam de novo seu lugar. Faz frio de novo. Cada um em sua casa. O mar se afasta, assim como sua lembrança. Ficam só as fotos dessa maravilhosa viagem. Muito cedo acabam em alguma gaveta, também esquecidas. Romani ficou contente em nos ver, tão felizes e bronzeados, principalmente graças a ele. E ainda se alegrou mais ao nos ver aceitar esse contrato de trabalho, sempre graças a ele. Paolo e Fabiola parecem estar de acordo. Paolo abandonou a ideia de ser agente, meu representante. Voltou a trabalhar como assessor financeiro. Deixa Fabiola, sua namorada, tomar todas as decisões, e assim as contas batem. Porque se as contas não batessem tanto no escritório quanto fora, ele poderia enlouquecer. Pelo que ouço dos relatos de Paolo, meu pai e a namorada, cujo nome não me lembro em absoluto, nem quero fazer o mínimo esforço para lembrar, continuam apaixonados e em sintonia. Apaixonados. Sobre isso também não quero fazer o mínimo esforço. Da vida afetiva de mamãe, porém, Paolo não sabe nada. Ou pelo menos não me conta nada. No entanto, está preocupado com a saúde dela. Descobriu que ela fez várias visitas ao hospital, mas também não sabe nada disso. Ou também nesse caso não quer me contar nada. E também sobre isso não consigo fazer nenhum esforço. Não posso. Já me pareceu difícil ler o livro que mamãe me deu de presente. Uma história parecida com a nossa, mas com um final feliz. Um final feliz, sim. Mas é um romance.

— Olá, o que está fazendo?

— Estou arrumando a mochila. Vou à academia.

Tudo voltou à normalidade. Gin também.

— É mesmo? Eu vou à tarde. Hoje é dia de... — faz uma pausa buscando em seu calendário de academias de graça — Gregory Gym, na Gregorio VII! Ainda bem que não fica muito longe. A gente se vê mais tarde?

— Claro.

— Então, um beijo e até depois.

Nesse momento, não sabia o que ia acontecer, que depois não teria tanta certeza desse "claro".

Na academia, cumprimento algumas pessoas. Começo a treinar. Sem forçar demais, sem me exceder no peso. Tenho medo de ganhar uma hérnia. Faz muito tempo quc não treino.

— Ei, bem-vindo!

É Guido Balestri, magro e sorridente como sempre. Com seu abrigo grená rasgado como sempre, um moletom *radical chic* de marca, como todas as suas coisas.

— Olá! Vai treinar?

— Não, passei pela academia justamente com a esperança de encontrá-lo.

— Não tenho um tostão! — Ri divertido, talvez porque nós dois sabemos muito bem que essa é a última coisa de que eu poderia precisar. — E, durante um tempo, tenho que evitar as brigas.

— Claro, a pessoa se queima quando se expõe demais. Mas você agora é um astro das brigas! — Percebo que deve ter acompanhado a história toda. E ele prefere me comunicar o fato. — Recortei todos os artigos: o herói, o paladino, o justiceiro da tevê.

— É, eles exageraram.

— Bom, você também, pelas fotos que vi!

— Eu não sabia! Publicaram as fotos dos três também? Isso eu perdi.

Mas isso não é importante. Ainda tenho bem clara a cena real com os originais de carne e osso. Deixo o assunto de lado.

— Então, o que posso fazer por você?

— Eu é que posso fazer algo por você. Passo para pegá-lo às nove, Step, está a fim?

— Depende.

— Ah, é só uma festa bonita, gente tranquila, coisa fina. Não me diga que acabou na gaiola de alguma garota? Vamos ver os amigos, coisa tranquila!

A ideia de recordar os velhos tempos me agrada. Passou-se muito tempo. Por que não? Desligar um pouco de tudo. Um mergulho no passado. Penso em Pollo, mas não me dói. Preciso de um bom banho. Tapas no ombro de gente que não vejo há muito tempo. Alguma história do passado, apertos de mãos e olhares sinceros. Amigos de brigas, os amigos mais sinceros.

— Por que não?

— O.k., então me dê seu endereço que passo para buscá-lo de carro. — Despedimo-nos. — Às nove! Esteja pronto.

Continuo treinando um tempo ainda. Com mais ímpeto. Presunçoso. O que está fazendo? Quer estar em forma para encontrar os amigos de antes? Estar à altura de suas lembranças? Step, o mito! E, irônico, decido parar e tomar um belo banho.

Pouco depois, já estou em casa. Toca meu celular.

— Você não veio me buscar.

Gin parece decepcionada.

— Pensei que ainda estava na academia.

— Gostaria! Tive que ajudar minha mãe a subir com as compras. Depois, ela percebeu que havia esquecido de comprar leite, e então fui eu. Daí voltei, e ela percebeu que havia esquecido o pão, e lá fui eu outra vez. E ainda por cima o elevador estava quebrado.

— Bom, não foi à academia, mas fez exercício.

— Sim, claro. Estou com uns glúteos fantásticos! Quer vir vê-los agora? Tenho mesmo que subir até o terraço para pegar a roupa estendida, porque esta noite acho que vai chover.

— Não, não posso. Daqui a pouco, um amigo meu vai passar para me pegar.

— Ah... — Gin parece chateada.

— Eu disse um amigo, Guido Balestri, aquele sujeito alto e magro. Estava lá naquela noite que fomos ao Colonnello.

Tento tranquilizá-la.

— Não lembro. Está bem, como quiser. Bom, eu vou ao terraço de qualquer jeito. E se alguém estiver lá...

— Ora, não seja boba. Ainda nada?

— Nada ainda. Por enquanto, você ainda é um hipotético pai.

— Bom, então vou aproveitar e sair hoje à noite. Talvez nos falemos depois.

— Nada de talvez. Depois nos falamos!

— O.k. — Rio. — Como o terceiro dan quiser.

Assim que desligo, toca o interfone. É Guido.

— Já desço.

Sessenta e seis

Raffaella dá voltas pelo apartamento. Nada a fazer. As contas não batem. Pior que o açougueiro ali de baixo, que cada vez anota algo a mais na conta, ou o posto de gasolina da praça, que lava o carro e depois enche o tanque. Pessoas de confiança que depois se desculpam com a frase de sempre: "Mas não é tanto; é o euro, senhora, que nos fez dobrar o preço de tudo". Nesse caso, se trata de outra coisa, de Claudio. Claudio mudou. Até no jeito de fazer amor, outro dia, sem querer tirar a camisa. É estranho. Além da música, mudou até de gostos de leitura. Sempre havia lido só *Diabolik* e, no máximo, *Panorama*. E, por coincidência, só pegava essa revista quando saía uma garota bonita na capa. Naturalmente, meio nua. Até aqui, tudo normal. Sempre dizia que havia um artigo importante sobre o mundo das finanças. Mas agora? Como se explica esse livro? Raffaella vai até o criado-mudo de Claudio e o pega. *Poemas*, de Guido Gozzano. Folheia-o. Nada, não há nada. De repente, cai uma coisa do meio das páginas. Um postal. Vira-o para ver o que está escrito. Nada. Só o carimbo e a assinatura de quem o enviou. Um "F", um simples "F". O carimbo é do Brasil. Quem pode tê-lo enviado? Alguém que esteve no Brasil. Olha a data do carimbo. Foi enviado há seis meses. Dos amigos que conhecemos, quem pode ter ido ao Brasil há seis meses? Filippo, Ferruccio, Franco. Não, acho que nenhum deles foi. Nenhuma das mulheres os teria deixado ir. A menos que um deles fosse escondido e mandasse um postal para Claudio com um F. Não, não se encaixa. Vira o postal e o olha. Uma bela garota brasileira. A clássica foto de uma garota passeando pela praia com a bunda para fora e um biquíni tipo fio dental. O estranho é que se vê perfeitamente seu rosto, e sorri. Guarda-o no livro de novo e começa a folheá-lo. Em um ponto encontra uma frase sublinhada em vermelho. Como pode ser? Claudio odeia vermelho. Nunca o usaria. Faz que recorde os muitos erros que cometia no colégio nas aulas de italiano, exatamente porque nunca lia nada. E ainda por cima, o verso sublinhado: "Não amo mais que as rosas que não peguei", com um ponto de exclamação acrescentado. Um ponto de exclamação? Ainda por cima, alguém estragou a sintaxe do poema, enfeiou-o, violentou-o. Alguém que não respeita nada nem ninguém. Nem sequer a mim. Principalmente a mim. Raffaella vai velozmente para as últimas páginas para ver se tem preço, se foi recortado ou coberto. Não, o preço está ali. Olha para ele melhor. Aproxima-o do rosto, e de repente percebe. Há restos de cola. O preço estava coberto. Tiraram a etiqueta. Foi Claudio! Não queria que ninguém visse o nome da loja onde compraram o livro. Ganhou-o de presente! E foi dessa "F". Essa imbecil dessa "F".

Raffaella deixa tudo no lugar. Tem que bolar um plano. Infelizmente, a única pessoa que conhece na Telecom é o doutor Franchi, um amigo de Claudio. Ele nunca diria nada, nem sobre as ligações nem sobre as mensagens que Claudio envia. A estúpida solidariedade masculina... Nunca falaria, nem sob tortura. Raffaella já checou o telefone dele, e várias vezes. Nem uma mensagem, nem enviada nem recebida. As chamadas realizadas, as recebidas ou as perdidas também são poucas, pouquíssimas. É um celular limpo, limpo demais. Quer dizer que está sujo. Mas como ele se vira? Ele não é, evidentemente, como aquele imbecil do Mellini, que para economizar fez um plano de ligações que dá direito a escolher o número para o qual você liga com mais frequência e no contrato mandou incluir o número da amante. Isso foi fácil demais descobrir. Desgraçado! Pelo menos nisso podia ter um pouco de estilo. Devia estar contente agora, com o que economizou: até a amante o deixou. Mas talvez tenha feito de propósito, para que o descobrissem. Quando um marido deixa uma mensagem no celular, quer dizer que, de qualquer maneira, não se importa com sua mulher. E não sabe como lhe dizer. Assim economiza também o constrangimento.

Os homens são desgraçados. Por mais absurdo que pareça, eu devia estar contente por ele tirar a etiqueta que cobre o preço do livro e me esconder tudo. Assim, enquanto avalia desesperada essa última consideração, repentinamente lhe ocorre uma ideia. Uma inspiração, um instante, uma iluminação. Aperta os olhos e começa a estudá-la em todos os detalhes. E no final sorri, porque percebe que é perfeita.

Um pouco mais tarde, Claudio volta para casa e Raffaella vai a seu encontro, cumprimentando-o.

— Olá, tudo bem? Como foi o trabalho?

— Muito bem.

— Deixe que eu ajudo.

Claudio deixa que ela tire seu paletó, mas fica perplexo. A que se deve essa repentina gentileza? Alguma coisa não está certa. Será que descobriu alguma coisa? Outro problema com suas filhas? Vai ter que enfrentar isso logo. Claudio a segue para o quarto.

— Tudo bem, querida? Algum problema?

— Não, tudo bem, por quê? Quer beber alguma coisa?

Até me pergunta se quero beber alguma coisa. Só pode haver algum problema, e grande.

— Como está Daniela?

— Muito bem, foi fazer os exames. Hoje, devem sair os resultados, mas parece que está tudo bem. Por que todas essas perguntas?

— É que você está tão gentil, Raffaella.

— Eu sou sempre gentil.

— Mas não tanto!

É verdade. Droga, estou me traindo.

— Tem razão, não consigo esconder nada de você! Esqueci totalmente que Gabriella me convidou para jogar buraco com ela. Mas havíamos combinado de talvez irmos ao cinema com os Ferrini, não?

— Ah — Claudio suspira, relaxando. — Para ser sincero, querida, eu também havia esquecido. Além do mais, Farini me ligou dizendo que hoje à noite vai me dar a revanche no bilhar. Percebe? Agora é certeza de que vem para nosso escritório!

— Perfeito, fico feliz por você! Então, tome um bom banho, assim relaxa. Se perder outra vez, vai achar que é de propósito, só para agradá-lo. E isso não está certo!

— Você tem razão, esta noite eu ganho, tenho certeza.

Claudio se despe e entra no chuveiro. Relaxa sob o jato d'água. "Que maravilha, nunca nada me pareceu tão fácil. E ela até se sente culpada. Posso ir ao hotel Marsala sem problemas e aproveitar até tarde. Que sorte a minha!" Não sabe o quanto está enganado. Raffaella acaba de concluir seu plano. Agora não tem dúvidas. Não é perfeito: é diabólico. Claudio termina de tomar banho. Seca-se rapidamente, excitado com a ideia de sair, e se despede.

— Você não vai sair?

— Não, marcamos para as dez. Vou esperar Daniela voltar.

— O.k., dê um beijo nela por mim, e divirta-se

— Você também.

Raffaella se despede dele com um sorriso. Claudio sai correndo. Mas se tivesse olhos na nuca, teria visto que esse sorriso, assim que ele se virou, transformou-se em uma careta horripilante. A de uma mulher que sabe o que faz. E que irá até o fundo. Raffaella pega o telefone fixo e liga para suas duas filhas. Depois, para todas as suas amigas mais íntimas, que poderiam de alguma maneira tentar localizá-la no celular. Diz o mesmo a todas. Para todas inventa a mesma mentira.

Sessenta e sete

Pouco depois, estou no carro com Balestri. Trouxe uma cerveja. Ele dirige alegre e esportivo, talvez não só por causa da cerveja.

— Pronto, chegamos.

Via di Grottarossa. Descemos. Alguns carros estão estacionados em frente, mas não reconheço nenhum. Aperta um interfone. Corsi. Também não conheço o sobrenome. Guido olha para mim curioso, parece animado.

— Guido, você não se enganou de endereço? Não vejo a moto de ninguém. Além disso, quem é esse Corsi?

— A casa é esta, confie em mim e fique tranquilo. Com certeza, pelo menos uma pessoa você conhece.

Abrem o portão. Entramos. A casa é muito bonita, janelas cobertas com cortinas de diversas cores voltadas para o jardim. Uma piscina meio vazia descansa um pouco mais além, esperando os primeiros dias de maio, e ali perto, uma quadra de tênis de terra batida, e a rede tensa parece montar guarda. Um mordomo sorridente nos espera na porta, afasta-se e nos deixa entrar, fechando-a atrás de nós.

— Obrigado.

Guido o cumprimenta. Parecem se conhecer.

— Carola está?

— Claro, está ali, entrem.

Acompanha-nos por um corredor. Quadros iluminados se alternam perfeitos dentro de uma impecável biblioteca, entre livros antigos, vasos chineses suavemente pintados e objetos de vidro. Todos delicadamente encaixados em uma madeira clara. Chegamos a um grande salão.

O mordomo se afasta e uma garota corre a nosso encontro.

— Olá.

Abraça Guido, cumprimentando-o afetuosamente, mas sem beijá-lo na boca. Deve ser Carola.

— Conseguiu?

Guido se volta para mim e sorri como quem diz: "Claro, Carola, não vê que está aqui?"

Ela me olha. Fica surpresa por um instante. Observa-me com atenção, como se estivesse me avaliando. Aperta os olhos, como se não acreditasse que eu... sou eu.

— Mas ele... é ele?

Guido sorri.

— Sim, é ele.

— Sim, acho que sou eu. Em geral, me chamam de Stefano. Step, para os íntimos. Mas nunca me chamaram de "ele". Podem me explicar o que está acontecendo?

Repentinamente, por essa porta encostada, nesse salão cheio de pessoas desconhecidas, de vozes distantes e confusas, de livros antigos, de quadros pintados pelo tempo, ouço um riso. Seu riso. O riso que me fez falta, que procurei, dela, que foi meu sonho de mil noites. Babi. Babi. Babi... Babi está sentada em um sofá no meio da sala. É o centro das atenções, conta algo e ri, e todos riem. Enquanto eu, sozinho, fico em silêncio. Esse é o momento que tanto esperei. Quantas vezes, nos Estados Unidos, remoendo as lembranças, afastando momentos dolorosos, penhascos de desilusão, cheguei ali, no fundo, até encontrar esse sorriso? E agora está aqui, na minha frente. E o divide com outras pessoas. Tudo que era meu, só meu. Vejo-me correndo por um labirinto feito de momentos: nosso primeiro encontro, o primeiro beijo, a primeira vez. A explosão enlouquecida de meu amor por ela. E em um instante lembro tudo que não pude lhe dizer, tudo que queria que você soubesse, a beleza de meu amor. Isso é o que queria lhe mostrar. Eu, simples cortesão admitido em sua corte, ajoelhado diante de seu simples sorriso, diante da grandeza de seu reino, queria lhe mostrar o meu. Em uma bandeja de prata, abrindo os braços em uma reverência infinita, mostrando-lhe meu presente, o que sentia por você: um amor sem limites. Aqui está, minha senhora, vê? Tudo isso é seu. Só seu. Além do mar e no fundo, lá embaixo, além do horizonte. E ainda mais, Babi, além do céu e além das estrelas, e ainda mais, além da lua e além do que se esconde. Esse é o amor que sinto por você. E mais ainda. Porque isso é só o que podemos saber. Eu a amo acima de tudo aquilo que não podemos ver, acima do que não podemos conhecer. Pronto, isso é, talvez, o que também queria lhe dizer. Mas não pude. Não pude lhe dizer nada que você tivesse vontade de ouvir. E agora? O que poderia dizer agora a essa garota que está sentada no sofá? A quem posso mostrar as maravilhas desse grande império que lhe pertenciam? Olho para você e já não está. Onde você se meteu? Onde está esse sorriso que me transformava em náufrago de inseguranças, mas tão seguro de felicidade? Queria fugir, mas não há tempo, já não há tempo. Aqui está. Babi se volta lentamente para mim.

— Step! Não acredito! Que surpresa!

Levanta-se e vem ao meu encontro. Abraça-me, aperta-me forte e me beija docemente no rosto. Depois se afasta, mas não muito. Olha-me nos olhos e sorri.

— Estou contente de vê-lo. Mas o que faz aqui?

Não tenho tempo. Ela começa a falar. Ri e fala, fala e ri. Parece saber tudo de mim. Sabe onde estive, o que fiz nos Estados Unidos, conhece meus estudos, meu trabalho...

— E voltou para a Itália no início de setembro. Para ser exato, acho que dia 3. E nem me deu parabéns no meu aniversário. Não lembrou, não é? Bom, eu o desculpo.

E fica assim, rindo. Dia 6 de setembro era aniversário dela, e nesse dia eu lembrei perfeitamente, como sempre. Como todos os anos, também nos Estados Unidos, como tudo que tinha a ver com ela, o mais bonito e o mais doloroso. E ela? Ela que me desculpe. O quê? Não ter sabido esquecê-la?

— É 6 de setembro! Viu como não lembra?

— Ah, é verdade.

Sorrio e a deixo continuar. Ela fala pelos dois, decide, avança, como sempre fez.

— E depois fez um programa de televisão, e depois vi os jornais, com aquelas fotos. Para salvar aquela garota. Como se chama? Bom, agora não me lembro. De qualquer maneira, eu o procurei, mas...

Felizmente, continua, sem me pedir o nome. Ginevra, Gin, para os amigos. Devia ligar para ela. Tenho que ligar. Eu disse que nos falaríamos depois, talvez. Sim, eu disse talvez. Sempre posso me desculpar nesse "talvez". Desligo o celular. Volto-me. Ajo instintivamente. Vejo Guido sorrir. Ele percebe e pisca para mim.

E o vejo ir embora. Vejo-o fechar a porta atrás de si e me deixar sozinho. Sozinho com ela, com Babi, sozinho com o destino de meu passado. E Babi me pega pela mão.

— Venha, vou lhe apresentar meus amigos.

E me arrasta assim, mais mulher, mais segura, mais madura. Mais... mais não sei o quê.

— Este é Giovanni Franceschini, o proprietário do Caminetto Blu. Este é Giorgio Maggi; com certeza, você o conhece. Ele tem aquela grande empresa imobiliária, que agora é muito conhecida, chama-se Casa Dolce Casa.

— Não, não conheço, lamento.

Sorrio e cumprimento, como se tudo isso me importasse. E outros nomes, e outras histórias. Títulos comerciais de jovens pseudonobres dessa sociedade que já não tem nenhum título. Pelo menos, para mim.

— E esta é Smeralda, minha melhor amiga! — Babi se aproxima cúmplice, mansa, ronrona e me sugere no ouvido. — Digamos que ocupou o lugar de Pallina.

E ri. Eu só sinto seu perfume: Caronne. E olho para ela. Pelo menos isso não mudou. Gostaria de lhe dizer: "E quem ocupou meu lugar?" Meu lugar. Sim. "Por que achava que tinha um?", ela poderia me responder. Então fico calado, fico em silêncio. Olho para ela enquanto continua com essa estranha dança de apresentações. Ela, hábil cortesã, dama impecável dessa sua alta sociedade, de sua corte dourada. Dança, ri e joga a cabeça para trás, cascatas de cabelo e perfume e de novo seu riso. E de novo... De novo você. Mas não tínhamos que voltar a nos ver. E sinto toda minha dor. O que não sei, o que não vivi, o que agora me falta. Para sempre. Quantos braços a estreitaram para que se transformasse no que é? Quanta razão você tem! Como é verdade. O que importa? Afinal de contas, ela não me dirá, infelizmente. Por isso fico em silêncio. E olho para ela. Mas não a encontro. Então, vou procurar esse filme em branco e preto que durou dois anos. Uma vida inteira. Essas noites passadas no sofá. Longe. Sem conseguir obter uma explicação. Arranhando meu rosto, pedindo ajuda às estrelas. Lá fora, na varanda, fumando um cigarro. Seguindo essa fumaça para o céu, em cima, mais acima, mais ainda. Ali, onde exatamente estivemos nós dois. Quantas vezes nadei nesse mar noturno, me perdi nesse céu azul, levado pelos eflúvios do álcool, pela esperança de encontrá-la outra vez... Para cima e para baixo, sem trégua. Por Hydra, Perseu, Andrômeda... E embaixo, até chegar a Cassiopeia. A primeira estrela à direita e depois sempre reto, até de manhã. E muitas outras. E a todas eu perguntava: "Você a viu? Por favor, perdi minha estrela. Minha ilha, que não existe. Onde estará agora? Que estará fazendo? Com quem?" E à minha volta, o silêncio dessas estrelas intrometidas. O barulho chato de minhas lágrimas esgotadas. E eu, estúpido, procurando e esperando encontrar uma resposta. Dê-me um porquê, um simples porquê, qualquer porquê. Mas que idiota! Já se sabe. Quando um amor acaba, podemos encontrar tudo, exceto um porquê.

Sessenta e oito

Claudio dirige tranquilo. De vez em quando, olha pelo retrovisor para ver se Raffaella o está seguindo. Nada. Nenhum carro atrás dele, nenhuma suspeita. Só uma patrulha da polícia, que em determinado momento acende as luzes e acelera derrapando. Claudio vê o veículo passar como uma flecha virando à direita, Via Cassia abaixo. Não se dignaram a dirigir-lhe nem um olhar. É compreensível, pensa com seus botões. Sou um cidadão exemplar, nunca fiz nada de errado. E, totalmente convencido de sua completa inocência, acelera e pega a Corso Francia, a toda velocidade, até a Via Marsala. Pouco depois, está em Porta Pia. Para perto do Europa, estaciona e tira o celular do bolso. Abre-o, olha. Nada, nenhuma mensagem. Combinei com Francesca que nos veríamos no hotel às nove e meia. Se houvesse algum problema ou se acabasse antes, ela teria me mandado uma mensagem. Melhor assim. Quanto menos mensagens enviadas, menos probabilidades de sermos descobertos. Depois que Raffaella abriu o extrato do cartão de crédito e fez aquele interrogatório sobre o taco de bilhar, não posso ligar ou mandar mais mensagens do meu celular. É muito arriscado. Raffaella seria capaz até de ligar para Franchi e interrogá-lo também. Ele não está acostumado a uma fera como ela, e mesmo com certa solidariedade masculina, no final cederia. Tenho certeza. É melhor ligar sempre do escritório e apagar as mensagens depois de ler. Claudio fecha o telefone e o coloca de novo no bolso, onde sempre o carrega. A seguir, tranquilo e relaxado, decide se permitir um cigarro. Quando é necessário, é necessário. Além disso, hoje não sente nenhum tipo de inquietude. Então, Claudio acende um Marlboro. Mas, se tivesse olhado bem seu celular, teria percebido que está levemente mais novo que o de costume. E, nesse caso, não teria sentido inquietude, mas, sim, verdadeiro terror.

Bip. Bip. O som de chegada de uma mensagem. O celular de Claudio brilha em cima da mesa. Eu sabia. Era só questão de tempo. Raffaella sorri e pega o aparelho. Espera um instante e olha para ele indecisa. Esse é o momento que pode mudar totalmente minha vida. E pensar que quando Claudio quis pegar esses dois celulares idênticos, porque estavam em oferta, eu o critiquei tanto. Pobre Claudio, poder trocar hoje meu celular pelo que ele guardava no paletó não tem preço. Depois seu rosto muda repentinamente, endurece. A raiva a transforma. Então, decide abrir. Ver essa carta, essa mensagem que pode acabar definitivamente com a partida mais importante de sua vida. Abre-a e depois lê: "Olá, querido! Acabei agora. A gente se encontra lá às nove e meia, como combinamos."

Raffaella arregala os olhos, ficam verdes de bile, saem das órbitas, a raiva a faz ranger os dentes, arfar ao respirar. Gostaria de jogar o celular de Claudio na parede, mas sabe que então perderia o rastro dessa "F" de merda, dessa mulher que se atreve a chamá-lo de "querido". E repentinamente entende a importância desse celular, único indício, única prova para um processo judicial futuro. Um mapa perfeito para levá-la até seu tesouro. Raffaella se acalma, respira fundo, relaxa. Precisa recuperar a lucidez. Deve agir com astúcia. Pega o celular de Claudio e escreve lentamente a resposta.

"Tenho que ir de táxi. Pegaram meu carro em casa. O que digo ao taxista?", e depois envia. E espera. Espera não ter cometido nenhum erro, não ter usado um jeito de escrever diferente, que não exista nenhuma senha entre eles, tipo "câmbio e desligo" ou alguma outra idiotice parecida. Claudio foi cuidadoso, mas não é tão genial. Nunca poderia ter suspeitado que eu trocaria seu celular pelo meu. Exatamente nesse momento chega a mensagem de resposta: "Querido, está me escrevendo? Você disse que era perigoso. Não sei o nome da rua, mas basta dizer hotel Marsala, que ele deve saber. Até loguinho. Quero você como da última vez."

Diante da leitura dessas últimas palavras, Raffaella se sente como se fosse morrer. Seu estômago se encolhe, sua mandíbula fica tensa, sente dor no fígado. Vai até o telefone fixo e disca um número: 3570. Segundos depois, a voz da operadora de radiotáxi responde.

— Por favor, um táxi para Piazza Jacini, rápido. É urgente. Espero na linha.

Alguns segundos depois, chega uma voz gravada:

— Venecia 31, em dois minutos.

Raffaella desliga para confirmar. Pensa e dá uma gargalhada quase histérica. Venecia 31. Veneza foi sua primeira viagem. E é em um táxi com esse nome que acabará tudo. Corre até o banheiro e vomita até o que não comeu.

Um pouco mais tarde, parado na pracinha de Porta Pia, Claudio olha a hora. São nove. Ainda tem meia hora. Está com sede. Decide tomar uma cerveja em um bar próximo. Liga o carro e muda de sentido na rua. Embora tenha cometido uma infração, foi prudente: viu que não vinha ninguém. Havia só um táxi chegando no fundo da rua. Se estivesse atento, teria visto o nome: Venecia 31. Claro que isso também não teria significado nada. Mas se estivesse ainda mais atento, se houvesse olhado dentro do veículo, então teria entendido que não havia escapatória para ele.

Raffaella desce do táxi, paga e entra no hotel Marsala. Olha em volta. A decoração é horrível. Uma planta de plástico em um canto. No chão, um tapete vermelho puído. Perto da parede, uma velha poltrona de madeira gasta. Na frente, uma mesinha com o vidro quebrado e algumas revistas velhas descuidadamente colocadas em cima. Um recepcionista surge no balcão.

— Boa noite, posso ajudá-la? Precisa de alguma coisa?

— O senhor Gervasi me aconselhou este hotel. Ele está no quarto?

O recepcionista olha para ela, apenas por um rápido instante. Já viu bastante coisa para saber que é melhor que se meta com suas coisas. Depois se volta. Olha na gaveta de chaves. A dezoito ainda está ali.

— Não, ainda não chegou.

E sorri para a mulher de maneira gentil.

— Bem, obrigada, então. Se não se importa, vou esperar aqui.

Raffaella se senta na poltrona, tentando não usar ímpeto demais. Só faltaria isso, cair, quebrar uma perna e ter que ser levada para o hospital. Agora que sabe a verdade, que chegou à meta, ao final da corrida, não quer perder esse último encontro por nada deste mundo. Raffaella abre um jornal e o folheia velozmente. Mas é como se não visse as fotos, os textos, os anúncios. Só páginas coloridas. De vermelho sangue. Exatamente nesse momento, chega Francesca. Abre a porta de vidro do hotel e entra com sua alegria de sempre, cumprimentando o recepcionista.

— Olá, Pino! Claudio chegou?

O porteiro olha para ela e depois para Raffaella. Responde quase balbuciando.

— Não, ainda não.

— Então, me dê as chaves. Vou esperar lá em cima.

O porteiro lhe dá a chave número dezoito e decide ir para a outra sala. Em alguns casos, é melhor não ter visto nada.

Raffaella joga o jornal na mesinha e se levanta. Caminha em direção a ela, para a um passo dela e olha em seus olhos. Francesca fica sem palavras. Assustada, dá um passo para trás. Raffaella repentinamente a reconhece. Não acredito. Como fui idiota. Não era um postal, era uma foto. A garota da praia é ela. Ela é "F".

— O que foi?

Raffaella esboça um sorriso desafiador.

— Nada, uma inspeção. Como é seu nome?

— Francesca, por quê?

Em um instante, esse "F" toma forma. Francesca, a imbecil.

— Está esperando o Claudio, não é?

Francesca não entende nada. Ou talvez não queira entender. De qualquer maneira, Raffaella não lhe dá tempo. Pega o celular de seu marido e disca o número, seu próprio número.

— Espere, já passo para ele.

Claudio acaba de comprar uma cerveja e está bebendo no carro quando quase fica petrificado ao ouvir o celular em seu bolso. Vibra e soa com uma campainha que não é a sua. Pega-o. Olha para ele surpreso, sem entender nada. Abre-o. Nesse momento, vê o que nunca teria esperado: seu nome, Claudio, brilha enorme na tela. Como posso estar ligando para mim mesmo? Não entende nada. Esse é seu último, estúpido pensamento, antes de poder reagir, entender, cair nas profundezas do drama. Continua olhando seu nome meio hipnotizado por essa campainha, sem entender que esse som é seu chamado para uma viagem sem volta ao inferno. De repente, não aguenta mais e decide atender.

— Alô? — diz meio temeroso, preocupado em ouvir quem sabe o quê do outro lado. E, de fato, é justamente ela, a última pessoa que queria ouvir: sua mulher.

— Olá, Claudio, vou lhe passar para uma pessoa.

Ele fica sem palavras, não tem tempo de dizer nada, enquanto Raffaella põe o celular na orelha de Francesca. Claudio não pode imaginar, não quer imaginar qual será agora a segunda voz que vai ouvir. Quem é a pessoa que está com sua mulher? Quem pode ser? Então, completamente desorientado, decide falar.

— Alô?

— Claudio, é você? É Francesca. Uma mulher aqui me perguntou...

Mas não tem tempo de acabar. Raffaella tira o celular da orelha dela e volta a falar com Claudio.

— Eu espero você em casa.

Exatamente nesse momento, Claudio passa de carro pela frente do hotel Marsala com o celular ainda aberto e as vê juntas: Raffaella e Francesca. Não acredita no que seus olhos veem, fica aterrado e acelera, tentando fugir de alguma maneira. Mas não sabe que, a partir desse momento, não tem mais escapatória.

Francesca se dirige para Raffaella irritada:

— Eu estava falando com ele. Por que tirou o telefone? Você é uma mal-educada!

Raffaella sorri e pega as chaves do quarto das mãos dela. Francesca não reage. O grande quadrado de madeira pesada, com o número dezoito colado nas chaves, balança nas mãos de Raffaella.

— Era este o quarto onde você "pegava" Claudio? — Francesca não responde. Raffaella levanta uma sobrancelha. — Eu não sou uma mal-educada, eu sou a senhora Gervasi. E você, você é uma merda! — E joga o quadrado de madeira na cara dela, quebrando seu nariz e gravando para sempre em suas lembranças esse número dezoito.

Sessenta e nove

— Step, está me ouvindo?

— Claro — minto.

— Estou contente em vê-lo. Por que não me ligou quando voltou?

— Bem, eu não sabia...

— Não sabia o quê? — Ri cobrindo a boca. Toca o cabelo jogando-o para trás. — Se eu estava sozinha?

Olha para mim. Agora com uns olhos mais intensos. Sem essa flor na boca. Mas não diz mais nada, e eu volto a pensar em nosso Battisti. Em quando ela fazia tranças, em suas faces vermelhas, em nossos bares escuros, no Mar Negro. Mas não espero resposta.

— Vou tomar alguma coisa.

Por sorte, encontro logo um rum. Um Pampero, o melhor. Pego um copo e bebo. Gostaria de... Sirvo outro. Não gostaria... Bebo de um gole só. Mais outra vez... Mais um copo. Como pode uma rocha deter o mar? Nunca soube responder a essa pergunta. Volto a ela, e nos sentamos em um sofá. E olhando para ela, encontro a resposta. É impossível. O mar é infinito. Exatamente como seus olhos. E minha rocha... Bem, minha rocha é muito pequena. Ela olha para mim e ri. Ri.

— Você bebeu, não é?

— Sim, um pouco.

E em um instante estamos ali, à sombra, como aquelas duas bicicletas abandonadas. E o tempo passa. Não sei quanto. Ela me conta tudo, tudo que se pode contar, o que decide me contar. Ela, mulher. Ela, que era clara e transparente como eu. E antes que lhe pergunte quantos braços a estreitaram para transformá-la no que é, a noite se acaba. Exatamente como minha garrafa.

— Tchau, Carola, tchau, rapazes.

Todos se despedem, trocam beijos, recordam compromissos futuros. E nos encontramos do lado de fora do portão. Sozinhos, pouco depois.

— E agora, o que vai fazer?

— Nada. Vim com meu amigo Guido, mas ele foi embora.

— Não se preocupe, eu estou de carro. Eu o levo, vamos. — E entro em um Minicooper azul último modelo com DVD player embutido. — Divertido, não?

Olha para mim enquanto dirige.

— Nós nos conhecemos em um passeio de moto. Eu estava atrás de você, e nos reencontramos em um passeio de carro. E dessa vez eu dirijo.

— Sim, divertido.

Não sei o que acrescentar. Só me pergunto se Guido havia imaginado isso também. Impecável, de mente genial. Torno a ver seu sorriso, a piscada e sua perfeita saída de cena, de grande elaborador de destinos. Mas por que exatamente do meu?

— Tome.

Babi me dá seu cachecol.

— Obrigado, mas não estou com frio.

Ri.

— Bobo. — Agora olha para mim mais séria. — Coloque-o nos olhos. Você não pode ver nada. Lembra, não? Agora é minha vez.

Sem dizer nada, amarro o cachecol em volta da cabeça, tal como ela fez aquela vez na moto atrás de mim. Voando tranquila, com os olhos vendados. Abraçada a mim, sem ver, deixando-se levar para aquela casa em Ansedonia, seu sonho, de noite, aquela noite, sua primeira vez. Agora a sinto dirigir tranquila, aumentar um pouco a música. Deixo-me levar assim pela música, por ela, por essa garrafa de rum que acabei de tomar.

— Pronto, chegamos.

Tiro o cachecol/venda e na penumbra a diviso. A Torre.

— Lembra? Aquela vez que você dormiu?

Como poderia esquecer? Depois, quando acordei, discutimos e depois fizemos as pazes. Como fazíamos as pazes. Como os apaixonados fazem as pazes. E sem nem saber como, encontro-a em meus braços. Porém, não discutimos. Dessa vez, não. Ela me beija. Suave, sem pudores, e sorri na penumbra.

— Quanto você bebeu?

— Um pouco.

Mas não parece que se importa muito. E fica assim, me acariciando.

— Senti sua falta, sabia?

Eu me sinto um bobo, o que posso dizer? Como posso saber? E, além disso, será que é verdade? Por que está me dizendo isso? Por quê? E eu? Eu não sei o que dizer. Gostaria de ficar calado, mas sai um simples:

— É?

— Sério.

Sorri. Desabotoa minha camisa e desce um pouco mais. E continua tranquila, sem pressa, mas decidida, segura, ainda mais segura, se é que me lembro bem de como a deixei.

— Venha, saia.

Quase me empurra para fora do carro e ri divertida porque começou a chover. Levanta a camiseta e tira o sutiã, ficando com o peito nu. Deixa-se acariciar pela água e depois por mim, que escorrego com a língua por seus mamilos molhados. Com mãos firmes, ela abre meu cinto, desabotoa minha calça, deixando que caia, coloca a mão dentro e sussurra em meu ouvido:

— Aqui está... Olá... Quanto tempo...

Atirada como nunca. Pelo menos, comigo. Beija meu peito enquanto a água do céu continua caindo. E Babi escorrega para baixo, deixando-se levar por essas gotas até encontrá-lo. E eu relaxo assim, levado pelo rum, pela chuva que cai do céu, por ela ali embaixo. E gosto. E ela faz direitinho. Gosto muito, e quase sofro ao admitir. Agora molhado, todo e por todos os lados, raptado por sua boca que me acaricia, quase com raiva, deixo-me levar. Todo esse tempo passado, essa dor sofrida. Essa mulher perdida. Levanto a cabeça para o céu. As gotas de chuva vêm de repente, acariciadas por esse facho de luz distante. Gostaria de fazer o mesmo que Battisti. *"Ma io gli ho detto no e adesso torno a te con le miserie mie, con le speranze nate morte che io non ho più il coraggio di dipingere di vita..."* (Mas eu disse que não, e agora venho com minha miséria, com a esperança morta que já não tenho vontade de pintar a vida...*)* Porém, eu fico. E ela continua assim, sem parar, mais depressa, com sua boca ávida de tudo que é meu. Depois se afasta, levanta-se, investe, joga-me no chão, e eu me deixo cair. Deito-me ao seu lado, embaixo da chuva. Ela sobe em mim, levanta a saia e não tem nada embaixo. Molhada por todos os lados, afasta minhas mãos e fica em cima de mim. Começa a me cavalgar. A água cai. Agarro o chão com as mãos. Minha cabeça gira, bebi demais, ela sorri de cima, aproveita e olha para mim, desejosa, sensual, atirada. Encosto na terra molhada, a grama, e a aperto, e por um instante não gostaria de estar ali. Mas como? E esse seu sorriso tão querido? Você não voltou para isso? E de repente, um relâmpago. Sem luz. Como um pássaro noturno, um bater de asas, fragoroso em sua delicadeza. Sua voz.

— Depois você me liga?

— Sim, talvez eu ligue.

— Nada de talvez. Depois nos falamos!

E então, como os pixels, como os *frames*, uma foto superposta, uma imagem desfocada, uma simples Polaroid. Repentinamente se desenha nítida em minha mente. Gin. Doce Gin, terna Gin, divertida Gin, limpa Gin. Aparece inteira, em todo o seu esplendor. A lua distante parece propor para ela um novo rosto: alterado, desiludido, traído. E nessa palidez lunar vejo tudo que nunca queria ver. Como em um passe de mágica, a chuva engrossa, os eflúvios do álcool se dissipam. E eu, repentinamente lúcido, tento fugir debaixo dela. Mas Babi me segura com mais força, me mantém quieto, move-se para cima e para baixo, quase com raiva, continua sua corrida com mais ímpeto ainda, não, não me deixa fugir. Quase arrastada por esse meu desejo de fugir, cavalga e goza, sem me dar trégua, nem repouso. Mais, mais e mais. Só se afasta no último instante, quando gozo. E satisfeita, contente, já saciada, desaba sobre mim. Abandona-se assim, deixando ali em qualquer lugar, pelo chão, dois pobres inocentes. Meu sêmen e minha culpa. Depois me dá um beijo suave, que não sei que gosto tem. Só sei que me sinto ainda mais culpado. E ela sorri, embaixo da chuva, mais atirada que nunca, mais mulher que então. Espelho disforme do que tanto amei.

— Step, tenho que lhe dizer uma coisa.

Enquanto torno a me vestir embaixo d'água, embaixo da chuva que gostaria que fosse purificante, sob as nuvens escuras que me olham inquisitivas, sob essa lua que, desdenhosa, virou a cara para mim, ela continua:

— Só espero que não fique com raiva.

Continuo me vestindo em silêncio. Olho para ela. Eu? Com raiva, eu? Agora que não tenho mais você? Como poderia me irritar?

Com as duas mãos, leva o cabelo molhado para trás. Depois sacode a cabeça, tentando voltar a ser menina por um instante. Mas não pode, não consegue.

— Queria lhe dizer que vou me casar daqui a uns meses.

Setenta

Noite fechada. Claudio deu voltas por toda a Roma. Não pode acreditar, como se deixou pegar? Como não percebeu que esse não era seu celular, mas, sim, o de sua mulher? Mas é que são idênticos. Puta que pariu, maldita promoção. Era uma armadilha. Economizei, sim, mas quantas compensações vou ter que pagar agora? E durante quantos anos? Não consegue calcular tudo que o espera. Mas tem de enfrentar, já são duas horas. Todas já devem estar deitadas. Estaciona embaixo do prédio, fora, justamente para que não o ouçam voltar. Sobe a ladeira com passo acolchoado, na noite, abre devagar o portão e fecha sem fazer barulho. Depois, a porta de sua casa, muito devagar, lentamente, mexendo a maçaneta da porta interna com suavidade. Mas a mola final o trai.

— Papai, é você? — Daniela aparece na sala. — Eu o esperei acordada porque estou muito feliz! Fiz os exames e saíram os resultados. O bebê está bem e, principalmente, não estou com Aids!

Mas Claudio não tem tempo de se alegrar. Da escuridão da cozinha, Raffaella pula em cima dele, agride-o por trás, montando nele, gritando, arranhando seu rosto com as unhas, arrancando seus cabelos, mordendo suas orelhas. Raffaella é uma espécie de harpia, um estranho ser volátil uivante às suas costas. Está com as pernas apertadas em volta da cintura dele e não solta. Claudio começa a gritar de dor e corre feito um louco pelo corredor, diante dos olhos atônitos de Daniela, que não sabe absolutamente nada e esperava poder dividir sua felicidade com os pais. Claudio, que chegou ao final do corredor, volta-se de repente e se joga dentro do grande armário, quebrando-o, com a harpia nos ombros. Acaba embaixo dos casacos, que caem dos cabides, no meio do cheiro de naftalina, das caixas de sapatos, dos muitos presentes de festas passadas que já se perderam. Claudio consegue se livrar de Raffaella, sai do armário e corre para seu quarto. Nesse momento, Babi sai do quarto.

— O que está acontecendo? Entraram ladrões? — Vê seu pai com o rosto ensanguentado. — O que aconteceu? O que fizeram com você?

Raffaella surge ofegante.

O que fizeram com ele? O que ele fez conosco! Há meses que transa com uma brasileira em um hotel da estação! — E, dizendo isso, arranca do armário já destruído um pedaço de madeira e tenta acertar Claudio, que se tranca no quarto.

Claudio pega sua mala. Abre o armário, mas não acredita no que vê: todas as camisas, os casacos, as calças, as blusas de lã e todos os ternos estão destruídos, cortados, rasgados. Uma espécie de grande e imenso armário de serpentina. Pega o único que restou. Abre a porta e sai do quarto. Babi corre para ele.

— Papai, aonde você vai?

— Vou embora. Vocês já encheram meu saco, todas vocês. Não entendem que uma pessoa precisa de liberdade?

Raffaella se joga sobre ele por trás e o acerta nas costas com o pedaço de madeira do armário. Mas Claudio é mais rápido e se protege com o livro de Gozzano, *Poemas*. E depois dizem que literatura não serve para nada. Sai correndo, atravessa o corredor e está quase saindo de casa quando Babi o alcança na porta.

— Papai, vai me acompanhar ao altar, não vai?

— Sua mãe. Ela sempre decidiu tudo, pois que cuide também dessa última encheção de saco!

E, dizendo isso, livra-se também dela e desce correndo a escada. Ufa! Claudio suspira aliviado. Achava que seria pior. Desce a escadinha da portaria e repentinamente outra pessoa vai para cima dele.

— Ah!

Claudio fica na defensiva. Mas é Alfredo, o ex de Babi, completamente bêbado e com uma garrafa na mão.

— Senhor Gervasi, tem que me ajudar, veja como estou! Não pode deixar que Babi se case com esse tal de Lillo só porque ganha mais que eu. E como?! Vendendo calcinhas! Será que não tem vergonha? E nossa amizade? E os dias passados à mesa? Onde estão, hein? Vai se arrepender, entende?

Claudio olha para ele e sorri esgotado.

— Não consegui salvar meu casamento, imagine se tenho que me preocupar com o dos outros.

— Ah, é? Então agora vai ver!

Alfredo avança. Agita a cerveja ameaçador, girando-a na mão e indo na direção dele. Claudio não hesita e lhe dá um chute no saco. Alfredo cai no chão e se dobra sobre si mesmo, dolorido. Claudio dá um pontapé na cerveja, jogando-a longe.

— Não tive problemas com Step, imagine se estou preocupado com um sujeito como você!

E vai embora, contente, olhando as estrelas, sonhando com a nova vida que o espera e um pouco preocupado com toda essa roupa que vai ter de comprar de novo.

Setenta e um

— Alô?

— Onde você se meteu ontem à noite? Liguei um monte de vezes, mas primeiro não tinha cobertura e depois estava desligado.

Gin. Estou mal. Por que atendi o celular?

— Ah, fui com Guido jantar em um lugar, mas não percebi que não tinha sinal. Era um porão.

Não sei o que dizer. Tenho vontade de vomitar. E ela, coisa absurda, me salva.

— Um porão, sei. Tentei localizá-lo várias vezes, mas depois dormi. Hoje não vamos poder nos ver. Que saco! Tenho que ir com minha mãe visitar uma tia que mora fora de Roma. Depois a gente se fala? Eu não vou desligar o celular. É brincadeira! Um beijo lindo, e depois, quando estiver acordado, um mais bonito ainda!

E desliga. Gin. Gin. Gin. Com sua alegria, Gin com sua vontade de viver. Gin com sua beleza. Gin com sua pureza. Eu me sinto um merda, estou cheio de merda. Droga de rum, à merda todo o resto. Nossa, como eu bebi! O quanto bebi pode servir como justificativa? Não é suficiente. Eu ainda era capaz de raciocinar e de saber o que queria. De dizer não desde o início, de não ir com ela, de não aceitar o cachecol, de não a beijar. Culpado! Sem nenhuma sombra de dúvida. Mas tenho uma sombra, sim. E se foi um sonho? Levanto-me da cama. A roupa que descansa em cima da cadeira ainda molhada de chuva, os sapatos ainda sujos de barro não deixam dúvidas. Não foi um sonho. É um pesadelo. Culpado. Culpado além de toda dúvida razoável. Procuro na cabeça uma frase, palavras às quais me apegar. Por que não encontro nada? Lembro-me do que o professor de Filosofia me disse uma vez: "O fraco hesita antes de tomar uma decisão; o forte, depois." Acho que era de Kraus. Segundo ele, eu seria forte. Porém, me sinto estúpido e fraco. E assim, estúpido artífice dessa minha condenação, arrasto-me até a cozinha. Um pouco de café vai ajudar. Passará um dia e depois outro e depois mais outro. E depois tudo isso estará longe, pertencerá ao passado. Sirvo o café já feito. Ainda está quente. Paolo deve tê-lo feito antes de sair. Sento-me e bebo um pouco, como um biscoito. Depois vejo o bilhete. Reconheço a letra. É de Paolo. Perfeita e certinha como sempre. Mas dessa vez me parece um pouco cambaleante. Talvez estivesse cansado e a escreveu correndo. Leio. "Fui com papai ao hospital Umberto I. Mamãe está internada. Venha logo, por favor." Agora entendo a escrita incerta. Trata-se de mamãe. Deixo o café e vou tomar um banho rápido. Sim, agora me lembro. Paolo havia dito alguma coisa, mas não me parecia especialmente preocupado. Seco-me, visto-me e alguns minutos depois já estou na moto. Um pouco de vento na cara faz que me acalme logo. Está tudo bem, Step, está tudo bem. É esse "venha logo, por favor" que me preocupa.

Setenta e dois

— Por favor, estou procurando a senhora Mancini, parece que foi internada hoje.

Um enfermeiro preguiçoso de aspecto entediado reforçado por um cigarro que pende de seus lábios apoia um *Corriere dello Sport* aberto em cima de alguns objetos de contrabando e dá uma olhada no computador a sua frente.

— Você disse Mancini?

— Sim.

Depois me ocorre que pode ter usado o sobrenome de solteira. Não consigo chamá-la por esse sobrenome. Qual era? Ah, sim.

— Pode ser também Scauri.

— Scauri? Sim, aqui está. Segundo andar.

— Obrigado.

Vou subir, mas, quando passo por ele, o enfermeiro entediado parece acordar de repente e me interpela:

— Não pode subir agora. O horário de visita é às três. — Olha o relógio que está atrás de mim. — E dura uma hora.

— Sim, eu sei, mas minha mãe...

— Sei. Não me interessa, é às três para todo mundo.

Nesse instante, torno a ver o bilhete de Paolo: "Venha logo, por favor." E depois não vejo mais nada. Agarro-o pelo pescoço com a mão direita e o empurro até encontrar a parede mais próxima, na qual o espremo. Apoio minha mão aberta em seu pescoço com todo o meu peso.

— Tenho que ver minha mãe. Agora, imediatamente. Não quero criar confusão, então não me impeça, por favor.

Uso a mesma palavra que Paolo usou, esperando obter algum resultado. O enfermeiro quer dizer alguma coisa. Afrouxo. O sujeito recupera o fôlego e resmunga: "Segundo andar." Depois tosse: "Quarto 114." Tosse de novo. "Pode ir."

— Obrigado!

Afasto-me rapidamente, antes que ele pense melhor, antes que diga ou faça algo justo, mas que nesse momento vai me parecer profundamente errado. Cento e vinte. Cento e dezenove. Direita e esquerda. Avanço por entre alguns quartos com pessoas deitadas, algumas vidas abandonadas no limiar de um inferno mais ou menos feliz. Um velho desdentado me dirige um sorriso. Tento devolvê-lo, mas não consigo grande coisa. Cento e dezesseis. Cento e quinze. Cento e catorze. Aqui está. Tenho até medo de me aproximar. Minha mãe. Vejo-a ali, deitada entre os lençóis, pálida, pequena como nunca a havia visto. Minha mãe. Parece ter notado algo, um leve ruído que, porém, não fiz. Talvez só o batimento acelerado do meu coração ao vê-la assim. Volta-se para mim e sorri. Acomoda-se apoiando-se nos ombros, inclinando as costas para trás. Mas uma dor repentina se reflete em seu rosto fazendo que descarte a ideia. Afrouxa-se e cai de novo no travesseiro, olhando para mim envergonhada por essa tentativa frustrada. Corro para ela. Pego-a delicadamente e a ajudo a se sentar devagar, com muito cuidado para não tocar em todos esses tubos pendurados com alguns remédios, perdendo-se em seus braços. Seu rosto está atravessado por uma careta tingida de dor. Mas é só um instante. Já passou. Sorri para mim enquanto pego uma cadeira livre de um dos quartos ao lado e me sento junto a sua cabeceira para que não tenha que falar em voz alta, para que não se canse, não mais.

— Olá.

Tenta falar, mas faço-a calar levando o dedo indicador à boca. Ficamos em silêncio alguns instantes, e ela parece se sentir melhor.

— Tudo bem, Stefano?

É absurdo. Ela perguntando a mim. Um sorriso delicado. Olha para mim buscando resposta. Tento falar, mas as palavras não saem.

— Tudo bem. — Consigo dizer antes que uma palavra um pouco mais longa se quebre em meus lábios, como um vidro frágil. Minha dor teria ficado em mil pedaços, cacos, como um espelho muito fino que reflete toda a nossa vida, a minha e a de minha mãe. Juntos. Suas palavras, suas histórias, seus risos, suas brincadeirinhas, suas corridas, suas broncas. Sua cozinha, seu ficar bonita. Escorregam assim, sem possibilidade de serem retidos, como gotas de água no vidro de um carro em movimento, na janela de um avião que decola, em queda livre de um chuveiro de praia que deixaram aberto e o vento espalha as gotas. Mamãe.

Como ela fez comigo tantas vezes, pego sua mão de forma natural. Ela, como resposta, aperta a minha. Noto seus dedos mais finos, alguns anéis mais soltos, a pele quase translúcida sobre esses ossos finos. Levo sua mão à boca e a beijo. Ela ri, leve.

— O que é isso, o beijo do perdão?

— Sssshhh. — Não quero falar, não posso falar. — Sssshhh.

Encosto minha face no dorso de sua mão. Fico calmo de estar sobre essa almofada humana, pequena, mas cheia de amor. O meu? O dela? Não sei. Fico ali descansando, com os olhos fechados, o coração tranquilo e as lágrimas suspensas, em silêncio. Ela acaricia minha cabeça com a outra mão e brinca com meu cabelo.

— Leu o livro que lhe dei?

Concordo com a cabeça movendo-me suavemente por sua mão, minha almofada. Ela sorri.

— Entendeu, então, que pode acontecer? Sua mãe é uma mulher, uma mulher como todas. Como todas? Talvez mais frágil.

Fico em silêncio. Busco ajuda, alguma coisa, não aguento mais. Mordo o lábio inferior e seguro as lágrimas. Socorro. Alguém me ajude. Mamãe, ajude-me.

— Eu errei, é verdade, e o Senhor quis que justamente você descobrisse. Mas foi um castigo grande demais. Perder meu filho por causa desse erro.

Levanto-me de repente e consigo sorrir para ela, tranquilo, forte, como ela me quer, como ela me fez, minha mãe.

— Não me perdeu: estou aqui.

Ela sorri. Consegue estender o braço e acariciar meu rosto.

— Então o reencontrei. — Sorrio e concordo com a cabeça. — Mas vou perdê-lo outra vez.

— Por quê? Não, você vai ver, vai ficar tudo bem.

Mamãe fecha os olhos e balança a cabeça.

— Não, eles me disseram. Vou perdê-lo novamente.

Faz uma pausa e olha para mim. Sorri lentamente. Vejo em seu rosto a felicidade de me ter ao seu lado, mas depois a dor que a assalta de dentro. Inevitável. Uma pequena careta de dor. Fecha os olhos. Pouco depois, torna a abri-los, outra vez serena. A dor passou. Olha para mim e sorri.

— Mas, dessa vez, não será por minha culpa.

Fico em silêncio. Gostaria de encontrar algo para dizer, voltar atrás, retroceder. Desculpar-me pelo tempo passado. Gostaria de nunca ter entrado naquela casa, nunca tê-la visto com outro homem, não a ter incomodado, não ter sofrido, ter sido capaz de entender antes, de aceitar, de perdoar. Mas não foi assim. Não consigo falar. Não sei fazer nada além de apertar sua mão, suavemente, com medo de que tudo possa se quebrar de novo. Mas ela me salva, ela me ajuda, mais uma vez. É minha mãe. Mamãe.

— Vamos falar do que nos afastou um do outro.

Ela me pega de surpresa. Fico em silêncio.

— Não vamos fingir que nada aconteceu. Acho que o pior é fingir que não aconteceu nada. Se você está aqui, quer dizer que de alguma maneira superou.

Nada, não falo. Então, tenta me ajudar.

— Bom, de qualquer maneira, acho que não foi para os Estados Unidos por minha culpa, não é?

Sorri. E esse seu sorriso torna tudo mais fácil.

— Precisava de umas férias.

— Dois anos? Você não teve pressa mesmo. De qualquer maneira, lamento pelo que passou. Seu irmão não entendeu nada. E seu pai... não quis entender. Ele é quem devia ter estado em seu lugar. Aconteceram umas coisas...

Ela se interrompe. Repentinamente, uma pontada de dor atravessa seu sorriso. Como uma onda gelada vinda não se sabe de onde. Logo desaparece de novo e mamãe torna a abrir os olhos, torna a buscar o sorriso. E o encontra.

— Viu? Não devo falar. Melhor assim. Pelo menos dele sempre lhe restará uma boa lembrança. Eu sou a culpada, a que estragou tudo, e é justo que pague.

Outra pontada. Dessa vez parece mais forte. Eu me aproximo dela.

— Mamãe...

— Não é nada, estou bem — respira fundo. — Os remédios que me dão são muito fortes. Às vezes é como se eu não estivesse aqui. Sonho mesmo acordada, já não sinto nada. É bonito. Deve ser uma droga. Agora entendo por que os jovens usam tantas. Faz esquecer qualquer tipo de dor.

— Mas eu nunca usei drogas.

— Eu sei. Você soube viver perto de sua dor. Mas agora, chega. Não lhe permita mais nada. Faça que ela lhe devolva sua vida.

Ficamos um momento em silêncio.

— Senti saudades, mamãe.

Apoia sua mão na minha e a aperta. Tenta fazer com força, mas a sinto fraca, frágil. Olho para sua mão. É fina. Perdeu muito dessa vida que ela mesma generosamente me deu.

— De qualquer maneira, Stefano, eu não queria falar de mim.

— O que quer saber?

— Lembro-me que quando era muito jovem, mais jovem que você, tive um namorado de quem gostava muito. Tinha certeza de que dividiria toda minha vida com ele. Porém ele foi embora com minha melhor amiga e eu fiquei enlouquecida. Você devia ter visto meus pais. Por fim, aceitei, e logo depois conheci seu pai. Sabe, eu teria gostado que a primeira vez fosse com ele. Quero dizer, aquilo que em determinado momento nos parece perfeito, com o passar do tempo, pode não ser. Talvez entendamos que não era tão perfeito, e mesmo que o tenhamos perdido, ninguém disse que não podemos encontrá-lo de novo, ou até encontrar algo melhor.

Fica um momento em silêncio e sorri. Quer que eu seja feliz. E eu gostaria muito de ser. Também para ela.

— Conheci uma garota.

— Muito bem, era isso que eu queria ouvi-lo dizer. Conte-me como ela é.

— É divertida, é bonita, é estranha. É... especial.

E exatamente nesse momento:

— Step! — Martina, a menina de onze anos que conheci na Piazza Jacini, aparece na porta. — Não acredito!

— Nossa... — minha mãe fica sem palavras. — Não me diga que essa é a garota tão "especial" com quem você está saindo agora?

E ri. Tosse, e outra vez uma pontada de dor. Mas passa logo. Abre os olhos de novo. E sorri de novo.

— Martina, o que está fazendo aqui?

— Minha mãe trabalha aqui. Aqui está ela.

Entra uma mulher bonita com um jaleco branco.

— Bom dia. Sou a chefe do andar e preciso trocar seu medicamento. De qualquer maneira, não é hora de visitas.

— Sim, eu sei, desculpe.

— Mamãe, ele é meu amigo. Não sabe quem é? É Step, o da inscrição na ponte.

— Martina, acompanhe-o para fora. Faço meu trabalho e depois deixarei ele entrar um pouco para se despedir da paciente, o.k.?

— Obrigado.

Estou saindo do quarto quando minha mãe me chama.

— Stefano, pode me fazer um favor? Pode me trazer um copo de água?

— Claro — e saio com Martina.

— Quem é essa mulher?

— Minha mãe.

— Está muito mal?

— Acho que sim, mas ainda não sei com certeza.

— Se quiser, pergunto a minha mãe. Ela sabe tudo; ela é genial em seu trabalho. Hoje, não podia me deixar em casa, e tive que vir. Bom, então, quer que lhe pergunte?

— Não, Martina, não a incomode.

Fica um pouco desiludida. Caminha a meu lado em silêncio.

— Mas mostre-me onde posso arranjar a água.

— Claro! — Anima-se outra vez. — Venha, vamos por aqui, que chegamos mais rápido.

Pouco depois, voltamos ao quarto. A enfermeira acaba de ajeitar o último tubinho. Dá um golpe preciso no gotejador, checando se o líquido cai. Parece que está tudo em ordem.

— Passarei outra vez à meia-noite. — Depois se dirige para a saída. — Pode ficar mais cinco minutos.

— Obrigado.

— Venha, Martina, vamos.

Pega sua filha pelo braço para ter certeza de que sairá do quarto.

— Ai, mamãe, não me puxe! Já vou! Tchau, Step, até logo.

Aceno com a mão e torno a ocupar meu lugar junto à cama. Deixo o copo de água em cima do criado-mudo.

— Obrigada, Stefano. Não sabia que você tinha tantas admiradoras. A enfermeira me contou que Martina e suas amigas estão literalmente enlouquecidas com sua inscrição na ponte.

— Sim, não achei que fosse ficar famoso por isso. Nem sequer assinei!

Minha mãe ri.

— Mas as pessoas falam, você não sabe? Sempre se sabe de tudo. E ela? A que estava com você a três metros acima do céu. O que diz?

— Eu a vi ontem.

— Como assim, viu ontem? Não está saindo com outra?

Fico em silêncio. Mamãe estica os braços.

— Bom, acho que sou a pessoa menos indicada para falar disso, não é? — Olhamo-nos. De repente, rimos. Parece estar melhor. O remédio faz efeito. — Não sei o que você fez, mas quer um conselho? Não conte nada à outra, nem sequer que a viu. Supere sozinho e em silêncio seu erro. Espero que o que eu fiz não seja hereditário, porque senão me sentiria culpada também por seus erros.

— Não, mamãe, deixe para lá, eu me sentir culpado já é suficiente. Quis tanto voltar a vê-la, pensei nela dia e noite, imaginei esse momento, como seria...

— E como foi?

— Você e eu... três metros acima do céu! Às vezes, fazemos coisas estúpidas. E não exatamente quando estamos apaixonados, mas quando julgamos estar.

Ficamos em silêncio.

— Bom, melhor assim. Pelo menos, esclareceu alguma coisa. As histórias passadas são passado. Acabou. Acho que não podia evitar.

— Mas deveria ter evitado. E, ainda por cima, ela vai se casar.

— Ah, sei. E é por isso que você ficou mal?

— Não. O absurdo é que não me importou em absoluto. Pareceu-me outra pessoa, alguém que não tinha nada a ver comigo, com o que eu recordava; não era mais a garota de quem tive tanta saudade, por quem fiquei tão mal. E o mais absurdo é que vai se casar e me contou quando já havia acontecido tudo. Eu me senti ainda mais culpado.

— Pelo que ela disse?

— Não, pela outra garota. Porque é muito diferente dela e porque não merece.

Minha mãe me olha. Sorri. E volta a ser essa mãe de quem tanto senti falta.

— Stefano, certas coisas têm de acontecer, sabe por quê? Porque se acontecer mais para a frente, já não será possível consertar. Disso, infelizmente, tenho certeza.

Ficamos assim um tempo, em silêncio.

— Bom, vou indo. Não quero que a enfermeira volte e me veja ainda aqui.

— Eu, em seu lugar, estaria mais preocupada com a volta de sua pequena admiradora.

— Ah, isso, com certeza!

Dou-lhe um beijo no rosto. Ela sorri para mim.

— Venha me ver outra vez.

— Claro, mamãe.

Chego à porta e olho para ela, para me despedir. Sorri para mim de longe e levanta a mão. Até pisca para mim, talvez para que a veja mais forte.

— Stefano...

— Sim, mamãe. Precisa de alguma coisa?

— Não, obrigada, já tenho tudo. Bem-vindo de volta.

Setenta e três

O sol se põe. Interfone. Alguém atende.

— Ginevra está?

— Não. Está na igreja, aqui ao lado, na San Bellarmino. Quem é?

Afasto-me. Não tenho vontade de responder. Mal-educado. Desculpem, vocês também, mas hoje posso me permitir. Entro na igreja em silêncio. Não sei o que dizer, o que fazer, se devo rezar e, nesse caso, pelo quê. Agora não. Agora não quero pensar. Algumas senhoras de joelhos olham para o altar, todas com um rosário na mão. Movimentam-no de vez em quando nervosas, pronunciando palavras dirigidas ao Senhor, orações que esperam que Ele possa ouvir. Ele pode, claro que sim. Mas quem sabe se considerará justo? Mas não quero pensar. Tenho outras coisas a fazer. Eu já tenho meu pecado. Para mim é tudo mais fácil. Lá está ela, vejo-a de costas. Não está ajoelhada, mas reza. De qualquer maneira, diz algo ao Senhor também.

Eu me aproximo devagar.

— Gin?

Volta-se e sorri.

— Olá! Que surpresa boa! Estava agradecendo ao Senhor, sabe? — Leva as mãos ao ventre. — Está tudo no lugar. Eu estava muito preocupada. Quer dizer, não é que não quisesse, mas assim, sem planejar, parecia feio. Uma coisa tão importante, tão bonita, ter um filho...

— Sssshhh — digo.

Dou-lhe um beijo suave no rosto. Me aproximo de sua orelha e, sem pausa, sem esperar mais, sem medo, eu me jogo. Conto-lhe tudo, sussurro meu pecado, lentamente, esperando que entenda, que possa entender, que possa me perdoar. Já acabei. Recosto-me. Ela olha para mim em silêncio. Eu a olho. Não acredita.

— É uma brincadeira? — Tenta sorrir.

Sacudo a cabeça.

— Não. Desculpe, Gin.

Começa a me bater com os punhos, com raiva, chorando, gritando, esquecendo que está na igreja ou, talvez, justificando-se por isso.

— Por quê? Por quê? Diga por quê? Por que fez isso? Por quê?

Continua assim, desesperada, cai de joelhos e continua chorando, soluçando, buscando essa resposta que eu não tenho. Vai embora correndo, deixando-me ali, na igreja quase vazia, sob os olhares das mulheres que por um instante se esqueceram de suas orações e prestam atenção em mim. Olho para elas e estico os braços. Talvez vocês possam me perdoar. Mas não podem, vocês não. Contra vocês, não pequei. Só as incomodei um pouco, por isso talvez possam me perdoar. Voltam-se de novo para o altar e retomam em silêncio suas orações. Talvez tenham me perdoado. Pelo menos elas. Com Gin, será mais difícil.

Setenta e quatro

Alguns dias depois. A casa dos Gervasi está às escuras. Um silêncio e uma tranquilidade que há tempos não se via. Suave perfume de flores. Babi vê na cozinha vários buquês diferentes para prova.

— Ora, Lillo, você não tem que ver nada! Vai estragar tudo, ande. Se for surpresa, vai ser mais bonito.

— Achei que íamos passar um tempo juntos. Com todos esses preparativos, estamos deixando de lado outro tipo de provas.

— Talvez mais tarde, acho que há alguém em casa. Ande, talvez depois eu ligue. Se eles forem embora, você vem, senão, eu vou a sua casa, o.k.?

— Está bem, como quiser.

Babi dá um beijo fugaz em seu futuro marido. Lillo, levemente contrariado, sorri, desce velozmente a escada e desaparece no andar de baixo. Babi fecha a porta.

— Mamãe, você está em casa?

— Estou aqui, na sala.

Raffaella está sentada em um sofá, com as pernas esticadas, bebendo um chá verde que, naturalmente, hoje em dia está muito na moda. Babi se junta a ela. As persianas estão fechadas. Um relógio de pêndulo marca o tempo que passa. Ouve-se um ou outro barulho da rua como um eco distante e mais nada. Babi senta no sofá em frente à mãe.

— Sabe, mamãe? Estava pensando que nós não sabemos realmente o que acontece nas outras famílias, quão diferentes são de nós, suas histórias...

— Não sei, mas é óbvio que vai ser difícil alguém nos superar.

Olham-se e repentinamente começam a rir.

— É, tenho certeza disso. Tenho que lhe contar uma coisa. Ontem à noite, vi Step.

Raffaella fica séria.

— Por que está me contando?

— Porque decidimos que nos contaríamos tudo.

A mãe fica pensativa.

— Sim. Outro dia, estava arrumando seu quarto e encontrei o pôster que ele trouxe para você, aquele que você manteve tanto tempo pendurado no armário. Aquele da moto empinando.

— Sim, eu me lembro. Jogou fora?

— Não, quando for a hora, você joga.

Um estranho silêncio entre elas, quebrado repentinamente por Babi:

— Ontem fiz amor com Step.

— Está fazendo de propósito? Quer me deixar nervosa?

Raffaella se levanta e perde a calma por um instante.

— Diga a verdade! O que quer de mim, hein? Diga o que quer!

Parece querer esbofeteá-la, sacudi-la com violência. Está perto, muito perto. Babi levanta o olhar e sorri tranquila, serena.

— O que quero de você? Se nem sequer sei o que quero de mim, como posso saber o que quero de você? Além disso, o que você podia me dar, já deu.

Raffaella torna a sentar. Respira fundo. A calma volta. Ficam um pouco em silêncio sentadas no sofá. Figuras femininas de idades diferentes, mas muito parecidas em tantas coisas, em muitas coisas. Logo, Raffaella sorri.

— Esse novo corte de cabelo fica bem em você.

— Obrigada, mamãe. Como estão as coisas com papai?

— Bom, já pode imaginar. Ele vai voltar. Quis provar algo a si mesmo, mas vai voltar. Não é capaz de ficar longe. Ele não é um problema. Mas você, o que decidiu?

— Eu? Sobre o quê?

— Como sobre o quê? Diga o que eu tenho que fazer. Hoje à noite, vou à festa dos Marini. Talvez alguma amiga me pergunte alguma coisa, vão querer saber. Você acabou de dizer que viu Step ontem à noite. E então? O que decidiu? Vai se casar do mesmo jeito?

— Claro! Por que não iria?

Raffaella suspira; agora está mais tranquila. Tudo vai voltar ao lugar certo. É só questão de tempo, e tudo vai voltar a ser perfeito como antes, até melhor que antes. Um neto de quem sabe quem, um casamento como Deus manda e um marido castigado temporariamente. Sim, tudo vai voltar aos eixos. Raffaella se levanta do sofá.

— Bom, então, posso, ir embora. Hoje vamos jogar buraco. Sabe jogar?

— Não. Uma vez, vi o pessoal jogando na casa de Ortensi, mas não participei.

— Você tem que experimentar, é muito melhor do que gin. É mais divertido. Um dia, quando tiver um pouco de tempo, vou lhe ensinar, vai ver como vai gostar.

— O.k.

Raffaella a beija e está pronta para sair.

— Mamãe...

— Sim?

— Há outro problema.

Raffaella volta para a sala.

— Então...

— Eu pensei muito e não quero que fique brava, mas não quero pôr nomes de flores nas mesas dos convidados. É muito banal. Stefanelli também fez isso em seu casamento.

— Você tem razão.

— Sei lá, poderíamos usar, por exemplo, nomes de pedras bonitas. Não é mais elegante?

Raffaella sorri.

— Muito mais. Você tem razão, é uma excelente ideia. Vamos mandar trocar a placa e os cartões de mesa. Se todos os problemas fossem esse...

Beija-a outra vez e sai feliz. "Tenho uma filha esperta. É um pouco como eu, resolve sempre qualquer problema encontrando a melhor solução." Raffaella vai a seu quarto se arrumar. Pouco depois, sai correndo, elegante e impecável como sempre. Quer chegar pontual à casa dos Marini. E, acima de tudo, tem uma última e grande preocupação. Essa noite tem que ganhar no buraco de qualquer jeito.

Setenta e cinco

— Mamãe, estou saindo.

— O.k., Gin. Mas ligue, se ficar muito tarde. Diga se virá jantar. Quero fazer aquela pizza que você adora.

— Sim, obrigada, mamãe.

Ponho um moletom e decido sair, perder-me assim, sem pressa. Só eu posso entender. Quis tanto tudo isso, e agora? Nada, agora estou sem nada, sem meu sonho. Mas era tudo verdade o que tanto havia sonhado? Não quero pensar nisso. Estou mal. Ufa, não há nada pior que se encontrar em uma situação dessas. A gente fala muito quando alguém nos conta coisas parecidas que acontecem com outras pessoas. Não sei por que, mas nunca pensamos que podem acontecer conosco, porém, quando menos se espera, bum!, é sua vez, como se você mesma desse azar. Caramba, Gin, você tem que entrar em acordo com seu orgulho e a vontade de ficar com ele. Mas não estou a fim de fazer acordo, droga! Que saco! Sempre fui ruim nisso. No amor, não existem equações nem operações matemáticas. Não existe a contabilidade dos sentimentos, ou, pior, o assessor financeiro do amor. Será que é preciso pagar um imposto para ser feliz? Se fosse, eu pagaria com prazer. Que vontade de estar com ele! Estou na ponte Milvio. Paro o carro e desço. Lembro-me daquela noite, daqueles beijos, da minha primeira vez. E depois aqui, na ponte. Paro em frente ao terceiro poste. Vejo nosso cadeado e me lembro de quando ele jogou a chave no Tibre. Era uma promessa, Step. Foi tão difícil mantê-la? Choro. Por um instante, gostaria de ter alguma coisa para quebrar o cadeado. Odeio você, Step! Entro de novo no carro e arranco. Vou dar uma volta, assim, sem saber aonde ir, durante um bom tempo. Não sei quanto, não sei. Só sei que agora vou em direção ao mar. Perdida no vento, distraída pelas ondas, pela ladainha das correntezas. Mas estou mal. E, ainda por cima, me sinto tão estúpida. Não acredito, não é possível. Sinto muita saudade desse imbecil, sinto falta de tudo que havia sonhado. Sim, claro, eu sei, alguém poderia dizer: "Mas, Gin, é normal, o que você esperava? Era a namorada dele! Step foi para os Estados Unidos porque estava mal. É normal que tenha tido uma recaída!" Ah, é? Então eu não sou nada normal, entende? Não concordo com isso e, principalmente, nada me importa! Sim, isso mesmo. Entendeu ou não, desmancha-prazeres? Você não passa de um desmancha-prazeres! Ah, mas eu sei, tenho certeza. Desde o início você achou que isso ia acontecer, não é? Desde que nossa história começou. Pois sabe o que digo, a você, que não passa de um nojento pé-frio? Nada me importa, porque estou louca! O.k.? Sim, estou louca, estou louca por ele e por tudo que havia sonhado para nós. Quer dizer que se vir você na minha frente, quebro sua cara. Aplico um terceiro dan de que você vai se recordar para o resto da vida. E você não pode nem imaginar quanto quero fazer isso.

Setenta e seis

O enfermeiro de plantão está sentado diante de um monitor. É o mesmo de antes. Acaba de digitar algo no computador e me vê entrar. Ele me reconhece e fica rígido de repente. Mas dá de ombros e esboça um meio sorriso, como quem diz: "Claro, não é hora, mas pode entrar."

— Obrigado.

Tenho vontade de rir. Mas não é justo. Também me sinto um pouco culpado. E não só por isso. Não gosto de mudar as regras com violência, mas preciso ver minha mãe, agora que a reencontrei. Percorro o corredor em silêncio. Dos quartos situados de ambos os lados chegam respirações difíceis e sofridas. Tudo cheira a limpo e a lavanda, mas com um toque de falso. Um homem de pijama se arrasta, barba descuidada e olhos apagados. Debaixo do braço leva uma *Gazzetta dello Sport*. Talvez a compra de um novo jogador por seu time possa tornar a animá-lo de alguma maneira. Quem sabe? Na dor, as coisas mais simples e banais assumem um valor inesperado. Tudo se transforma em um pretexto qualquer para a vida, um interesse que de algum modo possa nos distrair. Aí está ela, descansando, perdida em um travesseiro muito maior que seu pequeno rosto. Ela me vê e sorri.

— Olá, Stefano.

Pego uma cadeira e a ponho aos pés da cama.

— E então?

Olha para mim interrogativa. Já sei a que se refere.

— Nada, não pude. Lamento. Contei a ela.

— E como foi?

— Ela me bateu.

— Oh, finalmente uma que bate em você. Escolheu o caminho mais difícil. É uma garota muito especial?

Descrevo-a.

— E tenho uma foto.

Mostro a ela. É curiosa. Pequenas rugas aparecem em seu rosto. E depois, um sorriso de surpresa. Depois, de novo, uma pontada de dor em algum lugar de seu corpo, escondido, bem escondido. Infelizmente.

— Tenho que lhe dizer uma coisa.

Fico preocupado, e ela nota.

— Não, Stefano. Não é nada importante. Quer dizer, é, mas não precisa se preocupar.

Fica um momento em silêncio, indecisa sobre se deve dizer ou não. Parece que voltamos anos atrás, quando eu era pequeno, e ela... ela estava bem. Ela fazia brincadeiras, escondia coisas, debochava de mim e ríamos juntos. Tenho vontade de chorar. Não quero pensar.

— Então, mamãe, diga.

— Eu conheço Ginevra.

— Conhece?

— Sim, você tem muito bom gosto. Quer dizer, ela teve muito gosto. Ou seja, ela escolheu você, e você armou toda essa confusão.

Prefiro não pensar.

— Como você a conhece? Como foi?

— Ela me fez jurar que não lhe contaria. Como foi? Ela quis me conhecer. Eu sempre via essa garota esperando embaixo do prédio. Vinha com frequência. No início, pensei que esperava alguém que morava no prédio. Mas quando eu saía de carro, via que ela também ia embora.

— E?

— Então, um dia, eu a encontrei no supermercado. Não sei se foi coincidência, mas o caso é que começamos a conversar.

Tosse. Está mal. O esforço foi demais. Busca no ar oxigênio, vida, alguma coisa, mas não encontra nada. Olha para mim e seus olhos estão cheios de amor, de doçura; são os olhos de uma mulher que gostaria de gritar: "Ei, o que está fazendo? Por que me olha assim? Sou sua mãe! Não pode sentir compaixão por mim." E então eu volto a ser seu filho, egoísta, pequeno, enfim, exatamente como ela me quer.

— Conte como foi, por favor.

— Sim. Fizemos amizade, não sei como, começamos a conversar. Ela não sabia que eu a havia visto embaixo do prédio. Bom, na verdade, agora não tenho tanta certeza. O caso é que falei um pouco de mim, de papai, de Paolo, de você...

— O que contou de mim?

— De você?

— Sim, de mim, de quem mais?

— Disse que o amo muito, que sentia sua falta, que você havia ido para o exterior, que voltaria. No final, parecia sentir curiosidade por nossa história. E perguntava sempre se você havia ligado. Se eu tinha notícias suas.

— E você?

— O que podia lhe dizer? Nunca sabia nada de você. Depois soube que voltaria naquele dia, quando Paolo me disse que iria buscá-lo no aeroporto. E então, quando liguei para Ginevra...

— Ligou? Também se ligavam?

— Sim, havíamos trocado telefones. O que tem de estranho? Havíamos ficado um pouco amigas.

Não acredito. Que estranho. Parece tudo tão estranho.

— Então?

— Nada disse a ela.

— E ela?

— Ela continuou conversando como se nada fosse; disse que havia entrado na natação. Ah, sim, ela me fez rir porque me perguntou se queria ir com ela. Mas, agora que estou pensando, é uma coisa estranha.

— O quê?

— Desde que você voltou, fui com frequência ao supermercado.

— E daí?

— E daí que desde então não a encontrei nunca mais.

Olho para ela. Fico em silêncio. Balanço a cabeça e sorrio. Ela gostaria de me devolver o sorriso, mas outra onda de dor faz com que feche os olhos. Dessa vez, por mais tempo. Pego sua mão. Ela aperta a minha com força, com uma força inesperada. Logo a solta e torna a abrir os olhos e, cansada, mais cansada que antes, esboça um sorriso.

— Stefano, por favor... — aponta para um copo. — Traga-me um pouco de água, sim?

Pego o copo e me levanto. Dou alguns passos e ouço ela me chamar outra vez.

— Stefano...

Volto-me.

— Sim?

— Mande umas belas flores a minha amiga Gin, umas flores lindas.

Apoia a cabeça no travesseiro e sorri.

— Sim, mamãe, claro.

Saio do quarto e logo encontro o filtro com água potável que Martina havia me mostrado. Após deixá-la correr um pouco, encho o copo como mamãe me ensinou, nem muito nem pouco. Um pouco mais da metade, a medida exata. Volto para o quarto e me bastam alguns passos. Vejo-a tranquila, descansando.

No 114. Com um sorriso doce no rosto e os olhos fechados, como a deixei. Mas não quis me esperar. Mamãe sempre odiou despedidas. E, não sei por que, lembro-me de quando viajei de trem na primeira excursão do colégio a Florença. As outras mães estavam todas ali com seus lencinhos, brancos ou coloridos, ou o que tinham à mão, acenando para as crianças que saíam às janelas dos compartimentos. Eu também. Procurei-a na plataforma entre as pessoas, entre as outras mães, mas ela já não estava. Já não estava. Exatamente como agora. Já foi embora. Mamãe... Deixo o copo no criado-mudo ao seu lado. Trouxe sua água, mamãe. Não enchi muito o copo, exatamente como você me ensinou. Mamãe. A única mulher que nunca deixarei de amar. Essa mulher que gostaria de nunca perder. Porém, perdi-a duas vezes. Mamãe, perdoe-me. E saio assim, em silêncio, por entre camas numeradas, por entre pessoas desconhecidas. Distraídas por sua dor, não veem a minha. Uma campainha soa ao longe. Dois enfermeiros me ultrapassam correndo. Um se choca comigo sem querer, mas não presto atenção. Correm para minha mãe. Estúpidos, não sabem que ela foi embora. Não a incomodem. Ela é assim, não gosta de despedidas, não se volta para trás, não se despede. Mamãe, vou sentir sua falta, mais do que senti nestes anos. "*Se quel che mi ha ferito anche te ferì, io ti penso in un campo di fragole, io ti penso felice così, a ballare leggera, bellissima, così...*" (Se o que me machucar machuca a ti também, eu penso em você em um campo de morangos, penso em você muito feliz, dançando tão leve e bonita...) Palavras de uma canção que volta. Para você, mamãe, só para você. Leve-as, segure-as forte aí onde estiver. Dance belíssima nesse campo de morangos, finalmente livre de tudo que a aprisionou aqui. Estou chorando baixinho. O enfermeiro da recepção não está. Há uma mulher. Olha para mim, curiosa por um instante, mas não diz nada. Deve ter visto muita gente sair sem esconder sua própria dor. Não liga mais. Parecemos todos iguais para ela, fica quase entediada com nossas estúpidas lágrimas que não servem para nada. Saio. O sol ainda está alto, o céu límpido. Vejo meu pai e meu irmão chegarem. Estão longe. Conversam serenos, sorriem. Quem sabe de que falam? Não sei e não quero saber. Felizes eles que ainda não sabem de nada. Poucos momentos antes da dor inevitável, da impotência total, da aceitação definitiva. Que aproveitem. Ainda tranquilos e contentes, ignorantes. Ainda, por pouco tempo. Mudo de calçada e me afasto. Agora tenho outra coisa a fazer. Deixo-me ir, perco-me no vento. Gostaria que minha dor ficasse leve. Mas não fica. E chego ali por acaso, sem querer, juro. Nesse momento, eu jamais diria uma mentira. Vejo um menino com seu amigo.

— Então, no parque, às quatro, o.k.? Thomas, estou falando com você!

— Sim, sim, entendi, às quatro, não sou surdo.

— Surdo, não, mas bobo, sim. Claro que é inútil que você vá, Michela não vai.

— E quem disse que estou esperando Michela? Quero ver Marco, que tem que me devolver a bola!

— Sim, sim, a bola!

Às vezes, a pessoa está no lugar certo, na hora certa. Olho para ele. Não me parece que o garoto tenha direito de ignorar a menina que mora nos Stellari. Martina, no mínimo, merece uma oportunidade. Pelo menos uma. Eu me aproximo. Não me dá muita importância. Por um instante, olha para mim com curiosidade, me examina para ver se me conhece, se já me viu em algum lugar. Então, dou-lhe um bofetão. Ele fica sem palavras. Olha para mim aturdido, mas sem chorar, agarrado à sua dignidade. Depois digo o que tenho que dizer. Ele ouve em silêncio, sem fugir. Gosto desse menino. Logo me afasto de moto. Olho pelo retrovisor. Vejo que vai ficando cada vez menor. Uma formiga em um mundo ainda por descobrir e entender. Esfrega a face esquerda com a mão. Vermelha como a pizza que Martina havia me oferecido. E, por um instante, o fato de fazer parte daquilo que serão suas lembranças me faz sentir seguro. Viverei um pouco mais de tempo. Depois penso em mamãe, em suas últimas palavras, em seu conselho. Sim, mamãe. Claro, mamãe. Como quiser, mamãe. E obediente como nunca fui, como esse filho que gostaria tanto de ter sido, entro na loja mais próxima.

Setenta e sete

Um pouco mais tarde. Na casa dos Biro.

— Ginevra, posso entrar?

Gin abre a porta do quarto para sua mãe.

— Que foi, mamãe?

— Hoje à tarde trouxeram isto para você.

Cercada por um grande buquê de rosas vermelhas, a mãe entra em seu quarto e sorri, deixando as flores em cima da cama.

— Viu que bonitas? E veja, há uma rosa branca no meio. Sabe o que quer dizer, não é?

— Não, o que quer dizer?

— É um pedido de desculpas. Alguém lhe fez alguma coisa, alguém tem que se desculpar?

— Não, mamãe, está tudo bem.

Mas as mães percebem tudo. Além disso, os olhos vermelhos de Gin não deixam lugar a dúvidas.

— Tome — entrega-lhe um lenço e sorri. — Quando quiser, venha comer.

— Obrigada, mamãe, mas agora não estou com fome.

— Está bem. Mas não se desgaste muito. Não vale a pena.

Gin sorri para sua mãe.

— Tomara.

Antes de sair, a mãe lhe entrega um cartão.

Tome, isso estava no meio das rosas. Talvez seja a explicação para essa rosa branca.

— Talvez.

A mãe a deixa sozinha com sua dor, sozinha com suas flores, sozinha com o cartão. Certos momentos, uma mãe sabe bem. Talvez porque já tenha passado por momentos semelhantes. Talvez porque saiba que se pode amar uma filha mesmo de longe. Talvez porque, às vezes, quando se está sofrendo, todo esse amor pode ser mais que um estorvo. Fecha a porta e a deixa assim, com o cartão nas mãos. Gin abre e lê curiosa o início: "Você me pediu muitas vezes, e eu sempre disse não. Queria tê-lo dado em seu aniversário, no Natal, ou em uma comemoração qualquer. Mas não para lhe pedir perdão. Mas se servisse, se não bastasse, se tivesse que escrever outros mil mais, escreveria também, porque não posso viver sem você." Gin continua lendo: "Eis aqui o que você queria: meu poema." Sorri e lê, lê. Desliza entre as palavras, chora e ri outra vez. Levanta-se e continua. Nossos momentos, nossa paixão, a viagem, a emoção. E continua sorrindo, secando os olhos, borrando alguma palavra minha com uma ou outra lágrima. E avança assim, até o final. Não lhe digo nada sobre minha mãe. Só falo de nós, de mim, de meu coração, de meu amor, de meu erro. Roubo as palavras de um filme que vi e que tornei a ver muitas vezes em Nova York. "Quero que você levite, quero que cante com fervor. Tenha uma felicidade delirante ou pelo menos não a rejeite. Sei que parece brega, mas o amor é paixão, obsessão, por alguém sem quem não se vive. Eu digo: pule de cabeça, encontre por alguém a quem amar com loucura e que o ame da mesma forma. Como encontrá-lo? Esqueça o cérebro e ouça seu coração. Eu não ouço seu coração. Porque a verdade, meu amor, é que não faz sentido viver sem isso. Fazer a viagem e não se apaixonar profundamente equivale a não viver. Mas você tem que tentar, porque, se não tentar, nunca vai viver...". E eu espero tê-la convencido de que já encontrou esse alguém, um alguém que espera ser perdoado um dia. Mas não tenho pressa. "Vou esperá-la. E esperá-la. E esperar ainda mais. Para vê-la, para tê-la, para sentir-me outra vez feliz. Feliz como um céu no ocaso." Gin ri. Depois tem uma estranha sensação, repentina. Volta-se de repente. Olha para sua mesa. Ali, no canto onde sempre os manteve escondidos. E repentinamente entende. E se sente morrer. Sai correndo.

— Mamãe, você o deixou entrar em meu quarto!

— Era aquele rapaz simpático, o do champanhe, não? Parece tão bom garoto. Além disso, ele trouxe essas lindas flores. Não podia lhe dizer não, seria grosseria.

— Mamãe, você não sabe o que fez.

Setenta e oito

Estou sentado em meu quarto. Sinto-me como um ladrão. E, de fato, sou. Mas sou muito curioso. Quando os vi em cima da mesa, não pude acreditar. Três diários, um para cada ano. Desde o primeiro ano do colégio. Gin é incrível. Sempre tão desorganizada, e depois, repentinamente, precisa. Começo a folhear o primeiro. Fez um monte de anotações divertidas. Quem será esse tal de Francesco? Fra, como ela o chama. As páginas estão todas cheias de coraçõezinhos. De qualquer maneira, não a teve. Fiquei surpreso mesmo por ela nunca ter estado com um garoto. Eu não teria acreditado, sério. É muito doce. E, além de tudo, tão bonita. É como é. Única. Tem uma força, uma determinação... Às vezes, parece distraída, porém está acompanhando tudo; olha a sua volta, até nas festas, mesmo enquanto conversa com uma amiga, observa com quem falo, com quem não falo, o que acontece no fundo do salão, quem acaba de entrar, quem diz o quê e sobre quem. Ri como uma louca e tem sempre uma brincadeira preparada. Gin. Sinto muito o que aconteceu. A situação com Babi fugiu de meu controle. Eu não sabia o que estava fazendo, havia bebido. Ora, Step, parece que ela está na sua frente e você está explicando tudo de novo. É absurdo. Às vezes, você só busca o amor. Sim, mas não percebe que essa mulher a quem tanto amou foi embora, não está mais aqui. Foi você quem a inventou? Busca nesse beijo o desesperado sabor de tudo aquilo que sentiu, experimentou, mas não está mais. Quem o roubou? Escondeu? Quem? Reencontrei seus olhos, mas não aquela luz, não aquele sorriso que tanto me fez falta. Assim, ao me afastar dela naquela noite, repentinamente entendi: minha Babi já não estava mais ali. Nada, só seu cabelo apagado como esse sorriso naufragado. Então, tornei a fechar os olhos e fugi para longe, entre as lembranças, dançando ainda com elas, como um carrossel grande e único, todos de mãos dadas, rindo, brincando. E tornei a ver aquela garota, a Babi de então, bela como um mar de primavera, fresca e assustada, desejosa de amar e ser amada, temerosa até do simples gesto de tirar um sutiã. Lá está ela, para sempre minha e de ninguém mais. Mas às vezes não se deve perturbar as lembranças. Chega.

Não quero pensar mais. O que está feito está feito. Gin vai entender. Tem que entender. Se não lhe houvesse contado, teria vivido sempre oculto, nunca teria vindo à luz. Voltar à luz do amor. Ela vai entender. Tem que entender. No fundo, ela não sabia nada de mim, nunca havia me visto.

Mas o que é isso? Começo a ler.

28 de maio de 2002

Hoje estou feliz, feliz como nunca estive! Finalmente esqueci totalmente Francesco, apaguei-o, dinamitei-o, expulsei-o para sempre.

Acredito. Quem sabe que tipo de sujeito era?

Porque ontem aconteceu a coisa mais incrível de minha vida. Estava em uma festa na casa de Roberta Micchi, uma garota mais velha que eu. Fui com mais duas amigas (Elle e Simo) e estávamos nos divertindo quando eles chegaram... os Budokani.

Caralho, não acredito, está falando de nós? Mas de quando está falando? De que festa? Continuo lendo muito depressa.

Descobri que se chamavam assim enquanto jogavam o bolo da homenageada e acertavam Giò (a cafona que enche o saco de Elle) na cara!!! Que pontaria. Armaram uma confusão! Acho que também desapareceu um monte de coisas. Em resumo, estou alucinada, estou completamente louca por ele. Assim que entrou, trombou comigo. Me pediu desculpas e, para que eu não caísse, ele me segurou, abraçando-me... Caramba! De repente, nossos rostos estavam a um milímetro de distância, e enlouqueci. Não sei se ele percebeu. Só sei que se chama Step! Um nome divertido. Além disso, é um gato! Só espero voltar a vê-lo logo.

Quer dizer que havíamos nos conhecido. Já nos vimos. Ou melhor, trombamos. O que significa essa história toda? Caralho, quer dizer que na festa em que conheci Babi, em que entrei na ducha com ela no ombro, Gin também estava? Nós nos trombamos. Não me lembro. Mas talvez não se refira a essa vez. Continuo lendo veloz, folheando outras páginas, buscando outros momentos, outras lembranças, outras verdades. E avanço enlouquecido, surpreso, alucinado. Folheio depressa as páginas do diário. Meus olhos voam pelas linhas, para a frente, para trás. Aqui.

Eu o vi! São duas e meia da madrugada, e não consigo dormir. Estive na Olimpica e ele estava lá com seu amigo, que acho que se chama Pollo. Ganhou uma corrida! Gosto dele, mas vejo que flerta demais com aquela imbecil, a Gervasi! Caralho, Step, se sair com ela, vai perder pontos. Ela é uma imbecil (estou me repetindo), de casa para a igreja! E nem sei o que ela fazia ali. Ou você as transforma,

Step, ou não sei o que pensar. Você deve ter um dom, e não sei dizer qual, não quero ser brega, mas a verdade é que, com essa "batuta", cria tanta confusão!!! A ordinária da Maddalena também estava lá. Quem sabe se é verdade o que dizem, que você tem um caso com ela? Bom, não sei o que pensar. Ei, príncipe encantado! Cum laude *ou como diabos o chamem, cedo ou tarde, você perceberá que eu existo (espero). Você passou por mim e nem se dignou a me olhar. TRANSFORME-ME. Senão, vou lhe jogar um feitiço.*

Fico sem palavras e continuo. Outra vez, algo que tem a ver comigo.

Eu sabia, ele está com os outros e passou pela Piazza Euclide. Elle me disse que eles sempre ficam ali.

Continuo um pouco mais. Folheio duas ou três páginas depressa.

Não acredito! Estão saindo!!! Step, odeio você!!! E, como se não bastasse, essa boba da Gervasi se pegou com a The Body! Com Madda Federici! Então era verdade que tinha um caso com ela! Claro que Babi lhe disse tudo e mais um pouco. E deu na cara dela. Não adianta, merda. Quando é necessário, é necessário! Mas como merda você sai com uma menina dessas, Step!!! Eu juro que um dia vai ter que me explicar. Não percebe que essa menina não tem audácia? Que para ela você é um brinquedo caro? E depois que ela tiver você, vai acabar no armário com todos esses brinquedos do passado dos quais ela já se cansou! É verdade que às vezes os homens são tão ridículos e banais que não percebem o ouro que têm ao lado (eu!), e vão buscar o cobre longe (ela!!!). Mas que sorte, a dela. Quero ver como vai se arranjar. Como quero ver!!!

E, de fato, faz isso. Folheio as páginas e percebo que não me deixou nem um instante. Página após página. Gin... você anotou tudo. Sempre estava ali.

Ontem estive no Fregene. Ele estava no Mastino, passou por ali. Nossa, maravilhoso. Está muito bronzeado. Queria gritar: "Step, você está de lamber os beiços!!!" Estávamos jogando algo enquanto aquela sonsa da Gervasi estava sentada em um patinete, e no início nem sequer percebeu que ele havia chegado!!! Que imbecil! E ele, muito encantador, a fez subir na moto e vendou seus olhos para levá-la sei lá aonde. Um rapto de sonhos. MEU SONHO! Meu Deus, roubaram meu sonho!!! Devolvam, é meu!

Muito simpática. Silenciosa espectadora. Como posso esquecer? Aquela vez que fui com Babi à casa das rochas, Feniglia, sonhos que se quebram nas rochas do passado. Não quero nem pensar. Quero seguir em frente. Duas páginas depois.

Não acredito! Não quero acreditar!!! Porém é verdade. Elle me ligou para avisar. Fui até ali para comprovar. Não quero confiar em ninguém nessas ocasiões. E é exatamente isso mesmo. Ali, naquela ponte, linda! VOCÊ E EU, A TRÊS METROS ACIMA DO CÉU! Se um garoto escrevesse algo assim para mim, como ia deixá-lo escapar?! Gervasi, filha da puta, que rabo você tem!

E ainda mais, ainda mais...

Vieram à festa em que eu estava, não acredito! Estavam fantasiados de Tom e Jerry. Meu Deus, estou mal.

E ainda mais...

O amigo dele, Pollo, morreu. Estive na igreja. Gostaria de tê-lo abraçado. Rezei por ele, por seu amor. Mas nesse momento ele precisa dela, não de mim.

Continuo em silêncio por essas páginas, lendo fragmentos de minha vida. Revisitando-os por meio de sua escrita, suas notas coloridas, suas frases sublinhadas.

Eles terminaram! Soube que terminaram. Silvia, a Serva (chamam-na assim porque sempre sabe tudo sobre todos e vive observando tudo), me contou. É verdade! Lamento... Sei que não devia ficar tão contente. Mas estou muito, de enlouquecer! De enlouquecer! Quero fazer você feliz, Step. Quero fazer você se sentir amado. Por favor, me dê uma chance!

E ainda mais, mais.

É Natal. Saí e fui à casa dele, quer dizer, onde mora agora, na casa do irmão. Vi-o sair de moto com o irmão, Paolo, atrás. Estavam abraçados, estavam rindo. Bem, estou feliz. Acho que está melhor. Quando você ama de verdade uma pessoa, tem que pensar no bem dela, no que a faz realmente feliz. Não pode ser egoísta (Nossa, estou ficando chata!). De qualquer maneira, vi-o empinar a moto, alucinante, com o irmão atrás, gritando! Ri muito. Voltei para casa. Abri o presente de meus pais. Eles me deram um pijama lindo! Step, quando você o vir, vai lamber os beiços! (Nossa, que brega!) Depois, fui para a cama e abracei o travesseiro. Sou idiota? Beijei-o como se fosse você, Step. Amo você! Adormeci sonhando... uma coisa que é também um desejo. Cedo ou tarde, vamos nos encontrar.

E ainda mais. Ainda mais. Avanço pelas páginas alegres e por pedaços de vida que afetam só a ela. Aqui. Fala outra vez de mim.

Estou triste. Estou mal. Soube que ele vai embora. Caramba, deve ter sido um relacionamento realmente importante, se tomou essa decisão. Lembrei-me de uma frase que minha mãe sempre me diz, é uma coisa linda: "Você pode mudar de céu, mas não pode mudar de estado de ânimo." Vai adiantar ir embora? Só sei que vou esperá-lo, Step.

É verdade. Às vezes, não adianta estar sozinho debaixo de outro céu. O que tem que resolver está sempre dentro de você, esteja onde estiver. E ainda mais. Ainda mais.

Puxa, ninguém nunca sabe nada de Step! Caralho, não pode ser! Decidi que quero conhecer a mãe dele. Ela deve saber alguma coisa, não?

E mais ainda, continuo folheando algumas outras páginas.

Consegui. Eu a conheci "por acaso" no supermercado. Talvez tenha percebido (espero que não!). Nos demos bem. Gosto dela, mas não sei, é como se estivesse mal por causa de alguma coisa, tem uma tristeza... ela me trata como se eu fosse mais velha. Mas ela é forte... É realmente bonita. É igual ao filho!

Mamãe havia percebido. Ela não deixava passar nada. E ainda mais. Ainda mais.

Estou feliz. Ficamos amigas. Ela me contou algumas coisas sobre Step. Parece que o conheço da vida toda. É exatamente a pessoa que eu iria querer conhecer. Estou supercontente porque ela disse que ele volta na semana que vem!

E ainda tem mais, descubro.

Que droga!!! Eu me enganei. Ele não chegou às oito e meia da manhã. Não havia entendido que chegava às oito e meia da noite! Esses a. m. e p. m... Claro que não ia ficar olhando esses detalhes sabendo que Step ia chegar!!! Não acredito! Fui ao aeroporto e o esperei durante doze horas, e depois não tive coragem de fazer nada! Bom, uma hora, ele se voltou e eu me escondi imediatamente atrás de uma coluna, mas talvez ele tenha me visto! Caramba, ele percebeu que alguém o observava! Ora, por acaso, você tem olhos na nuca? Ele é muito encantador. Emagreceu. Cresceu, ha, ha!

Não acredito, ela foi ao aeroporto! E ainda tem mais. Ainda mais.

Hoje à noite vou pegá-lo, tenho certeza. Já pensei bem no plano. À tarde, fui à garagem dele, abri o tubinho que liga o tanque com o motor (Paolo me explicou tudo perfeitamente! Ele é demais), assim, vai ficar sem gasolina. Vai ter que abastecer. Ouvi na academia que ele ia sair à noite, de modo que só tem duas possibilidades: ou para no posto da Flaminia ou no da Corso Francia. Mas, depois da academia, a pessoa quer correr. Eu acho que ele irá longe. Tem vontade de vento, e, além do mais, um sujeito como ele, que gosta tanto de motos... Bom, de qualquer maneira, na dúvida, vou bloquear as bombas dos dois postos de gasolina. Tanto faz! Eu o espero na Flaminia e, se vir que não chega, volto para o da Corso Francia. Um plano perfeito. Afinal de contas, um cabeça-dura como ele nunca aceitará ser enrolado. Não pelo dinheiro, mas por princípios! Um sujeito acostumado a ferrar os outros não se deixa ferrar!

Não acredito no que estou lendo. Passo a página. E ainda mais. Ainda mais.

Consegui!!! Voltei para casa e fiz como Julia Roberts em Pretty Woman *para comemorar o maravilhoso plano. Eu o conheci! Lendária Gin!!! Mais um pouco, e ele me derruba no capô com um soco no meio da cara. Ufa! Passei um sufoco. Sabia que havia se escondido, mas o que eu podia fazer? Tinha que fingir que caía na armadilha. Mas foi ele quem caiu! E bonito!!! Esperei dois anos, além das doze horas no aeroporto. Que canseira. Mas tenho certeza de que vai valer a pena! Tenho certeza de que vai dar certo, um sonho.*

18 de setembro

Bravo! Deu certo, supercerto! Passei no teste do TdV, onde ele trabalha. De enlouquecer! Consegui! Na verdade, eu não esperava. Mas o mais absurdo é que Elle também passou! Ela nunca havia passado em um teste! Step... E se ele me dá sorte? De uma coisa, tenho certeza, agora vou vê-lo todos os dias. E agora? Como vai escapar? Assim é perfeito demais! Legal demais. Bonito demais. É, de vez em quando há justiça no mundo! Ai, ainda não acredito... Bom, este poema é para você!

Step. Sempre quis você.
Quero você.

Por tudo que imaginei, sonhei, desejei.
Quero você.
Pelo que sei e ainda mais pelo que não sei.
Quero você.
Por esse beijo que ainda não lhe dei.
Quero você.
Pelo amor que nunca fiz.
Quero você, mesmo sem nunca ter provado.
Quero você, quero você inteiro.
Seus erros, seus sucessos, seus enganos, suas dores, suas simples incertezas, os pensamentos que você teve e que espero que tenha esquecido, os pensamentos que ainda não teve.
Quero você.
Quero tanto você que nada me basta.
Quero você e não sei nem sequer por quê.
Ufa. Quero você!

Ouço um barulho e me viro rapidamente. Gin está na porta do quarto. E Paolo está atrás dela.

— Desculpe, Step, não pude impedi-la. Ela entrou em casa feito um furacão e...

Levanto a mão. Paolo entende. Interrompe a fala e não diz mais nada. Fica com cara de idiota, imóvel, na porta, enquanto Gin entra no quarto. Caminha lentamente e me olha, mas parece passar através de mim. É como se o seu olhar fosse longe buscando sei lá o quê. Descoberta em sua verdade de amor. Seus olhos estão tristes, úmidos. Sem qualquer sorriso. Lindos. E meu coração se aperta. Porque ela tem uma luz que eu conheço. Penso em tudo que vivi, tudo que passei, tudo que naufraguei.

— Gin... eu...

— Sssshhh — diz ela. E leva o dedo indicador à boca, como uma menina doce. Fecha os olhos e balança a cabeça. — Não diga nada, por favor.

Pega os diários, um após o outro, apoia-os na mesa e os confere. Conta-os e coloca na bolsa. E vai embora assim, sem se voltar, em silêncio.

Setenta e nove

Uma igreja. Nua. Uma centena de pessoas. Alguns em pé, outros sentados, alguns apoiados nas grandes colunas antigas, escurecidas pelo tempo passado, pelas muitas orações ouvidas, pelos desejos invocados, pelas dores sofridas. As suas, as de muitas pessoas. As dos outros. E minha dor. Aqui, presente. A dor de não ter sabido ser totalmente protagonista de minha vida, de ter perdido tempo. E além do mais, apenas para julgar. Eu, julgando minha mãe. Não posso entender como não percebi na época. Repentinamente percebo que tudo fugiu ao meu controle. Como cegado não sei por qual razão, corri furioso, cego e raivoso para sei lá que justiça. E só agora entendo quanto falhei em meu papel mais simples. Não me pediam mais nada, nada, só o silêncio. Não me expressar. Dentre outras coisas, porque eu não tinha títulos, nem papel, nem poder, nem direito... Nada. Nada que me desse essa faculdade: perdoar. Perdoar. Quem sou eu para perdoar? Quem somos nós para perdoar? Quem somos para requerer esse título? Porém, cabeça-dura, egoísta, cego, quis ser juiz. Sem nenhum direito, sem nenhum papel, sem méritos, sem um porquê. Sem... prosopopeia. Preso a sei lá o quê, que voz ouvida, fruto dessa burguesia tão insossa. E depois, algo ainda pior. Não só desprezar o direito a perdoar, mas não saber sequer fazê-lo. Não perdoar. Isso. Estou aqui, nesta igreja, em silêncio. E estou mal. Não há nada pior que sentir que a vida escapa de suas mãos como se fosse a areia que você pensava que era sua, e que, porém, já não lhe pertence. Como se você estivesse em pé, imóvel, por acaso, em uma fábrica qualquer, escravo do vento e de tudo o que ele decidiu para você. Já não tenho nada nas mãos, já não me resta nada. E sinto vergonha. Olho a minha volta. Meu pai, meu irmão, seus companheiros. Até Pallina, Lucone, Balestri e meus outros amigos. Falta alguém. Sobra alguém também. Mas não quero pensar. Esta é uma dessas coisas que se devem fazer para se ficar bem, porque nunca se tem a coragem de ser coerente até o fundo, pois nunca se sabe o que nos espera. Não, não quero pensar. Hoje, não. Além disso, há muita gente a minha volta que não sei nem como se chama. Parentes distantes, primos, tios, amigos da família, pessoas de que me lembro só por fotos desbotadas, lembranças confusas de festas, de momentos passados, mais ou menos felizes, de sorrisos, de beijos e de outras coisas, sei lá de quantos anos atrás. Um padre leu um texto. Agora está dizendo algo. Tenta me fazer entender que tudo que está acontecendo é bom para nós. É bom para mim. Mas não consigo acompanhá-lo. Não, não posso. Minha dor é muito grande. Não consigo pensar, entender, aceitar, estar de acordo. Como isso tudo pode ser bom para mim? Como, de que maneira, por que absurda razão? Ele diz coisas, conta histórias, faz promessas... Mas não consegue me convencer. Não. Só tenho certeza de uma coisa: minha mãe já não está aqui. Isso é a única coisa que sei. E isso me basta. Ou melhor, não basta para nada. Mamãe, sinto saudades. Sinto saudades do tempo que não terei para vivê-la outra vez, para poder lhe dizer o que agora entendi. E digo em silêncio. Mas você me ouve. Começa a tocar um órgão. Do fundo da igreja, vejo Gin chegar. Veste roupas de tons escuros e caminha em silêncio. Passa sob os arcos, fica fora da vista de muitos, mas não da minha. Deposita com doçura uma coroa de flores no pé do altar e olha para mim. De longe, em silêncio. Não faz mais nada. Nem um sorriso, nem uma censura. Nada. Um olhar limpo como só o seu pode ser. Acima de tudo, capaz de não misturar a dor e o respeito com nenhuma outra coisa. Um último olhar. Vejo-a voltar para o fundo da igreja. Pouco depois, tudo acabou. Procuro-a na saída, mas ela não está mais lá. Eu a perdi. Várias pessoas vêm até mim, abraçam-me, dizem coisas, dão a mão. Mas não consigo sentir, entender. Tento sorrir, dizer obrigado, não chorar. Sim, principalmente não chorar. Mas não posso, e não me envergonho. Mamãe, vou sentir sua falta. Estou chorando, soluçando. É um desabafo, uma liberação, é o desejo de ser criança outra vez, de ser querido, de voltar atrás, de não querer crescer, de ter de volta seu amor puro. Alguém me abraça, pega-me pelos ombros, aperta-me com força. Mas não é você, mamãe. Não pode ser você. E eu me apoio, me dobro. Escondo meu rosto e minhas lágrimas. Gostaria que não fosse tarde. Mamãe, perdoe-me.

Oitenta

Alguns dias depois, não sei quantos. Essa dor que você sente, que não consegue entender de onde pode vir, que não lhe dá explicações, que o afunda como uma grande onda que você não viu, que o pega de surpresa e o derruba, tira seu ar, faz você rolar na areia molhada, sobre as pegadas que pareciam tão nítidas em sua vida. Mas não, não são. Não mais. Há dias em que passo em frente a seu prédio. Há dias em que a vejo sair de jeitos diferentes. Do único jeito que ela é. Bonita. Lindíssima. Desorganizada, confusa, elegante, de cabelo preso, de cabelo solto, liso, louco, rebelde. De maria-chiquinha, de vestido florido, de macacão meio caído, de terninho perfeito, de camisa azul com gola levantada e uma saia azul-marinho. De jeans claros, calça curta, de jeans rasgados com costuras que destacam, que se fazem notar. Com toda sua roupa da Yoox. Os acessórios, as cores. A fantasia de saber se reinventar diariamente. Assim, como ela é. Sai sempre desse mesmo prédio e sempre de um jeito diferente. Mas vi algo que é sempre igual: seus olhos, seu rosto. Arrastam os sinais distantes de um desgosto vivido. Como um sonho lindo interrompido por uma persiana aberta com muita fúria. Como o som insistente de um celular que alguém se esqueceu de desligar, que errou de número, ou, ainda pior, de alguém que não tem nada a dizer. Como um alarme disparado por um ladrão desajeitado que já fugiu na noite. Alguém distraído deu uma cotovelada em sua felicidade. E fui eu. E não posso me esconder, não posso me justificar. Só posso esperar ser perdoado de algum jeito. Ali está ela. Vejo-a sair, vejo-a passar. Está em seu carro. Pela primeira vez, depois de tantos dias escondido na sombra, dou um passo à frente e cruzo com seu olhar.

Detenho seus olhos. Torno-os meus por um instante. E por eles docemente perturbado, sorrio. Falo e explico e conto e tento fazer que não vão embora. Tudo com um olhar. E seus olhos parecem ouvir em silêncio, assentir, entender, aceitar isso que espero que os meus estejam dizendo. Então, esse silêncio feito de mil palavras, mais intenso que nunca, é interrompido. Gin baixa o olhar em busca de algo, de um pouco de força, de um sorriso, de alguma palavra pronunciada em voz alta. Mas não encontra nada, nada. Então, torna a olhar e balança levemente a cabeça. Seu rosto faz uma pequena careta, o esboço de um meio sorriso, talvez uma sombra de possibilidade, como quem diz: "Não, ainda não, é cedo demais." Pelo menos isso é o que eu quero ler. E se afasta assim, direto para onde não me é dado saber, para a vida que a espera, talvez para um novo sonho, com certeza, melhor do que o que eu lhe roubei. E tem razão. Ela merece. Fico ali em silêncio. Acendo um cigarro. Dou duas tragadas e o jogo no chão. Não tenho vontade de nada. Logo percebo que não é verdade. Então, tiro algo do porta-malas.

Longe, muito longe, nessa mesma cidade. Carros em movimento, buzinas, guardas atarefados, ajudantes inexperientes treinados só em maldade. Rina, a empregada dos Gervasi, sai do edifício dos Stellari. Cumprimenta o porteiro com seu habitual sorriso de pelugem excessiva e segue decidida até a lixeira, acompanhada por um perfume barato que com dificuldade esconde o trabalho de um dia inteiro. Abre a lixeira empurrando com força o pedal de metal com um pé decidido. Joga o saco de lixo descrevendo um arco perfeito, melhor que uma jogadora de voleibol. A lixeira se fecha, como uma guilhotina largada por um verdugo distraído. Mas não acaba seu percurso. Por um canto, sai um pôster enrolado. É a foto ampliada daquele casal montado na moto empinada. O grito rebelde daquele momento de felicidade, daquele amor já dissolvido no tempo. Tudo passou. E agora, como acontece com frequência, acabou no lixo.

Pallina sai correndo de seu prédio. Alegre e decidida, elegante como nunca. Entra no carro e o beija rindo. Quer pegar de novo as rédeas de sua vida.

— Então, aonde vamos?

— Aonde quiser.

Pallina olha para ele e sorri. Decidiu tentar outra vez. E ele é a pessoa certa.

— Decida você: vamos andar sem rumo por uma noite.

E Dema não se faz de rogado. Esperava esse momento havia anos. Engata o carro suavemente e se perde, leve, no trânsito. Aumenta um pouco o volume do rádio e sorri.

Eva, a comissária de bordo, acaba de chegar a Roma. Deixa a mala no quarto do hotel e logo tenta ligar para ele. Nada, está com o celular desligado. Que pena, queria muito vê-lo. Não faz mal. Pensa um pouco. Sorri e disca outro número. Alguém que viaja tanto sempre tem outro número.

Daniela está sentada em seu quarto. Acaba de saber que será um menino. Folheia o livro de nomes, indecisa: Alessandro, Francesco, Giovanni... Procura as origens e o significado de cada um. Tem que ser um nome importante, ou um desses estranhos, especiais, que ninguém esquece. E sorri feliz com seus botões. Pelo menos isso posso decidir sozinha. Mas se preocupa. E se o nome que escolher for o mesmo que o do pai? Por isso fica perplexa e abandona esse "Fabio" que lhe parecia tão adequado. Quer fazer algo com segurança. E não sabe como é inútil essa sua dúvida. Com certeza, esse menino nunca saberá o nome do pai.

Babi está em seu quarto. Repassa feliz a lista de convidados. Agora falta pouco. Que saco, mamãe quis convidar os Pentesi, que eu não suporto, e uns primos que nunca vi. Mamãe e suas regras. Por um instante, pensa em uma ideia que lhe parece ótima. Sim, seria mesmo uma boa ideia. Convidar Step para seu casamento. Seria demais. E não percebe quanto se parece com sua mãe. Ou melhor, é muito pior.

Duas mulheres olham a sua volta. Querem ter certeza de que não há ninguém por perto. E então, tranquilas, curiosas conspiradoras da fofoca inútil, podem finalmente desabafar.

— Eu tenho certeza. Eu o vi com uma garota, muito morena.

— Não acredito! Mas você o viu pessoalmente?

— Não, mas uma pessoa de muita confiança me contou.

— Acho que já sei quem lhe contou. Contou a mim também, mas disse que não havia contado a ninguém. De qualquer maneira, não é morena, é negra! É brasileira!

— Sério? Que estranho, nunca teria esperado isso dele.

— Por que não? Ela é insuportável!

As duas mulheres riem. Mas ficam um pouco desgostosas por esse riso. Talvez estejam se perguntando: Como somos nós com nossos maridos? Acabam se sentindo culpadas, por não saber dar uma resposta. Talvez, afinal de contas, não sejam tão diferentes dela. Raffaella está no fundo da sala. Ambas a olham. Ela cruza seu olhar e sorri de longe. Elas também sorriem, cúmplices. Depois se olham outra vez. Será que nos descobriu? Será que entendeu que estávamos falando dela? E cada uma fica com sua dúvida, enquanto Raffaella já não presta atenção nelas. Dedica agora toda a sua atenção a seu adversário.

— *Et voilà*. Acabou, bati!

Começa a contar depressa os pontos, contente, sem se perder em conversas inúteis.

— Mas que juiz! Não foi!

Claudio se levanta, seu boné quase voa, tamanho é o ímpeto de seu entusiasmo, de sua felicidade. Torna a ajeitar o boné e senta de novo ao lado de Francesca.

— Você também viu, Fra, não foi, não é?

E ela concorda com a cabeça, embora não entenda muito de futebol.

— Não há o que fazer, sempre a mesma coisa!

Claudio abraça Francesca e a beija na boca, sem se importar com nada nem com ninguém. Quem o conhece? Quem o poderia ver? Quem o poderia julgar? Quem poderia dizer: "Ela tem vinte anos a menos que você!" Então, Claudio, voltando a ver o jogo, percebe que um pouco mais além estão Filippo Accado e sua mulher. Ouviram-no gritar e agora estão olhando para ele. Ele os cumprimenta com um grande sorriso, gesticulando:

— Olá, Filippo, olá, Marina — e abraça Francesca outra vez, querendo confirmar, para todos os efeitos e definitivamente, sua excelente escolha. Também porque, para ser exato, ela tem 24 anos a menos que ele.

Os Accado esboçam um sorriso, preocupados por terem se tornado inocentes testemunhas daquilo que, pelo menos para eles, até esse momento havia sido só boato. Claudio sabe. E está contente por ter confirmado tudo. Olha para Francesca. Bonita, doce, naturalmente bronzeada e jovem! E sorri para ela.

— Se eu me chamasse Paolo, seríamos Paolo e Francesca* do terceiro milênio!

E ela, que não entende nada de futebol nem muito de literatura, concorda também dessa vez. Claudio compreende que está pedindo demais. É verdade, não se pode ter tudo. Então, para reafirmar sua escolha acertada, pega um cigarro. Vai acendê-lo, mas dessa vez Francesca sabe o que dizer:

— Claudio, você acabou de fumar um.

— Tem razão, querida.

Sorri, guarda de novo o cigarro no maço e torna a olhar o jogo. De rabo de olho, observa Francesca sem que ela note. Ela masca um chiclete com a boca aberta, cantarolando uma estranha canção brasileira. Seu olhar está um pouco alheio, perdido em algum pensamento. Fiz bem? Era realmente isso que eu queria? Claudio sente um instante de pânico. Bom... Sim, acho que sim. Pelo menos, enquanto dure. Torna a pensar em sua grande decisão. No grande salto que deu há apenas uma semana. No fundo, foi Francesca quem me convenceu de tudo. Sim, ela é a mulher que eu esperava. Devo tudo a ela. É mérito dela que o Z4 azul-claro esteja agora estacionado do lado de fora do campo. Claudio presta atenção no jogo outra vez, entusiasmado e feliz.

---

* Paolo e Francesca são cunhados que se apaixonam e depois são assasinados pelo marido traído, personagens de *A Divina Comédia*, de Dante Alighieri.

— Ânimo, garotos! Empatem! Façam um belo gol! — E não sabe que exatamente nesse momento um pilantra da Garbatella levou seu Z4. Com um simples canivete de 1 euro levou 42 mil euros embora.

Paolo e meu pai decidiram ir ao chinês da Via Valadier, aquele que todo mundo vai e de onde todos saem cheirando a fritura. Estão sentados a uma mesa. Riem e brincam em companhia de suas namoradas. Pediram um monte de comida. Desde algas fritas até os inevitáveis rolinhos primavera, desde porco agridoce até pato pequinês, passando pela sopa de barbatana de tubarão, porco crocante e *guiozas* no vapor e na chapa, o prato novo. Experimentaram tudo. Ficaram empanturrados provando os diversos tipos de molhos nessa estranha plataforma giratória que os chineses põem no meio da mesa para que você se sinta um perfeito oriental. Mas quando chega a conta, escrita em chinês e com uma estranha linha final que indica um pseudodesconto, você entende que para eles seremos sempre simples ocidentais. Paolo e meu pai brigam pela conta. Os chineses ficam ali, divertem-se e sorriem enquanto os observam. Não se importam. Depois da ridícula pantomima de sempre, acabe como acabar, um dos dois vai pagar a conta.

Martina e Thomas estão sentados na escada do prédio. Comem um pedaço de pizza. De tomate.

— Que delícia. Onde você comprou?

— Aqui ao lado. Gostou?

— Muito.

— Sabe? Faz tempo que queria convidá-lo, mas não sabia se você estava a fim.

— Claro que estou a fim! E talvez amanhã eu compre outra pizza e nos sentemos aqui de novo. É legal, sentado nos degraus. O que você acha?

— Legal!

Thomas, limpando a boca com a camiseta, decide lhe contar.

— Sabe, Marti? Há uns dias, eu estava passeando pela praça quando aconteceu uma coisa muito estranha.

— O quê?

— Foi exatamente aqui. Eu estava esperando Marco, que tinha que me devolver a bola, e de repente um sujeito com uma Honda azul parou. Deve ter pelo menos uns 20 anos. Ele desceu, deu-me um bofetão e, depois, sabe o que disse?

— Não, o quê?

— "Deixe Michela em paz." Subiu na moto de novo e foi embora. Percebe? Michela sai com um sujeito de 20 anos!

Por um rápido instante, Martina sorri sem que seu amigo perceba. Não pode acreditar: Step. Esse sujeito é louco. É um desses que não se encontram com frequência na vida. Mas, se acontece, só resta se alegrar. Mas Thomas não para.

— E sabe com quem se parecia? Você se lembra daquele sujeito com quem você conversava há algum tempo? Quando eu estava sentado na corrente e acenei, vocês estavam conversando em frente à banca de jornal. Sabe quem é?

— Sim, sei quem é, mas está enganado. Não é esse cara. Além disso, você acha que alguém assim pode sair com Michela? Alguém como você sai com Michela.

— Eu? Está maluca? Eu vou atrás dela porque está com meu CD do Simple Plan, *Still Not Getting Any*. Faz um mês que o emprestei, mas nada de ela devolver!

Martina sorri. Começa a entender como as coisas são.

— De qualquer maneira, se for esse sujeito, diga a ele que não estou nem aí para Michela.

— Claro, você tem medo.

— Que medo! Se pego o cara, deixo ele roxo. Bom, quero dizer, talvez daqui a alguns anos. Juro que vou entrar em uma academia. Não, vou fazer aula de *wrestling*. Quero ser como John Cena. Talvez até componha um rap. Ele é um cara muito forte, sabe quem é?

— Não.

— Você não conhece ninguém! — Thomas dá de ombros e dá outra bela mordida na pizza. — Hum, que delícia!

No final, sorri também, esquecendo essa história. E faz bem. Na vida, sempre buscamos explicações. Perdemos tempo buscando um porquê. Mas, às vezes, não existe. E por mais triste que pareça, essa é exatamente a explicação. Thomas fala com Martina, riem e brincam sobre outras coisas. Depois se olham. Ela, como sempre. Ele, talvez como nunca. E sorri. Talvez porque ela o acalmou sobre aquela bofetada. Talvez simplesmente porque essa menina não está tão mal. Não sabe, não se importa. Enquanto isso, a pizza acaba. E algo começa.

Um pouco mais longe. Outro edifício. Ali onde, de um modo ou de outro, todos vão parar. Sem escrituras, sem investimentos ou um golpe de sorte. Onde se é convidado com naturalidade. Sem reuniões de vizinhos, sem um administrador chato ou um vizinho muito barulhento. Esse lugar onde não importa quanto você ganha, mas, sim, quanto foi capaz de dar. O cemitério. No silêncio desses gramados bem cuidados, tantos nomes ou simples fotos não conseguem contar muito de todas essas vidas. Mas os rostos, os sorrisos, a dor de seus visitantes contam em um momento a beleza de tudo que foram e sua contínua ausência. É isso. Faz algum tempo que Pollo não está mais sozinho. Agora há outro pedaço da vida de Step que lhe faz companhia: sua mãe. Os dois têm flores lindas, ainda frescas de vida e de amor. Esse amor que Step nunca poupou, que nunca teve a possibilidade de demonstrar até o fundo. E no silêncio de cada dia, no eco distante da música da vida que continua, um amigo e uma mãe estão conversando. Sobre ele. Sobre tudo que passou, o que os papéis da vida não nos permitiram dizer. Essas palavras que nunca foram ditas, mas que sempre chegaram. Porque o amor nunca se perde.

Quando subo na moto, já anoitece. É exatamente nesse momento que vejo Gin voltar. Dirige veloz, como é sua característica. Acompanha a curva com a cabeça, cantarola a canção que está ouvindo nesse momento. Quem sabe qual é? Parece alegre de novo. Como sempre, tal como a deixei. Contente com seu sorriso, com a vida que leva, com os sonhos que persegue, com os limites que não conhece. Livre. Livre de tudo isso que não lhe interessa e até mais ainda. E então, afasto-me assim, vendo-a enquanto sorri. E sou feliz. Como há tempos não era. Culpado só dessa inscrição, imensa, que ocupa toda a fachada de seu prédio. Maravilhosa, direta, linda. E agora não tenho mais dúvidas. Não tenho remorsos, não tenho sombras, não tenho pecado, não tenho passado. Só tenho uma vontade de enorme de recomeçar. E de ser feliz. Com você, Gin. Tenho certeza. Sim, com você. Viu? Até escrevi: "*Sou louco por você.*"

Agradecimentos

Quero agradecer a todos aqueles que, para o bem ou para o mal, e principalmente sem saber, me estimularam. No fundo, a vida é bela exatamente por isso, porque não depende só de você. Um livro, porém, sim. Sou muito grato a quem me ajudou voluntariamente.

Obrigado a Giulia e seus excelentes conselhos. Mas, principalmente, aos lindos momentos que me deu. Escondi alguns neste livro, para que não sejam esquecidos.

Obrigado a Riccardo Tozzi e a sua sobrinha Margherita, a Francesca Longardi e a toda a Cattleya, porque sem eles talvez este livro nunca tivesse visto a luz.

Obrigado a Ked (Kylee Doust). A seu entusiasmo, ao prazer de ouvir suas lembranças, que no final se unem às minhas e se transformam em valiosos conselhos.

Obrigado a Inge e Carlo Feltrinelli e a todos os amigos do Departamento de Vendas que "materialmente" divulgaram meu livro pela Itália.

Obrigado a Maddy, que me corrige, me ensina muito e, em troca, ri e se diverte aprendendo um pouco da saudável "gíria romana".

Obrigado a Giulia Maldifassi, a Valeria Pagani e a todas as amigas da Assessoria de Imprensa, que me fizeram conhecer e viajar pela Itália!

Obrigado a Alberto Rollo, que com severidade, todavia agradável, encontra sempre a maneira de me indicar o melhor caminho para escrever, e eu, naturalmente, o ouço.

Obrigado aos Budokani, meus amigos, os de verdade, os que não estão só nas páginas e nas lembranças.

Obrigado a todos os meus familiares, que me suportam e compartilham comigo o "sofá dos pensamentos".

Obrigado a Carlantoine, nobre inspirador!

Obrigado a meu *brother* Mimmo. Quando leio para ele o que escrevo, fecha os olhos. Depois sorri e concorda como quem diz: "Sim, está bom." Ele faz a mesma coisa no mar, quando escolhe as correntes e o vento.

Obrigado a Luce e a seus *morselletti*, de que gosto tanto.

E, finalmente, meu amigo Giuseppe sempre me dá algumas sugestões. Ele está ao meu lado, me ouve e no final ri comigo. Tenho que admitir que com muita frequência ele tem razão. Então, obrigado a você também.

Conheça outros livros de

Federico Moccia

Desculpa se te chamo de amor

Os personagens principais são Niki e Alex: ele, um publicitário de 37 anos em crise existencial, cuja vida literalmente colide com a da adolescente Niki, uma jovem de 17, que começa a descobrir a vida. Um amor que vai além dos preconceitos sociais – e dos 20 anos de diferença. A partir de um acidente de trânsito, Alex entra definitivamente na vida de Niki e os dois passam a viver uma paixão proibida e tumultuada. No livro, que emociona e provoca, Niki e Alex se expõem ao turbilhão de sentimentos contraditórios, da bondade à traição, da tristeza ao amor.

Desculpa, quero me casar contigo

Neste novo romance Niki e Alex continuam perdidamente apaixonados um ano depois de retornarem da viagem à ilha Blu onde, entre juras de amor eterno, viveram dias inesquecíveis. Ao voltar, Alex começa a pensar sobre a possibilidade de pedir Niki em casamento, só que ele não faz a menor ideia de como vai fazer isso! Entre o estranhamento da volta à realidade e os sentimentos intensos de amor e paixão, Niki e Alex percebem que, diante de novos desafios, poderão ter de enfrentar uma difícil pergunta: O amor pode durar para sempre?

Este livro foi composto em Minion Pro
para a Editora Planeta do Brasil
em maio de 2011.